현대소설의 서사 담론과 스토리텔링

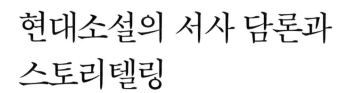

현대소설의 서사 담론과 스토리텔링

주지영

역락

문학연구자라는 시작점에서 출발해 작가이면서 평론가라는 역할을 두루 짊어진 길을 걸어왔고, 지금은 문예창작학과에서 교수자로서의 역할까지 감당하는 도중에 서 있다. 되돌아보면, 그 길을 걸어오면서 이 길에서 벗어나고 싶다는 생각을 가끔, 아니 수도 없이 했던 것 같다. 힘들고, 아파서 주저앉고 싶었으나, 운명처럼 옭아매는 길을 걸어 여기까지 왔다. 그리고 또 발걸음을 내디려야 할 것이다. 결국 이러한 노정의 귀착점은 문학인 것인가. 그런 것 같다. 문학을 빼면 아무것도 아닌 내 삶에서 지금껏 문학을 삶의 안내자로, 혹은 울타리로 삼고 여기까지 왔으니.

다시 한 권의 연구서를 세상에 내놓는다. 이번 책을 엮으면서 그동안 내가 관심을 두고 연구해왔던 것들이 무엇이었던가를 새삼 돌이켜보았다. 작품론, 작가론, 주제론, 문학론 등 기존에 관심을 가져왔던 영역에 지속적으로 매진하는 한편으로, 작가로서 작품을 쓰고 교수자로서 창작을 가르치면서 스토리텔링이라는 분야에도 관심을 두어 왔다. 문학을 문화적으로 활용할 수 있는 방안이 있을까, 혹은 우리의 자산처럼 내려오는 집단무의식을 담아내는 신화나 전설을 어떻게 활용할 수 있을까를 고민하는 차원에서 소설 창작은 물론이고 스토리텔링이나 문화콘텐츠를 관심 있게 지켜봐 왔던 것이다.

1부에는 소설이란 저마다의 내용과 형식이 있다는 생각에서 훌륭한 소설 작품이 갖는 내적 형식을 밝혀내고자 시도하였던 결과물을 담았다. 소설에서는 동일한 사건을 다룬다고 해도 작가마다 시대마다 결과물이 달라지기 마련이다. 소설에 무엇을 어떻게 담아내려 했는가를 찾아내다 보면 어렴풋이 작품의 내적 형식이 이미지로 그려진다. 그런 작업을 통해 작가의 창작 과정을 엿보는 일은 각 작가의 창작의 시원을 들여다볼 수 있게 하는 까닭에 즐겁지 않을 수 없다.

　2부에서는 시대에 따라 담론이 다르게 쓰여지고 있음을 소설작품을 통해 통시적으로 바라보고자 했다. 또한 한 시대가 낳은 작품이지만, 그 시대가 지난 뒤에 작품은 어떻게 읽혀지는가에 주목하면서 작품 읽기를 시도했다. 전자는 담론이 변화하는 과정을 작가적 관점의 변화와 교차해 읽으면서 그 계보를 완성하는 작업이라면, 후자는 한 작가의 작품에서 과거의 담론이 어떻게 가라앉아 있는가를 살펴보고 그것의 현재적 의미를 묻는 작업이라 할 수 있다. 전자가 연구자, 분석자의 시선을 중요시한다면, 후자는 독자, 비평자의 시선을 중요시한다. 새로운 시선은 전자와 후자를 모두 아우르는 자리, 곧 과거의 작품을 현재에 비춰 읽는 자리에서 배태된다고 믿는다.

　3부를 갈무리하면서 곰곰이 생각해보니, 어릴 적 할머니 무릎을 베고 누워 할머니의 주름이 자글자글한 손등을 매만지며 할머니가 들려주는 이야기를 듣던 그 시절이 떠올랐다. 스토리텔링을 학생들에게 가르치면서, 혹은 그런 작품들을 읽으면서 아마도 그 시절을 소환하고 있었나 보다. 내 문학적 기억의 원천이자 창작의 샘은 그곳에 있었던 걸까. 그 기억이 여태 나의 뇌리에 남아 있어 신화나 전설 이야기에 여전히 눈을 반짝이는지도 모르겠다. 그러나 그 기억이 비단 나의 것만은 아니라는 확신이 있다. '우리'라는 이름으로 기억하는 이야기들이라서 더 가슴 뛰게 하는 그 이야기에는 너도 알잖아라고 동의를 일부러 구하지 않아도 되는 익숙함, 교감이 있다.

책을 내면서, 이제는 여기저기에 낱낱으로 흩어진 생각들을 한데 모으고 정리할 필요가 있겠다는 생각이 든다. 일종의 내 문학적 방향성을 정립해야겠다는 생각이 그것이다. 그것이 무엇이든 결국은 문학이라는 이름으로 한데 묶일 것이겠지만, 지금까지는 사실상 작품이 좋아서, 작가가 좋아서, 혹은 언급해야 할 가치를 지닌 작품으로 여겨서 과거의 시간들을 그 작가에, 그 작품에, 그 주제에 쏟아부어왔다. 이런 생각을 품는다는 게 늦은 감이 없지 않지만, 방향성을 갖고 문학에 정진하다 보면 내가 왜 문학이라는 영역을 내 삶의 고갱이로, 울타리로 여기려고 했던가를 좀 더 명료하게 들여다볼 수 있지 않을까. 그런 점에서 이 책은 그 방향성을 타진하는 다양한 시도의 하나인 셈이다.

문학의 길에 들어선 이후 늘 아낌없는 지지를 보내주신 부모님께 감사드린다. 순탄한 삶은 없다고 생각하면서 살아왔지만, 그것도 지나치면 삶을 지탱해주던 가치도 버리고 싶어질 때가 온다는 걸 경험했다. 그때마다 나를 붙잡아주었던 건 부모님이었다. 험한 세상에서 올곧게 살아가는 아버지를 보면서 오늘도 마음을 다잡는다. 그 삶을 지켜보면서 내가 지금껏 문학의 길을 떠나지 않는 이유를 찾는다.

부족한 글을 책으로 묶을 수 있게 배려해주신 이대현 사장과 이태곤 이사, 그리고 편집을 맡아준 강윤경 대리에게 감사드린다. 책에 부족함이 있다면 그것은 모두 나의 몫이다.

2022년 2월
주지영

차례

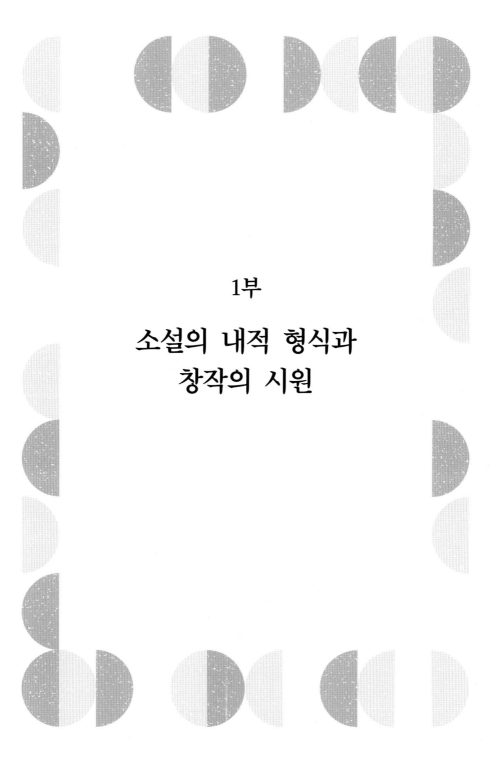

1부

소설의 내적 형식과
창작의 시원

운명적 체념과 현실의 긴장 관계, 그리고 서사구조의 세 유형: 전광용

1. 머리말

전광용(1919~1988)은 1955년 『조선일보』 신춘문예에 단편 「흑산도」로 등단한 이후, 소설가로서 30여 편의 단편소설과 4편의 장편소설을 발표하였다.

전광용 소설에 대한 연구는 다음과 같다. 조남현[1]은 전광용 소설이 서두에서 작중 현재를 먼저 제시하고 과거로 소급해가는 역순행적 서술방식을 보인다면서, 그의 소설을 '소설 작법의 교범'으로 평가하고 있다. 권영민[2]은 시간의 계기적 연속성이 중요시되지 않고 현재와 과거의 교체를 통해 행위와 의식의 내면이 겹쳐지는 기법을 주로 사용한다고 보았다. 이형기[3]는 전광용 소설에 나타나는 리얼리티에 주목하여, 다양한 인물들의 사실적인 삶을 통하여 소설의 리얼리티를 극대화시켰다고 평가한다. 이용남[4] 역시 전

---

1 조남현, 「리얼리티에의 투망, 그 정신과 방법」, 『문학사상』, 1988.9, 100면.
2 권영민, 「비판의 정신과 구도의 치밀성 – 전광용론」, 『소설문학』, 1984.12, 101면.
3 이형기, 「인간수호의 시선 – 전광용론」, 『현대한국문학전집』 5, 신구문화사, 1967.
4 이용남, 「엄격한 시각으로 현실을 조망했던 교수작가 – 그의 작품은 학자적 탐구욕과 관찰의 소산」, 『문학사상』 308, 1988.

광용을 '발로 뛰는 리얼리스트'라 평하면서, 전광용 작품은 작가적 창작 충동이나 영감에 의한 것이 아니라 학자라는 위치에서 발현된 탐구욕과 관찰의 소산이라 보았다. 그 외 전광용 소설을 가족 결손 모티브의 측면에서 접근한 연구,[5] 개인과 운명의 대결이라는 측면에서 접근한 연구,[6] 죽음과 관련해 삶의 윤리적인 측면에서 접근한 연구,[7] 장편소설에 대한 연구[8] 등이 있다.

이 글은 전광용 단편소설에 나타난 서사구조에 주목하여, 각 작품의 서사구조의 특성을 검토하고, 이를 바탕으로 전광용의 작품세계의 한 특징을 밝히고자 한다. 이를 위해 다음 두 가지 측면에 주목하고자 한다.

먼저, 전광용 소설은 현재와 과거의 교체를 특징으로 한다는 점이다. 여기서 과거는 회상 형태로 제시된다. 이와 관련해 회상의 종류와 기능[9]에 대한 고찰이 필요하다. 작품에 기본 서사(first narrative)가 있고, 이 기본 서사에 회상이 삽입된다. 회상은 외적 회상(external analepses)과 내적 회상(internal analepses)이 있다. 외적 회상은 회상의 전체 시간이 기본 서사의 시간 밖에 있는 경우이며, 내적 회상은 회상의 시간이 기본 서사의 시간 안에 포함된다. 전자가 기본 서사를 방해하지 않으면서 먼저 일어난 사건을 독자에게 전달한다면, 후자는 기본 서사의 내용과는 다른 스토리 노선을 다루면서 기본 서사와 충돌할 위험을 지니고 있다. 그리고 외적 회상에는 다시 부분적 회상(partial analepses)과 완결된 회상(complete analepses)이 있다. 전자는 기

---

5 김소영, 「전광용 소설 연구」, 서울대학교 석사논문, 1988.

6 김만수, 「비극적 삶, 소외의 극복 양상」, 『전광용대표작품선집』, 책세상, 1994.
   김윤정, 「전광용 단편소설 연구」, 박동규 외 『한국전후문학의 분석적 연구』, 월인, 1999, 318면.
   류양선, 「시대적 상황과 개인적 진실」, 『문학사상』 37, 2008.

7 김종욱, 「전광용의 소설에 나타난 삶의 윤리」, 『개신어문연구』 27, 2008.

8 박정희, 「전광용 장편소설 연구」, 『한국현대문학』 28, 2009.

9 G. Genette, 『서사담론』, 권택영 역, 교보문고, 1992, 38~55면.

본 서사와 연결되지 않고 어떤 특정한 순간을 이해하는 데 필요한 고립된 정보를 독자에게 제공한다. 후자는 기본 서사와 밀접하게 연결되면서 서사의 중요한 부분을 형성한다.

회상의 이러한 종류와 기능에 주목할 때, 전광용 소설은 기본적으로 기본 서사, 회상 서사로 이루어져 있다. 기본 서사는 인물이 현재 경험하는 내용을 다루는 단위(A단위)로 이루어져 있다. 회상 서사는 기본 서사의 시간 밖에 있는 외적 회상이 주를 이룬다. 외적 회상은 회상의 내용이 기본 서사와 연결되지 않고 고립된 정보를 제공하는 부분적 회상에 해당하는 단위(B단위)와, 기본 서사와 밀접하게 연결되면서 서사의 중요한 부분을 차지하는 완결된 회상에 해당하는 단위(C단위)로 이루어져 있다.

다음, 인물이 처한 상황을 해결하는 방법과 관련된 측면이다. 전광용 소설의 인물들은 A, B, C라는 서사단위를 통해 제시된 상황을 운명 내지 숙명으로 받아들이고 체념하느냐, 아니면 자신의 의지에 의해 극복하느냐로 대별된다. 후자의 경우에는 인물과 상황과의 갈등이 제시되지만, 이는 전광용 작품세계 전체와 관련해 볼 때 극히 미미한 상태에 머물고 있다. 전광용 소설의 인물들은 대부분 상황을 운명으로 받아들인다. 이처럼 인물이 상황을 운명으로 받아들이고 체념함에 따라 작품에서 인물과 상황, 혹은 그 상황을 대표하는 인물 간의 갈등은 거의 배제된다. 갈등의 배제 정도는 운명적 체념이 작품에서 차지하는 비중에 따라 달라진다.

기본 서사(A단위), 부분적 회상 단위(B단위), 완결된 회상 단위(C단위) 중 어느 단위가 작품의 서사구조를 이끌어 가느냐의 측면, 그리고 운명적 체념이 차지하는 비중 정도를 기준으로 할 때, 전광용 단편소설은 크게 세 가지로 유형화될 수 있다.

첫 번째 유형의 작품들은 A단위, B단위를 지니고 있다. A단위는 인물들의 현재 상황을 다루고 있다. B단위는 일제시대, 해방공간, 6·25 전쟁, 피난 시기까지를 시대적 배경으로 하여 이 시기의 인물들의 경험을 다루고 있다. 여기서 B단위의 회상은 A단위와 긴밀하게 연결되지 않고 시대적 배경을 제시하는 역할만 함으로써 부분적 회상에 머문다. 그리고 인물들은 자신이 처한 상황을 운명으로 받아들이고 체념한다. 이처럼 운명론이 강화되면서 A단위와 B단위는 느슨하게 결합되고, 인물 간의 갈등도 배제되며, 공간적 배경 또한 구체적 현실과는 동떨어진 '섬', '쓰레기장', '탄광촌' 등으로 설정된다. 이 유형에 해당하는 작품으로 「흑산도」(1955.1), 「진개권」(1955.8), 「경동맥」(1956.3), 「지층」(1958.6)을 들 수 있다.

두 번째 유형은 첫 번째 유형처럼 A단위, B단위를 모두 지니고 있으면서, 다음 두 가지 점에서 차이를 갖는다. 첫째, 기본 서사 A단위와 밀접하게 연결되면서 서사에 중요한 부분을 형성하는 '완결된 회상'에 해당하는 C단위가 삽입된다. 이 C단위가 개입해 A단위와 B단위를 매개하면서 이 유형의 작품은 A단위, B단위, C단위가 긴밀하게 연결되게 되고, 이에 따라 첫 번째 유형의 작품보다 1950년대 한국사회의 현실을 구체적으로 다루게 된다. 이처럼 구체적 현실이 작품에 제시되면서 그러한 현실 상황과 관련해 인물들 간의 갈등도 제시된다. 또한 공간적 배경도 섬, 탄광촌 같은 고립된 공간이 아니라 서울, 부산 같은 도시 공간으로 확장된다. 둘째, 상황에 대한 인물의 운명론적 체념은 첫 번째 유형에 비해 현저히 약화된다. 구체적 현실이 강화되면서 인물의 운명적 체념은 그만큼 약화되는 것이다. 이에 따라 인물 간의 갈등이 첫 번째 유형보다 강화된다. 그러나 그러한 갈등이 심화되지 못하는데, 이는 비록 약화되었지만 운명적 체념이 작품 배면에서 작동하기 때문이다. 이 유형에 해당하는 작품으로 「해도초」(1958.11), 「벽력」(1958.12), 「G · M · C」(1959.2), 「퇴색된 훈장」(1959.2), 「영1234」(1959.3), 「사수」(1959.6), 「크라운장」(1959.9), 「꺼삐딴리」(1962.7) 등을 들 수 있다.

세 번째 유형에 해당하는 작품은 B단위에서 일제시대, 해방, 6 · 25전쟁 시기를 다루는 내용이 거의 미미해지고 C단위도 약화되면서, A단위에서 인물이 처한 현재 상황만을 다루는 쪽으로 나아간다. 이 유형에 해당하는 작품은 B단위에서 다루는 내용이 무엇이냐에 따라 다시 두 가지로 구분된다. 먼저, B단위에서 미미하나마 일제시대, 해방, 6·25전쟁을 끌고 오는 경우이다. 여기에 「중매화」(1960.9), 「의고당실기」(1962), 「죽음의 자세」(1963.7), 「세끼미」(1965.4)가 속한다. 이들 작품들의 경우, B단위와 C단위는 한국의 특수한 역사적, 사회적 상황과 연결되지 못하고 있으며, 그 결과 A단위는 당대의 사회적 상황을 구체적이면서도 깊이 있게 조망하지 못하고 단지 단편적 현실을 다루고 있다. 이에 따라 인물들은 자신이 처한 상황과 관련해 문제점이 무엇인지를 제대로 파악하지 못한 채 현실로부터 도피하는 쪽을 택한다. 다음, B단위에서 해방과 6·25전쟁 시기를 배제하고 '신라시대', '조선시대' 등으로 대체하는 경우로, 「주봉씨」(1959.1), 「모르모트의 반응」(1964.5)을 들 수 있다. 이들 작품들의 경우 신라시대 내지 조선시대를 다루는 B단위와 당대 한국사회의 상황과 연결되지 않는 C단위로 인해, A단위는 당대의 사회적 상황과는 매우 동떨어진 채 추상화된다. 인물들은 이 추상화된 상황에 대해 추상적 깨달음으로 나아간다.

이 글은 이 세 가지 유형을 중심으로 해서, 전광용 단편소설의 서사구조의 특징을 고찰하고자 한다. 논의를 위해 을유문화사판 『흑산도』(1959)와 신구문화사판 『현대한국문학전집』 5(1981)을 주된 텍스트로 삼고자 한다.

2. 운명론 강화에 의한 과거와 현재의 느슨한 결합

첫 번째 유형에 해당하는 작품으로 「흑산도」(1955.1), 「진개권」(1955.8), 「경동맥」(1956.3), 「지층」(1958.6)을 들 수 있다. 이 유형의 서사구조의 특징을 「진개권」과 「지층」을 통해 파악하면 다음과 같다.

먼저, 「진개권」이다. 이 작품의 서사단위를 살펴보면 다음과 같다. 작품에서 큰 비중을 차지하는 기본 서사 A단위는, 금화에서 철원 사이에 있는, 미군 부대에서 나오는 쓰레기를 처리하는 '빅토리 쓰레기칸'을 배경으로 해, 장서방, 곰보영감, 순여엄마, 쌍과부, 영희, 태식, 개똥이 등의 인물들이 쓰레기를 뒤져 겨우겨우 생활하는 현재 상황을 다루고 있다. 이를 통해, A단위는 미군 부대에서 나오는 각종 쓰레기, 특히 '꿀꿀이죽'으로 목숨을 연명하는 이들은 '돼지'와 다를 바가 없다는 것을 제시한다. 나아가 장서방의 입을 통해 이곳의 모든 인물들이 '인간 쓰레기임'을 제시하고 있다.

> 장서방에게는 세상이 온통 쓰레기로만 보였다. 장터도, 교회도, 정당도, 회사도, 군대도, 학교도 모조리 쓰레기칸과 더불어 머리를 스쳐갔다. 깊은 지식은 없어도 세상을 넓게 밟아온 장서방이다. 그 속에서 자기 자신이 가장 쓸모 없는 쓰레기라고만 생각되었다.[10]

세상이 온통 쓰레기이고 장서방 자신도 쓰레기라는 것을 통해 당대 한국사회가 미군 부대에서 나오는 쓰레기로 연명하고 있다는 것을 비판하고 있다.

그런데 이러한 비판적 인식이 깔려 있다면, 작품에는 쓰레기장 인물들과 그러한 인물들을 '인간 쓰레기'로 만드는 상황과의 갈등이 제시되어야 한다. A단위를 보면, 먼저 쓰레기를 공급하는 미군 부대에는 '싸진', '깜둥이', '얼치기'라는 인물이 등장한다. 다음, 휘발유를 몰래 파는 한국군이 등장한다. 이들을 통해 당시 이곳을 지배하는 주 세력이 미군 부대임을 강조하고, 또 한국군이 얼마나 타락했는가를 강조한다.

---

10 전광용, 『흑산도』, 신구문화사, 1959, 52면.

그러나 쓰레기장 인물들은 미군 부대와 관련된 인물들이나 한국군과 관련된 인물들에 대해 적개심을 가지고 대립하는 태도를 전혀 보이지 않는다. 오히려 쓰레기를 제공하는 미군 부대가 철수하자 쓰레기가 오기를 '매일 목이 길다랗게'[11]해서 기다린다. 이처럼 인물들이 주어진 상황과 갈등을 일으키지 않는 이유는 인물들이 상황에 대처하는 방식과 관련이 있다.

> 마을 아낙들은 쌍과부더러 복스러운 모색이라고 했다. 그러나 시어머니가 박복해서 그 고생을 뒤집어쓴 게라고들 그랬다.
>
> 여름내 쪼약볕에 그을어 까맣게 탔으나, 탐스러운 얼굴이었다. 맑은 눈이 늘 금시 터질 듯한 웃음을 먹음고 있었다. 곰보영감의 말대로 한다면 그것이 음란할 징조라고 했다. 이런 두메 산골에 태어났으니 말이지, 서울 장안에만 났으면 큰 놈 몇 씩 들어먹겠다고 했다. 그러나 입이 여물게 생겼기에 그것을 막아내리라고 했다. (밑줄: 인용자)[12]

'관상'적 측면과 관련해 쌍과부의 운명이 제시되고 있다. 쌍과부는 '복스러운 모색'인데 '시어머니가 박복'해서 고생을 한다는 것이고, 또한 쌍과부는 '음란할 징조'의 '눈웃음'을 머금고 있어 서울에 있으면 큰일을 벌일 것인데 그걸 '여물게' 생긴 입이 막아내고 있다는 것이다. 곧 쌍과부가 이곳 쓰레기장에서 고생을 하는 것이나, 서울로 가지 못하고 이곳에 있는 것은 모두가 쌍과부의 '관상'과 관련된 팔자 혹은 운명 때문이라는 것이다.

쌍과부가 쓰레기장에서 쓰레기를 뒤지는 삶을 살아가는 것은 운명적으로 정해져 있다는 이러한 운명론은 이 작품 전편에 은밀히 내재해 있다. 이

---

11 위의 책, 52면.
12 위의 책, 41면.

운명론에 의해 쓰레기장의 인물들은 자신의 현재 상황을 모두 운명으로 받아들인다. 그들은 술을 마시면서 '쓰레기를 벗어나야 산다니까 쓰레기를'이라고 주정을 하면서도 이를 결코 실행에 옮기지 못한다.

결말 부분을 보면 미군 부대가 떠나는 상황에서 장서방이 쓰레기를 줍는 쌍과부의 손을 '부서지도록' 쥐고 쓰레기장에 안주하는 것으로 제시되는데, 이를 통해 장서방 또한 현재 자신의 삶을 운명으로 받아들이고 있음을 알 수 있다. 이 운명론에 의해 쓰레기장에서 생활하는 인물들 간의 갈등도, 또 쓰레기장 인물들과 미군 부대 혹은 한국군과 관련된 인물들 간의 갈등도 작품에서 배제된다.

한편, A단위의 분절된 각 마디마디에 부분적 회상에 해당하는 B단위가 제시되고 있다. B단위는 각 인물과 관련해 작품에서 요약서술의 형태로 다섯 번 제시된다.

(i) 피난처에서 옛집이라고 돌아왔으나 이미 농사철은 거지반 지난 때라, 무슨 대책이라도 세워주려니 하던 막연한 생각이 꼼짝 못하고 앉아서 굶어죽게 만들었다.[13]

(ii) 열아홉 살에 시집을 왔었다. 방위군엔가 끌려간 남편의 소식은 알 길이 없이 유복자를 낳았다.

해마다 가을이면 돌아온다는 판수의 말도 이제는 믿어지지 않았다. 시어머니는 며느리를 의지하고 살아왔고 며느리는 아들 때문에 산다고 했다.[14]

(iii) 첫애를 낳았다고 하지만 오밀조밀한 정분도 느껴볼 새 없이 떠나간 남편이었다. 그러나 언제까지든 남편이 돌아오기를 기다려야 한다고 생각했다. 시어

---

13 위의 책, 40면.
14 위의 책, 40면.

머니를 섬기고 자식을 기르는 것이 살아가는 낙이라고 믿었다. 친정 식구와 함께 원주까지 피난갔을 때만해도, 앞뒤 군대가 들쑥날쑥 하는 쑥새판에서 감자굴 안에 들어가 자고 깨었다.[15]

(iv) 장서방의 반생은 술과 계집이었다.

도가다 판 날인부에서 십장으로, 흥남공장에서 다시 청진으로 나중에는 목단강에서 쟈무스까지, 아무일이라도 닥치는대로 해넘겼다. 사주를 들이고 정식 결혼이라곤 해본 적이 없지만 카페 여급이니, 기생이니, 공사판에서 눈속이 맞은 처녀니 하여 버젓이 살림이라고 차린 일은 손가락을 꼬부렸다 펴고도 다 헤아릴 바 없었다.[16]

(v) 화천 전투에서 이등상사로 있던 외아들이 전사했다는 것이 노상 영감의 자랑이었다. 아들만 있으면 이 꼴이 아니라고 내 세웠다.[17]

(i)은 쓰레기장의 모든 인물에 해당하는 과거이며, (ii)와 (iii)은 쌍과부, (iv)는 장서방, (v)는 곰보영감의 과거에 해당하는 내용이다. 이처럼 B단위는 인물들의 과거 내력과 관련된 일제시대와 6·25전쟁 시절을 다루고 있다.

그런데 운명론에 의해 B단위에 제시된 일제시대와 6·25전쟁은 인물들의 현재 삶에 결정적인 동인으로 작동하는 기능이 약화된다. 일제시대와 6·25전쟁이 아니더라도 인물들은 쓰레기장을 뒤지는 삶을 살아가는 운명을 갖고 태어난 것이 되기 때문이다. B단위에서 인물들이 일제시대와 6·25전쟁이라는 비극적 역사에서 구체적으로 어떤 경험을 했고, 그 경험이 A단위의 현재의 삶에 어떻게 긴밀하게 영향을 미치는지가 제시되지 않는데, 그 이유는 바로 이 운명론 때문이다. 이로 인해 B단위와 A단위는 서사적인

---

15 위의 책, 43면.
16 위의 책, 46면.
17 위의 책, 48면.

측면에서 긴밀하게 연결되지 않고 있다. 그 결과 B단위는 기본 서사인 A단위와 연결되지 못한 채 작품의 시대적 배경과 관련된 고립된 정보를 제공하는 부분적 회상 기능만을 하게 된다.

「지층」 또한 「진개권」과 동일한 서사단위로 이루어져 있다. 이 작품에서 A단위는 강원도 탄광촌을 배경으로 해, 탄광 광부인 칠봉이와 권노인의 힘든 삶, 탄광 사고로 인해 목숨을 잃게 되는 권노인의 비극적 최후, 권노인의 딸 영희와 칠봉이와 강주사의 애정 관계 등을 다루고 있다. 그런데 A단위만을 보면, 이 작품의 시대적 배경이 언제인지를 전혀 알 수 없다. 1950년대인지, 일제강점기인지, 아니면 미래의 어떤 시기인지를 파악할 단서가 없다. 이러한 단점을 보완하는 기능을 하는 것이 B단위이다.

> (i) 왜정 말엽에 아버지의 뒤를 이어 미성년 견습 탄부(炭夫)로 들어와서 해방과 육이오의 두 고비를 석탄굴 속에서 겪은 칠봉이다.[18]
>
> (ii) 서호진(西湖津)에서 마지막 철수선을 타고 집을 떠난 것이 어제일 같았다. 우선 형편이나 알아보려고 부둣가에 나온 것이 마지막이었다.[19]
>
> (iii) 배에서 짐짝처럼 부려진 곳이 거제도(巨濟島)였다. 거기서 여수로, 여수에서 다시 목포로 알 만한 사람이 줄닿아지는대로 전전하여 흘러갔다.[20]
>
> (iv) 요행히 그대로 생존만 했으면 팔순이 될 노모, 큰 아들이 인민군에 뽑혀가고 외롭게 남아 있는 며느리, 국민학교에서 지금 쯤은 중학에 들어갔을 작은 놈, 병석에서 쿨럭거리던 마누라, 가슴 속이 짝짝 찢어지는 것만 같은 심정이었다.
>
> 토지개혁에 겨우 남은 과수원 사흘갈이도 아쉬움처럼 떠올랐다.[21]

---

18 위의 책, 88면.
19 위의 책, 92면.
20 위의 책, 92면.
21 위의 책, 109면.

(v) 부산에서 본, 화려한 거리의 거짓으로 가득찬 사내들보다 얼마나 믿음직한 일군인가 싶었다.[22]

(i)은 칠봉이, (ii), (iii), (iv)는 권노인, (v)는 영희의 과거와 관련된 내용이다. 곧 B단위는 일제시대, 해방 직후 토지개혁이 단행된 북한, 6·25전쟁, 거제도 포로수용소, 부산을 비롯한 남쪽 지방에서의 피난 시기를 그 시대적 배경으로 하고 있다. 이 B단위를 통해 이 작품의 A단위는 6·25전쟁이 끝난 후인 1950년대 중반(초급중학에 다니던 영희가 처녀가 되는 시기)을 시대적 배경으로 하고 있음을 알 수 있다. 그리고 이러한 시대적 배경에 탄광 광부의 임금을 체불하는 탄광 회사, 노름과 술로 세월을 보내는 탄광 광부의 비참한 삶을 결합시킴으로써, 이 작품은 1950년대의 한국사회의 한 단면을 제시하게 된다.

그러나 이 작품에서도 역시 광부들 간의 갈등이나, 임금을 체불하는 탄광 회사와 광부들 간의 갈등이 거의 배제되어 있다. 그 이유는 「진개권」처럼 운명적 체념 때문이다.

(i) 아버지만 불의의 조난으로 세상을 떠나지 않았던들 그는 아버지의 소원대로 이 두메산골에서 벗어났을 것이었다. 애당초 이 탄광에 밥줄을 걸어매지 않았을는지도 모를 일이다.[23]

(ii) 속초에나 가면, 속내를 잘 아는 고향사람들끼리 얽어놓는 것이 마음 편하리라고 생각해온 권노인이었다.[24]

(iii) 해춘만 하면 꼭 속초쪽으로 떠나리라는 속셈을 하면서 고향에 남긴 가족

---

22 위의 책, 95면.
23 위의 책, 88면.
24 위의 책, 92면.

들의 얼굴을 하나하나 더듬어보는 것이었다.[25]

(iv) 딸은 눈만 뜨면 빨리 떠나자고 졸랐다. 이제 죽어도 이 석탄 굴에서는 더 못살겠다는 것이었다. 입춘만 지나면 떠날 걸음이 아니냐고 타일러왔다. 요 며칠은 아버지에게 툭툭 쏘아붙이면서 자기 혼자만이라도 먼저 떠나겠다고 발버둥을 쳤다.[26]

(v) 말없이 석탄덩어리만 주어담는 영희의 마음은 훨훨 북쪽으로 줄달음치고 있다. 언제 갈지 아득한 고향이었다. 차라리 서울로 가고 싶었다.[27]

(vi) 영희 자신은 죽어도 이 탄광에서는 이 이상 더 살지는 못하겠다는 생각이 겹쳐 들었다.

(중략)

서울!

서울이라면 무슨 짓을 해서라도 가고 싶었다.[28]

(vii) "누가 강주사가 좋다나, 정말 난 이 석탄굴에서는 죽어두 못살겠어요, 이게 어디 사람 사는 거요, 개 돼지만도 못하게……"[29]

인물들이 자신들이 처한 상황, 곧 '석탄굴'로 표상되는 상황을 떠나고자 하는 마음이 강렬함을 알 수 있다. (i)에서 탄광을 떠나고 싶어 하는 칠봉이를, (ii), (iii)에서 고향 사람들이 많이 있는 속초로 가고 싶어 하는 권노인을, (iv)~(vii)에서 서울로 가고 싶어 하는 영희를 확인할 수 있다. 그러나 이들의 바람은 이루어지지 않는다. 그것은 운명적 체념 때문이다.

---

25 위의 책, 108~109면.
26 위의 책, 93~94면.
27 위의 책, 95면.
28 위의 책, 96면.
29 위의 책, 107~108면.

(i) 웬 영문인지 초급중학에 다니고 있던 영희 하나가 묻어떠났다. 다른 식구들은 모두 버려두고 그것 하나만이 무슨 바람에 휩싸여 붙어 왔는지 통 모를 일이라고 생각되었다. 이럴 때면 권노인은 다 운이야 운 하고 만사를 운명에 돌리고 체념을 곱씹는 것이었다.[30]

(ii) 사실 늦어도 석달 안으로 고향에 돌아갈 줄만 믿었다.

차츰 나이 차 가는 딸의 앞길이 걱정되었다. 고향 사람들이 많다는 속초로 갈량으로 영암선에 접어들었던 것이 오늘의 시초였다.

삼척까지의 중턱인 철암(哲庵)에서 하룻밤을 묵게 되었다. 객주집에서 만난 얼굴들이 서로의 사연을 주고 받았다.

대소한(大小寒)이 가로막힌 추위에 석탄만이라도 흔한 공장에서 겨울을 나고 해동하거든 가는 것이 좋겠다는 이야기들이었다.

꼭 집어낼 목표라곤 없는 걸음에 귀가 솔깃해졌다.

꿈에도 생각하지 못하였던 탄광 일에 손을 대게 되었다.

-다 운이요, 운-

권노인의 운명론은 더욱 잦게 되풀이 되었다. 그는 곧잘 토정비결(土亭秘訣)을 펼쳐 놓고는 태세(太歲)니, 월건(月建)이니 하고 짚어보는 것이었다. (밑줄: 인용자)[31]

(i), (ii)는 권노인을 중심으로 펼쳐지는 운명론이다. 운명에 의해 권노인은 딸 영희를 데리고 철수선을 탔고, 그 운명에 의해 흘러흘러 탄광 광부가 된 것이다. 권노인이 속초로 떠나지 못하고 사고로 죽는 것 또한 권노인의 운명으로 이미 예정되어 있는 것이다. 이 운명론에 의해, 권노인을 비롯한

---

30 위의 책, 92면.
31 위의 책, 93면.

탄광 광부들의 삶은 이미 운명처럼 결정된 것으로 그려진다. 그 결과 탄광 광부들과 탄광 회사 간의 갈등, 또 탄광 광부들 간의 갈등은 배제된다.

그런데 이 작품에서 영희는 이러한 운명론을 거부하는 인물로 제시된다. 권노인이 사망하자 영희는 평소 자신의 생각대로 탄광촌에서 자취를 감춘다. 곧 영희는 자신이 처한 상황을 자신의 의지에 따라 거부하고 서울로 떠난다. 이러한 영희로 인해 이 작품에서 거의 유일하다 할 수 있는 갈등이 제시된다. 탄광촌을 떠나려는 영희와 탄광촌의 삶을 운명으로 받아들이는 칠봉이와의 갈등이 그것이다.

그러나 영희와 칠봉이와의 이러한 갈등을 제외하고 나머지 갈등은 약화된다. 만약, 칠봉이가 영희와 결혼하고자 한다면, 영희에게 추근거리는 현장감독인 강주사와 심각한 갈등에 빠져야 한다. 그리고 임금 체불을 칠봉이가 문제 삼는다면, 강주사와 또한 심각한 갈등에 빠져야 한다. 그러나 칠봉이는 자신이 탄광 광부의 삶을 살아가고, 임금이 체불되는 것을 모두 운명으로 받아들이기에 그러한 갈등은 작품에서 약화되는 것이다.

이 작품 역시 「진개권」처럼 B단위와 A단위는 서사적인 측면에서 긴밀하게 연결되지 않고 있다. 그 결과 이 작품에서도 B단위는 작품의 시대적 배경을 드러내는 것에 한정되어 있다.

위의 작품들의 경우, '쓰레기장', '탄광촌'처럼 현실사회와는 일정하게 고립된 공간을 배경으로 하고 있다. 이 고립된 공간이 그나마 1950년대 중반 한국사회의 공간으로 읽힐 수 있는 것은 B단위 때문이다. 그러나 「흑산도」의 경우, B단위가 현저히 약화되어 있다.

> (i) "왜정 때만 했어도 연해(沿海) 삼십 마일 밖에라야 데구리 허가를 했는데 요새는 손 앞에서 막 해먹으니께로 고기 종자가 없제."[32]
>
> (ii) "맹아더론(맥아더라인), 그것도 상관 없는지라."[33]

작품 전체를 통틀어 위의 인용문에서처럼 B단위는 두 번 제시될 뿐이다. 이처럼 약화된 B단위로 인해 A단위에 제시된 흑산도라는 고립된 섬은 1950년대의 한국사회의 공간과는 동떨어진, 일종의 탈사회적, 탈역사적 공간으로 변질될 위험성을 내포하게 된다. 여기에 운명적 체념이 개입하면서 섬에서 태어나서 바다에서 죽고 바다와 함께 일생을 보내는 것이 인물들의 운명임을 강조한다. 복술이, 용바우, 박영감, 두칠이, 털보영감, 인실이 어머니, 과부 새댁 등과 같은 인물들의 삶은 이미 그 운명이 정해져 있는 것이다. 복술이가 섬을 떠나 뭍으로 가고자 하지만 그녀의 바람은 이미 정해진 그녀의 운명적 삶으로 인해 실패하게 된다. 그 결과 이 작품에서도 인물들 간의 갈등이 사라지고, 인물들을 죽음이라는 극한 상황으로 내모는 섬의 상황과 관련된 갈등도 배제된다. 여기에 '용왕제' 같은 제의가 자리 잡으면서, 이 작품은 1950년대 중반의 한국소설이라는 특수성을 사상하고, 인간이 자연에 운명적으로 순응하는 삶을 그리는 전근대적 소설로 편입될 자리에 서게 된다. 그것을 방지하고 있는 것이 B단위이다.

「경동맥」의 경우, B단위에서 법관인 남편 동호가 전쟁 중 실종된 내용, 그림을 그리던 남편 친구 현수가 이북에서 선전물을 그린 내용, 피난 때 아이가 죽은 내용,[34] 부산 피난지에서의 노점 생활 등이 제시되고 있다. 그런데 A단위에서는 B단위의 상황과는 전혀 무관한 현재 상황이 제시된다. 곧 성희가 서울에서 교수가 되어 생활하는 일상이 세세하게 제시되고 있을 뿐이다. 인물이 피난지의 아픔을 어떻게 극복하고 교수가 되었는지에 대한 구체적인 언급은 거의 없다. 유일하게 B단위와 연결되는 고리는 예술을 포기하고 돈을 벌려고 하는 현수이다. 이러한 상황에서 성희는 작품 서두에

---

32 위의 책, 25면.
33 위의 책, 25면.
34 이 작품과 연작형이라 할 수 있는 「동혈인간」(1956.1)에 다루어지고 있다.

서 '팔자나 운명'[35]을 거부한다고 표나게 내세우지만, 결말에서 현수와의 합일을 지향하면서도 이를 실행에 옮기지 못하고 머뭇거릴 뿐이다. 이는 성희에게 주어진 운명, 곧 결코 현수와는 함께 할 수 없는 운명에 순응하는 것에 해당한다.

첫 번째 유형의 작품들은 A단위, B단위를 지닌다. A단위는 인물들의 현재 상황을, B단위는 일제시대, 해방공간, 6 · 25전쟁, 피난 시기의 인물들의 경험을 다룬다. 여기서 B단위의 회상은 시대적 배경을 제시하는 역할만 함으로써 부분적 회상에 머문다. 그리고 인물들은 자신이 처한 상황을 운명으로 받아들이고 체념한다. 이처럼 운명론이 강화되면서 A단위와 B단위는 느슨하게 결합되고, 인물 간의 갈등도 배제되며, 공간적 배경 또한 구체적 현실과는 동떨어진 '섬', '쓰레기장', '탄광촌' 등으로 설정된다.

3. 과거와 현재의 긴밀한 결합과 운명론 약화

두 번째 유형은 첫 번째 유형처럼 A단위, B단위를 모두 지니고 있으면서, 다음 두 가지 점에서 차이를 갖는다. 첫째, 기본 서사 A단위와 밀접하게 연결되면서 서사에 중요한 부분을 형성하는 '완결된 회상'에 해당하는 C단위가 삽입된다. C단위에서 다루어지는 시간은 B단위에서 다루어지는 전쟁 직후보다는 뒤에 일어난 시기(주로 환도 이후)에 해당하면서 A단위에서 일어나는 사건보다 조금 직전에 일어난 것으로 제시된다. 이 C단위가 개입해 A단위와 B단위를 매개한다. 그 결과 이 유형의 작품은 A단위, B단위, C단위가 긴밀하게 연결되면서 첫 번째 유형의 작품보다 1950년대 한국사

---

35 전광용, 『흑산도』, 앞의 책, 62면.

회의 현실을 구체적으로 다루게 된다. 이처럼 구체적 현실이 작품에 제시되면서 그러한 현실 상황과 관련해 인물들 간의 갈등도 제시된다. 또한 공간적 배경도 섬, 탄광촌 같은 고립된 공간이 아니라 서울, 부산 같은 도시 공간으로 확장된다.

둘째, 상황에 대한 인물의 운명론적 체념은 첫 번째 유형에 비해 현저히 약화된다. 곧 구체적 현실이 강화되면서 인물의 운명적 체념은 그만큼 약화되는 것이다. 이에 따라 인물 간의 갈등이 첫 번째 유형보다 강화된다. 그러나 그러한 갈등이 심화되지 못하는데, 이는 비록 약화되었지만 운명적 체념이 작품 배면에서 여전히 작동하기 때문이다.

이 유형에 해당하는 작품으로 「해도초」(1958.11), 「벽력」(1958.12), 「G·M·C」(1959.2), 「퇴색된 훈장」(1959.2), 「영1234」(1959.3), 「사수」(1959.6), 「크라운장」(1959.9), 「꺼삐딴리」(1962.7) 등을 들 수 있다.

이 유형의 서사구조의 특징을 「G·M·C」, 「벽력」, 「꺼삐딴리」를 통해 파악할 수 있다. 먼저, 「G·M·C」의 경우이다. B단위와 관련하여 작품에 제시된 상황을 모두 정리하면 다음과 같다.

> (i) 그 후에 시작된 것이 자동차 학교를 거친 운전수요, 해방과 더불어 잡아쥔 것이 청소차의 직업적 연분이었다.[36]
>
> (ii) 경구는 미군부대의 츄럭 운전수였다. 좀 더 그의 이력을 거슬러 올라가면 그는 사변 나던 날까지 시청 청소차를 몰고 있었다.
>
> 말하자면 청소작업이 그의 생활을 이어주는 일자리였고, 그 청소차의 덕분으로 그는 一·四 후퇴시에도 비교적 무난히 피난을 갈 수 있었던 것이다.[37]

---

36 위의 책, 208면.
37 위의 책, 197면.

(iii) 지 · 엠 · 씨(G · M · C), 그것은 하나의 에피소드를 남긴 경구의 별명이었다.

대구 동촌비행장 미군부대에 소속되어 있던 때의 일이다.

(중략)

시청 위생과의 담당 주사로 근무하던 이헌도 이날 경구가 몰고 있는 츄럭에 같이 타고 있었다.[38]

(iv) 경구는 대구 시내를 차를 몰고 가다가 우연히 이헌을 발견하였다. 그 꼴이란 말이 아니어서 경구의 알선으로 이헌은 곧 경구의 일하는 미군부대에 근무하게 되었다.

그 후 이헌은 부산으로 내려갔다가 정부 복귀와 함께 시청의 옛자리로 돌아왔다.[39]

B단위는 일제시대, 전쟁, 피난지 대구에서 겪은 일들을 제시하고 있다. 경구는 일제시대 중학교 졸업반 때 신사복을 입고 나갔다가 학교를 그만두게 되고 운전수가 되어 해방과 더불어 청소차 직업을 갖게 되었고(i), 전쟁이 일어나기 전까지 시청 청소차를 몰았다(ii). 전쟁이 일어나고 1 · 4후퇴 때 청소차를 몰고 대구로 피난 가 대구 비행장 미군 부대 운전수로 근무(ii, iii)하였다. 미군 부대 운전수로 근무하던 중 고장 난 미군 짚차를 고쳐주면서(중략된 부분의 내용) '지 · 엠 · 씨'라는 별명을 얻게 된다. 피난 전 시청 위생과 담당 주사로 근무하던 이헌(iii)은 대구로 피난 와 고단한 생활을 하던 중 경구의 도움으로 미군 부대에 근무하게 되고 부산으로 내려갔다가 환도와 함께 다시 옛자리로 돌아왔다(iv).

---

38 위의 책, 198~200면.
39 위의 책, 201면.

이처럼 B단위는 첫 번째 유형처럼 일제 말기와 해방을 거쳐 6 · 25전쟁
으로 인한 피난 시기를 다루고 있다. 그러나 첫 번째 유형처럼 그 시기를
요약해서 추상적으로 제시하기보다는 인물의 삶과 관련해 구체적 상황(직
업이나 운전)을 통해 제시하고 있다는 점에서 차이가 난다. 그리고 이러한
구체적 상황이 완결된 회상에 해당하는 C단위의 상황으로 연결된다. C단
위의 내용은 다음과 같다.

(i) 경구는 휴전협정이 성립되기 이전에 아직 일선지구나 다름 없는 서울로 올
라왔다.

그것은 그가 소속되어 있는 미군부대가 서울 근교로 이동된 탓도 있었지만
그것보다는 멀리 잖은 장래에 환도될 가능성이 엿보인다는 풍설에서 경구 자신
이 품고 있는 사업욕이 그의 복귀를 더 다급하게 재촉하였던 것이다.[40]

(ii) 폐허가 된 서울거리는 음산하고 쓸쓸하였다. 사람의 그림자는 드물고 군
용차만이 제속력을 다하여 가로를 질주하고 있었다.

이 속에서 경구는 고된 줄 모르고 일을 하였다.[41]

(iii) 새봄이 되자 사람은 늘어갔고, 깨끗이 씻기웠던 거리는 더러워져갔다.[42]

(iv) 환도 얼마 후 미군부대에서 나온 경구는 폭력에 파괴된 차대(車臺)를 이
끌어다가 츄럭 하나를 꾸미었다. 오랜 숙망이었던 자기 차를 처음 마련해 본 것
이다.

이삿짐 날아들이는 일에 한몫 보다가 그것이 뜸하여지자 다시 돌아 붙은 일
이 분뇨차(糞尿車)를 몰고 다니는 청소작업이었다.

자기 차와 소위 모찌꼬미 차를 합쳐서 화물차 세 대가 움직였다.

---

40 위의 책, 197면.
41 위의 책, 197면.
42 위의 책, 198면.

그것이 올 봄에 신형 지·엠·씨 다섯 대를 새로 대여(貸與)받아 사업은 한층 흥성하여졌다.

이제야 경구는 운전대를 놓고 사업장에 붙어 있어야만 하였다. 그것 뿐만 아니라, 시청이니 경찰서니 하는 관계당국과의 외부적 접촉 관계로 하루 종일 바쁜 시간을 보내야만 하였다.[43]

(v) 환도 직후의 아쉬운 살림에 경구는 이헌을 위하여 물질적인 도움은 물론, 접대의 자리마다 술상에는 거의 같이 앉았던 것이다.[44]

C단위는 환도 이후 경구와 이헌이 이권으로 극한 대립을 하기 전의 상황을 다루고 있다. 경구는 휴전 협정이 성립되기 전 먼저 서울로 와, 미군 부대의 파괴된 차를 고쳐 분뇨차를 몰고 다니면서 청소작업을 열심히 해 사업을 흥성하게 만든다. 시청, 경찰서 같은 관계당국을 찾아다니면서 자신의 이권을 유지하려 노력한다. 그리고 어렵게 사는 이헌을 위해 온갖 물질적 도움을 준다. 이 C단위를 통해, 경구와 이헌의 관계, 경구가 사업을 번성시킨 과정, 사업을 위해 당시 관계당국의 힘을 얻어야 하는 상황 등이 제시되고 있다.

이 B단위와 C단위에 의해 A단위의 사건은 당대 한국사회의 구체적인 문제와 연결된다. A단위에서는 경구의 도움을 받던 이헌이 "청소작업이 큰 노다지"[45]라는 것을 알고, 직장에 사표를 내고 간계를 부리면서 고위층을 등에 업고 경구의 작업권을 탈취하려 한다. 경구는 자신의 이권을 지키기 위해 고향 출신의 여당 국회위원인 장의원을 찾아가 읍소를 해보지만, "최고의 빽과 거기에 청소계통 사무절차의 이면을 알고 있는 이헌"[46]을 이길

43 위의 책, 198면.
44 위의 책, 201면.
45 위의 책, 202면.

수는 없는 상황에 처한다. 여기에 자신의 분뇨차가 기차와 충돌해 인부가 죽게 되는 사건이 벌어지면서 경구는 결국 이권을 이헌에게 빼앗긴다.

그런데 A단위에서 경구와 이헌의 갈등이 제시되고 있지만 심각한 단계로까지 나아가지 못한다. 곧 경구가 술자리에서 이헌에게 잔을 내던지는 일, 그리고 다방에서 이헌에게 이헌의 부당함을 따지는 상황만으로 제시되고 있다. 그리고 이권을 잃은 경구가 이헌의 작업장 인부로 들어가는 것으로 작품은 끝을 맺는다. 이러한 상황은 운명론과 관련이 있다.

> (i) 요지막 그에게는 별달리 깊은 뜻도 없이 지난 날에 불려졌던 젖냄새 풍기는 그 이름마저도 자기가 하는 일에 어떤 숙명적인 인과관계라도 있는 것만 같게 생각되어지는 것이었다.[47]
>
> (ii) 이러한 전후 관계가 그 추하고 하찮은 것 같게 보이는 일자리가 그의 생명과 연결되어 어떤 집착이나 매력 같은 것까지도 그의 마음 속에 불러 이르키게 하는 것이었다.[48]
>
> (iii) 이헌과의 지금 현재의 미묘한 관계도 어쩌면 경구 자신이 일부러 씨를 뿌려 놓은 것 같기만도 한 일이었다.[49]

경구는 자신이 분뇨차를 몰게 된 것을 운명으로 생각하고 있다. 삼대 외독자인 경구의 아명이 '똥돌이'였고 그 이름이 자신의 삶의 운명을 결정지었다는 것(i), 청소작업이 그의 생명과 연결되어 어떤 집착이나 매력을 불러 일으킨다는 것(ii), 이헌이 자신을 배신하게 된 것도 자신에게 주어진 운명

---

46 위의 책, 203면.
47 위의 책, 197면.
48 위의 책, 197면.
49 위의 책, 200~201면.

이 씨를 뿌린 것이라고 생각한다는 것(iii) 등에서 이를 확인할 수 있다.

이 운명론으로 인해 경구는 청소작업을 자신의 평생 직업으로 여기게 되고, 이권을 빼앗기고도 이헌 아래 인부로 들어가게 되는 것이다. 작품 결말에서 경구가 '성낸 짐승 같은 고함소리'[50]를 지르는 것은 이헌에 대한 분노가 아니라 운명에 순응할 수밖에 없는 자신의 상황에 대한 분노에 해당한다.

「벽력」은 대학 수위로 근무하다가 실직해 일용노동자로 살아가면서 자신의 집마저 빼앗기게 되는 창식이라는 인물의 삶을 다루고 있다. B단위와 C단위를 정리하면 다음과 같다.

(i) 해방 바람에 한몫 보겠다고 동료나 친구들이 다 제갈길을 날개 돋혀 찾아갈 때에도 창식은 여지껏 지켜온 일자리에서 적으나마 새나라의 일을 도우리라 마음먹고 그대로 남아 붙어왔던 것이다.

육이오 때에서 그저 전이나 다름 없이 제 일자리를 지켜 왔다. 그 덕분에 되는대로 실어내가던 도서관 책의 행방도 알아 수복 후에 다시 찾게 되었던 것이다.[51]

(ii) 대학 내에 오래 계속되던 분쟁 끝에 임기 전에 학장이 갈리고 새사람이 자리를 잡았다.

사무직원은 말할 것도 없이, 사환이고 소제부고 모두 말을 나르던 구파(舊派)라는 명목하에 다 갈아 붙이고 소위 신파(新派)의 자기 사람으로 바꾸어 놓았다.

(중략)

세도가 기승을 부리는 서슬에 십여년의 근속 수위였던 창식이도 아무 예고없이 해고의 선풍에 함께 휩쓸렸던 것이다.[52]

---

50 위의 책, 211면.
51 위의 책, 133~134면.
52 위의 책, 133면.

(i)은 해방 직후부터 6 · 25전쟁을 다루는 B단위에, (ii)는 수복 후 대학에서 구파와 신파의 대립으로 해고되는 과정을 다루는 C단위에 해당한다. 이 단위에 제시된 사건으로 창식은 수위직을 잃는다. A단위에서 창식은 극장 광고원, 도로공사장 인부 등을 전전하면서 살아간다. 창식은 자신에게 돈을 빌려주고 이자를 받다가 자신이 실직하자 원금 반환을 요구하면서 그의 집을 뺏으려는 '웃집 마나님'과 갈등을 하다가, '웃집 마나님' 집의 신축 축대를 무너뜨리면서 돌덩어리와 함께 담 밑으로 굴러떨어진다. 창식의 이러한 행위는 자신에게 주어진 운명을 거부하는 것에 해당한다고 볼 수 있다. 그러나 그러한 행위가 실패하는 것으로 제시됨으로써 결국 운명에 순응할 수밖에 없음을 강조하고 있다.

「G · M · C」와 「벽력」을 비교하면 다음과 같다. 「G · M · C」의 경우, A단위에서 갈등을 일으키는 경구와 이헌과 관련하여, B단위와 C단위에서 경구의 내력, 이헌의 내력, 경구와 이헌의 관계가 시대적 상황과 연결되어 동시에 다루어지고 있다. B단위와 C단위, 그리고 A단위 모두가 이처럼 긴밀하게 연결되면서, A단위에서 다루어지는 현재의 사건들은 당대 사회문제를 보다 구체적이면서 깊이 있게 보여주게 된다. 청소작업이 호황을 누리는 사회적 상황, 권력과 '빽' 없이는 먹고 살기조차 힘든 상황, 돈이 절대시되며 이권을 얻기 위해서는 인간의 선의마저 저버리는 상황이 전후의 사회적 상황과 구체적으로 연결되고 있다. 이를 바탕으로 이 작품은 당대 사회를 날카롭게 비판한다.

「벽력」에서는, B단위와 C단위에서는 창식이 실직하게 된 상황만 제시될 뿐 A단위에서 창식과 갈등을 일으키는 웃집 마나님과 관련된 내용은 없다. 그리고 C단위에서 창식이 실직하게 된 원인으로 제시된 '구파와 신파'의 대립이 무엇인지, 그리고 '빽'이 무엇인지 구체적으로 제시되지 않고 있다. 또한 창식이 6 · 25전쟁 때 분실된 책을 찾아서 실직된다고 제시하면서 그 구체적인 내용에 대한 언급이 없다. 이런 이유로 B단위와 C단위에는 창식이 실직한 시기만 제시될 뿐, 그 시기의 사회적 상황은 구체적으로 제시되지 않고 있다. 「G · M · C」에 비해 「벽력」에서 B단위와 C단위는 시대적 특수성을 확보하지 못하고 있는 것이다. 나아가 B단위와 C단위의 사건, 곧 실직 사건이 A단위로 연결되지 않고 분리되고, A단위에서 단지 실직 후의 상황만 제시될 뿐이다. 그 결과 「G · M · C」보다 「벽력」은 각 단위가 긴밀하게 연결되지 못하면서 사회적 상황과 관련해 깊이를 확보하지 못하게 된다. 다만, A단위에서 창식이 극장 광고원과 도로건설 인부를 하는 내용, 창식의 집이 시유지에 세워진 무허가 집으로 권리금이 높다는 점, 돈만 최우선시하는 마나님이 자동차 주차장을 만들기 위해 축대를 쌓고 창식의 집을 빼앗으려 한다는 점 등을 제시함으로써, 이 작품은 당대 사회적 상황을 단편적으로나마 다루게 된다.

「꺼삐딴리」는 A단위와 C단위, 그리고 B단위가 매우 긴밀하게 연결되어 있다. A단위에서 이인국 박사가 남한에서 미국 비자를 받기 위해 미국대사관 브라운을 만나는 과정이 제시되고, C단위에서 미국으로 유학 간 딸이 미국인과 결혼하겠다고 보낸 편지와 관련된 회상 내용, 그리고 이인국 박사가 재혼해 낳은 어린 아들을 키워야 하는 상황과 관련된 회상 내용이 제시되고 있다.

B단위에서 일제시대, 해방 후 소련군 점령 하의 북한 사회, 38선을 넘은 피난 시절, 거제도 포로수용소 시절을 다루면서 이인국의 탁월한 처세술이 제시되고 있다. 다른 작품의 경우 B단위에서 이러한 내용은 요약서술의 형태로 간략하게 압축적으로 제시되고 있다. 그러나 이 작품에서는 일제시대 제국대학 의대를 졸업하여 의사가 되고 친일을 하는 과정, 북한에서 친일분자로 몰려 죽기 직전 살아나는 과정이 사건 단위로 구체적으로 제시되고 있다. 작품에서는 이인국의 회상 형식으로 이 단위가 연결되지만, 실제로는

전지적 작가 시점에 의해 과거 상황이 구체적으로 사건화되어 일종의 삽입 서사의 형태로 제시되어 있다. 이러한 사건을 통해 일제시대, 그리고 해방 직후 북한과 관련된 시대적·사회적 상황이 구체적으로 묘사되고 있다.

일제시대에는 일본어, 북한에서는 노어, 남한에서는 영어를 구사하는 이인국을 통해 각각의 시대 상황을 구분한다. 또 북한에서는 아들이 소련으로 유학 가고, 남한에서는 딸이 미국으로 유학을 간 것으로 구분한다. 그리고 일제시대와 북한에서는 '아내', 서울에서는 '혜숙'으로 아내가 구분된다. 그러면서 이 모든 단위를 제국대학 졸업 때 받은 '십팔금 회중시계'로 연결하고 있다. 이러한 B단위의 사건들이 C단위와 A단위에 지속적으로 영향을 끼친다.

한편, 상황에 대처하는 방법을 보면, 이인국이 각 시대와 상황에서 살아남을 수 있는 것이 모두 '운명'이고 '기적'이라고 제시되고 있다.

> (i) 사흘의 여유만 더 있었더라면 나는 이미 이곳을 떴을는지도 모른다. 다 운명이다. 아니 그래도 무슨 수가 있겠지……[53]
>
> (ii) 아마 스텐코프 소좌라고 했지. 그 혹부리 장교. 직업이 의사라고 했을 때, 독또오루 독또오루 하고 고개를 기웃거리던 순간의 표정, 그것이 무슨 기적의 예시 같기만 했다.[54]

이인국 박사가 일제시대, 북한 사회, 남한 사회에서 살아남을 수 있는 것은 모두가 '운명'이고 '기적'인 것이다. 따라서 이 작품에서 이인국의 기회주의적 처세술은 실패할 수가 없게 되어 있다. 이 작품은 이인국에게 주어

---

53 전광용, 『현대한국문학전집』 5, 신구문화사, 1981, 390면.
54 위의 책, 392면.

진 이러한 '운명' 내지 '기적'을 작품에 내재화하여 은밀하게 작동하게 함으로써, 기회주의자만이 어려운 시대에 살아남을 수 있다는 사회적 상황을 역설적으로 비판하고 있다.

이처럼 이 작품은 세 가지 서사단위가 모두 긴밀하게 연결되고 각 단위에서 다루는 내용이 구체적인 사건으로 제시되고 있다. 이를 통해, 이 작품은 일제시대, 북한 사회, 남한 사회의 구체적인 상황에 대한 묘사와 함께 처세술이 능한 인물의 성격화에 성공한다.

4. 운명론 무화와 현재의 단편적 사건 강화

세 번째 유형에 해당하는 작품은 B단위에서 일제시대, 해방, 6 · 25전쟁 시기를 다루는 내용이 거의 미미해지고 C단위도 약화되면서, A단위에서 인물이 처한 현재 상황만을 다루는 쪽으로 나아간다. 이 유형에 해당하는 작품은 B단위에서 다루는 내용이 무엇이냐에 따라 다시 두 가지로 구분된다.

먼저, B단위에서 미미하나마 일제시대, 해방, 6 · 25전쟁을 끌고 오는 경우이다. 여기에 「충매화」(1960.9), 「의고당실기」(1962), 「죽음의 자세」(1963.7), 「세끼미」(1965.4)가 속한다. 이들 작품들의 경우, B단위와 C단위는 한국의 특수한 역사적, 사회적 상황과 연결되지 못하고 있으며, 그 결과 A단위는 당대의 사회적 상황을 구체적이면서도 깊이 있게 조망하지 못하고 단지 단편적 현실을 다루고 있다. 이에 따라 인물들은 자신이 처한 상황과 관련해 문제점이 무엇인지를 제대로 파악하지 못한 채 현실로부터 도피하는 쪽을 택한다.

「의고당실기」는 미국 유학을 가는 '나'의 시선을 통해 퇴직한 사학자 남궁선생이 서점을 하게 되는 과정을 다루고 있다. B단위에는 남궁 선생과 관련해 일제시대와 해방이, '나'의 아버지와 관련해 피난 시절이 압축적으로 제시되고 있다. C단위에서는 '나'와 관련해 대학입학, 군대, 대학원 조교, 시간강사 시절이 제시되고 있다. A단위에서는 '나'가 미국 유학을 가기까지의 어려운 상황, 그리고 남궁선생이 정년퇴직을 하고 서점을 열게 되는 과정이 다루어지고 있다. 이 서사단위에서, C단위의 경우 '나'와 관련된 사회적 상황이 배제되고, B단위가 단지 시대적 배경을 제시하는 기능으로 축소되면서, A단위의 사건들이 구체적인 사회적 상황과 연결되지 못하고 있다. 그리고 인물은 이러한 상황을 운명적으로 체념하고 받아들이거나 혹은 의지적으로 극복하려하기보다는 '미국으로 도피'하는 쪽을 택한다.

「세끼미」는 혼혈아 여성인 마리아의 삶을 다루고 있다. B단위에서 마리아의 출생 배경과 관련해 추측 형태로 6·25전쟁 때의 미군이 언급되고 있다. C단위에서는 마리아의 힘겨운 성장과정이 '세 어머니'를 모시는 것으로 제시되고 있다. A단위에서는 마리아가 다시 입양을 할지를 두고 고민하는 과정에서, 마리아와 친구 혜숙과 경수오빠와의 연애 관계, 브라운 목사와의 학교 일, 스티븐슨 가족으로 입양하는 문제 등이 제시된다. 그러나 이 작품 역시 「의고당실기」처럼 B단위가 시대적 배경만을 제시하고 C단위에 사회적 상황이 배제되면서, A단위의 사건들이 당대 사회적 상황과 긴밀하게 연결되지 못하고 있다. 그리고 마리아는 자신에게 주어진 상황으로부터 도피해 '자기 이외의 아무도 자기를 생각하지 않는 곳'으로 스스로를 유폐시킨다.

다음, B단위에서 해방과 6·25전쟁 시기를 배제하고 '신라시대', '조선시대' 등으로 대체하는 경우로, 「주봉씨」(1959.1), 「모르모트의 반응」(1964.5)을 들 수 있다. 「주봉씨」는 B단위에 불국사, 석굴암 등의 신라 예술이 갖는 예술적 의의가 제시되고 있다. C단위에 경주 여행 전 졸업 작품 전람회와 관련하여 대학 강사 주봉과 제자 연희 사이에 일어난 일화가 제시된다. A

단위에서는 신진 화가이자 대학 강사이면서 국전에서 대상을 받은 주봉이 경주로 여행가서 신라 예술을 통해 예술의 의의를 깨닫는 내용이 제시된다. 신라 예술의 의의를 다루는 B단위와 당대 한국사회의 구체적 현실 상황과 긴밀하게 연결되지 않는 C단위로 인해, A단위는 예술 일반과 관련된 내용이 주를 이루게 된다. A단위에 제시된 상황이 당대 사회와 구체적으로 연결되지 못하고 예술 일반으로 추상화됨으로써, 인물은 한국적 특수성에 입각한 예술적 의의와 가치에 대한 자각으로 나아가지 못하고 예술 일반에 대한 추상적 깨달음으로 나아간다.

> 그것인 인간대 인간의 문제, 하나의 인간을 진심으로 사랑하고 추앙할 수 있을 때, 그러한 도취된 영감의 세계에서 종교적 신앙 같은 거룩한 상념이 결정을 이루어 그 응결된 창작의욕이 외부적으로 구체화되었을 때, 거기에는 신앙에 대치될 수 있는 극치의 예술작품이 이루어질 것만 같았다.[55]

「모르모트의 반응」은 B단위에 조부로 표상되는 유교적 가치관, 곧 가부장제, 남아선호사상이 언급되고 있다. C단위에 허진이 딸 여섯에 아들 하나를 갖게 된 과정, 허진이 정관수술을 받게 된 일 등이 제시되고 있다. A단위에서는 허진의 아들이 개에게 고추를 물린 사건과 그 치료 과정이 제시된다. 조선시대의 가치관을 다루는 B단위와 당대 한국사회의 상황과 연결되지 않는 C단위로 인해, A단위는 당대의 사회적 상황과는 매우 동떨어진 채 추상화된다. 이 추상화된 상황으로 인해 인물은 상황의 문제점을 파악하지 못하게 되고, 그 결과 「주봉씨」처럼 추상적 상황에 대한 추상적 깨달음으로 나아간다.

---

55 전광용, 『흑산도』, 앞의 책, 169면.

그의 망막에는 이십년 후의 며느리와 손자의 모습이 신기로처럼 아른거리고 있었다. 그러나 그것은 꼭 붙잡아지지 않는 그림자 같은 것이었다.[56]

5. 맺음말

이 글은 전광용 단편소설에 나타난 서사구조에 주목하여, 서사구조를 유형화하고 그 특성을 검토함으로써 전광용의 작품세계의 한 특징을 밝히고자 하였다.

전광용 소설은 기본적으로 기본 서사, 회상 서사로 이루어진다. 기본 서사는 인물이 현재 경험하는 내용을 다루는 단위(A단위)로 이루어져 있다. 회상 서사는 기본 서사의 시간 밖에 있는 외적 회상이 주를 이룬다. 외적 회상은 회상의 내용이 기본 서사와 연결되지 않고 고립된 정보를 제공하는 부분적 회상에 해당하는 단위(B단위)와, 기본 서사와 밀접하게 연결되면서 서사의 중요한 부분을 차지하는 완결된 회상에 해당하는 단위(C단위)로 이루어져 있다. 그리고 주인공이 처한 상황을 해결하는 방법으로 운명론적 체념이 제시되고 있다.

세 가지 서사단위(A단위, B단위, C단위) 중 어느 단위가 작품의 서사구조를 이끌어가느냐의 측면, 그리고 운명적 체념이 차지하는 비중 정도를 기준으로 할 때, 전광용 단편소설은 크게 세 가지로 유형화될 수 있다.

첫 번째 유형의 작품들은 A단위, B단위를 지닌다. A단위는 인물들의 현재 상황을, B단위는 일제시대, 해방공간, 6·25전쟁, 피난 시기의 인물들의 경험을 다룬다. 여기서 B단위의 회상은 시대적 배경을 제시하는 역할만 한

---

56 전광용,『현대한국문학전집』5, 앞의 책, 428면.

다. 그리고 인물들은 자신이 처한 상황을 운명으로 받아들인다. 이처럼 운명론이 강화되면서 A단위와 B단위는 느슨하게 결합되고, 인물 간의 갈등도 배제되며, 공간적 배경 또한 구체적 현실과는 동떨어진 '섬', '쓰레기장', '탄광촌' 등으로 설정된다.

두 번째 유형은 첫 번째 유형처럼 A단위, B단위를 모두 지니고 있으면서, 다음 두 가지 점에서 차이를 갖는다. 첫째, 기본 서사 A단위와 밀접하게 연결되면서 서사에 중요한 부분을 형성하는 '완결된 회상'에 해당하는 C단위가 삽입된다. 이 C단위가 개입해 A단위와 B단위를 매개하면서 이 유형의 작품은 A단위, B단위, C단위가 긴밀하게 연결되고, 이에 따라 첫 번째 유형의 작품보다 1950년대 한국사회의 현실을 구체적으로 다루게 된다. 이처럼 구체적 현실이 작품에 제시되면서 그러한 현실 상황과 관련해 인물들 간의 갈등도 제시된다. 또한 공간적 배경도 섬, 탄광촌 같은 고립된 공간이 아니라 서울, 부산 같은 도시 공간으로 확장된다. 둘째, 구체적 현실이 강화되면서 상황에 대한 인물의 운명적 체념은 그만큼 약화된다. 이에 따라 인물 간의 갈등이 첫 번째 유형보다 강화된다. 그러나 그러한 갈등이 심화되지 못하는데, 이는 비록 약화되었지만 운명적 체념이 작품 배면에서 여전히 작동하기 때문이다.

세 번째 유형에 해당하는 작품은 B단위에서 일제시대, 해방, 6·25전쟁 시기를 다루는 내용이 거의 미미해지고 C단위도 약화되면서, A단위에서 인물이 처한 현재 상황만을 다루는 쪽으로 나아간다. 이 유형에 해당하는 작품은 B단위에서 다루는 내용이 무엇이냐에 따라 다시 두 가지로 구분된다. 먼저, B단위에서 미미하나마 일제시대, 해방, 6·25전쟁을 끌고 오는 경우이다. 이들 작품들의 경우, B단위와 C단위는 한국의 특수한 역사적, 사회적 상황과 연결되지 못하고 있으며, 그 결과 A단위는 당대의 사회적 상황을 구체적이면서도 깊이 있게 조망하지 못하고 단지 단편적 현실을 다루고 있다. 이에 따라 인물들은 자신이 처한 상황과 관련해 문제점이 무엇인지를 제대로 파악하지 못한 채 현실로부터 도피하는 쪽을 택한다. 다음, B단위에서 해방과 6 · 25전쟁 시기를 배제하고 '신라시대', '조선시대' 등으로 대체하는 경우이다. 이들 작품들의 경우 신라시대 내지 조선시대를 다루는 B단위와 당대 한국사회의 상황과 연결되지 않는 C단위로 인해, A단위는 당대의 사회적 상황과는 매우 동떨어진 채 추상화된다. 인물들은 이 추상화된 상황에 대해 추상적 깨달음으로 나아간다.

삽입서사에 나타난 '외로움'의 담론적 형식과 유형: 황순원 『일월』

1. 머리말

이 글은 다음 두 가지 측면에 주목하면서 황순원(1915~2000)의 장편소설 『일월』[1]에 접근하고자 한다. 먼저, 이 작품을 '인간의 근원적 존재 양식으로서의 고독과의 싸움'이라는 관점[2]에서 접근하는 경우이다. 기존 연구는 이 작품이 백정의 후손으로 태어난 본돌영감과 상진영감, 그리고 그 자식들인 기룡과 인철 등이 신분적 차별로 인해 겪게 되는 비극을 중심으로 하여 '인간의 숙명적 고독'을 다루고 있다고 평가한다.

이 글 또한 기존 논점에서 출발하지만, 이 작품을 '인간의 숙명적 고독'

---

1 『현대문학』에 1962년부터 1965년까지 연재된 작품으로 총 3부로 구성되어 있으며, 1950년대 말 서울을 배경으로 하고 있다.

2 성민엽의 연구가 대표적이다. 성민엽, 「존재론적 고독의 성찰」, 『황순원전집8』, 문학과지성사, 1993. 그 외 이 작품에 대한 연구는 다음과 같다.
김치수, 「외로움과 그 극복의 문제」, 『황순원전집12』, 문학과지성사, 1985.
장현숙, 『황순원 문학연구』, 시와시학사, 1994.
정연희, 「황순원의 장편소설 '일월' 연구」, 『현대소설연구』 10, 1999.
박혜경, 『황순원 문학의 설화성과 근대성』, 소명출판, 2001.
김종호, 「'일월'의 원형적 구조 분석」, 『어문연구』 39(4), 2011.

이라는 획일화된 관점으로 평가하기 어려운 지점이 있다는 점에 주목하고
자 한다. 즉 작중인물이 느끼는 외로움이 현실사회 문제를 초월해 실존주
의적 측면에서 인간이 '숙명적'으로 느끼는 고독과 관련되었다고 보기에는
이 작품이 그렇게 단순하지 않다는 점이다.

이와 관련해 이 글은 작중인물과 외로움과의 상관관계에 따라 인물을 다
음 네 가지로 유형화하고자 한다. 첫째 현실사회에서 외로움을 느끼지 못
하는 인물 유형, 둘째 백정 신분으로 인해 현실사회에서 외로움을 느끼는
인물 유형, 셋째 정신적 사랑의 부재로 인해 현실사회에서 외로움을 느끼
는 인물 유형, 넷째 백정 신분으로 인해 외로움을 느끼면서 동시에 정신적
사랑의 부재로 인해 외로움을 느끼는 인물 유형이 그것이다.

이 글은 네 가지 인물 유형이 느끼는 외로움이 인간의 '숙명적 고독'과
관련되기보다는 작중인물이 살아가는 당대 현실의 사회문제와 밀접한 관
련이 있다는 판단하에, 작중인물이 외로움을 느끼는 원인과 그 외로움에
대처하는 방식을 고찰하고자 한다.

다음, 이 작품을 황순원의 고유한 창작방법 중의 하나인 '이야기의 소설
화'[3]라는 관점에서 접근하는 경우이다. 기존 연구는 황순원 소설의 중요한
특징 중의 하나로 '이야기의 소설화' 혹은 '설화의 소설화'를 든다. 곧 황순

---

3 김윤식, 「묘사의 거부와 생의 내재성」, 『한국현대문학사』, 일지사, 1985.
____, 「민담, 민족적 형식에의 길－황순원의 땅울림」, 『소설문학』, 1986.3.
유종호, 「겨레의 기억과 그 전수」, 『동시대의 시와 진실』, 민음사, 1981.
홍정선, 「이야기의 소설화와 소설의이야기화」, 『말과 삶과 자유』, 문학과지성사, 1985.
우한용, 「소설의 양식차원과 장르차원」, 『한국현대소설 구조연구』, 삼지원, 1990.
서준섭, 「이야기와 소설」, 『작가세계』, 1995. 봄.
박혜경, 「황순원 문학연구」, 동국대학교 박사논문, 1995.
____, 「현세적 가치의 긍정과 미학적 결벽성의 세계」, 『황순원』, 서강대학교출판부, 1997.
조현일, 「근대 속의 이야기」, 『소설과 사상』, 1996. 겨울.
노승욱, 「황순원 단편소설의 수사학적 연구」, 서울대학교 석사논문, 1997.
임진영, 「황순원 소설의 변모양상연구」, 연세대학교 박사논문, 1998.

원 소설은 근대의 대표적인 장르인 소설에 설화적인 이야기를 끌어들임으로써 한국소설사에서 독특한 창작방법을 구축하고 있다는 것이며, 『일월』은 그 대표적인 작품에 해당한다는 것이다. 이에 따라, 이 작품에 나타나는 '이야기' 요소, 곧 백정 설화 같은 요소가 어떻게 '소설'화되고 그 의미는 무엇인지를 구명하는 연구가 집중적으로 이루어져 왔다.

그러나 이 작품에서는 백정과 관련된 전통설화 이외에도 민간에 구비전승된 내용에 대한 채록, 백정과 관련된 역사적 문헌 기록 등이 작품 곳곳에서 제시되고 있다. 나아가 작중인물의 기억, 공상, 환상, 꿈이라는 장치를 통해, 그리고 희곡 대본 형태의 장치를 통해 작중인물의 심리와 사건전개와 관련된 내용을 제시하고 있다.

따라서 이 글은 전통설화 같은 '이야기'라는 서사요소를 포함해서, 기억, 공상, 환상, 꿈, 희곡 형태로 제시되는 다른 다양한 서사요소들이 갖는 기능과 의미를 전체적으로 고찰하기 위해 삽입서사라는 개념에 주목하고자 한다. 작품의 서사구조와 관련해, 상위의 큰 단위의 중심 서사가 있고, 그 중심 서사의 마디마다에 하위의 작은 단위의 서사들이 들어 있는 경우가 있는데, 이 작은 단위가 삽입서사(embedded narrative)[4]이다. 이 글은 이러한 삽입서사가 작중인물의 외로움과 관련해 어떤 기능을 하고 어떤 의미를 내포하는지를 고찰하고자 한다.

---

4 삽입서사는 재현된 서사체계의 층위가 달라지는 것처럼 보이지만, 일차적 이야기 수준에 속하는 이차적 이야기로, 의사-서사세계적 이야기(pseudo-diegetic narrative)에 해당한다. 중심 서사를 a, 세 개의 하위 서사를 각각 b, c, d라 한다면, 삽입서사가 개입된 작품은 'a1+b1+a2+c1+d1……' 식으로 서사단위가 전개된다. G. Genette, 『서사담론』, 권택영 역, 교보문고, 1992, 204~234면; T. Todorov, 『산문의 시학』, 신동욱 역, 문예출판사, 1998, 82~86면.

2. 희곡 대본 삽입서사와 포즈화된 외로움

첫 번째, 현실사회의 인간관계에서 외로움을 느끼지 못하는 인물로, 다방 '몽파르나스'와 '대폿집'을 중심으로 하여 인간관계를 맺는 나미, 박해연, 남준걸, 국회의원 출마자, 치과의사, 대학 철학강사 등을 들 수 있다. 이들의 인간관계를 다루는 중심 서사에는 세 가지 삽입서사, 즉 (i) 박해연의 희곡 대본 '약한 사람들이 모여사는 마을'이라는 삽입서사, (ii) 박해연의 희곡 대본으로 '오층 건물'을 다루는 내용의 삽입서사, (iii) 남준걸의 희곡 대본으로 '한 가정의 비극'을 다루는 삽입서사가 제시되어 있다.

먼저, 남준걸의 '한 가정의 비극'을 다루는 삽입서사이다.

> 나미가 말한, 남준걸이 쓰련다는 가정 비극이란 이런 것이었다. 한 집안의 맏딸이 부유한 어떤 미국 군인과 결혼을 해가지고 미국으로 건너가 살다가 파탄을 일으켜 돌아온다. 그곳 풍습에 따라갈 수가 없었던 것이다. 그러나 이 여자가 돌아와서는 미국 생활양식대로 살아가려고 한다. 아침이면 침대에 누운 채 모닝커피와 간단한 서양식 아침 식사를 가져오게 하고, 머리카락은 그냥 노오랗게 염색을 계속하고, 줄창 담배를 입에서 떼지 않는 것이다. 이러한 그네를 차차 집안 사람들이 백안시하게 된다. 그런데 사실은 그네를 미국 군인과 결혼을 하도록 권한 것은 그집 부모이고, 그 덕택으로 맏딸네가 한국에 있을 때는 물론 미국으로 건너간 뒤에도 끊임없이 막대한 경제적인 도움을 받았던 것이다. 이를테면 그 집이 현재 남부럽지 않게 된 것도 그 맏딸의 힘이었던 것이다. 이러한 집안사람들의 어떤 적의를 받게 되자 그네는 의식적으로 집안을 파괴하기 시작한다. 올케를 못살게 굴어 오빠네를 셋집으로 내 보내고, 여동생의 약혼자와 관계를 맺어 여동생을 자살케 하고, 부모를 행랑방 할아범 할멈처럼 취급하는 등등.
>
> "끝에 가서 결국은 아버지가 그 맏딸을 독살하고 미치구 만대요. 재밌죠?"[5]

이 삽입서사는 한 집안의 맏딸이 부유한 어떤 미국 군인과 결혼해 미국에서 살다가 파탄을 일으켜 귀국한 후 파멸한다는 내용을 다루고 있다. 여기서 주목할 것은 여자가 미국에서는 미국 풍습에 적응하지 못하다가, 한국에 와서는 미국 풍습을 흉내 낸다는 점이다. "서양식 아침 식사를 가져오게 하고, 머리카락은 그냥 노오랗게 염색을 계속하고, 줄창 담배를 입에서 떼지 않는 것"에서 보듯, 여자는 미국 문화 중에서 퇴폐적이고 향락적인 측면만을 추구한다. 여자는 개인적 이기주의와 물질만능주의에 함몰되어, 전통적인 가족관계, 즉 부모 자식 간, 형제간의 혈연관계는 전혀 아랑곳하지 않는다. 그런 여자로 인해 그녀는 물론이고 그녀의 가족 또한 비극적인 최후를 맞이한다.

전통적인 가정을 파괴할 정도로 퇴폐적인 서구문화로 인해 파멸을 길을 걷는 내용을 다루는 이 삽입서사는 다방 몽파르나스와 대폿집에서 이루어지는 인간관계의 특징을 함축하고 있다. 나미를 중심으로 이루어지는 인간관계는 미국으로 대표되는 서구문화, 그것도 향락적이고 퇴폐적인 문화에 의해 지배되고 있다. "카운터 안쪽 벽에 베토벤과 괴테의 석고마스크가 걸려있고, 쥐색 빛깔을 띤 양쪽 벽에는 외국 남녀 배우들의 사진이 틀에 끼어 걸려 있었다."[6]에서 보듯, 다방 몽파르나스를 지배하는 것은 서구문화이다.

이 공간에서 인간관계를 맺는 이들은 모두가 서구문화를 절대시하고 있다. '우리나라 신극계의 선배'인 박해연이 특히 그러한데, 그는 서구 연극을 '어른'에, 당대 한국사회의 연극을 '어린애'에 비유하면서 서구문화를 절대시한다. 또한 박해연은 "내게 있어서 사랑이란 성서나 문학작품 그리고 유행가 속에서나 볼 수 있는 어휘"[7]라며, '사랑'을 비롯한 모든 감정과 행위의

---

5 황순원, 『일월』, 문학과지성사, 1993, 188면.
6 위의 책, 33면.
7 위의 책, 37면.

기준을 서구문화에서만 찾는다.

　이는 나미라는 인물을 통해 강화된다. 나미는 서구문화에 길들여져 "남녀 간의 진정한 사랑"은 없다면서 "사는 것두 연극, 연애하는 것도 연극, 슬퍼하는 것 기뻐하는 것 모두가 다 연극"[8]이고, "순수한 건 원래 없어요, 이세상에, 그냥 순수한 척할 뿐이죠."[9]라고 주장한다. 그러기에 나미는 대천해수욕장에서 인철에게 '입술'을 허락한 사이건만, 서울에 와서는 인철과 일정한 거리를 두면서 이해타산적인 만남만을 되풀이한다. 또 나미는 남준걸과 불륜 관계를 맺기도 한다. 이처럼 나미는 개인적이고 이기적인 인간관계를 바탕으로 하여 물질적, 육체적인 향락을 추구한다.

　나미에게서 나타나는 이러한 인간관계는 다방 몽파르나스를 중심으로 맺어진 인물들의 인간관계에도 적용된다. 국회의원 선거에 출마했다가 낙선해 빚으로 집을 날려버린 '호주가'는 "국회에 보내주면 주세를 대폭 줄여서 애주가들루 하여금 싼 술을 마음껏 마시게 해주겠다"[10]고 떠들면서 대폿집에 드나든다. 문학평론가는 한창 인기를 얻고 있는 인물로, "카뮈, 사르트라가 어떠니, 키에르케고르, 야스퍼스가 어떠니 하구 실존주의 문학을 마음대로 주무르"고 있지만 "자연주의를 자연으루 돌아가자는 뜻으루 해석"[11]한다. 대학 철학강사는 방학 때도 노트를 들고 술집에 드나드는데, 그 노트에는 부인 몰래 용돈으로 쓸 잡문고료가 감춰져 있다. 그런 그는 "세상에서 젤 위대한 여자"가 뭐냐라고 묻고는 스스로 "사십대에 히스테리를 안 부리는 여자"[12]라고 답하면서 술을 마신다. 이처럼 이들은 다방과 술집에서 만

8　위의 책, 79면.

9　위의 책, 265면.

10　위의 책, 40면.

11　위의 책, 40~41면.

12　위의 책, 46면.

나 시간을 하릴없이 때우면서 공소한 대화를 나누다 헤어지기를 반복한다.

국회의원이 되고자 하지만 정견은 없고 물질적 보상을 약속하는 헛된 공약만 내세우고, 문학평론을 하지만 내용도 모르는 철학의 껍데기만으로 작품을 해석하고, 철학을 가르치지만 연구는 하지 않고 돈과 술과 여자에만 관심을 두고 있을 뿐이다. 이들은 서구의 제도와 문물을 정신과 내용이 아니라 껍데기로서 받아들이고 있는 것이다. 이들의 만남은 "인간의 정글, 서로 술잔을 주고받고 할 때는 가까운 친지이다가도 일단 자신에게 불리한 일에는 제각기 아주 무관한 남남이 되는 상태"[13]로 규정된다. 이들은 지극히 개인주의적이고 이기주의적인 만남만 되풀이하면서 서로에게 겉돌 뿐이다.

서구문화라는 절대적인 연극 대본이 있고, 이 대본에 따라 개인적이고 이기적인 인간관계를 추종하면서 물질적 측면만을 향락적으로 소비하는 인간군상들을 그린 인간극을 공연하는 곳, 그곳이 다방 '몽파르나스'이고 한국사회이다. 이러한 인간관계 하에서는 순수한 정신과 영혼의 교감을 통한 진정한 사랑이나 진정한 인간적 유대감 같은, 인간관계에서의 진정성 같은 것은 전혀 결여되어 있다.

박해연의 희곡 대본 '약한 사람들이 모여사는 마을'이라는 두 번째 삽입서사는 이런 상태의 한국사회를 압축하고 있다. 이 삽입서사는 불모의 붉은 흙이 깔린 벌판에서 기댈 것이라곤 전선주 하나뿐인 상황을 다루고 있다.

무대는 말이요, 나무 하나 풀 한 포기 없는 붉은 구릉을 등지구 붉은 흙담벽을 두른 납작한 초가집이 대여섯 모여 사는 동구 앞입니다. 그 일대두 온통 불모의 붉은 흙이 깔려있을 뿐이죠. 거기 전선주 하나가 서있습니다. 이것이 지상에

---

13 위의 책, 226면.

서있는 유일한 물건입니다. 이 전선주에는 수많은 사람이 기대어 앉군 해서 사람의 등 키만한 자리 둘레가 반들반들 닳아 패어져있습니다. …… 막이 오르면 시뻘건 태양이 한창 이글거리는 대낮입니다. 인물이 하나 등장합니다. 늙은이가 좋습니다. 옷차림은 붉은 흙물에 찌들은 적삼과 잠뱅이입니다. 머리에는 아무것 두 쓴 게 없습니다. 이 늙은이가 전선주 있는 데루 가 등을 기대구 앉습니다. 좀 사이를 두고 인물이 하나 또 등장합니다. 이번엔 젊은이나 중년이나 좋습니다. 그도 전선주 있는 데로 가 등을 기대구 앉습니다. 이렇게 인물이 등장해서는 모두 전선주 있는 데로 가서 같이 등을 기대구 앉습니다. 바짝 죄어 앉아두 더는 앉을 수 없게 되기까지 말입니다. 그런데두 인물들이 하나 둘 계속해서 등장하여 줄을 지어 늘어섭니다. 남녀 노소, 그 중에는 갓난애를 안구 젖을 물린 아낙네두 섞였습니다. 이들은 전선주의 자리가 나기를 기다리고 있는 것입니다. 거기 붉은 태양은 한결같이 이글이글 내리쬐구 있습니다.[14]

이 삽입서사는 서구문화를 절대시하여 맹목적으로 추종하는 당대 한국사회는 서구문화를 유일한 '전선주'로 여긴다고 비판하고 있다. 전통문화도 잃어버리고 그렇다고 서구문화도 온전하게 창조적으로 수용하지 못한 '회색'의 '황량한 벌판'과 같은 상태,[15] 서구문화를 모든 가치의 절대적 기준이자 유일한 '전선주'로 삼고 그것에 기대어 겨우 목숨을 연명하는 상태, 그것이 이 삽입서사가 제시하고 있는 당대 한국사회의 실상이다.

개인적 이기주의와 퇴폐적이고 향락적인 물질적인 가치만을 추구하는

---

14 위의 책, 37~38면.
15 이러한 서구문화에 대한 경사는 1950년대 말 대두된 전통단절론과 관계가 있는 것으로 보인다. 일제강점기에 서구문화를 무조건적으로 이식해 서구를 따라잡으려 했지만, 1950년대 한국 상황을 볼 때 서구문화의 수용으로 인해 전통문화마저 말살당해 버린 절망적 상태에 빠졌다는 것이 전통단절론이다. 전통단절론의 입장에서 1950년대 한국사회를 회색에 비유하는 것은 전통문화도, 서구문화도 아닌 색깔 없는 한국문화를 지칭하는 절망적 용어에 해당한다.

당대 한국사회의 구성원들이 만약 자신이 선 자리를 제대로만 파악한다면 그들 스스로가 단절된 인간관계로 인해 외로운 존재임을 자각할 수 있을 것이다. 그러나 다방 몽파르나스로 함축되는 당대 한국사회를 살아가는 구성원들은 이를 전혀 깨닫지 못한 채 외로움을 느끼지 못한다. 설령 그들은 외로움을 느끼더라도 자신도 모르게 그것을 퇴폐적인 서구 물질문화로 대체함으로써 외로움 자체를 회피하거나 부정하면서 살아간다.

박해연의 희곡 대본인 '오층 건물'을 다루는 세 번째 삽입서사는 이런 한국사회와 그 구성원들이 도달할 비극적 결말을 다루고 있다. 이 삽입서사는 인부의 죽은 시체를 바탕으로 하여 완공된 건축물을 다루고 있다.

> 무대 오른편은 강이구 왼편은 건축공사장입니다. (중략) 막이 오르면 공사장에서는 기초를 하느라구 인부들이 모래 자갈을 시멘트에 버무리고 있습니다. 그리구 강 쪽에는 질통을 진 인부들이 줄을 지어 한가운데 있는 모래와 자갈을 가지러 들어가구 있습니다. 이렇게 강으루 들어갈 때는 문제가 없습니다. 수렁에 빠지면서두 용케루 모래 자갈이 있는 데까지 갑니다. 문제는 모래나 자갈을 질통에 지구 돌아올 땝니다. 짐 무게루 해서 수렁에 자꾸 빠져들어갑니다. 무릎까지, 허리까지, 가슴까지, 나중에는 목과 머리마저 빠져들어갑니다. 그러나 그들은 누구 하나 등에 진 질통을 벗어버리지는 못합니다. (중략) 둘째막에 가서는 모래 자갈을 진 사람들이 차차 많이 수렁을 건너 둑에 올라옵니다. 그것은 수렁이 사람들의 시체루 해서 메워지기 때문입니다. (중략) 제 3막에 가서는 질통 진 사람들이 하나두 수렁에 빠지지 않구 무사히 건너옵니다. 수렁이 아주 사람들의 시체루 메워진 것입니다. 건축공사두 착착 진행되어 푸른 수목 사이에 오층까지 올라가있습니다.[16]

---

16 위의 책, 307~308면.

이 삽입서사에서 제시되고 있는 '오층 건물'은 인간적 유대감을 상실한 한국사회 구성원들이 그들의 주검을 발판으로 해서 건설한 것이다. 이는 서구문화만이 횡행하는 한국사회야말로 황량한 건축물에 불과하다는 것을 은유적으로 표현하고 있다.

3. 증언, 기록물 삽입서사와 신분적 차별에 의한 외로움

두 번째, 백정 신분으로 인해 인간관계에서 외로움을 느끼는 인물로 본돌영감, 상진영감, 인호, 기룡을 들 수 있다. 이들은 백정 출신이라는 이유로 1950년대 말 한국사회에서 온갖 수난을 당하면서 견디기 힘든 신분적 차별을 당한다. 그 결과 이들은 당대 현실사회의 인간관계망에서 철저하게 배격되면서 외로운 상황에 처하게 된다.

이러한 인물들의 삶을 다루는 중심 서사에는 세 가지 삽입서사, 즉 (i) 백정 신분으로 겪게 되는 수모를 다루는 증언 형태의 삽입서사, (ii) 백정 설화를 비롯해 백정의 삶과 관련되어 구비전승 자료를 채록한 형태의 삽입서사, (iii) 백정에 대한 역사적 문헌 기록을 정리한 형태의 삽입서사가 제시되어 있다.

먼저, 증언의 삽입서사에는 세 가지 사건이 제시되고 있는데, 본돌영감과 상진영감 형제가 어릴 적 백정 신분으로 인해 겪게 되는 두 가지 사건과 인철의 고모가 자살하게 되는 사건이 그것이다.

i) 지금두 잊혀지지 않는다. 어려서 나무하러 가서 느희 큰아버님과 나는 언제나 동네애들 것을 얼마큼씩이라두 대신 져다줘야 했다. 한번두 싫단 말을 못허구, 으레 그걸 져다줘야 하는 걸루 돼있었어. 한번은 나무를 지구 비탈을 내려오

는데 뒤에서 오던 애 하나가 돌부리에 걸려 무릎을 꿇었다. 다른 애들이 웃어대자 무릎꿇은 애가 일어서더니 지게작대기루 내 다릴 걸지 않겠니. 내가 돌부릴 밟아 움직여놨기 땜에 제가 넘어졌다는 거야. 난 그 무거운 나뭇짐을 진 채 앞으루 꼬꾸라졌다. 눈물이 꽉 솟으면서 나는 바루 앞에 있는 큰 돌을 움켜쥐었다. 그때 느희 큰아버님이 앞에 와 막아섰다.[17]

　ii) 어느해 단옷날이었어. 군에서 씨름대회가 있어 아버님, 그러니까 느희 할아버님이 나가셨다. 쉽게 결승까지 올라가 마지막 판에서 한참 씨름이 벌어지구 있는데 구경꾼들 틈에서 백정은 소하구나 싸워라 하는 소리가 튀어나왔다. 그러자 아버님은 들었던 상대를 내려놓으시면서 힘없이 쓰러지셨어. (중략) 그러는데 사립문 밖에서 웅성거리는 소리가 나드니 장정 셋이 안으루 들어섰어. 그 중 한 사람은 낮에 마루씨름에서 겨루던 사내였다. 뭣 땜에 온 줄 아니? 도우 허가증까지 해가지구 와서 소를 잡아달라는 거야.[18]

　iii) "종당엔 남편의 입에서 느희 고모 아랫배에 소털이 나있다는 말까지 나오게 됐어. ……난 느희 고몰 다시는 시가에 보내지 않으려구 했어. 그랬는데 시가에서 정식으루 이혼을 하자는 통지가 왔어. 내가 가려구 한 걸 느희 고모가 굳이 자신이 결말을 짓구 오겠다구 갔던 거야. 그날밤으루 그집 광에서 목을 매구 말았지.[19]

　이 세 가지 사건은 모두 백정이라는 신분으로 인해 겪었던 사회적 모멸감에 대한 상진영감의 증언에 해당된다. 상진영감의 이 기억은 본돌영감도 공유하고 있는 것이기도 하다. 이 기억으로 인해 본돌영감과 상진영감은 현실사회의 인간관계에서 철저하게 배격되어 외로운 상황에 처하게 된다.

---

17 위의 책, 90~91면.
18 위의 책, 91면.
19 위의 책, 88~89면.

이 기억에 대해 두 인물은 상반된 반응을 보이는데, 이 반응에 의해 두 인물이 외로움과 마주서는 방식이 달라진다.

상진영감은 어린 시절의 이 비참한 기억으로부터 벗어나기 위해, 일제말기에 집을 떠나 백정 신분을 감추고 측량기사 보조로 일하면서 토지를 부당하게 취득한다. 이후 상진영감은 악착스럽게 돈을 모아 '대륙상사'라는 제분회사를 세우고 골동품 등을 수집하면서 남부럽지 않은 삶을 살아간다. 상진영감은 자신의 여동생(인철의 고모)이 자살하자. 자신의 신분과 관련된 소문이 퍼질까봐 "북아현동 집을 팔구 견지동으로 이사"[20]를 할 정도로 철저하게 백정 신분을 감추고 산다. 그러면서 권력과 결탁해 경쟁회사를 무너뜨리려 하고, 바람을 피워 딸 인주를 얻기도 한다. 하지만 백정 신분이 탄로되면서 사업에 실패를 하게 되고, 결국 자살한다. 상진영감의 큰아들 인호는 광주 군수로 있으면서 국회의원이 되고자 한다. 그러나 자신의 큰아버지인 본돌영감으로 인해 백정 신분이 밝혀지게 될 상황에 처하자, 그로 인한 파멸이 두려워 타지로 가 신분을 철저히 숨기고 살아간다. 이처럼 상진영감과 인호는 백정 신분으로 인한 외로움을 현실사회에서 돈과 권력으로 대체하다가 좌절하고 파멸한다.

반면, 본돌영감은 이 기억과 관련된 사건을 겪으면서, 상진영감과는 다른 태도를 취한다.

동네 애들과 함께 나무를 해가지고 비탈길을 내려오다 동생이 억울한 일을 당했을 때도 생각한 것은 이 뿔과 꼬리털이었다. 그것을 생각함으로써 모든 것을 감수할 수 있었다. 무거운 나뭇짐에 깔린 동생이 큰 돌을 움켜쥐는 것을 보고 앞을 막아서서 동생의 살이 선 눈을 한참 마주바라보며 마음속으로 외었던 것이

20 위의 책, 90면.

다. 돌을 놔라. 때려선 안돼. 우린 우리의 길이 있는 거야. 그까짓 건 아무것도 아냐. 우린 우리대루 갈길이 있으니까.

그뒤 본돌영감은 온갖 천대와 멸시도 칼잽이의 세계를 지켜가는 한 도로써 달게 여겼고, 이런 자기를 보호해주는 소뿔이며 소꼬리털을 이세상 잡것을 물리치는 한 부적으로 신성시했다.[21]

본돌영감은 백정으로 "온갖 천대와 멸시"를 당하면서도 "소뿔과 소꼬리털"을 신성시하면서 "우리대로 갈길"을 철저히 지켜나간다. 본돌영감이 강조하는 '소뿔과 소꼬리털', '우리대로 갈길'이 무엇인지를 밝혀주는 것이 백정 설화를 비롯해 백정의 삶과 관련되어 구비전승 자료를 채록한 형태의 삽입서사이다. 구비전승 자료 채록 형태의 삽입서사는 작품에서 세 번에 걸쳐 제시되고 있는데, 이들은 내부 서술자라 할 수 있는 지교수에 의해 채록된 형태를 취하고 있다.

이는 다음 세 가지로 정리할 수 있다. i) 경기도 광주 부근 분디나뭇골에서 채록된 백정의 출생과 임종, 의관, 결혼, 음식, 설화에 대한 채록, ii) 경기도 양주군 별내면 수암동에서 채록한 소에 관한 설화, 백정의 출생과 사망, 소 잡을 때 외우는 염불 가사, 음식에 대한 내용으로, 앞의 분디나뭇골에는 없는 새로운 내용이나 소 설화 이본을 담고 있으며, 또 분디나뭇골의 것을 보충하는 내용을 담고 있는 채록, iii) 지교수가 그 동안 채록한 백정 관련 내용을 정리한 '백정에 관한 노트'라는 제목의 노트 메모로, 분디나뭇골과 수암동 채록 내용을 종합하면서 또한 두 채록에는 없는 새로운 내용을 담고 있는 채록이 그것이다.

i)~iii)의 삽입서사는 다음 두 가지 기능을 한다. 먼저, 이 삽입서사는 이

---

21 위의 책, 139면.

작품에서 백정과 관련된 설화와 풍속을 재구성함으로써 백정 설화에 내포된 가치관이 무엇인지를 밝히는 기능을 한다. 이와 관련해 주목할 것은 백정 설화의 내용이다.

"그이들이 자기네 하는 일을 여간 신성하게 생각하는 게 아니에요. 소두 예삿 짐승으로 여기지 않습니다. 옛날 상계 천왕님에게 왕자가 하나 있었는데, 그 왕자가 다른 일은 않구 여색에만 빠져있었드라나요. 그래 천왕님이 노해 왕자와 궁녀 하나를 소루 변하게 해서 하계루 내려보냈다는군요. 그때 천왕님이 한 말이 하계루 내려가 사람에게 고된 부림을 받다가 나중에 죽으면 혼백만은 다시 상계루 올라오게 해주마구 약속을 했답니다. 그리구 소를 죽여 상계루 올라가게 하는 사람두 같이 극락으로 가두룩 해 주구요. 말하자면 소를 죽이는 건 극락에 가기 위해 도를 닦는 걸루 생각하죠."[22]

백정 설화에는 상계와 하계, 신과 인간, 인간과 동물(자연), 육체와 영혼이 합일되는 가치관이 내포되어 있다. 이 가치관은, 앞서 살펴보았듯이 한국사회를 지배하는 서구적 가치관, 곧 개인적 이기주의와 물질적이고 육체적인 가치만을 중시하는 가치관과 대비되는 것으로, 한국사회의 전통적 가치관에 해당한다.

다음, 이 삽입서사는 백정 설화의 가치관이 당대 한국사회에서는 사라졌으며, 본돌영감만이 이를 홀로 굳건히 지키고 있음을 강조하는 기능을 한다. 이는 "이런 것 이제는 다 없어졌죠. 그저 아까 그 할아버지만이 아직 그걸 지키구 있을 뿐입니다.",[23] "아까 그 할아버지가 추석날 간단한 제를

---

22 위의 책, 23~24면.
23 위의 책, 22면.

지낼 뿐이죠.", "근데 이것두 아까 그 할아버지만은 아직 지키고 있지요.",[24] "이런 것두 그 할아버진 아직 그대로 믿구 있습니다."[25]라는 진술을 통해 확인할 수 있다.

　본돌영감은 백정 설화에 내포된 전통적 가치관을 절대화해서 당대 한국 사회의 현실로부터 거리를 두고 살아간다. 이는 본돌영감이 추석날 소를 위한 제의를 엄숙하게 치르는 장면이나, 소 잡는 칼을 영검하게 여기는 장면이나, 죽을 때 소 잡는 칼을 눈 위에 올려놓는 장면에서 확인할 수 있다. 그러니까 본돌영감에게 있어서 백정 설화로 표상되는 세계는 사라져버린 과거의 세계가 아니라 현재의 본돌영감과 늘 함께 하는 현실세계 그 자체에 해당하는 것이다. 이처럼 본돌영감이 절대화한 백정의 삶과 풍속을 채록 형태의 삽입서사로 제시하는 이유는 백정의 가치관이 설화와 같은 옛이야기 형태로 민족의 집단무의식 속에 면면히 이어져 오고 있는 전통적 가치관에 해당하는 것임을 강조하기 위해서이다.

　마지막으로, 이 삽입서사는 백정 설화의 가치관이 배척당하고 급기야 말살당하게 되는 역사적 과정을 제시하는 기능을 한다. (i) 고려사 <최충헌전> 기록, (ii) 조선총독부 편찬 <조선의 취락> 기록, (iii) <한국축산기업조합 대관 편찬내용개요> 기록, (iv) 형평사 운동 주동자와의 대담을 요약하고 있는 이들 삽입서사에서 주목할 것은, 백정 관련 전통적 가치관이 일제 강점기를 거치는 과정에서 현실사회의 논리에 의해 왜곡되면서 결국 현실사회에서 추방되고 마는 과정을 다루고 있다는 점이다. 이를 형평사 운동 주동자와의 대담을 요약한 삽입서사에서 확인할 수 있다.

---

24 위의 책, 23면.
25 위의 책, 24면.

(i) 처음엔 삼일운동 뒤라 유화정책을 쓰느라구 형평사의 결성을 묵인해줬었지만 차츰 그 세력이 커지니까 해체시키고 말았습니다.[26]

(ii) 처음에는 순전히 백정들의 부당한 천민대우 타파와 사회적인 인권 균등을 찾기 위한 운동이었는데 간부진 속에 죄익분자가 잠입하여 공산주의 운동으로 방향을 바꾸어버렸다. 형평사를 이용하여 우육조합 우마차조합 등을 만들고, 형평사 내에 형평청년회라는 것을 두어 공산주의 이론 교육을 주입하기 시작했던 것이다. 그렇게 되면서 본래의 형평사는 자연 해체가 되고 공산주의 운동으로 넘어가게 되어 결국에는 그들이 당국의 탄압을 받아 일본과 만주로 피해 버리고 말았다. 시초에 순수한 형평사 운동만 했던 강씨를 중심한 사람들은 그것이 공산주의 운동으로 넘어갈 때 물러앉고 말았다.[27]

일제강점기에 순수한 목적으로 전개된 형평사 운동이 일제의 지배 이데올로기(i)와 공산주의 이데올로기(ii)에 의해 왜곡되면서 와해되었음을 알 수 있다. 이를 통해, 일제강점기 이후 전통적 가치관에 기초한 백정의 풍속과 삶은 현실사회를 지배하는 이데올로기에 의해 왜곡, 변질되면서 점차 현실사회에서 그 자취를 감추어가게 되고, 급기야 당대 한국사회에서는 그 흔적을 찾아보기 어렵게 되었음을 보여준다. 이러한 전통적 가치관이 사라진 현실사회에, 앞서 살펴보았듯이 서구의 소비적이고 퇴폐적인 문화와 개인적 이기주의가 만연하고 있는 것이다. 그런 상황이 당대 한국사회가 처해 있는 실상임을 강조하기 위해 본돌영감과 관련된 중심 서사와 삽입서사가 마련된 것이다.

한편 기룡은 백정세계(본돌영감)도 현실세계(상진영감)도 거부하고, 자신에

---

26 위의 책, 208면.
27 위의 책, 213면.

게 주어진 외로움을 인간존재 일반의 숙명론적 조건으로 받아들이고 홀로 외로움을 참고 견뎌낸다. 이를 보여주는 삽입서사가 6·25전쟁과 관련된 기룡의 기억이다. 이 삽입서사는 기룡이 지어낸 듯 말하지만, 실제로는 기룡 자신이 직접 경험한 것으로 암시되어 있다. 그 내용은 바닷가 마을 사람들이 서로 갈라져 한 쪽이 다른 한 쪽을 꽁꽁 묶어 모래 구덩이에 파묻고 밀물에 빠져 죽도록 하는 장면을 둑에 보고 있던 병사가 둑에 서 있는 사람을 총으로 모두 죽인다는 내용이다. 기룡이 이 일화를 소개하자, 박해연이 어느 한 쪽 편을 들지 않고 양쪽 모두를 죽이는 이유를 묻는다. 이에 대해 기룡은 "그 병사는 외로웠던 것뿐요."[28]이라고 말한다.

곧 기룡은 백정 신분에서 오는 외로움을 인간존재 일반의 외로움으로 받아들이고 있는 것이다. 기룡이 한국사회에서 백정세계를 거부하고도 동대문 도수장에서 소를 잡는 일을 하는 것은 그가 아버지 본돌영감처럼 백정이라는 직업을 물려받기 위해서가 아니다. 그것은 그가 외롭기 때문이다. "사람은 외롭게 마련야. (중략) 본시 인간이, 그리고 땅과 하늘이 피를 요구하구 있다구 봐. 어떤 외롬에서 벗어나려구 말야."[29]라는 기룡의 언급에서 보듯, 숙명적으로 외로운 인간존재는 외로움 때문에 사람을 죽이는 것이며, 하늘과 땅도 그런 피를 원한다는 것이다. 이처럼 기룡은 외로움을 철저히 견디기 위해 인간의 피가 아닌 '다른 피', 곧 소의 피를 더 많이 바치기 위해 도수장에서 소를 죽이고 있는 것이다.

---

28 위의 책, 310면.
29 위의 책, 304면.

4. 공상, 기억 삽입서사와 사랑의 부재에 의한 외로움

세 번째, 현실사회의 인간관계에서 진정한 사랑 부재로 인해 결핍을 느끼고 외로워하는 인물로, 다혜와 후반부의 나미, 그리고 인주, 인문, 인문모(母)를 들 수 있다.

다혜와 후반부의 나미는 외로움을 극복하려는 인물에 해당한다. 다혜가 지향하는 인간관계는 (i) 다혜에 대한 인철의 기억, (ii) 다혜의 공상, (iii) '현대판 춘향과 이도령 부부 이야기'라는 세 가지 삽입서사에 함축되어 있다. 먼저, 인철이 기억하고 있는 다혜의 모습을 제시하고 있는 삽입서사이다.

(i) 그저 양호실 침대에 누워있느라면 소독약 냄새가 코를 찌르는 게 싫었다. 그런데 정신이 들어 눈을 떠보면 빠짐없이 다혜가 옆에서 걱정스런 낯으로 자기를 지켜보고 있는 것이다. 인철은 안심되는 심정으로 다시 눈을 감곤 했던 것이다.[30]

(ii) 찬 바람이 부는 저물어가는 운동장을 지나, 교문께에 이르렀을 때였다. 거기 한옆에 다혜가 추위에 웅크리고 떨고 서있는 것이었다. 아까부터 자기의 행동을 지켜보고 있었음에 틀림없었다.[31]

(i)은 국민학교 조회 시간에 인철이 빈혈증을 일으켜 졸도해 양호실 침대에 누워있을 때 다혜가 인철을 옆에서 지켜본 기억에 해당하고, (ii)는 국민학교 오학년 산수 연습시간에 인철이 일부러 산수 문제 답을 틀리게 적어내 벌을 받다가 저녁 늦게 집에 가던 중, 운동장에서 다혜가 추위에 떨며

---

30 위의 책, 55면.
31 위의 책, 56면.

인철을 기다리던 기억에 해당한다. 따라서 이 삽입서사는 인철로 하여금 "누이가 남동생을 바라보는 눈길"[32]로 자신을 대해주던 다혜의 모습을 떠올리게 한다. 인철의 이 기억은 다혜의 두 가지 공상을 다루는 두 번째 삽입서사와 연결된다.

첫 번째 공상은 "인철이 대천 가 있는 동안 때때로 그려운 공상"[33]으로, 젊은 남녀가 해수욕을 갔는데 헤엄을 잘 칠 줄 모르는 남자가 물결에 휩쓸려버리자 여자가 죽을 힘을 다해 남자를 구하고 인공호흡을 한다는 내용이다. 이 공상은 앞서 다혜에 대한 인철의 기억을 다루는 삽입서사처럼 인철에 대한 다혜의 '누이' 같은 사랑을 보여준다. 그러면서, 이 공상은 다혜가 갖는 내성적 성격을 함축한다. 곧 다혜의 이 공상 사이사이에 인철이 나미와 대천에서 보냈던 기억이 제시되고 있다. 여기서 나미는 적극적으로 인철에게 애정을 표시하는 등 자유분방하고 감각적인 여자로 등장한다. 이러한 나미와 대비되어 다혜는 인철에 대한 애정을 겉으로는 표현하지 못하고 홀로 공상을 하면서 인철에 대한 사랑을 내면화하고 있다.

두 번째 공상은 '통나무집과 우유'에 관한 공상으로 다혜가 인철과 "햇빛에 반짝이는 나무 사이"[34]에 있는 통나무집에서 우유를 마시면서 행복한 시간을 보낸다는 내용이다. 이 공상은 첫 번째 공상처럼 인철에 대한 다혜의 애정을 함축하면서, 나아가 다음과 같은 기능을 한다. 곧 이 공상을 전후해 인철이 백정 신분임을 알고 있는 다혜가 신분 문제로 갈등하는 인철을 포용하는 장면이 나온다. 이 공상은 인철이 백정 신분이지만 그렇지 않은 사람과 다를 바가 전혀 없으며, 나아가 인철이 훨씬 '우유'처럼 순결하다는 것을 암시한다.

---

32 위의 책, 42면.
33 위의 책, 43면.
34 위의 책, 242면.

그런데 다혜의 이러한 공상이 '현대판 춘향이와 이도령 이야기'라는 삽입서사와 연결되고 있다는 점에 주목할 필요가 있다. 기생 출신인 노파에 대한 노인의 헌신적 사랑을 다루고 있는 이 이야기는 개인적이고 이기적인 만남이 횡행하는 한국사회에서는 보기 힘든, 곧 옛날이야기 같은 것이다. 노인은 노파가 빈혈로 사망하자 매일 아침저녁으로 죽은 노파를 모신다.

> 아침부터 상식이 또한 대단하여 혼백이 추울세라 영좌를 방안 아랫목에 모셔 놓고 냉수 아닌 뜨거운 숭늉으로 수말이를 하곤 한다는 것이었다. 지금 사가지고 오더라는 동태도 아마 저녁 상식에 올릴 것이리라.
> 이즈음 골목에서 보는 영감의 부쩍 여윈 어깨며 새하얗게 센 머리가 다혜의 눈꺼풀 안에 스며들었다. (중략)
> 다혜는 자기가 아직 옷도 갈아입지 않고 있다는 걸 깨달았다. 안방으로 들어가 입안옷으로 갈아입으면서 그네는 별안간 자기자신에 놀랐다. 무엇으로 누군가를 때리거나 맞고 싶다는 생각이 들었던 것이다. 이런 외로움을 느껴보기는 처음이었다.[35]

다혜는 노파와 노인의 사랑에 대해 듣고 직접 보면서 자신도 그런 사랑을 하고 싶다는 생각을 하면서 외로움을 느낀다. '누군가를 때리거나 맞고 싶다는 생각'은 살아생전 노파가 노인이 "말을 못 알아들을 적마다"[36] 노인을 '회초리'로 때린 일과 연결된다. 노인은 그런 노파를 죽어서까지 밤낮으로 모시는 것이다. 다혜는 노인의 그런 희생적인 사랑을, 나아가 삶과 죽음을 초월한 영적이며 영원한 사랑을, 그리고 고귀한 정신적 사랑을 갈망하

---

35 위의 책, 275면.
36 위의 책, 58면.

고, 그런 사랑이 부재하는 현실에서 외로움을 느낀다. 다혜의 이 사랑은 인철에 대한 사랑으로 연결된다. 다혜가 인철이 백정 신분임을 알고도 인철을 예전처럼 똑같이 대할 뿐만 아니라, 더욱 사랑하게 되는 것도 이러한 정신적인 사랑에 대한 강한 갈망이 자리 잡고 있기 때문이다.

여기서 주목할 것은 다혜가 지향하는 인간관계가 앞서 살펴본 백정 설화에 내재된 전통적 가치관과 연결된다는 점이다. 이 점은 '현대판 춘향과 이도령 부부 이야기'라는 삽입서사 자체가 지니는 전통적 측면에서 일차적으로 확인할 수 있다. 나아가, 다혜가 인간관계에서 개인적 이기주의나 물질적 측면을 중시하는 것이 아니라, 정신과 영혼의 교감을 통해 삶과 죽음을 초월한 영원한 사랑을 추구한다는 점에서 이 점을 확인할 수 있다.

나미는 작품 전반부에서는 서구문화에 길들여져 이기적이고 개인적인 인간관계를 맺다가, 후반부에 이르면서 인철을 통해 점차 진정한 사랑을 갈망하게 된다. 나미는 인철이 백정 신분임을 알게 되면서 비로소 인철을 진정으로 사랑하게 되고, 인철과 '청수장'에서 관계를 맺은 후 붕어 꿈을 꾼다.

> 인철은 무표정한 채 저만큼 앞에 서있었다. 나미가 왜 이리 오지 않느냐고 손짓을 했다. 인철은 그것을 못본 채 멍하니 그곳에 서 있기만 하는 것이다. 좀 애가 타 나미 편에서 그리 가까이 갔다. 그러자 인철이 저만큼 물러나는 것이었다. 그냥 무표정한 채. 나미는 다시 쫓아갔다. 그러나 그네가 쫓아가면 쫓아갈수록 그만한 거리만큼 뒤로 물러서는 것이었다. 얼마를 그렇게 쫓아간 것일까. 별안간 그네 앞에 못이 나타나고, 그 둑에 그네는 서있는 것이었다. 지금 못물이 쏼쏼 끓어 둑에 넘치고 있었다. 그 속에 커다란 붕어 한 마리가 꼬리를 저으며 유유히 헤엄쳐다니는 게 보였다. 저게 인철이다. 어서 잡아야지. 그네는 붕어가 헤엄쳐 다니는 데로 못둑을 이리저리 쫓아다녔다. 못물이 점점 더 기세를 올려 쏼쏼 끓

어 둑에 넘쳤다. 그럴수록 붕어는 유유히 헤엄쳐다니는 것이었다. 그러다가 그만 붕어가 끓어 넘치는 못물에 휩쓸려 둑에 나와 떨어졌다. 금세 붕어의 몸에서 피가 흐르더니, 삽시간에 껍데기가 벗겨지고, 살이 없어지고, 나중에는 하얀 뼈만 남았다. 그네는 붕어 옆에 누웠다. 붕어의 몸에서 흐른 피가 그네의 몸에 와 닿았다. 그네는 자기 몸에서도 살갗이 벗겨지고 살이 떨어지고 마침내 하얀 뼈만 남기를 바라고 있었다. 그러나 피는 그네의 피부만을 약간 적시고는 어디로 그냥 흘러내려가기만 하는 것이었다.[37]

나미의 꿈에서 '연못'은 다혜와 관련이 있다. 다혜의 집에 있는 식모아주머니의 입을 빌어서 "그러구보니까 지금 이 댁이 지씨가 아녜요? 그 짓자가 못짓자라메요?"[38]라고 언급하는 부분을 통해 이 사실을 확인할 수 있다. 곧 나미의 꿈에 나타난 연못은 '다혜'를 상징하는 것으로 인철과 나미의 사이를 좁혀질 수 없는 간격으로 유지하게 하는 원인이기도 하다. 그러나 나미는 끓어 넘치는 못물에 붕어가 하얀 뼈만 남는 것을 보고 "자신도 살갗이 벗겨지고 살이 떨어지고 마침내 하얀 뼈만 남기를" 바란다. 이는 인철과 하나가 되고 싶은 나미의 갈망이 꿈으로 나타난 것으로 볼 수 있다.

이 꿈 이후 나미는 서구문화가 지배하는 다방 '몽파르나스'에 가기를 싫어하게 된다. 급기야는 자신이 주최한 크리스마스 이브 파티장에서 과거 자신이 인철에게 한 말, 곧 '남녀 간에 진정한 러브가 없다', '사는 것두 연극, 사랑하구 슬프하구 기뻐하는 것도 다 연극'이라는 말을 취소하면서 자신의 진정한 사랑을 드러내게 되고, 그런 나미를 인철은 대하면서 "어떤 진실 앞에 서있는 듯한 느낌"[39]을 가진다.

---

37 위의 책, 312면.
38 위의 책, 295면.
39 위의 책, 342면.

한편, 인주의 경우, 아버지 상진영감이 바람을 피워 낳은 딸이다. 이로 인해 인주는 남녀의 진정한 사랑에 대해 회의를 품으면서 결혼을 거부한다. 그로 인해 인주는 인간관계에서 결핍을 느끼지만, 이를 서구 연극에 심취하는 것으로 대체한다. 인문의 모는 남편 상진영감이 바람을 피울 때 남편과의 관계에서 인문을 낳게 되자, 인문을 '죄의 씨앗'으로 여기고 남편과 자식들과 철저히 거리를 두고 외롭게 살아간다. 그런 그녀는 자신의 죄를 속죄한다는 명분으로 기독교에 광신적으로 몰입한다. 그리고 인문은 어머니가 자신을 '죄의 씨앗'으로 여기고 멀리하자 외로움을 떨쳐버리기 위해 '두꺼비, 흰쥐, 다람쥐, 뱀' 등과 같은 동물에 탐닉한다.

이처럼 인주, 인문의 모, 인문은 모두 현실사회에서 부모 자식 간, 또는 남녀 간의 진정한 사랑 부재로 인해 외로움을 느끼지만, 다혜나 후반부의 나미처럼 그 외로움을 내면화해서 극복하기보다는 외부의 대체물을 통해 회피하는 쪽을 택한다.

5. 꿈 삽입서사와 인간 소외에 의한 외로움

네 번째, 인철은 백정 신분으로 인해 외로움을 느끼면서 동시에 진정한 사랑 부재로 인해 외로움을 느끼는 인물이다. 먼저, 진정한 사랑 부재로 인한 외로움은 다혜와 나미에 대한 인철의 기억과 관련된 삽입서사로 제시되어 있다. 대천해수욕장의 나미에 대한 인철의 기억을 다루는 삽입서사에서, 나미는 적극적으로 인철에게 애정을 표시하는 등 자유분방하고 감각적인 여자로 등장한다. 그리고 나미는 서울로 올라와 인철을 이해타산적으로 대한다. 곧 나미는 인철에게 향락적인 서구소비문화를 추종하는 여성으로 각인된다. 한편 다혜에 대한 인철의 기억을 다루는 삽입서사에서, 다혜는 인철을 '누이가 남동생을 바라보는 눈길'로 사랑하는 존재로 제시된다.

인철은 자유분방하고 서구적 감각에 길들여진 나미의 이해타산적인 만남을 거부하지만, 그렇다고 다혜의 '누님' 같은 사랑에 적극적으로 다가가지도 못한다. 그러다가 인철은 아버지 상진영감으로부터 백정 신분임을 알게 되면서 인간관계에서 지독한 외로움을 느끼게 된다. 더불어 다혜와 나미와 의식적으로 거리감을 유지하면서 인철의 외로움은 배가된다. 이 양자의 외로움을 극복하는 것과 관련된 삽입서사가 다섯 가지의 꿈 서사이다. 평소 꿈을 자주 꾸는 편이 아니었던 인철은 백정 신분임을 알게 되면서 밤중에 잠이 깨었다가 새벽녘에 가서야 다시 잠이 드는 습관이 생기면서부터는 꿈을 많이 꾸게 된다.[40] 인철의 이러한 꿈 삽입서사는 백정 신분으로 인한 인철의 절망적 심리를 나타내면서, 동시에 인철이 백정 신분을 서서히 받아들이고 이를 극복하는 과정을 나타내고 있다.

  i) 잠이 들었는데, 인철은 빨간 놀 속에 서있는 것이었다. 하늘과 땅과 산과 나무와 집들이 온통 빨간 놀빛이었다. 그리고 그 놀빛은 불꽃을 일으키며 타고 있는 것이었다. 인철은 처음부터 알고 있었다. 이 빨간 놀빛 불꽃은 지금 자기가 내쉬는 숨결에서 퍼져나간 것임을. 그리고 이러한 불꽃을 내뿜음 자기는 분명히 병이 나 있음을.[41]

  ii) 인철은 계단을 내려가고 있는 것이다. 황혼 무렵인지 동틀 무렵인지는 분간할 수 없으나 주위가 희뿌융한 그늘에 싸여있었다. 그리고 차고 음습한 공기

---

40 꿈은 무의식의 생각이나 욕망이 의식의 저항에 부딪쳐 그 원래의 모습이 적당히 변형되고 일그러진 형태로 의식계에 떠오른 것이다. 박찬부, 『현대정신분석비평』, 민음사, 1996, 27면. 이런 측면에서 인철의 꿈은 인철의 무의식 속에 백정 신분과 관련된 생각이 잠재해 있다가 표출된 것으로 볼 수 있다.

41 황순원, 앞의 책, 108면.

로 꽉 차있었다. (중략) 그래도 계단은 아래로 아래로 잇따라 끝이 없는 것이다. 드디어 인철은 이것이 집안 한옆에 나있는 계단이 아니고, 계단만으로 된 집이라는 걸 깨닫는다. (중략) 한번은 이 어둠침침한 층계를 내려가며 누구인가를 꼭 만나야 한다고 생각했다. (중략) 그러다가 그는 층계를 디디는 자기 발자국소리가 갑자기 크게 울리는 것을 깨달았다. (중략) 그러면서 보니 자기가 밟는 층계마다 플라타너스잎이 깔려있는 것이었다. 침침한 그늘 속에서 잎사귀들이 물기에 젖어 맑고 푸른빛을 발하고 있었다. 그는 더욱 주의해서 그 잎새들을 밟으며 내려갔다. 여전히 발자국소리가 크게 층계 위아래서 메아리져 올려왔다. 그는 자기 발밑을 눈여겨 내려다보았다. 맨발에 고무신을 신었으니 소리가 날 리 없는데. 그러다가 그는 보았던 것이다. 자기가 밟은 맑고 푸른 잎사귀에 찍혀있는 커다란 소발통 자국을.[42]

iii) 인철은 또한 자신이 한없이 위축되어 들어가는 꿈도 자주 꾸었다. (중략) 한번은 메마른 황톳길을 걷고 있었다. 눈 자라는 데까지의 벌판에는 풀 한 포기 나있지 않고, 저멀리 둘러서 있는 민숭민숭한 구릉에도 나무라곤 하나 뵈지 않는 황량한 황톳벌이었다. (중략) 바람 한점 없는 정지된 대기 속에서 이글거리는 태양이 바로 이마 위에서 직사해 오고 있었다. (중략) 세워져있는 것은 커다란 T자이고, 그 밑 둘레에 사람들이 기대어앉았는데, 빈 자리가 나기를 기다리는 사람들이 쭉 줄을 지어 서있는 것이었다. 인철은 서있는 사람들을 둘러보았다. 그 속에 박해연, 나미, 남준걸, 형, 어머니, 다혜, 지교수, 전경훈 등이 끼어있었다. 그들은 인철을 보고도 모른 체했다. 맨 뒤에 가 서는 수밖에 없었다. 그때 다혜가 말없이 팔을 내밀어 그를 끌어다 자기 뒤에 세우는 것이었다. 그러자 다혜의 뒷모양이 순식간에 커져 눈앞을 막으며 거기 따라 인철 자신은 점점 줄어들어가는 것이었다. 거기에 무엇이 탁 어깨를 내리치며 짓눌렀다. 보니 거대한 T자였다. 그는

---

42 위의 책, 107~108면.

T자를 짊어진 채 그 무게에 허리를 굽히고 가까스로 일어섰다. 줄을 지어 서있던 사람들은 어디로 가버렸는지 없어지고 자기 혼자뿐이었다. 인철은 다시 황량한 황톳벌을 무거운 T자까지 짊어지고 비치적비치적 걸어가는 것이었다.[43]

iv) 또 꿈속에서 그는 어두운 동굴 속같은 데를 걸어들어가기도 했다. 들어갈 수록 캄캄한 암흑이 앞을 가로막아 끝난 데를 알 수가 없었다. 그러면서도 그는 오히려 이 어둠을 다행으로 여겼고, 이 어둠을 찾으려 했던 것처럼 느끼는 것이었다. 이 어둠속에 그대로 녹아버렸으면! 그는 자꾸만 동굴 깊숙이 걸어들어갔다. 한결 마음이 편안했다. 인제 됐구나. 그때 별안간 뒤에서 부르는 소리가 들렸다. 인철아, 인철아! 그는 못 들은 체 그냥 안으로 발길을 옮겼다. 인철아, 내 목소리가 안 들리느냐. 그제야 인철은 걸음을 멈추고 뒤를 돌아다보았다. 아무도 보이지 않았다. 누구냐. 나다, 바루 네가 지금껏 찾아다니던 사람이다. 난 아무두 찾지 않았다. 거짓말 마라, 난 다 알구있다, 이제와서 겁을 내는구나, 어차피 넌 날 만나야 하니 어서 이리 나오너라. 좋다, 만나주겠다. 인철은 동굴 속을 걸어나오기 시작했다. 훤한 동굴 아가리가 저만치 보였다. 마침내 인철은 동굴을 벗어나 눈부신 햇살 속에 섰다. 그는 소리쳤다. 자 나왔다, 넌 어디 있느냐. 소리의 임자가 대답했다. 바루 네 옆에 있다. 인철은 주위를 살펴보았으나 아무도 없었다. 어디냐, 어디. 바루 네 곁에 있다, 아직두 네 눈은 두려움에 떨구 있기 때문에 보이지 않는 거다, 그런 눈을 하지 말구 똑똑히 보아라.[44]

(i)에서 '빨간 놀 불꽃 꿈'은 인철이 어렸을 적 빨간 물감을 먹고 난 후부터 아플 때 꾸는 꿈이다. 꿈에 나타나는 빨간 빛깔은 이 작품의 주조를 이루는 색채이기도 하다. 동대문 도수장에서 본 백정의 눈빛이 붉었고, 본돌

---

43 위의 책, 108~109면.
44 위의 책, 109~110면.

영감의 눈빛도 붉었다. 그리고 인철 자신의 꿈에서 거울에 비친 자신의 눈이 붉었다. 이처럼 붉은 색은 인철에게 주어진 백정 신분이라는 숙명적 상황을 색조로 암시하고 있는 것으로 볼 수 있다.

(ii)는 '계단으로 된 집'의 꿈이다. 한없이 이어지는 계단을 내려가는 꿈은 하강하는 이미지 즉 시련 앞에서 이겨내지 못하고 두려워하는 심리상태를 나타내는 것으로 볼 수 있다. 끝없이 음침한 계단을 내려가는 것은 깊이를 알 수 없는 마음의 심연을 드러내는 것이다. 희망도 없고 끝도 보이지 않는 절망적인 상황에 인철이 놓여 있음을 의미한다. 플라타너스를 밟는 인철의 발에 고무신이 신겨져 있고, 맨발이라는 것을 발견한 것은 인철이 백정이라는 사실에서 큰 충격을 받았다는 것을 의미한다. 고무신을 신고 있음에도 발자국 소리가 크게 메아리쳐 들리는 것은 자신이 백정의 자손이라는 사실이 남들에게 알려지는 것을 두려워한다는 것을 암시한다.

(iii)은 '위축되는 꿈'으로 '계단으로 된 집'의 꿈과 유사한 심리상태를 보여준다. 꿈에서 다혜는 인철에게 팔을 내밀어 뒤에 세워준다. 현실에서도 다혜만이 인철에게 이해의 포즈를 취한다. 그러나 인철은 현실에서 다혜마저도 만나지 않는다.

(iv)는 인철이 백정 신분을 두려워하면서도 자신의 근원에 대해 알고 싶어하는 욕망도 내재되어 있음을 암시하고 있다. 인철은 사람들과 만나는 것을 꺼리고 설계에만 몰두하는 모습을 보인다. 이러한 도피적 행위와 자기에로의 침잠은 꿈에서 '동굴'로 나타난다. 그래서 인철은 동굴에서 캄캄하고 끝 간 데 없는 암흑을 오히려 다행으로 여기고, 편안하다고 생각한다. 동굴은 어두운 곳이지만, 장차 빛을 발하기 위한 가능성이 잠재하는 태양의 은신처[45]이기도 하다. 빛은 '깨우침'의 뜻으로 비유된다. 인철이 자신을

---

45 이부영, 『심리학적 상징으로서의 동굴』, 『문학과비평』, 1987. 가을, 201면.

부르는 소리를 따라 빛이 있는 곳으로 향하는 것은 지금껏 그가 애써 인정하고 싶지 않았던 것들을 누군가의 도움을 받아 의식화하고 받아들이게 되는 것을 의미한다. 곧 이러한 행위는 그가 곧 시련을 극복하고 자기 자신을 바로 볼 수 있게 될 것임을 암시한다.

> 거울에 비친 자기 얼굴에는 입은 없고 귀가 유별나게 소귀처럼 커져있었다. 이 흉칙한 용모에 그는 놀랐으나 한편 응당 자기는 그런 모양을 하고 있어야 한다고 수긍이 가는 것이었다. 그는 생각했다. 앞으로 이 귀로 듣기만 하고 말은 말아야 한다. 그런데 거울에 비친 눈이 벌겋게 충혈이 돼있었다. 어디서 꼭 본 눈같다고 생각하며 손가락 끝으로 자기 이마를 눌러보았다. 아무 저항도 없이 구멍이 뚫리면서 붉은 피가 쏟아져나왔다. 조금도 고통은 없었다.[46]

인철이 도수장을 본 뒤 꾼 '붉은 피의 꿈'을 다루는 삽입서사이다. 이 삽입서사에서 인철은 소와 같은 모습을 하고 있는 자신을 거울로 들여다보면서 수긍을 하고 있다. 자신의 모습이 거울에 비쳤을 때 소처럼 보이는 이 꿈은 소와 자기의 모습의 동일시와 같다. 이 꿈에는 인철이 자신의 상황을 받아들이고자 하는 심리상태가 나타나 있다. 그러나 상황을 받아들이고는 있지만 한편으로는 불안감이 잠재되어 있다. 눈이 벌겋게 충혈되어 있고, 귀가 유별나게 커져 있지만, 입은 없기 때문이다. 아직은 누군가에게 자신이 백정의 자손이라는 사실을 스스럼없이 밝히는 데에까지 이르지 못하고 있는 것이다.

이러한 일련의 꿈을 통해 심리적 갈등을 겪던 인철은 같은 백정 신분인 사촌 기룡을 만나 외로움과 맞서는 방법을 알게 되면서 더 이상 꿈을 꾸지

---

46 위의 책, 120면.

않게 된다. 그리고 본돌영감을 보기 위해 분디나뭇골로 가겠다고 결정을 내린 후에야 인철은 비로소 깊은 잠을 잘 수 있게 된다. 결국 인철이 꿈을 꾸게 되는 상황은 백정이라는 사실을 인정하는 것조차 주저하고 있을 때이다. 무의식에 잠재해 있는 백정 신분이라는 사실에 대한 두려움이 발현되었을 때 꿈을 꾸는 것이고, 그것이 제거되었을 때 꿈은 사라진다.

이 과정을 통해 인철은 백정 신분으로 인한 외로움을 극복하기 위해 감각적이고 향락적인 서구문화가 횡행하는 현실사회에서 새로운 인간관계를 지향한다. 개인적 이기주의와 물질적 가치만을 추구하는 현재의 인간관계가 아니라, 백정 설화의 가치관과 현대판 춘향과 이도령 부부 이야기에 내재한 인간관계, 곧 인간과 인간, 인간과 자연이 하나가 되고, 육체와 영혼, 정신과 물질이 합일되는 가치관에 입각한 그런 인간관계를 '현재'에 되살리는 것이다.

그것은 전통적 가치관을 상징하는 다혜가 지향하는 인간관계로 서구문화의 부정적 요소가 지배하는 현실사회의 인간관계를 정화하는 것으로 구체화된다. 그 정화의 한 결과물이 서구적 가치관을 대표하되 서구문화의 부정적 요소를 청산하고 진정한 사랑을 갈망하는 후반부의 나미일 것이다. 인철은 작품 결말에서 다혜와 나미를 동시에 자신의 내면에 받아들임으로써 새로운 인간관계에 대한 강한 갈망을 표출한다.

이대로 나는 관객의 입장에서 다혜와 나미를 대해야 하는가. 나는 나, 너는 너라는 인간관계란 있을 수 없지 않은가. 인간이 소외당한 자기자신을 도루 찾으려면 우선 각자에 주어진 외로움을 참구 견뎌나가는 데서부터 시작해야 할 거야. 기룡이의 말이었다. …… 그건 그렇다. 하지만 그 외로움이란 인간과 인간이 격려돼있는 상태에서만 오는 게 아니지 않는가. 서로 부딪칠 수 있는 데까지 부딪쳐본 다음에 처리돼야만 할 문제가 아닌가. 기룡을 만나야 한다. 만나 얘기해

야 한다.[47]

   '나는 나', '너는 너'라는 개인적 이기주의 입각한 인간관계가 아니라 '나'와 '너'가 하나가 되고, 정신과 육체, 물질과 영혼이 하나가 되는 그런 새로운 인간관계를 실현하기 위해 인철은 '서로 부딪칠 수 있는 데까지 부딪쳐' 보기 위해 현실로 나선다.

6. 맺음말

   이 글은 황순원의 장편소설 『일월』을 대상으로 하여, 작중인물과 외로움과의 상관관계에 따라 인물을 다음 네 가지로 유형화하고, 각 인물 유형을 다루는 중심 서사에 제시되어 있는 삽입서사의 기능과 의미에 주목하였다.

   첫 번째, 현실사회의 인간관계에서 외로움을 느끼지 못하는 인물들을 다루는 중심 서사에는 희곡 대본 형태의 세 가지 삽입서사가 제시되어 있다. '한 가정의 비극'을 다루는 삽입서사는 미국으로 대표되는 향락적이고 퇴폐적인 서구문화에 의해 지배되고 있는 당대 한국사회의 인간관계를 비판하고 있다. '약한 사람들이 모여사는 마을'이라는 삽입서사는 서구문화를 절대시하는 당대 한국사회는 전통문화를 상실한 채 서구문화를 유일한 '전선주'로 여긴다고 비판하고 있다. '오층 건물'을 다루는 삽입서사는, 인간적 유대감을 상실한 한국사회는 서구문화만이 횡행하는 황량한 건축물에 불과하다는 것을 은유적으로 표현하고 있다.

   두 번째, 백정 신분으로 인해 인간관계에서 외로움을 느끼는 인물로 본

---

47 위의 책, 343면.

돌영감, 상진영감, 인호, 기룡을 들 수 있다. 이러한 인물들의 삶을 다루는 중심 서사에는 세 가지 삽입서사가 제시되어 있다. 먼저, 백정 신분으로 겪게 되는 수모를 다루는 증언 형태의 삽입서사는 본돌영감과 상진영감 형제가 어릴 적 백정 신분으로 인해 겪게 되는 두 가지 사건과 인철의 고모가 자살하게 되는 사건을 다루고 있다. 다음, 백정 설화를 비롯해 백정의 삶과 관련되어 구비전승 자료를 채록한 형태의 삽입서사는 백정 설화에 내포된 가치관이 무엇인지를 밝히는 기능을 한다. 백정 설화에는 상계와 하계, 신과 인간, 인간과 동물, 육체와 영혼이 합일되는 가치관이 내포되어 있으며, 이 가치관은 민족의 집단무의식 속에 면면히 이어져 오고 있는 전통적 가치관에 해당한다. 그리고 이 가치관은 당대 한국사회를 지배하는 서구적 가치관, 곧 개인적 이기주의와 물질적이고 육체적인 가치만을 중시하는 가치관과 대비된다. 마지막으로, 백정에 대한 역사적 문헌 기록을 정리한 형태의 삽입서사는 백정 설화의 가치관이 배척당하고 급기야 말살당하게 되는 역사적 과정을 제시하는 기능을 한다. 한편 기룡은 백정 신분에서 오는 외로움을 인간존재 일반의 숙명론적 조건으로 받아들이고 홀로 외로움을 참고 견디는데, 이를 잘 보여주는 것이 6·25전쟁과 관련된 기룡의 기억을 다루는 삽입서사이다.

세 번째, 현실사회의 인간관계에서 진정한 사랑 부재로 인해 외로워하는 인물이다. 다혜와 후반부의 나미는 외로움을 극복하려는 인물에 해당한다. 다혜가 지향하는 인간관계는 세 가지 삽입서사에 함축되어 있다. 다혜에 대한 인철의 기억을 다루는 삽입서사와 다혜의 공상을 다루는 삽입서사는 인철에 대한 다혜의 사랑이 '누이' 같은 사랑임을 보여준다. '현대판 춘향이와 이도령 이야기'라는 삽입서사는 다혜가 지향하는 인간관계는 개인적 이기주의나 물질적 측면을 중시하는 것이 아니라 정신과 영혼의 교감을 통해 삶과 죽음을 초월한 영원한 사랑을 추구한다는 점을 보여주면서, 동시에 이러한 인간관계는 백정설화에 내포된 전통적 가치관에 해당한다는 것을 강조하고 있다. 한편 나미는 작품 전반부에서는 서구문화에 길들여져 이기적이고 개인적인 인간관계를 맺다가, 후반부에 이르면서 인철을 통해 점차 진정한 사랑을 갈망하게 되는데, 이를 압축하고 있는 것이 '붕어 꿈' 삽입서사이다. 한편 인주, 인문의 모(母), 인문은 모두 현실사회에서 부모 자식 간, 또는 남녀 간의 진정한 사랑 부재로 인해 외로움을 느끼지만, 그 외로움을 내면화해서 극복하기보다는 외부의 대체물을 통해 회피하는 쪽을 택한다.

네 번째, 인철은 백정 신분으로 인해 외로움을 느끼면서 동시에 진정한 사랑 부재로 인해 외로움을 느끼는 인물이다. 먼저, 진정한 사랑 부재로 인한 외로움은 다혜와 나미에 대한 인철의 기억과 관련된 삽입서사로 제시되어 있다. 인철은 자유분방하고 서구적 감각에 길들여진 나미의 이해타산적인 만남을 거부하지만, 그렇다고 다혜의 '누님' 같은 사랑에 적극적으로 다가가지도 못한다. 그러다가 인철은 백정 신분임을 알게 되면서 인간관계에서 지독한 외로움을 느끼게 된다. 이 양자의 외로움을 극복하는 것과 관련된 삽입서사가 다섯 가지의 꿈 서사이다. 꿈 삽입서사는 백정 신분으로 인한 인철의 절망적 심리를 나타내면서, 동시에 인철이 백정 신분을 서서히 받아들이고 이를 극복하는 과정을 나타내고 있다. 이 과정을 통해 인철은 개인적 이기주의와 물질적 가치만을 추구하는 현재의 인간관계가 아니라, 백정 설화의 가치관과 현대판 춘향과 이도령 부부 이야기에 내재한 인간관계, 곧 인간과 인간, 인간과 자연이 하나가 되고, 육체와 영혼, 정신과 물질이 합일되는 가치관에 입각한 그런 인간관계를 '현재'에 되살리고자 한다. 작품 결말에서 인철은 전통적 가치관을 상징하는 다혜와 서구문화를 대표하되 진정한 사랑을 갈망하는 후반부의 나미를 동시에 자신의 내면에 받아들임으로써 새로운 인간관계에 대한 강한 갈망을 표출한다.

이중 틀서사에 나타난 사실과 허구의 변증법: 이청준 「이어도」

1. 머리말

1965년 「퇴원」으로 등단한 이후 이청준의 문학 세계는 초기에는 폭력적인 사회 체계를 비판하는 「소문의 벽」과 「언어사회학 서설」 연작 같은 작품 계열과, 남도의 고향으로 표상되는 정서를 지향하는 「매잡이」, 「남도 사람」 연작 같은 작품 계열의 두 축으로 전개되다가, 「다시 태어나는 말」에서 두 계열이 통합되고 이후 『신화를 삼킨 섬』과 같은 장편소설로 나아간다. 이러한 전개 과정에서 「이어도」(1974)는 「줄」(1966), 「매잡이」(1968)와 「남도 사람」 연작(1978~1980)의 중간 자리에 위치해 양자를 연결하는 작품으로 평가된다.

「이어도」에 대한 기존 논의는 초점화와 담론을 바탕으로 한 연구,[1] 언어

---

1 천이두, 「이원적 구조의 미학」, 『한국문학과 한』, 이우출판사, 1985.
　　권택영, 「이청준 소설의 중층구조」, 『외국문학』, 1986. 가을.
　　성민엽, 「겹의 삶, 겹의 문학」, 『문학과 사회』, 1990. 여름.
　　현길언, 「문제탐색을 위한 다층적 플롯」, 『이청준론』, 삼인행, 1991.
　　이상우, 「이청준의 이어도 연구─초점화와 담론을 중심으로」 『한국문예비평연구』 13, 한국문예비평학회, 2003.12, 179~195면.

이중 틀서사에 나타난 사실과 허구의 변증법: 이청준 「이어도」　77

적 형식화 양상을 살피는 연구,[2] 낙원의식을 중심으로 한 연구,[3] '섬'이 등
장하는 작품을 묶어 공간의 특질을 밝히는 연구[4] 등이 있다. 이들 연구는
「이어도」의 특징과 의의를 심도 있게 고찰하고 있어 주목된다.

하지만 이들 연구는 서사구조와 주제라는 양 측면을 동시에 아우르는 검
토가 미흡하다는 문제점을 지니고 있다. 기존의 논의에서는 '서술자아'에
해당하는 초점화자의 역할에 대한 고려가 거의 없이 '경험자아'에 해당하
는 초점화자를 중심으로 논의를 진행하는 경우가 대부분이다. 그로 인해
작품에 나타나는 복합적인 짜임의 의도나 작품의 첫 부분과 마지막 부분에
대한 해석이 제대로 이루어지지 않고 있다. 이청준 작품의 경우, 복잡한 서
사구조를 통해 다층적인 의미망을 형성하면서 주제를 전달하고 있다. 「이
어도」의 경우만 하더라도 대부분의 논자들이 동의하듯이 서사구조가 '겹의
구조' 형태를 띠고 있으며, 이 여러 겹의 구조를 통해 주제를 형상화하고

장소진, 「사실적 탐색과 비약적 인식의 역학―이청준의 「이어도」를 대상으로」, 『어문연구』
32(2), 한국어문교육연구회, 2004, 329~352면.
이승준, 「이청준 소설의 역설 구조 연구―드러냄과 감춤 사이의 역설」, 『한중인문학연구』
34, 한중인문학회, 2011.12, 81~102면.
서형범, 「이청준 「이어도」에 나타난 인물들의 서사적 기능의 치환 양상 연구」, 『한민족어문
학』 65, 한민족어문학회, 2013.12, 831~867면.
2 백지은, 「이청준 「이어도」의 언어적 형상화 양상 연구」, 『한국문학이론과 비평』 30, 한국문
학이론과 비평학회, 2006.3, 125~148면.
3 김종회, 「유토피아소설의 상상력과 현실의식―이청준의 「이어도」와 「비화밀교」를 중심으로」,
『어문연구』 16(3, 4) 통합본호, 한국어문교육연구회, 1988, 386~400면.
김정아, 「이청준 소설의 윤리학―탈근대적 민중공동체 복원을 향한 근원 사유」, 『현대문학
이론연구』 52, 현대문학이론학회, 2013, 31~48면.
조명기, 「이청준 소설에 나타난 낙원의식과 로컬리티―「이어도」, 『당신들의 천국』, 『신화를
삼킨 섬』을 중심으로」, 『한국언어문학』 73, 한국언어문학회, 2010.6, 333~363면.
나소정, 「유토피아에서 헤테로토피아로―이청준 소설의 섬 공간 연구」, 『한국문예창작』 16
(1), 한국문예창작학회, 2017.4, 105~141면.
4 이성준, 「이청준 소설에 나타나는 섬의 속성과 의미 고찰―「이어도」, 「섬」, 『당신들의 천국』,
『신화를 삼킨 섬』을 중심으로」, 『비교어문연구』 40, 비교어문학회, 2015, 117~151면.

있다. 따라서 이청준 작품에 대한 본질적인 접근을 위해서는 면밀한 서사 구조 분석을 통해 작품의 구조적 특질을 밝히고, 그것이 어떻게 주제 형상화에 기여하는지를 고찰할 필요가 있다. 이를 위해 본고는 「이어도」에 나타나는 틀서사와 초점화자를 통해 주제가 어떻게 형상화되는지에 주목하고자 한다.

먼저, 틀서사(frame structure)[5]의 경우이다. 틀서사는 틀과 내부가 결합된 이야기이다. 틀을 a, 내부를 b로 볼 때, 단일 이야기가 결합된 틀서사는 'a+b+a'라는 구조를 취한다. 이 경우 기존의 '액자소설' 형식으로 접근해서 분석하는 것이 가능하다. 그런데 틀서사 구조가 복잡해질 경우, 그 구조는 'a1+b1+a2+b2+a3'와 같은 배열 형태를 보여준다. 틀이 이분 이상으로 분리되고, 그 사이에 내부 이야기가 들어가 있는 형태이다. 틀서사의 측면에서 「이어도」의 서사구조를 보면, 틀(a)은 기본적인 서사의 형태를 지니고 있으며 내부 이야기(b)와 결합되면서 이어도 전설이 갖는 현재적 의미를 다루고 있다. 한편 내부 이야기(b)는 이어도와 관련된 사건을 두고 여러 등장인물의 다양한 반응 등이 중심 내용을 이루고 있다. 그리고 내부 이야기에 해당하는 b는 시간축과 관련해 b보다 앞선 과거의 사건을 다루는 c와 d서사를 내포하는 또 다른 '틀'로 작동하고 있다. 기존의 '액자소설'의 형식과는 달리 훨씬 복잡한 방식으로 서사가 짜여 있는 것이다. 그런 까닭에 누가 보느냐, 누가 말하느냐 하는 부분에 주목하여 작품의 서사가 어떠한 방식으로 직조되는가, 그리고 서사의 층위를 달리함으로써 얻을 수 있는 의미효과는 무엇인가를 면밀히 고찰할 필요가 있다. 이를 구체적으로 분석하기 위해서 틀서사의 개념을 원용하고자 한다.

---

5 E. Goffman, *Frame Analysis*, New York: Harper Colophon, 1974, 560~576면.
한일섭, 『서사의 이론－이야기와 서술』, 한국문화사, 2009, 105면.

다음, 초점화자(focalizer)[6]의 경우이다. 초점화자는 서술자가 하나의 특정 관점과 전망을 부여한 인물이다. 상위 틀서사와 하위 틀서사가 결합된 이중 틀서사[7]는 각각의 초점화자를 지닌다. 상위 틀서사의 초점화자는 서술자의 서사내적 대리인으로서 서술자아의 측면이 강화된 것으로, 이 초점화자는 상황을 종합하고 그것을 해석, 판단하는 역할을 담당한다. 하위 틀서사의 초점화자는 대상을 관찰하는 경험자아의 측면이 강하다. 이처럼 초점화자를 이원화시킨 것은 서술자가 명백한 의도를 갖고 있기 때문이다.

「이어도」의 경우, 서술자는 상위 틀서사의 초점화자에게 이어도 전설과 관련해서 그것이 갖는 현재적 의미를 묻고 그 질문에 대한 답을 찾도록 하면서 상황에 대해 사유하도록 만든다. 따라서 이 초점화자는 서술자에 의해 특정한 관점(초점화)이 부여된 서술자아의 역할을 한다. 이러한 초점화자를 '화자-초점화자(narrator-focalizer)'[8]로 명명할 수 있다. 또한 서술자는 하위 틀서사의 초점화자에게 이어도와 관련된 사건을 두고 여러 인물을 만나 대화를 나누게 하면서 특정한 관심사인 이어도 전설 이야기를 취재, 관찰하게 한다. 이러한 제한적 관찰자를 '초점화자'라고 명명할 수 있다.

---

6 초점화자는 초점화(focalization)의 주체로서 누가 보는가와 관련된 시점의 소유자를 의미한다. G. Genette, 『서사담론』, 권택영 역, 교보문고, 1992, 212면.

7 이청준 소설에서 이중 틀서사의 양상을 확인할 수 있는 작품들은 대개의 경우 서술자아의 역할을 담당하는 초점화자가 이끄는 서사와 경험자아의 역할을 담당하는 초점화자가 이끄는 서사로 양분된다. 후자가 이끄는 서사가 작품의 중심 내용을 구성하고 있으며, 그러한 중심 내용에 해당하는 서사에 대해 해석하고 판단하는 역할은 전자가 이끄는 서사에 부여된다. 그런 까닭에 서술자아가 이끄는 서사는 일종의 의미의 심급으로서 자리매김하는 것이다. 따라서 전자는 상위 틀서사로, 후자는 하위 틀서사로 명명하고자 한다.

8 Rimmon-Kenan은 외적인 초점화는 서술 행위자에 가깝게 느껴지는데, 이때 그 수단으로서 '화자-초점화자(narrator-focalizer)'가 제시된다고 파악하고 있다. 그에 따르면, 외적 초점화는 1인칭 서사물에도 나타날 수 있으며, 화자와 작중인물 간의 시간적 심리적 거리가 최소한으로 짧을 때거나, 스토리를 전달하는 인식의 주체가 경험자로서의 자아가 아니라 서술자로서의 자아일 때 나타난다고 말한다. Rimmon-Kenan, Shlomith, 『소설의 현대시학』, 최상규 역, 예림기획, 1999, 134~135면.

결과적으로 초점화자의 이원화는 이중 틀서사의 초점화자에게 각각의 역할을 부여함으로써 특정 주제를 강조하고, 동시에 그것을 다각적인 측면에서 심도 있게 접근하려는 의도에서 비롯된 것임을 알 수 있다. 따라서 이 글은 틀서사와 초점화자의 개념에서 「이어도」에 접근함으로써 틀과 내부가 어떻게 배열되고 구조화되는지, 그리고 각각의 서사에서 초점화자의 역할과 기능은 무엇인지를 파악하고, 이러한 구조적 장치가 어떻게 주제를 형성하는지를 고찰하고자 한다.

2. 하위 틀서사와 전설에 의한 운명 지배

「이어도」는 상위 틀서사와 하위 틀서사, 그리고 내부 이야기로 이루어져 있다. 상위 틀서사는 서술자아에 해당하는 화자-초점화자의 시선에서 이어도 전설이 갖는 현재적 의미를 탐색하고 있다. 하위 틀서사에는 세 개의 서사가 결합되어 있다. 첫 번째 서사는 현재의 시간 축에 해당하는 서사(b서사)로, 선우 현 중위가 양주호 국장과 여인을 만나 천남석 기자의 해상 실종 사고를 알려주는 내용을 담고 있다. 두 번째 서사는 현재와 가까운 과거의 시간 축에 해당하는 서사(c서사)로, 선우 현 중위와 천남석 기자가 수색 작전 종료 날 밤 배 위에서 함께 술을 마시며 이야기를 나누고 헤어진 내용을 담고 있다. 세 번째 서사는 현재와 먼 과거의 시간 축에 해당하는 서사(d서사)로, 천남석의 유년 시절과 천남석과 여인의 만남에 대한 내용을 담고 있다. 이 세 가지 서사에 담긴 내용은 모두 선우 현 중위를 초점화자로 하여 그의 시선에 의해 혹은 그가 들은 이야기를 전달하는 방식에 의해 그려지고 있다. 이를 고려하면, 이 작품은 화자-초점화자의 시선으로 그려지는 상위 틀서사(a)와 초점화자인 선우 현 중위의 시선으로 그려지는 하위 틀서사

(b)의 결합으로 짜인 것이라 보아야 한다.

그렇다면 「이어도」의 서사가 상위 틀서사와 하위 틀서사의 결합으로 이루어짐으로써 얻게 되는 효과는 무엇인가. 이를 살펴보기 위해서는 하위 틀서사와 이를 감싸고 있는 상위 틀서사를 분리해 고찰할 필요가 있다. 「이어도」의 서사단위는 다음과 같이 구성된다.

a1. 이어도 전설에 대한 믿음과 선우 현 중위의 도착

b1. 선우 현 중위는 남양일보사의 양주호 국장에게 천남석 기자의 해상 실종 사고를 보고함

a2. 이어도 전설과 파랑도 소문

c1. 선우 현 중위는 수색 작전 종료 날 밤 배에서 천남석과 술을 마시며 이야기함

b2. 선우 현 중위는 양주호를 따라 <이어도> 술집으로 가서 여인의 이어도 노래를 들음

b3. 선우 현 중위와 양주호는 천남석의 집으로 감

d1. 천남석의 어린 시절에 관한 이야기

b4. 양주호는 선우 중위를 천남석의 집에 남겨두고 감

b5. 여인이 찾아오고 선우 현 중위는 여인에게 천남석의 실종 소식을 전함

c2. 선우 현 중위는 갑판병으로부터 천남석의 실종 보고를 받음

b6. 선우 현 중위와 여인이 몸을 섞음

b7. 선우 현 중위는 새벽에 여자와 헤어져 나옴

d2. 여인의 내력

b8. 선우 현 중위는 양주호를 다시 찾아감

a3. 선우 현 중위가 떠남. 천남석의 시신이 섬으로 돌아옴

이처럼 이 작품은 상위 틀서사와 하위 틀서사가 중첩되고 뒤섞여 있는 짜임을 보여준다. 이러한 각 서사의 연결을 통해 드러내고자 하는 의미망이 무엇인지를 살펴보도록 하자.

b서사는 선우 현 중위와 양주호 국장, 그리고 '이어도' 술집의 여인 사이에서 벌어지는 현재의 사건을 담아낸다. 이들은 천남석 기자와 관련을 갖고 있는 인물로, 이어도 전설에 대해 상반된 태도를 보인다. 선우 현 중위는 '파랑도 수색 작전'에서 천남석 기자를 만났으며, 천남석 기자의 실종 사건 소식을 전하기 위해 섬으로 온 인물이다. 선우 현 중위는 천남석 기자의 직속상관인 양주호 국장을 만나 천 기자의 실종 사건 소식을 전하고(b1), 양주호 국장의 안내로 '이어도' 술집으로 가서 천남석과 밤을 함께 보낸다는 여자를 만나고(b2) 천남석 기자의 집으로 가서(b3, b4) 천남석의 여자와 하룻밤을 보내고(b5, b6, b7), 다음날 양주호를 다시 만난 후(b8) 섬을 떠난다.

선우 현 중위는 철저히 '사실'을 중요하게 여기는 인물이다.

> b2. 천남석의 자살이 사실로 확인될 수 있다면 그의 실종사고를 처리함에 있어서 그의 부대에 바칠 수 있는 공헌은 오히려 둘째 문제였다. 보다 중요한 것은 그 사실 자체였다. 무슨 일에 대해서나 명확한 사실을 근거로 해야 하는 선우 중위의 사고방식은 그것이 곧 그의 주장이자 공인다운 미덕이었다. 사실에의 봉사는 언제나 중위를 즐겁게 했다. 사실을 밝혀야 했다. 그는 적지 아니 사명감마저 느끼고 있었다. 사실을 알지 못하면 천 기자의 자살은 믿을 수 없었다.[9]

이어도와 파랑도가 존재하지 않는다는 수색 작전의 결과 이후 선우 현 중위가 알고 싶어하는 것은 오로지 천남석의 죽음이 자살인가 하는 문제였

---

9 이청준, 「이어도」, 『이어도』, 열림원, 1998, 74~75면.

다. 그에게 있어 이어도는 실재하지 않으므로 존재하지 않는 섬이다. 그는 파랑도 수색 작전과 관련하여 인지한 정보 내에서만 이어도 전설이나 파랑도 소문에 대해 알고 있을 뿐이다. 그가 관심을 두는 것, 그가 믿을 수 있는 것은 오로지 '사실'뿐이다. 따라서 그에게는 이어도 전설이나 파랑도 소문은 사실로 밝혀진 것이 아니므로 믿을 수 없는 이야기로 여겨진다.

반면 양주호는 선우 현과는 전혀 상반된 인물로 그려진다. 그는 신문사에서는 국장다운 모습을 보이지만 신문사를 나서면 전혀 태도가 달라진다.

> b2. 양주호는 이날 저녁 처음부터 태도가 예상 외로 거칠었다. 편집국 문을 나서면서부턴 갑자기 한 신문사의 국장다운 구석이라곤 하나도 찾아볼 수가 없었다. 그는 마치 상습 알코올 중독자의 그것처럼 아무렇게나 행동하고 아무렇게나 말을 했다. 커다란 몸집이 오히려 체신머리가 없어 보일 만큼 언동이 무질서해지고 있었다. 뭔가 실종경위 같은 걸 듣고 싶어 술자리를 청한 것 같았는데, 그는 이내 그 중위를 붙잡게 된 동기 같은 건 까맣게 잊어버린 듯했다.[10]

양주호는 신문사의 국장이지만 편집국을 나서는 순간부터는 그런 모습을 벗어버리고 알코올 중독자, 혹은 폐인과 같은 모습으로 변해버린다. 그는 이어도의 전설을 믿고 있으며, 사실관계의 확인 없이 천남석 기자의 자살을 단정짓기도 한다.

> b8. "예감을 신용했다기보다 그만큼 난 천남석이 스스로 그의 섬을 찾아갔기를 바라고 있기 때문입니다. 하지만 당신은 아무래도 녀석을 그의 섬으로 보내고 싶어하질 않는 것 같았어요. 끝끝내 그의 자살을 믿으려 하지 않는 것 같았단

---

10 위의 책, 74면.

말입니다."

"전 사실을 볼 수가 없었으니까요. 사실의 확인 없이 그의 자살을 믿어버릴 수는 없는 일 아닙니까?"

"하지만 이번 경우는 그 사실이라는 걸 단념하십시오. 사람들은 때로 사실에 서보다는 허구 쪽에서 진실을 만나게 될 때가 있지요. (중략) 그리고 아마 어젯 밤부터 내가 당신에게 뭔가 해드리고 싶은 일이 있었다면 당신에게서 바로 그 사실에 대한 집착이나 욕망을 포기시키는 일이었을 겁니다."[11]

위의 인용문에서 보듯 선우 현 중위와 양주호 국장은 천남석의 자살과 이어도를 둘러싸고 서로 다른 견해를 보인다. 선우 현 중위의 말은 철저히 '사실'에 근거하고 있다. 반면 양주호의 말은 '비약과 영감투성이의 열변' 으로 여겨진다. 선우 현은 천남석이 자살했다는 사실을 확인하지 못했으므 로 그의 자살을 믿지 못한다. 마찬가지로 이어도는 '파랑도 수색 작전' 결 과 발견되지 않았으므로 존재하지 않는 것으로 여긴다. 반면 양주호는 천 남석이 스스로 이어도를 찾아갔을 것이라 믿고, 그런 믿음에서 천남석이 자살했을 것이라 예감한다. 또한 그는 그런 의미에서, 가령 구원이나 꿈, 희 망의 의미를 지닌 이어도의 전설을 믿으면서, 이어도 소리를 들으며 하루 하루를 더 산다고 생각한다.

이들 두 사람의 태도가 상반된 까닭은 선우 현 중위는 섬의 바깥에서 온 사람이고, 양주호 국장은 섬사람이기 때문인 것으로 짐작할 수 있다. 선우 현 중위는 이어도의 전설이나 이어도 소리에 대해 잘 알지 못한 반면, 양주 호 국장은 제주도 섬사람들이 대개 그렇듯 이어도 소리를 들으며 그 섬을 사랑하며 살아왔던 것이다. 이들이 이어도에 대해, 그리고 천남석의 자살에

---

11 위의 책, 120~121면.

대해 서로 다른 견해를 보이는 것은 그 때문이다.

따라서 선우 현 중위는 섬 바깥, 곧 외부에서 '이어도'를 '존재한다/존재하지 않는다'의 '사실'의 차원에서 바라본다. 그리고 양주호 국장은 섬 내부의, 곧 제주도 섬사람으로서 '이어도'를 사실의 차원이 아닌 허구의 차원, 그리고 그 허구의 진실이 말하는 '꿈'과 '구원'의 측면에서 믿는다. 그는 '존재한다/존재하지 않는다'의 차원이 아니라 '믿는다/믿지 않는다'의 차원에서 섬을 바라보고 있는 것이다.

양주호가 선우 현 중위를 '이어도 술집'으로 안내하는 것은 '존재한다/존재하지 않는다'라는 사실의 차원에 머물러 있는 선우 현 중위의 생각을 바꿔놓으려는 의도가 짙게 깔려 있는 행동이라 볼 수 있다. 그런 점에서 '<이어도> 술집'의 여자는 선우 현 중위로 하여금 제주도 섬사람들의 실제 삶의 양태를 스스로 경험해보도록 이끌어주는 역할을 한다.

> b6. 중위가 한참 더 정신없이 지껄여대며 여인을 학대하고 난 다음이었다. 여자에게서 마침내 반응이 나타나기 시작했다. 선우 중위로선 참으로 상상도 할 수 없었던 기괴한 반응이었다, 여인의 입술에서 문득 희미한 웅얼거림 소리 같은 것이 흘러나오고 있었다. 신음 같기도 하고 한숨 소리 같기도 하고, 어떻게 들으면 마치 제주도의 바닷가 어디에서나 들을 수 있는 바다 울음소리나 파도 소리 같은 그 웅얼거림은, 그러나 자세히 들어보니 이어도, 그 오랜 제주도 여인들의 슬픈 민요가락이었다. 중위는 그만 번쩍 정신이 되돌아왔다. 불시에 등골에서 식은 땀이 솟고 있었다. 천남석의 어머니도 남편이 수평선을 넘어오는 날이면 비로소 그 걱정스런 밤의 어둠 속에서 이어도를 만나곤 했다던가. 선우 중위는 잠시 멀어져 가는 듯싶던 환각들이 일시에 다시 방안 가득 밀려들어 오는 듯한 착각 속에 모질게 다시 힘을 모두어 여자를 학대하기 시작했다.[12]

인용문 b6에서는 선우 중위와 '여자'(천남석의 여인)가 밤을 함께 보내는 모습을 그려내고 있다. 이 b6 서사단위에서, 선우 중위는 여자와 밤을 보내면서 천남석의 어린 시절 배를 타고 나갔던 천남석의 아버지가 수평선을 넘어 돌아오는 날 밤 이어도를 만나곤 했다는 천남석의 어머니의 삶을 떠올린다. 그리고 여자 또한 천남석의 어머니처럼 이어도 노래를 부른다. 이를 통해, 선우 중위는 환각 속에서 이어도를 만난다. 그러는 가운데 선우 중위는 섬사람들의 운명을 어렴풋이 깨닫게 되면서 두려움을 느낀다. 이러한 두려움은 천남석과 그의 여자의 삶을 자신과는 무관한 이야기로 받아들이던 선우 중위가 스스로 그 삶 속에 뛰어들어 자신 또한 이어도 전설과 관련된 삶에 포섭되고 있음을 느끼기 때문에 발생한다. 그 결과 이어도 여인을 통해 선우 중위에게 이어도와 관련된 섬사람들의 운명적 삶을 직접 경험하게 함으로써 그것을 사실로 받아들이게 하려는 양주호의 의도가 달성된다.

다음 c서사를 보자. c서사에서는 선우 현 중위와 천남석이 '파랑도 수색 작전'을 위해 승선한 배 위에서 함께 술을 마시고 이야기를 나누는 내용(c1)과 술자리가 파하고 다음날 선우 현 중위가 천남석의 실종 보고를 받는 내용(c2)을 담아내고 있다. 이 서사단위는 현재의 바로 직전에 벌어진 가까운 과거의 시간 축에 속하는 이야기로서 선우 현 중위의 시선을 통해 과거 회상의 방식으로 서술된다.

> c1. "하지만 섬사람들이 어차피 배를 타지 않으면 안 될 운명이었다면, 이어도의 존재야말로 그 사람들에겐 커다란 위안이 아니었겠소. 배를 타지 않으면 안될 운명이 분명하면 분명해질수록 이어도는 그 사람들의 구원이 아니었겠느냔

---

12 위의 책, 106면.

말입니다."

선우 중위가 모처럼 한마디 끼여드는 소리에 천남석은 느닷없이 발칵 화를 내기까지 했다.

"배를 타지 않으면 안 될 운명이라뇨? 처음부터 세상을 그렇게 타고난 운명이 어디 있단 말요. 운명은 타고나진 게 아니라 바로 그 섬이 만들고 있었던 겁니다. 이어도의 환상이 그 허망한 마술로 사람들을 섬에서 떠나지 못하게 묶어놓고 끝끝내 배만 타게 만들어버린 거란 말입니다. 그러면서 사람들로 하여금 길고 짧은 생애들을 고스란히 이 섬 위에서 견디게 했다가 종내는 그 죽음의 섬으로 가엾은 생령들을 홀려가곤 한 거란 말이에요."[13]

선우 현 중위와 천남석은 '이어도'와 '파랑도'에 대해 상반된 생각을 갖고 있다. 선우 현 중위는 이어도라는 전설에 근거하여 파랑도의 '실재'를 찾아나선 수색 작전의 의도를 그대로 받아들이는 반면, 천남석은 이어도의 허구가 파랑도라는 또 하나의 '허구'를 만들어냈다고 생각한다. 그리고 수색 작전이 끝나고 파랑도나 이어도 모두 허황스런 소문의 섬에 불과했다는 것이 밝혀진 이후, 천남석과 선우 현은 '구원의 섬'으로서 이어도에 대해 또다시 상반된 생각을 드러낸다. 선우 현은 배를 타야할 운명을 가진 섬사람들에게 이어도의 존재는 커다란 위안이었을 것이라 여긴다. 천남석은 이어도가 '저승의 복락을 누리게 된다는 이어도의 꿈이 있어 현세의 고된 질곡들을 참아낼 수 있다'는 섬사람들의 믿음에 의해 구원의 섬으로 여겨지면서 섬사람들을 섬에서 떠나지 못하는 운명으로 묶어두었다고 여긴다. 곧 선우 현은 배를 타야 하는 섬사람들에게는 구원이라는 위안이 필요하다고 생각하고, 천남석은 구원이라는 위안이 섬사람들로 하여금 현세의 질곡을

---

13 위의 책, 71면.

감내하고 견디게 만든다고 생각한다. 주어진 운명을 순응해야 할 것으로 여기느냐, 거부 혹은 저항해야 할 것으로 여기느냐의 문제에 있어 두 사람의 생각이 달라지는 것이다. 선우 현은 '미래'의 꿈을 중요하게 생각하는 반면, 천남석은 '현세'의 삶을 더 중요하게 여기고 있다는 것을 짐작할 수 있다.

c2에서 선우 중위는 천남석과 헤어지고 다음날 아침 갑판 근무병으로부터 천남석이 실종되었다는 소식을 듣게 된다. 여기에서 제시되는 내용은 이어도가 사람을 홀린다는 것이다.

> c2. 냉담스러워지고 싶은 것은 그의 말뿐이었다. 우정 말은 그렇게 하고 싶어 하면서도 그는 너무도 이야기에 열심이었다. 이야기를 좇고 있던 그의 표정 역시 너무도 열심이었다. 그는 때때로 자신의 이야기에 너무도 자세한 데까지 깊이 빠져 들어가고 있었다. 그리고 때로는 견딜 수 없는 고통 때문에 얼굴 표정이 갑자기 이상하게 일그러지기도 했다. 그는 자신을 견디기 위한 치열한 싸움을 끈질기게 계속하고 있는 것 같았다. 하지만 그 끈질긴 싸움 끝에도 그리고 입으로는 제법 냉담스럽게 이어도의 존재와 의미를 부인하고 싶어하면서도 그 싸움에는 끝끝내 이길 수가 없었던 것 같았다.[14]

천남석은 이어도의 존재와 의미를 '말'로는 부인하지만, 그럴수록 그의 얼굴은 고통스럽게 일그러진다. 천남석은 선우 중위에게는 이어도를 부정적인 어조로 이야기하지만, 갑판 위에 나가서는 이어도를 찾는 사람처럼 폭풍우가 이는 바다를 보며 넋이 훌쩍 홀려나가 버린 듯 꼼짝하지 않고 서 있는 모습을 보여준다. 한편으로는 이어도를 부인하면서도 또 한편으로는

---

14 위의 책, 102면.

이어도에 홀리고 마는 것이다. 이 장면은 운명을 거부하고자 하지만, 운명으로부터 결코 벗어날 수 없는 천남석의 삶을 압축적으로 보여준다.

d서사는 천남석의 유년 시절(d1)과 천남석의 여인의 내력(d2)을 천남석의 이야기와 여자의 이야기를 통해 제시한다. 여기에서 선우 현은 이야기를 듣는 위치에 있다.

> d2. 여자는 처음부터 자기 내력조차 분명히 알지 못하고 있었다. 여자의 부모는 그녀가 기억조차 할 수 없을 만큼 어렸을 때 이미 수평선을 넘어가 버렸고(천남석이 그랬듯이 여자도 번번이 그렇게 말했다), 여자가 아직도 희미한 기억을 간직하고 있는 그녀의 어린 오라비는, 좀더 나중에 그가 혼자서 배질을 할 수 있을 만큼 팔힘이 올랐을 때 다시 그 수평선을 넘어가 버렸다.[15]

천남석과 여인의 이야기는 제주 섬사람들의 보편적인 내력을 담고 있다. 그들은 바다로 떠나 돌아오지 않는 가족이 있다는 공통적인 내력을 공유한다. 바다로 떠나 돌아오지 않는 아버지와 그 아버지를 기다리다가 죽어간 어머니와 관련된 내력을 갖고 있는 천남석, 바다로 떠나 돌아오지 않는 아버지와 오빠에 관련된 내력을 갖고 있는 여자가 그러하다. 제주도 사람이라면 누구나 공통된 내력을 갖고 있는 셈이다. 그러한 상황에서 반복적으로 듣게 되는 이어도 노래는 운명에 순응하도록 만드는 일종의 습관이자 버릇이 되어 제주민의 의식 밑바닥에 자리 잡는다.

이러한 d서사에서 주목할 것은 천남석과 여자의 관계이다.

> 천남석은 여인으로 하여금 섬을 떠나게 하기 위해 참으로 무참스런 수모도

---

15 위의 책, 107면.

서슴지 않았던 것 같았다. 천남석은 여인에게 두 가지 해괴한 버릇을 숙명처럼 길들여 놓고 있었다. 여인이 섬을 떠나지 않는 한 잠자리에서 언제나 그 이어도의 노랫가락을 읊조리도록 한 것이 그 첫 번째였다. 그리고 천남석이 여인에게 길들이고 있었던 두 번째 작업은 그녀의 미래 운명에 관한 것이었다. 여인은 언젠가 자기의 사내인 천남석이 다시 섬으로 돌아오지 못하게 되는 일이 생길 때 반드시 그 소식을 가지고 오는 남자에게 옷을 벗도록 해놓고 있었다.[16]

천남석은 자신의 여자가 새로운 운명을 받아들이도록 두 가지 버릇을 길들여두고 떠난다. 첫 번째는 '섬을 떠나지 않는 한 잠자리에서 언제나 이어도의 노랫가락을 읊조리도록 한 것'이고, 두 번째는 천남석의 죽음과 관련된 소식을 갖고 돌아오는 남자에게 옷을 벗도록 한 것이다.

그러나 여인은 천남석의 '무참스런 수모'와 '괴롭힘'에도 불구하고 이어도와 관련된 전설이 살아 숨 쉬는 섬을 떠나지 않는다. 그것이 앞서 분석한 b6에 나타나 있다. b6에서 선우 중위는 천남석처럼 여인을 '괴롭히고' 수모를 주지만, 여자는 침묵으로 견디며 이어도 노래를 부른다. 이는 여자가 선우 중위와 함께 섬을 떠나기를 거부하는 것으로 볼 수 있다. 곧 여자는 천남석의 학대와 선우 중위의 학대에도 아랑곳하지 않고 다른 섬사람들처럼 이어도 전설에 대한 믿음을 지키며 섬을 떠나지 않고 있는 것이다.

이처럼 d서사는 섬사람들의 내력이 담긴 이야기로, 배를 타고 수평선을 넘어가는 천남석의 아버지와 같은 사람들과, 섬에 남아 이어도 노래를 부르며 떠나간 남편이 돌아오기를 기다리는 천남석의 어머니와 같은 사람들, 그리고 섬을 떠나라는 학대를 받으면서도 이어도 노래를 부르면서 이어도의 전설을 믿는 사람들의 모습을 담고 있다. 이를 통해 이어도가 섬사람들

---

16 위의 책, 109면.

의 일상 깊숙이 자리하고 있으며, 그럼으로써 섬사람들을 홀릴 수 있게 되었음을 짐작할 수 있도록 한다.

이처럼 과거와 현재가 중첩되면서 전개되는 「이어도」의 하위 틀서사에서 발견할 수 있는 것은 이어도를 둘러싼 네 가지 입장들이다. 하위 틀서사는 선우 현 중위를 초점화자로 내세워 천남석, 양주호, 여자를 만나는 내용으로 이루어져 있다. 선우 현 중위는 철저히 사실에 근거해서 사고한다. 실재와 가상을 구분하고 이어도나 파랑도는 현실에 존재하지 않는 섬이라 여긴다. 그에게 이어도는 가상의 섬인 셈이다. 그는 예감이나 믿음을 신뢰하지 않는다. 그저 사실을 통해서만 진실이 밝혀질 수 있다고 여긴다. 이처럼 선우 현 중위는 '사실'을 중시하고 그것에 기반하여 사리판단을 하는 인물이다. 이런 인물을 초점화자로 내세움으로써, 이어도를 둘러싼 여러 인물들의 다양한 인식들이 객관적으로 조명될 수 있는 것이다.

이어도를 둘러싼 섬사람들의 인식을 살펴보자. 먼저 양주호 국장은 이어도를 구원이자 꿈, 희망으로 여기며 하루하루를 살아가는 섬사람들의 삶을 표상한다. 운명을 받아들여야 한다면 섬을 믿고 사랑하고 의지하며 살 수밖에 없다는 것이다. 그는 현실이나 사실에 집착하는 것이 아니라, 허구 속에 진실이 있다고 믿으며 살고자 한다.

선우 현과 양주호와의 만남에서 드러나는 객관적 사실은 제주도 사람들이 이어도 전설에 대한 믿음에 지배를 받고 있다는 점이다. 특히 양주호의 직업이 신문사 국장이라는 점을 염두에 둘 때, 사실보다 전설에 대한 믿음을 더 신뢰하는 양주호의 모습은 이어도 전설이 얼마나 뿌리깊이 섬사람들의 의식을 사로잡고 있는가를 보여주는 증좌가 된다.

다음으로 선우 현과 여자와의 만남에서 드러나는 객관적 사실이다. 천남석은 여인의 운명을 바꾸기 위해 여인을 학대하고 자신이 돌아오지 않으면 자신의 소식을 전하러 온 사람에게 몸을 맡기라는 새로운 버릇을 길들였다.

그러나 여자는 자신을 괴롭히는 천남석이 떠났음에도 불구하고 새로운 운명으로 나타난 선우 중위의 학대를 견딘다. 그리고 섬을 떠나지 않고 자신에게 운명처럼 지워진 학대를 견디기 위해 '이어도 노래'를 부른다. 그럼으로써 섬사람이면 그 누구나 이어도 전설을 굳건히 믿고 있듯, 여자는 이어도 노래를 부름으로써 자신의 운명을 견디고 있음을 강조한다. 바로 이러한 점들이 선우 현의 시선을 통해 드러난다.

마지막으로 선우 현과 천남석과의 만남에서 드러나는 객관적 사실은 천남석이 자신의 운명을 거부하고자 하였으나, 그럴수록 더 많은 고통을 느끼고 두려움과 초조감에 시달렸다는 점이다. 천남석은 이어도에 대해서는 부정적이고 냉담스런 말을 쏟아냈지만, 어릴 적부터 이어도 소리와 노래에 길들여진 그로서는 이어도에 홀리지 않는 것이 쉽지 않다. 이처럼 천남석은 말로는 냉담하게 부인하고 저항하지만 심리적으로는 두려움과 초조감에 휩싸이게 되고, 결국에는 폭풍우 치는 밤바다에 홀려버린 듯한 모습을 보여주기에 이른다. 이러한 천남석의 모습이 선우 현의 시선에 포착됨으로써 운명을 거부하고자 하는 천남석의 의지와 그럼에도 불구하고 거역할 수 없는 힘으로 천남석을 사로잡는 이어도 전설의 마력이 드러난다.

3. 상위 틀서사와 믿음에 의한 사실의 전설화

하위 틀서사는 이어도 전설을 둘러싼 제주도 사람들의 다양한 삶의 방식을 보여주고 이를 선우 현이라는 '사실'을 중요시하는 외부인의 시선에 의해 포착하게 함으로써, 이어도 전설을 내부와 외부의 관점으로 드러내는 효과를 꾀하고 있다. 그런데 이 작품은 여기에서 그치지 않고 하위 틀서사를 다시 상위 틀서사(a)와 결합시켜 놓는다.

상위 틀서사에 해당하는 내용들은 다음과 같다.

> a1. 이어도 전설에 대한 믿음과 선우 현 중위의 도착
>
> a2. 이어도 전설과 파랑도 소문
>
> a3. 선우 현 중위가 떠나고 여러 날 후 천남석의 시신이 섬으로 돌아옴

a1, a2, a3는 섬의 내력을 보여주는 내용을 화자-초점화자의 시선에서 담아내고 있다. 화자-초점화자는 선우 현 중위가 섬에 도착하는 장면과 떠나는 장면을 모두 바라보고 있으며, 선우 현 중위가 떠난 뒤 한참 후에 천남석의 시신이 섬으로 돌아온 것도 보고 있다. 그리고 화자-초점화자는 이어도의 전설과 뱃사람들 사이에서 떠도는 파랑도의 소문에 대해서도 잘 알고 있다. 이러한 화자-초점화자를 통해, 이 작품은 이어도 전설이 갖는 현재적 의미를 고찰하고 있다. 이를 구체적으로 살펴보자.

「이어도」의 도입부 첫머리에 해당하는 a에 제시된 네 문장의 에피그램은 '이어도'의 전설과 관련된 내용을 소개한다.

> a1. 긴긴 세월 동안 섬은 늘 거기 있어 왔다.
>
> 그러나 섬을 본 사람은 아무도 없었다.
>
> 섬을 본 사람은 모두가 섬으로 가버렸기 때문이다.
>
> 아무도 다시 섬을 떠나 돌아온 사람이 없었기 때문이다.[17]

이 에피그램은 '섬은 있다'를 전제로 삼고 있다. 이 진술은 '섬을 본 사람은 섬으로 가서 돌아오지 않았다'를 그 근거로 제시하고 있다. '섬을 본 사

---

17 위의 책, 53면.

람은 섬으로 가서 돌아오지 않았다'라는 내용은 전설에 그 기반을 두고 있다. 다시 말하자면 섬이 있다는 것을 의심하지 않는, 전설에 대한 믿음에 바탕을 둔 진술인 것이다.

a2에서는 이어도 전설과 파랑도 소문을 요약서술하고 있다.

> a2. 언제부턴가 이곳 제주도 어부들에게선 이어도가 아니라 그 이어도와 비슷한 또 하나의 섬 이야기가 전해지고 있었다. 파랑도에 대한 소문이었다. 파랑도의 소문은 이어도하고는 달리 좀더 구체적이고 널리 퍼져나갔다. 망망대해 어느 물길 한 굽이에 잿빛 파도를 깨고 솟아오른 파랑도의 모습을 보았다는 어부들이 곳곳에서 나타났다. (중략) 사람들은 마침내 이어도의 전설을 생각해냈다. 옛날부터 이 바다의 어디엔가는 이어도라는 섬이 숨어있다는 구전이 전해 내려오는 터이었다. 이어도에 관해서는 언젠가 그것을 보았노라는 사람의 전설도 남아 있고 아직 제주도 일대에는 그 이어도에 관한 분명한 민요까지 남아 있지 않느냐. 이어도의 전설은 아마 파랑도의 실재에서 비롯된 제주도 사람들의 구전에 의한 또 다른 전설의 하나일 것이다. 파랑도의 실재 가능성은 이어도의 전설로 하여 좀더 분명해질 수 있을 것이다.[18]

a2는 이어도 전설을 믿느냐 의심하느냐의 차원이 아니라, 이어도가 현실에 존재하느냐 그렇지 않느냐의 차원에서 접근한 결과를 보여준다. 이때 현실에 존재하는가의 여부는 이어도가 아니라 이어도 전설에서 파생된 파랑도 소문에 대한 것이다. 파랑도 소문은 이어도 구전과 그것을 보았다는 사람의 전설과 민요의 존재에 힘입어 실재 가능성을 검증받기에 이른다. 이는 전설에 대한 믿음이 사실, 실재에 기반한 시선에 의해 끊임없이 의심

---

18 위의 책, 68면.

받고 간섭받는다는 점을 보여준다.

a3에서는 천남석이 이어도로 갔다고 여기는 여자와 양주호와 선우 현의 생각을 보여주면서 여기에 천남석의 육신이 섬으로 돌아온 사실을 덧붙인다.

a3. 선우 중위가 작전 선단으로부터 전령선을 타고 섬을 떠나간 지 열흘쯤 지난 어느 날이었다. 파랑도 수색작전을 끝내고 돌아온 해군 함정들이 항구를 떠나 기지로 돌아간 다음 바다는 며칠째 텅텅 비어 있었다.

<이어도>의 여자는 아직도 섬을 떠나지 않고 있었다. 남양일보사 양주호 편집국장은 아직도 시간만 끝나면 그 이어도의 술집으로 가서 폐인처럼 술을 마셔대며 여자의 노랫가락에 취해 있곤 했다. 하지만 양주호는 이제 그 천남석의 체온이 묻은 여자의 소리를 들으면서도 그의 이야기는 다시 입에 올리는 일이 없었다. 여자나 양주호에겐, 아니 어쩌면 이미 이 섬을 떠나간 선우 현 중위에게서마저도 천남석은 이제 영영 자신의 섬 이어도로 간 사람이 되고 만 듯싶었다. 천남석은 이어도의 사람이 되어 있었다.

그러던 어느 날 아침이었다. 밤사이 바닷가에 **불가사의한 일**이 한 가지 일어나 있었다. <u>천남석이 마침내는 자기의 섬을 떠나 이어도로 갔을 거라던 양주호의 말이 사실이 아니었을까. 아니 그 양주호의 말이 사실이라 해도 천남석 자신은 그 사나운 폭풍우 속에서 끝끝내 그 이어도엔 도달할 수가 없었거나, 그것도 아니면 그가 그토록 떠나고 싶어했던 이 섬을 거꾸로 이어도로나 착각한 것이었을까.</u> 이어도로 갔다던 천남석이 동지나해에서 그 밤 파도에 밀려 홀연히 다시 섬으로 돌아와 있었던 것이다. **기이한 일**이었다.

그런데 **더욱더 신기하고 불가사의한 조화**는 그 여러 날 동안의 표류에도 불구하고 천남석의 육신은 그 먼 바닷길을 눈에 띄는 상처 하나 없이 고스란히 다시 섬을 찾아온 것이었다. 그리고 아직도 무엇을 기다리고 있는 사람처럼 아침 해가 돌아오를 때까지도 그 심술궂은 썰물 물끝에 얹혀 용케도 다시 섬을 떠나

가지 않고 있는 것이었다. (밑줄, 강조: 인용자)[19]

양주호는 파랑도 수색 작전에 합류해 배에 올랐던 천남석이 실종된 사건을 두고 "그럼 우리 이제 그 천남석이란 잔 그렇게 자신의 섬을 찾아간 걸로 해줍시다."라고 말한다. 여기에서 양주호가 말하는 '자신의 섬'은 바로 '이어도'를 의미한다. 양주호는 천남석이 자살했을 것이고, 그렇게 자신의 섬 이어도를 찾아갔을 것이라 추측한다. 이러한 양주호의 추측에 의해 위의 진술은 여전히 전설의 차원에서 참인 것으로 받아들여진다. 그렇지만 텍스트의 마지막 부분에서 '섬을 떠나 돌아온 사람이 없다'는 진술과 양주호의 추측은 부정된다. 천남석의 시신이 돌아왔다는 '사실'은 '천남석이 이어도로 가버렸다'는 양주호의 진술을 '사실'의 차원에서 반박한다. 또한 '아무도 다시 섬을 떠나 돌아온 사람이 없었다'는 텍스트 첫머리의 진술을 뒤집는 증거가 된다.

화자−초점화자의 시선에서 이러한 사실은 위 인용문의 밑줄 친 부분에서 보듯, 세 가지 가정으로 갈무리된다. 첫 번째 가정은 양주호의 말이 사실이 아니라는 것, 곧 이어도 전설에 대한 부정, 이어도의 실재에 관한 의심이다. 두 번째 가정은 천남석의 운명에 대한 항거와 관련된 것이다. 섬을 본 사람은 모두가 섬으로 가버렸는데 천남석은 돌아왔다, 천남석은 자신에게 부여된 운명을 끝끝내 거부하고자 했으므로 '이어도에 도달할 수가 없었을 것'이라는 가정이다. 세 번째 가정은 천남석이 제주도로 돌아온 것과 관련되어 있다. 곧 '천남석에게 이어도는 이어도가 아니라 제주도이다'라는 가정이다. 이어도가 구원의 섬으로 설명되고 있다는 점에 주목할 때, 천남석에게 구원의 섬은 이어도가 아니라 제주도가 된다는 것이다.

---

19 위의 책, 122~123면.

이렇게 볼 때, 텍스트 첫머리에 제시된 내용과 텍스트 말미에 제시된 내용은 화자-초점화자의 의도된 전략 아래 놓여 있다는 것을 짐작할 수 있다. 텍스트 첫머리에 제시된 내용은 섬에 대한 믿음에 바탕을 둔 진술이라 할 수 있고, 텍스트 말미에 제시된 내용은 그 믿음에 의해 부여된 운명을 사실의 차원에서 의심, 반박하는 진술이라 할 수 있다.

앞서 살펴보았듯, 「이어도」의 하위 틀서사만으로도 제주 섬사람들이 이어도를 어떠한 측면에서 받아들이고 있는지를 다각적으로 조망할 수 있다. 그런데 왜 상위 틀서사가 필요했을까. 화자-초점화자의 시선을 통해 선우 현이 섬에 도착하고 떠나는 과정을 서술한 까닭은 무엇인가.

이러한 의문을 고려할 때 상위 틀서사의 화자-초점화자의 시선은 두 가지 측면에서 그 역할을 고려할 수 있다. 첫째, 화자-초점화자의 시선을 통해 선우 현이 섬에 머무는 동안 선우 현의 생각이 바뀌는 과정을 포착하고자 했다는 점이다. 둘째, 천남석의 육신이 돌아온 것을 그려내는 방식과 관련된 것으로, 독자로 하여금 섬의 내력이나 섬의 현실에서 그 사실이 어떠한 의미를 갖게 될 것인가를 추측하도록 유도하고자 했다는 점이다.

첫 번째의 역할과 관련하여 살펴보자. 「이어도」에서 화자-초점화자는 선우 현이 섬에 들어오고 떠나는 것을 관찰한다. 그리고 선우 현의 동선을 따라다니며, 사실 우위의 선우 현 중위의 인식이 섬사람들의 입장을 받아들여 그들의 운명을 이해하고 '이어도'에 부여된 허구의 진실을 받아들이는 것으로 변화하는 과정을 섬세하게 그려내고 있는 것이다.

선우 중위는 '사실'을 무엇보다 중요하게 여기는 인물이다. 그런데 그런 인물이 '도깨비 장난' 같은 일을 연거푸 겪는다.

보기에 따라서는 **도깨비장난** 같은 수색이었다.[20]
양주호는 벌써 지팡이를 휘두르며 중위를 앞장서 걷고 있었다. 선우 중위는

다시 한번 **도깨비 장난** 같은 짓에 자신이 **홀려들기 시작한 기분**이었다.[21]

선우 중위가 무엇엔가 홀려들고 있는 듯한 기분이 들기 시작한 것은 물론 그런 황량스런 집안 몰골 때문만은 아니었다. 천남석의 집에서는 또 한 가지 예기치 못했던 일이 선우 중위를 기다리고 있었다. 아니 그것은 선우 중위가 먼저 이집으로 와서 그 **도깨비 장난** 같은 일을 기다리고 있었다는 편이 옳을는지도 모르겠다.[22]

여자를 보자 그는 점점 더 머릿속이 어리둥절해질 뿐이었다. **영락없이 무엇에 홀려들고 있는 기분**이었다. (강조: 인용자)[23]

'도깨비 장난' 같은 일은 '파랑도 수색 작전', '<이어도> 술집'에 간 일, 천남석의 집에 간 일로 제시된다. 그리고 선우 중위는 도깨비 장난 같은 일을 겪으면서 '무엇에 홀려들고 있는 기분'을 느끼게 된다. 이러한 상황은 b1에서부터 b5에 이르기까지 반복된다. 그리고 선우 현 중위의 이어도 전설에 대한 인식은 그런 감정과 마주할 때마다 한 단계씩 변화한다.

이어도에 대한 선우 중위의 인식이 변화하는 과정은 네 단계로 진행된다. 첫 번째 단계로 사실조사에 입각한 판단이다.

"작전 지역 안에는 파랑도라는 섬이 존재하지 않는다는 사실이 확인되었습니다."[24]

이어도에 관한 이야기는 파랑도 수색 작전이 시작되기 전서부터 충분한 조사

---

20 위의 책, 54면.

21 위의 책, 87면.

22 위의 책, 97면.

23 위의 책, 99면.

24 위의 책, 57면.

가 행해져 있었다. 그리고 그 이어도는 실상 작전의 한 간접적인 동기가 된 섬의 이름이기도 했다. 그것은 이를테면 오랜 세월 동안 이 제주도 사람들의 입에서 입으로 이야기가 전해 내려온 전설의 섬이었다.[25]

선우 중위는 천남석이나 양주호가 이어도와 파랑도를 혼동한다고 생각한다. 이어도는 전설의 섬이고, 파랑도는 실재 가능성이 있는 소문의 섬이다. 수색 작전은 파랑도를 찾는 것이므로 파랑도와 이어도를 혼동하는 것을 이해하지 못하는 것이다. 이러한 선우 중위의 이해는 그가 들은 정보에 바탕을 두고 있다. 그는 이미 조사 단계에서 이어도 전설에 대한 정보를 얻어 알고 있다.

두 번째 단계에서 선우 중위는 천남석으로부터 이어도에 관한 이야기를 듣는다.

이번에도 또 이어도가 이야기의 실마리였다. 실마리뿐만 아니라 그의 어린 시절의 이야기는 온통 이어도와 그 이어도와 상관해서 기억될 수 있는 주변 사람들의 회상뿐이었다. 모든 이야기의 핵심이 이어도였다. 무척도 긴 이야기였다. 그리고 듣고 있던 선우 중위까지도 나중엔 어떤 기묘한 감동 같은 것으로 몸을 떨었을 만큼 절망적인 이야기였다.[26]

선우 중위는 수색 작전 중 배 위에서 천남석으로부터 이어도에 대한 이야기를 전해 듣는다. 이미 선우 중위가 이어도에 대해 정보를 들어 알고 있는 상황에서 다시 이어도 이야기를 반복해 듣는 것이다. 이때 이어도 이야

---

25 위의 책, 65면.
26 위의 책, 72면.

기는 천남석의 어린 시절에 대한 회상, 그리고 천남석 주변 사람들의 회상으로 전달된다. 그리고 이어도에 관한 천남석의 절망적인 이야기를 들으며 '기묘한 감동'을 느낀다.

세 번째 단계에서 선우 중위는 천남석의 집으로 가서 '<이어도> 술집'의 여자인 천남석의 여자와 몸을 섞으며 이어도 노래를 듣고 환각을 경험한다.

이어도가 사람을 홀리는 마술을 지닌 섬이라면, 그리고 그 이어도의 부재가 확인된 순간에 천남석이 비로소 그의 섬을 볼 수 있었을 거라는 양주호의 말을 신용할 수 있는 것이라면, 천남석은 아닌게아니라 그날 밤 그 이어도에 홀려 스스로 그렇게 섬을 찾아가 버린 것인지도 모를 일이었다. 그런데 바로 그 이어도가 이번에는 우연히나마 그 천남석 기자의 죽음을 좇게 된 선우 현 중위에게까지 엉뚱스런 마력을 뻗치기 시작한 것일까. (중략)

방안은 칠흑 속이었다. 칠흑 같은 어둠 속 어딘가에 사고가 있었던 날 밤의 그 천남석의 눈초리가 무섭게 중위를 노려보고 있었다.

양주호의 커다란 웃음소리가 그 어둠 뒤쪽 어딘가에서 기분 나쁘게 껄껄대고 있었다. 바닷바람이 치올라 오는 언덕배기 자갈밭에선 한 아낙의 가난하고 암울스런 노랫가락이 아직도 바닷소리에 묻어오고 있었다. 바닷가 자갈밭에 펼쳐 세운 그물코 사이로는 아직도 그 옛날의 바람소리가 솨솨 소리를 내며 지나가고 있었다. 선우 중위는 어둠 속에서 그 모든 것을 너무도 역력하게 보고 있었다. (중략)

중위는 그만 번쩍 정신이 되돌아왔다. 불시에 등골에서 식은 땀이 솟고 있었다. 천남석의 어머니도 남편이 수평선을 넘어오는 날이면 비로소 그 걱정스런 밤의 어둠 속에서 이어도를 만나곤 했다던가. 선우 중위는 잠시 멀어져 가는 듯 싶던 환각들이 일시에 다시 방안 가득 밀려들어 오는 듯한 착각 속에 모질게 다시 힘을 모두어 여자를 학대하기 시작했다. 기분 나쁜 환각들을 쫓기 위해서는,

여자의 그 끝없는 침묵을 끝내 주기 위해서는 그 여자의 소리를 다시 놓치고 싶
지 않았다. 그는 점점 더 많은 땀을 흘리기 시작했고, 여자의 노랫가락도 점점
더 분명하고 안타까운 가사로 여물어져 가고 있었다.[27]

선우 중위는 천남석을 통해 천남석의 고향 마을의 정경에 대한 이야기
와, 천남석의 아버지가 섬으로 돌아온 이후 어머니와 잠자리를 할 때 들려
오는 이어도 노랫가락에 대한 이야기를 이미 들은 바 있다. 선우 중위는 이
미 들어 알고 있는 이야기를 직접 경험하게 된다. 그가 천남석의 집에 갔을
때 천남석으로부터 들었던 이야기의 장면이 천남석의 여자를 통해 고스란
히 재연된다. 선우 중위는 천남석의 사연을 통해 들은 이야기를 스스로 경
험하는 가운데 환각까지 보게 되는 것이다. 그 경험을 통해 이어도 전설에
대한 선우 중위의 이해가 깊어진다. 그리고 천남석이 섬에 홀려 자살했을
것이란 양주호의 추측을 이해할 수 있게 되고, 자신 스스로도 그런 생각을
품게 된다.

네 번째 단계에서 선우 중위는 자신의 생각을 확인하고 믿음에 이르게
된다.

"결국 국장님께서도 처음부터 별로 자신은 못 가지고 계셨군요."
"아닙니다. 난 처음부터 믿고 있었습니다. 난 처음부터 당신의 그 사실이라는
걸 포기하고 있었으니까."
"저에게서도 그게 포기될 수 있을까요?" (중략)
"그럼 우리 이제 그 천남석이란 잔 그렇게 자신의 섬을 찾아간 걸로 해줍시다."
여자나 양주호에겐, 아니 어쩌면 이미 이 섬을 떠나간 선우 현 중위에게서마

---

27 위의 책, 104~106면.

저도 천남석은 이제 영영 자신의 섬 이어도로 간 사람이 되고 만 듯싶었다.[28]

　선우 중위는 배를 타기 전 양주호를 만나러 간다. 그리고 그곳에서 양주호를 통해 자신의 생각을 확인받는다. 선우 중위는 '사실'을 포기하고, 천남석이 이어도로 갔을 것이라는 양주호의 생각을 의심 없이 받아들인다.

　화자-초점화자의 시선을 통해 선우 현 중위가 섬에서 겪은 일들이 '도깨비 장난 같은' 일, '홀려드는 기분' 등으로 그려지고 있지만, 실상 선우 현 중위의 인식이 변화하는 과정은 이야기의 반복과 경험을 통해 이루어지고 있다. 사실이 아니면 믿지 않겠다는 선우 중위의 태도는 이야기를 듣고, 그것과 동일한 경험을 하면서 흔들린다. 우연이라고 생각했던 일이 여러 번 일어나는 동안 그것은 일종의 신념과 같은 믿음으로 굳어지는 것이다.

　상위 틀서사에서 화자-초점화자의 두 번째의 역할과 관련하여 살펴보자. 이어도에 홀려 자살했던 천남석은 생전에 이어도를 저주했던 것처럼 죽음의 섬으로 가지 않고 육신으로나마 섬에 되돌아온다. 이 사건은 화자-초점화자에 의해 '불가사의한 일', '기이한 일', '더욱더 신기하고 불가사의한 조화'로 제시된다. 이러한 표현은 전설의 영역에서 언급될 법한 서술들이다. 그런데 이러한 서술이 실제로 벌어진 사건, 즉 천남석의 육신이 돌아온 사건에서 언급되고 있다. 여자나 양주호, 심지어 선우 현 중위에게서까지 천남석은 '이어도로 간 사람'이 되어 있는 상황에서 천남석이 육신으로, 그것도 훼손되지 않은 채로 섬에 돌아온 것은 '불가사의한' 사건일 수밖에 없다.

　화자-초점화자의 이와 같은 어조는 천남석의 육신이 제주도로 돌아왔다는 새로운 사실에 특별한 효과를 불어넣는다. 섬사람들은 이어도 전설에 관한 이야기나 이어도 노래를 어려서부터 듣고 자란다. 앞서 언급했던 것

---

28 위의 책, 121~122면.

처럼 일종의 '습관'이나 '버릇'이 되어버린 것이다. 이어도 전설에 대한 믿음에 길들여진 섬사람들은 섬에 돌아온 천남석의 육신을 이어도 전설과 관련시켜 이해할 수밖에 없다. 그들에게 천남석이 돌아온 사건은 어떻게 받아들여질 것인가. 섬사람들의 입장에서 그 사건은 사실에 입각해 사실 자체만으로 받아들여지기는 어려울 것이다. 그것은 '이어도 전설'과 관련된 사건일뿐더러, 이어도의 운명을 거부하고 떠난 인물의 회귀라는 비범한 사건이기도 하다. 따라서 이 사건은 섬사람들에게 '사실'로서만 남겨지기는 어려울 것임을 충분히 짐작할 수 있다. 그것이 파랑도 소문처럼 '소문'이 될 것인지 혹은 '새로운 전설'이 될 것인지는 알 수 없으나, 주어진 운명에 저항하고자 했던 천남석이 '기이한' 이야깃거리가 되어 돌아온 것임은 분명하다.[29]

화자-초점화자는 천남석이 섬으로 돌아왔다는 사실이 '천남석은 이어도를 보지 못했다'는 것을 증명하게 될 것인지, 아니면 '새로운 전설의 이야깃거리'로 남게 될 것인지 어떠한 것도 단정하지 않는다. 그럼에도 불구하고 이는 결과적으로 운명에 저항한 자로서 천남석의 '신이한' 이야기가 새로운 믿음의 소재로 섬사람들에게 자리하게 될 것임을 짐작할 수 있게 한다. 선우 현 중위는 반복하다시피 되풀이되는 이어도 이야기와 섬에서의 일련의 경험을 통해 미래의 꿈과 위안의 기표로서 '이어도'를 믿게 되었다. 그러나 화자-초점화자의 시선은 여기에서 멈추지 않고 '이어도'로 갔을 것이라고 믿었던 천남석이 시신으로 제주도에 되돌아온 것을 알려준다. 그럼

---

29 이 부분과 관련하여 『신화를 삼킨 섬』과의 상호텍스트성에 주목할 필요가 있다. 이어도의 마지막 부분에 해당하는 내용은 『신화를 삼킨 섬』에서 '아기장수 설화'와 관련된 대목을 연상시킨다. 김통정이나 김방경의 지배에 대한 역사적 사실은 설화의 옷을 입고 제주민들에게 구전된다. 운명에 저항하고 구원의 섬으로서의 이어도를 부정하는 천남석의 자살과 천남석의 육신이 섬으로 되돌아 온 사건은 지배자의 폭정에 저항하여 반란을 일으키는 역사적 사실과의 관련성을 떠올리게 한다.

으로써 천남석이 갈망했던 운명에의 저항을 현세의 삶에서 죽음으로 완성하는 것을 보여주고자 했던 것이다. 그 결과 화자-초점화자의 시선은 이어도 전설이 갖는 비가시적인 진실의 진정성과 그 이면에 은폐된 운명 거부의 현실적 갈망을 동시적으로 조망하는 효과를 낳는다.

4. 맺음말

이청준의 「이어도」는 겹의 구조 형태를 띠고 있다. 이에 대한 언급은 꾸준히 지적되어 왔으나, 겹의 구조가 주제 형상화에 어떻게 기여하는지에 대한 연구는 다루어지지 않았다. 이 글은 이를 밝히기 위해 「이어도」의 서사구조를 상위 틀서사와 하위 틀서사가 결합된 이중 틀서사로 보고, 상위 틀서사의 화자-초점화자와 하위 틀서사의 초점화자를 나누어 살펴보았다. 그리고 이를 바탕으로 서사구조가 주제와 어떠한 상관관계를 갖고 있는가를 살펴보았다.

하위 틀서사는 선우 현 중위의 시선으로 그려지는 내용을 담고 있으며, 선우 현 중위가 만나는 사람들을 통해서 이어도를 둘러싼 네 가지 서로 다른 입장을 보여준다. 선우 현 중위는 사실에 근거해서 사고하는 인물로, 이어도를 믿지 않는 외지인을 대표한다. 다음 양주호는 신문사 국장이지만 객관적 사실보다는 허구 속에 진실이 있다고 믿는 인물로, 이어도를 구원이자, 꿈, 희망으로 여기며 하루하루를 살아가는 섬사람들의 삶을 표상한다. 다음 여자는 천남석의 학대를 통해 섬을 떠나지 않으면 이어도 소리를 하며 살아가도록 길들여지는 인물이다. 여자는 천남석의 학대에도 불구하고 섬을 떠나지 않고 이어도 소리를 하며 운명을 견디고 살아간다. 마지막으로 천남석은 이어도를 부정하고 섬사람으로 운명지워진 삶을 부정하고 그러한 운명에 저항하고자 한다.

　이 작품에서 상위 틀서사는 두 가지 역할을 담당한다. 먼저 선우 현 중위의 이어도에 대한 생각이 이어도는 없다는 사실 중심의 사고에서 이어도에 대한 믿음을 갖게 되는 사고로 변화하는 것에 주목한다. 다음으로 상위 틀서사의 화자-초점화자는 이어도 전설과 파랑도 소문을 소개하며, 천남석의 육신이 섬에 돌아온 것이 이어도의 운명을 거부하고 떠난 인물의 회귀라는 비범한 사건이 될 것임을 암시한다. 화자-초점화자의 시선은 이어도 전설이 갖는 비가시적인 진실의 진정성과 그 이면에 놓인 운명 거부의 현실적 갈망을 동시적으로 조망하는 효과를 낳는다.

죽음의 유형에 따른 현실 인식과 서사구조: 1960년대 소설

1. 머리말

한국소설에서 죽음은 1960년대 작품에만 등장하는 것이 아니라 근대문학이 시작된 이래 전 기간에 걸쳐 나타나고 있다. 특히 사회적인 붕괴의 시대에 있어서 소설에서 죽음은 중요한 요인으로 작동[1]하고 있다. 일제강점기에는 식민지 상황과 관련된 죽음[2]을, 1950년대에는 6·25전쟁과 관련된 죽음[3]을 다루는 것에서 보듯, 격변의 역사적 과정에서 소설에 죽음이 빈번하게 등장하는 것은 이 때문일 것이다.

그런데 이 글이 1960년대 소설에 나타나는 죽음에 특히 주목하는 이유는 그것이 앞선 시대인 1950년대 작품에 나타나는 죽음과는 매우 다른 양상을 띠고 있기 때문이다. 다음 두 가지 측면에서 이를 살펴보자. 먼저, 1950년대에는 6·25전쟁이 너무도 압도적인 충격으로 다가왔기에, 이 시기 소설에서의 죽음은 전쟁이라는 하나의 원인에 집중되고 있다. 반면 1960년대

---

1   T. Ziolkowski, *Dimensions of the Modern Novel*, Princeton university Press, 1969, 223면.

2   이재선, 「죽음에의 인력과 견제력」, 『현대한국소설사』, 민음사, 1991, 248~264면.

3   박동규, 『한국현대문제작품분석』, 한국방송사업단, 1980.

소설에서는 4·19혁명과 5·16군사쿠데타, 그리고 이후 군사독재정권에 의한 파행적 근대화로 이어지는 과정에서 파생되는 다양한 모순들이 죽음의 원인으로 작동하고 있다. 이에 따라, 1950년대 소설이 전쟁이라는 극한 상황에서 '인간'과 '실존'의 문제에 무게 중심을 두고 죽음을 다루고 있다면, 1960년대 소설에서 죽음은 '삶의 현실(생활)'과 '개인의 존재'의 문제에 무게 중심을 두고[4] 개인이 당대의 모순된 사회에서 어떻게 살아야 할 것인가를 심도 있게 다루고 있다.

다음, 1960년대 소설에서 6·25전쟁과 관련하여 죽음을 다루는 경우에도, 1950년대 소설과는 달리 전쟁의 본질적인 의미 탐구와 전쟁의 상흔 극복이 중심 내용으로 부상되고 있다. 이는 1960년대 들어서면서 작가들이 전쟁에 대한 객관적 거리감을 확보하면서 전쟁에 대한 경험적 차원의 형상화를 벗어날 수 있었기 때문에 가능한 일이다.

이처럼, 문학사적 측면에서 볼 때 1960년대 소설에 나타난 죽음은 1950년대 소설과 뚜렷한 변별력을 지니고 있으며, 동시에 군사독재정권과 파행적 산업화의 모순이 더욱 심화되는 1970년대의 소설이 나아갈 방향성을 제시하는 역할을 하고 있다. 이 글은 이런 관점에서 1960년대 소설에 나타난 작중인물의 죽음이 갖는 의미 연구를 통해, 1960년대 소설의 한 특징을 밝힘으로써 1960년대 소설을 전체적으로 조망할 수 있는 발판을 마련하고자 한다. 이를 위해, 이 글은 1960년대 소설 중 죽음을 다루는 작품을 대상으로 하되, 첫째 그 죽음이 소재적 측면이 아니라 주제적 측면[5]에서 취급되는

---

4 권영민, 「전후 세대의 변모와 소설적 감성」, 『한국현대문학사』, 민음사, 2002, 216~217면.

5 죽음이 작품 주제를 결정하는 데 없어서는 아니 될 중요 인자가 된다면, 그러한 죽음을 '주제적 죽음'이라고 부를 수 있다. 그러나 한 작품 내의 죽음이 그 작품의 주제를 결정하는 데 영향을 끼치지 못한다면, 그 죽음을 '소재적 죽음'이라고 부를 수 있다. 이인복, 『한국문학에 나타난 죽음』, 예림기획, 2002, 23면.

작품, 둘째 죽음이 1960년대의 특수한 상황과 밀접한 관련이 있으면서 그 특성을 잘 드러내고 있는 작품들을 대상으로 하여 논의를 전개하고자 한다.

지금까지, 소설에 나타난 죽음에 관한 연구는 1920년대 소설에 대한 이 재선[6]의 연구를 필두로 하여, 주로 1920년대와 1930년대, 그리고 1950년대에 집중되어 있는데, 크게 작가별 내지 작품별로 죽음을 유형화하여 고찰한 것[7]과 죽음 의식을 고찰한 것[8]으로 나눌 수 있다. 한편 1960년대 소설에 나타난 죽음에 대한 연구는 이인복의 연구[9]를 제외하고는 개별적인 작가들을 대상으로 하여 죽음을 부분적으로 고찰하고 있는 실정이다.

이 글은 1960년대 사회의 모순을 비판하고 그것을 극복하려는 과정에서 죽음이라는 극한적 상황에 도달하는 작품을 다루면서, 다음 세 가지 점에 주목하고자 한다. 첫째, 사회모순을 비판하는 입장에서 죽음에 접근할 때, 의미 있는 죽음은 '자연적인 죽음'이 아니라 '의도된 죽음'이라는 점이다. 자연적 죽음은 삶의 끝에 오는 정상적인 죽음으로 집단이 관여하지 않기에 평범한 의미를 띨 뿐이다. 그러나 인위적으로 의도된 죽음, 가령 우연적 죽음이나 범죄적인 죽음이나 재난적인 죽음 등은 집단의 관심거리가 되어 집

6　이재선, 「현대소설과 Thanatopsis의 문제」, 『한국단편소설연구』, 일조각, 1975.
　　이재선, 「죽음에의 인력과 견제력」, 앞의 책.
7　한용환, 「한국소설에 나타난 죽음의 문제」, 동국대학교 석사논문, 1972.
　　한희수, 「한국 근·현대소설에서의 죽음의 변화양상 연구」, 한남대학교 박사논문, 1997.
8　이인복, 『한국문학에 나타난 죽음의식의 사적 연구』, 열화당, 1979.
　　이인복, 『문학과 구원의 문제』, 숙명여자대학교출판부, 1982.
　　유금호, 「한국현대소설에 나타난 죽음의 연구」, 경희대학교 박사논문, 1988.
　　박태상, 『한국문학과 죽음』, 문학과지성사, 1993.
　　임금복, 「한국현대소설의 죽음의식 연구」, 성신여자대학교 박사논문, 1996.
9　이인복, 「1960년대 소설에 나타난 죽음」, 『한국문학에 나타난 죽음의식의 사적 연구』, 앞의 책. 이인복의 연구는 1960년대 소설에 죽음이 빈번하게 나타나고 있음에도 불구하고 연구대상을 소수의 작품에만 한정시키고 있다는 점과, 1960년대의 특수성을 고려하지 않은 채 죽음을 일반화시켰다는 점에서 한계를 갖는다.

단 자체를 위태롭게 하고 집단적인 해답을 요구하면서 집단을 변화시킨다. 그런 점에서 의도된 죽음은 체계가 지닌 억압적이고 강제적인 통합에 대한 비판이자 권력 통제에 대한 도전[10]에 해당한다.

의도된 죽음이 이러한 의의를 가지게 된 것은 죽음이 권력 통치의 일환으로 자리 잡게 되는 근대 자본주의 사회가 대두[11]되면서부터이다. 근대 자본주의는 인간이성중심주의에 기초하여, 이성적인 영역에 인간, 이성, 의식, 합리성, 육체, 물질을 위치시키고, 이 대척점에 자연, 비이성, 무의식, 비합리성, 광기, 영혼, 정신을 위치시킨 후, 전자가 후자를 배제, 감금시킨다.[12] 죽음은 이 모든 배제보다 더욱 근본적인 배제에 해당된다. 곧 자본주의 사회의 권력은 삶과 죽음의 경계를 뚜렷이 하여 삶과 죽음의 교환을 깨버림으로써 죽음으로부터 삶을 풀어내고 죽음과 죽은 자들에게 금기를 가하는데, 바로 이곳이 사회 통제가 출현하는 최초의 지점이다. 곧 죽음은 근대사회에서 범죄이자 치유할 수 없는 일탈 행위로 여겨지며, 이에 따라 죽음에 대한 조작과 관리는 사회 통제가 출현하는 최초의 지점이자 권력의 기초가 최종적으로 확립[13]되는 지점이다.

---

10 J. Baudrillard, 『섹스의 황도』, 정연복 역, 솔, 1993, 154~161면. 한편 블랑쇼 역시 죽음을 자연적인 죽음과 자발적인 죽음으로 구분하고, 자연적 죽음은 경멸할만한 조건의 죽음이자 비겁한 죽음으로, 자발적인 죽음은 윤리적인 문제를 제기하며 고발하고 비난하며 최후의 심판을 내리는 도전으로 보고 있다. M. Blanchot, 『문학 속의 공간』, 박혜경 역, 책세상, 1999, 133~140면.

11 죽음이 자본주의 권력 통치에 의해 통제되기 시작했다는 논의에 대해서는 다음 글을 참조.
E. Mirin, 『인간과 죽음』, 김명숙 역, 동문선, 2000.
J. Baudrillard, 『섹스의 황도』, 앞의 책, 82~127면.
M. Blanchot, 『문학 속의 공간』, 앞의 책, 1999.
N. Elias, 『죽어가는 자의 고독』, 김수정 역, 문학동네, 1998.
P. Ariés, 『죽음의 역사』, 이종민 역, 동문선, 1998.

12 M. Foucault, 『감시와 처벌』, 박홍규 역, 강원대출판부, 1989.

13 J. Baudrillard, 앞의 책, 92~93면.

이처럼 죽음은 근대 자본주의 사회의 억압과 통제에 대한 일탈과 전복이
라는 중요한 의미를 지니며, 그러한 일탈로서의 죽음은 각 시대의 특수한
권력 체계에 따라 각각 다른 표정을 지니게 되는 것이다. 이처럼 의도된 죽
음의 입장에 설 때, 권력 통제에 대한 전복을 꾀하는 모든 죽음은 체제 비
판이라는 측면에서 동등한 가치를 지닌다. 죽음이 갖는 이러한 측면으로
인해, 현실사회의 모순 비판을 그 본래의 몫으로 삼는 문학에서 죽음은 중
요 항목이 된다.[14] 이런 관점에서, 이 글은 1960년대 소설 중 권력을 전복시
키려는 의도적 죽음이 제시되고 있는 작품에 주목하고자 한다.

　둘째, 의도적 죽음에 충실한 작품은 죽음을 통해 상징계의 모순을 극복
하려는 강렬한 의지를 내포하고 있다. 이를 고찰하기 위해서는 '죽음의 본
능(l'instinct de mort)'[15]에 관한 점검이 필요하다. 죽음의 본능은 상상계
(l'imaginaire)의 거울단계에서 '이상적 자아'라는 주체의 동일성 확보와, 상
징계(le symbolique)에서 '자아이상'이라는 주체의 동일성 확보라는 두 단계
에 개입한다. 이를 구체적으로 살펴보면 다음과 같다.

　주체는 상상계의 거울단계를 통해 내면세계와 주위세계와의 관계를 정
립하면서 동일성을 획득하는데, 그 원형이 '이상적 자아(le Je-idéal)'이다.
'이상적 자아'가 갖는 자기동일성은 타인과의 변증법적 틀 속에서 스스로
를 객관화시키기 이전의 상태, 곧 남을 배제하는 나르시스적 관계(이자적 관
계)에서 나타난다. 이 이상적 자아를 통해 거울단계에 표출되는 죽음의 본
능 같은 공격성을 극복하게 된다.

14　"20세기 문학은 죽음의 고찰에서 비롯되며 문학 세대를 식별할 수 있는 가장 좋은 방법의
　　하나가 죽음에 반응하는 방법 여하"라는 루이스의 지적은 문학에서 죽음이 갖는 의미가 무
　　엇인지를 잘 보여주고 있다. R. W. B. Lewis, *Picaresque Saint, Representative Figurues in
　　Contemporary Fiction*, Keyston Books New York, 1961, 17~19면.

15　A. Lemaire, 『자크 라캉』, 이미선 역, 문예출판사, 1994.
　　김형효, 『구조주의의 사유체계와 사상』, 인간사랑, 1989.

상상계를 거쳐 주체는 언어를 매개로 하여 사회문화 규범체계를 배우는 상징계로 진입하면서 인간화의 길을 걷는다. 그러나 그 인간화는 타인과의 관계(삼자적 관계)에서 형성되기에, 불가피하게 억압과 욕구불만을 필연적으로 내포하게 되고, 그것이 억제되지 않을 때 공격성을 표출하게 된다. 상징계는 사회문화적 실현을 통해 그런 공격적 본능을 정상화시킨다. 주체는 이 과정을 통해 아버지의 이름 앞에 복종하고 아버지를 모형으로 하는 '자아이상(l'ideal du moi)'이라는 동일성을 획득한다. 만약, 주체가 '자아이상' 획득에 실패할 경우, 무의식 속에 내재한 공격성이 표출되는데, 그 극단적인 형태가 죽음의 본능이다.

요컨대, 죽음의 본능은 상상계에서의 '이상적 자아' 획득에 실패할 경우와 상징계에서의 '자아이상' 획득에 실패할 경우 분출되는데, 주체는 이러한 죽음이라는 극단적 행위를 통해 상실된 동일성을 회복하고자 한다. 라캉의 죽음의 본능 이론과 사회 권력으로부터의 일탈로서의 죽음을 연결시킬 때, 상징계의 규범체계에 주체가 순응하지 못하는 경우, 그 극단적인 공격 형태로 죽음의 본능이 표출됨을 알 수 있다.

1960년대 소설에 나타나는 죽음 중에서 이 글에서 문제 삼고자 하는 것은 상징계의 사회 권력의 일탈로서의 죽음과 관련이 있는 작품이다. 이 작품들은 상징계의 모순을 비판하고 그것을 극복하려는 욕망이 분출되면서 작중인물은 죽음에 이르게 되고, 그 죽음을 통해 억압적인 상징계의 모순을 비판하고 있다.

이 관점에서 1960년대 소설에 나타난 죽음에 접근할 때, 상징계의 모순을 비판하고 죽음을 통해 궁극적으로 회복하고자 하는 것이 상징계의 '자아이상'이냐, 상상계의 '이상적 자아'이냐에 따라 모순극복 방식과 그 의지는 차이를 지니게 된다. 이에 기초해 이 글은 1960년대 소설에 나타나는 죽음이 '이상적 자아' 회복을 위한 것이냐, '자아이상' 회복을 위한 것이냐에 대한 검토를 통해, 이 시기 소설에 나타나는 죽음의 의미 층위를 유형화하고자 한다.

셋째, 죽음을 통해 회복하고 하는 것이 '자아이상'이냐, '이상적 자아'이냐의 문제는 작품에 나타나는 상징계의 모순에 대한 인식의 폭과 깊이에 의해 결정된다. 인식의 정도는 작품에서 죽음에 이르는 계기로 작동하는 사건 단위의 분석을 통해 파악할 수 있다. 이를 위해 이 글은 작품에서 인물이 어떤 계기로 죽음에 이르게 되고, 죽음을 통해 지향하는 것이 무엇인지를 분석하고자 한다. 이 때, 인물이 죽음에 이르는 과정은 몇 단계의 사건 단위를 거치게 마련이다. 따라서 각각의 사건 단위를, 죽음에 이르는 계기(a)와 그 결과(b), 그리고 지향 대상(c)으로 세분화하여 분석할 것이다. 상징계의 모순인식이 단편적인 측면에 머물고 있느냐, 아니면 구조적 측면[16]에 까지 나아갔느냐에 따라 죽음과 관련된 필연적인 사건 단위수는 달라진다.

이 세 가지 측면에 주목하면서 이 글은 1960년대 죽음을 다루는 소설을 (i) 충동적 죽음, (ii) 역설적 죽음, (iii) 초월적 죽음으로 유형화하고, 각 유형의 특질을 밝히고자 한다.

2. 파괴에의 욕망과 충동적 죽음

이 유형에 속하는 작품들에는 죽음의 계기로서 작동하는 상징계의 모순

---

16 구조적 인식은 개별적 사실을 그 자체로 직접 인식하는 것이 아니라, 하나의 전체에 통합하여 인식하는 것이다. 전체는 부분 없이 이해될 수 없고, 부분은 전체에 대한 이해 없이 구체적인 의미를 획득하지 못한다. 부분과 전체의 통합에 의해 개별 현상의 구체적인 본질을 파악할 수 있고, 이를 통해 불완전하고 추상적인 인식을 극복할 수 있다. L. Goldman, 『문학사회학 방법론』, 박영신 외 역, 현상과인식, 1990, 13~29면.

이 단편적인 한두 가지 사건이나 삽화로 제시되어 있다. 이는 상징계의 모순에 대한 인식이 구조적이고 본질적 측면에까지 나아가지 못하고, 단편적이고 개별적인 현상에 한정되어 있음에 기인한다. 그 결과 죽음은 상징계의 모순과 내적 필연성을 갖고 밀접하게 연결되지 못하고 다분히 우연적이고 충동적인 측면을 띠게 되며, 죽음을 통해 모순을 극복하고자 하는 의지도 제시되지 않고 있다. 다만 상징계의 모순에 대한 단편적 인식과 파괴에의 욕망에 의한 충동적 죽음만 제시되어 있을 뿐이다.

다음 세 작품을 통해 이 유형의 특징을 살펴보고자 한다. 먼저, 한무숙의 「대열속에서」(『사상계』, 1961.11)로, 이 작품은 4·19라는 역사적 사건을 중심으로 하여 명서와 창수의 죽음을 다루고 있다. 이 작품을 작중인물로 하여금 죽음에 이르게 하는 전체 사건전개에 있어서 그 핵 단위[17]를 중심으로 각 단위에 있어서 죽음과 관련된 계기(a)와 그 결과(b), 그리고 죽음을 통해 지향하는 모순극복 방식(c)(이하 모든 작품에 동일하게 적용함)을 분석하면 다음과 같다.

> a1 명서의 아버지에 대한 증오와 애정
>> b1 창수에 대한 죄책감과 사회 비판의식
> a2 창수의 (뚜렷한 계기 없는) 4·19 데모 참가
>> b2 죽음
> a3 명서의 (뚜렷한 계기 없는) 4·19 데모 참가
>> b3 창수를 구하려다 죽음

---

17 핵 단위는 이야기의 진정한 접합점을 구성하며 이야기 구성에 논리적 필연성을 제공하는 역할을 한다. R. Barthes, 「이야기의 구조적 분석」, 김치수 편, 『구조주의와 문학비평』, 홍성사, 1983.

이 작품에 나타나는 명서와 창수의 죽음은 4 · 19와 관련이 있다. 그러나 인물들이 4 · 19 데모에 참가하고 죽음에 이르게 되는 계기가 단편적(a1)이거나 모호(a2, a3)하게 제시되어 있다. 명서의 경우, 집권당 고위 관직에 있는 아버지에 반발하여 사회모순을 비판하지만, 아버지를 통해 제시되는 상징계의 모순은 지엽적이거나 단편적일 뿐이다. 이로 인해, 명서의 상징계 비판도 "제 속에 있는 부패와 멸망에 항거하는 무엇인가가 시킨 충동이에요."에서 보듯 단순하고 충동적이다. 더불어, 명서는 아버지에게 반발하면서도, 또 한편으로는 부자간의 혈연에 기초하여 아버지를 애정 어린 시선으로 바라보고 있다(a1). 아버지에 대한 이러한 애정은 상징계에 대한 단순한 비판의식마저 희석시킨다(b1). 애정과 증오의 이 양가적 감정으로 인해, 명서는 아버지에 대해 반발하면서도 아버지와의 혈연관계를 운명적으로 받아들인다. 그런 그가 4 · 19에 참가하게 된 것은 시대의 흐름에 편승하여 잠시나마 그런 운명적 사슬로부터 벗어나고자 한 충동적인 측면이 강하다. 그러한 충동적 측면은 창수의 죽음에 대한 충동적 감정과 연결되면서 그를 죽음에 이르게 한다(b2, b3).

이처럼 명서와 창수가 죽음에 이르는 단계에 대한 고찰을 통해, 작가의 상징계의 모순에 대한 인식이 구조적 측면에 이르지 못하고 단편적인 측면에 머무르고 있음을 알 수 있다. 그 결과, 이 작품에서 4 · 19가 갖는 의의는 데모대가 외치는 구호 속에서 일회적으로 제시되고 있을 뿐이다. 결국 두 사람의 죽음은 극복 방식(c)을 마련하지 못한 충동적 죽음으로 귀결된다.

최상규의 「열외」(『사상계』, 1964.7)는 현실을 동물원으로 규정하고 군사독재정권에 의한 모순을 비판하고 있는데, 한 인물이 자살 소동을 벌이면서 허기로 사람을 살해하고 결국에는 자살하는 이야기를 다루고 있다.

a1 주인공의 (뚜렷한 계기 없는) 현실비판

b1 현실을 동물원이라 비판하고 자살

　　a2 군중들이 방송을 통해 자살소동을 청취

　　　b2 주인공의 자살을 통해 호기심만을 충족

　　주인공은 현실을 '동물원=대열'로 인식하고, 그 대열로부터 일탈(열외)하기 위해 자살한다. 그런데 주인공이 현실을 동물원으로 인식하게 된 계기는 작품에서 분명하게 제시되어 있지 않다(a1). 다만 작품에서 유추를 하면, 현실은 구성원들을 동물원의 동물처럼 가두어 두고 온갖 학대를 통해 억압하고 통제하는 곳으로, 주인공은 이러한 비판적 인식에 의해 자살한다(b1). 이러한 주인공의 자살에 대해 군중들은 그가 자살하는 상황을 방송 매체를 통해 듣게 되고, 주인공의 죽음의 원인에 관심을 갖기보다는 단순히 자신들의 호기심을 충족하는 데 그치고 있다(a2, b2).

　　이 작품에 제시되고 있는 '동물원'은 당대 사회현실의 구체적인 측면을 내포하지 못한 채, 단편적인 것에 머물고 있다. 이는 주인공으로 하여금 현실을 동물원으로 인식하게 하는 계기의 모호함에서 비롯된다. 이 모호함으로 인해 주인공의 자살 행동은 다분히 충동적인 측면을 띠게 되는데, 이러한 충동성은 주인공이 허기 때문에 윤장수 내외를 살해한다는 것으로 연결된다. 이 작품에 나타나는 충동성 역시 작가의 현실에 대한 단편적인 인식에 기인하는 것이라 볼 수 있다. 이로 인해, 이 작품은 주인공의 자살을 통해 현실의 구체적 모순을 폭로하고, 그 모순극복의 대안점을 설정하는 데 실패하게 된다.

　　이청준의 「공범」(『세대』, 1967.1)은 군대에서의 살인을 다룸으로써 군사독재정권을 비판하고 있다.

　　　a1 김효 일병에 대한 고참의 희롱

b1 고참을 살인하고 사형 당함

　a2 고준 상병의 김효 사형 구명운동

　　b2 군대의 모순과 사회의 모순이 동질적이라고 인식

　이 작품은 김효의 죽음을 통해 군대의 모순을 폭로(a1, b1)하고, 고준 상병을 통해 군대의 모순이 당대 사회의 모순과 동질적이라는 점을 폭로(a2, b2)하고 있다. 곧 겉으로는 위계질서에 기초하고 있지만 그 이면에는 광기와 폭력을 내포하고 있는 군대는 당대의 폭압적인 사회와 동질성을 내포하고 있다는 것이다. 그러나 김효의 살인 계기가 단순하게 제시되고, 그 사건을 지켜보는 고준 상병의 시선에 의해 범행동기가 모호하게 처리되고 있다. 그 결과, 군대의 모순에 대해 단순한 측면만을 제시하게 되고, 이에 따라 상징계의 모순을 극복할 수 있는 대안점 마련에 실패한다.

　이상에서 분석한 세 작품들을 통해, 이 유형에 속하는 작품들의 경우 작중인물이 죽음에 이르는 단계가 단순한 한두 가지 사건 내지 삽화로 제시되어 있음을 볼 수 있다. 이는 작가의 상징계에 대한 모순인식이 단편적임에 기인한다. 이로 인해 이들 작품들은 상징계의 모순에 대한 단순한 파괴에의 욕망과 그로 인한 충동적 죽음만을 제시할 뿐, 상징계의 모순을 극복할 수 있는 방식을 제시하지 못하고 있다.

3. 상징계에서의 동일성 추구와 역설적 죽음

　이 유형에 속하는 작품들은 상징계의 모순에 대한 인식이 단편적 측면을 넘어서 구조적 측면으로까지 나아가고 있다. 이 구조적 인식에 의해 상징계의 본질적 모순이 포착되고, 그러한 모순을 극복할 수 있는 대안을 제시하고 있다. 그 결과 죽음의 계기로 작동하는 상징계의 모순은 여러 가지 사건 단위들을 통해 다각적으로 제시되고 있고, 더불어 각각의 사건들은 유기적으로 결합되어 하나의 전체 사건으로 통합된다. 이를 통해 사건이 전개될수록 상징계의 모순은 점점 강화되고, 죽음은 상징계의 모순과 내적 필연성을 확보하게 된다. 그리고 죽음을 통해 상징계의 모순을 비판하면서, 그러한 모순이 극복된 상징계에서의 '자아이상'을 지향한다. 따라서 이 유형의 죽음은 겉으로는 상징계의 모순에 패배한 것처럼 보이지만, 그 패배를 통해 모순극복 방식을 제시함으로써 역설적 죽음의 의미를 띤다.

자유의 억압을 비판하는 이청준의 「마기의 죽음」, 공동체의 유대감 결여와 인간소외를 비판하는 김승옥의 「서울 1964년 겨울」, 물질만능주의로 인한 비인간화의 측면을 비판하는 이제하의 「유자약전」, 전쟁의 비극을 형상화하고 있는 서기원의 「이 성숙한 밤의 포옹」을 통해 이 유형의 특질을 살펴보면 다음과 같다.

첫째, 이청준의 「마기의 죽음」(『현대문학』, 1967.9)은 주인공 '마기'가 권력에 의해 강력하게 통제된 사회에서 책을 통해 진실을 발견하면서 죽음에 이르게 되는 과정을 다루고 있는데, 죽음에 이르는 단계는 다음과 같다.

> a1 책을 통해 지식을 획득
>> b1 검은 제복의 사내에게 끌려 콘크리트 벌판에 버려짐
> a2 책의 내용을 파악한 후 기형화
>> b2 현실의 모순 파악
> a3 책을 통한 인식의 전환
>> b3 콘크리트 벌판으로 가서 자신의 의지 실현을 위해 죽음
>>> c1 말과 인간이 본래의 모습을 회복하는 세계에 대한 지향

마기가 접한 책의 내용은 혁명군이 지배하는 상황이 계속된다는 전제하에서 가상세계에 대한 예언을 첨부하고 있다. 처음에 책을 내용을 모르고 읽던 마기는 콘크리트 벌판에 끌려갔다 돌아온 후(a1, b1), 조금씩 책의 내용을 이해하게 되면서 기형화되고(a2), 이에 따라 콘크리트 감옥 같은 현실세계의 모순을 인식하기 시작한다(b2). 마기가 책을 통해 파악한 현실의 모순은 '말과 인간의 모습이 변화'된 것으로 집약될 수 있다. 먼저 말의 변화된 측면이다. 책에 쓰여 있는 시대에서 말은 상대방에게 의사를 전달하는 기능을 하고, "사랑, 행복, 자유" 등의 추상적 개념어가 여러 범위에서 사용되고 이해된다. 반면 현실에서 말은 "감미로운 말, 쾌락만을 품어 올리고 자신만이 혼자 즐기는 것"으로 기능하며, 추상적 개념어는 납득 불가능한 것이 된다. 다음 인간의 변화된 측면이다. 책에서 혁명군이 지배하는 가상세계는 인간에 대한 규제가 육신에 한정되어 있는 것에 반해, 현실에서 규제는 더욱 심각해져 인간의 생각으로 옮겨간다. 곧 권력이 만들어내는 말에 의해 인간의 사고와 의지가 마비되고, '자유는 악덕과 병'으로 치부되는 것이다. 이로 인해 현실의 인간은 머리는 작고 쾌락의 새암만 발달한 모습으로 변질된다(b2).

마기는 책에 대해 알고자 하는 욕망이 배가되면서(a3), 책으로부터 얻은 지식을 통해 콘크리트 벌판이 빠져나올 수 없는 감옥이 아니라, 그곳에서도 스스로의 자유의지를 실현할 수 있는 곳이라고 인식을 전환한다. 이 전환은, 자유에 대한 강렬한 의지가 있다면 권력의 규제와 그 규제에 의한 인간 정신의 마비에서 자유로울 수 있음을 인식한 결과이다. 마기는 인간의 본래성인 자유의지를 회복하기 위해 감옥 같은 현실에서 스스로 죽음을 선택한다(b3). 그의 죽음은 "자신의 후손들이 죽지 않도록 하기" 위한 것이기에 대속적 죽음에 해당되기도 한다. 이러한 죽음을 통해 마기는 말과 인간이 규제되지 않고 본래의 모습을 회복(c1)하는 새로운 상징계를 지향함으로써, 억압적인 상징계의 모순을 극복할 수 있는 대안을 제시하고 있다.

둘째, 김승옥의 「서울 1964년 겨울」(『사상계』, 1965.6)은 서적 외판원의 자살을 통해, 이기주의로 인한 인간소외를 다루고 있다. 서적 외판원이 자살에 이르기까지의 단계는 다음과 같다.

> a1 서적 외판원의 아내와의 생활
>> b1 행복을 느낌
> a2 아내의 죽음으로 절망
>> b2 아내의 시체를 판 돈을 탕진하고 죽으려 함
> a3 선술집에서 '나'와 안을 만나 대화, a4 중국요리집에서 외판원 아내의 죽음에 대해 이야기, a5 거리 양품점에서 넥타이를 삼, a6 화재 현장에서 돈봉투를 던짐
>> b3 비인간적인 도시에 절망하고 여관방에 들어가 자살
> a7 사내의 죽음
>> b4 '나'와 안의 각성과 현실에 대한 새로운 인식 확보
>>> c1 정신적 가치를 지향

이 작품에서 서적 외판원이 자살하게 되는 표면적 계기는 아내의 죽음(a1, a2) 때문이다. 외판원은 비록 물질적인 측면에서는 가난했지만 정신적으로 행복(b1)했던 결혼 생활이 아내의 죽음으로 끝장나자 절망감과 자포자기의 심정으로 아내의 시체를 판 뒤, 그 돈을 하루 동안 고통스럽게 탕진하다가 죽으려 한다(a2). 그러나 외판원이 죽음에 이르는 본질적인 계기는 현대 도시에 팽배한 비인간적인 측면과 이기주의 때문이다. 이것이 a3에서 a6까지에 제시되어 있다. 이 과정에서 외판원을 죽음에 이르게 하는 여러 계기가 제시되고, 그것이 유기적으로 연결되어 현대 도시의 비인간적인 측면

을 강화하고 있다. 선술집에서의 대화의 어긋남과 외판원의 아픔에 대한 철저한 무관심 등은 현대인의 이기적인 측면을 드러내는 것이며, 여관방에서 거짓 이름과 거짓 주소를 게재함으로써 그것은 절정에 다다른다. 그 결과, 일회적이고 우연적인 만남이 횡행하는 물신화된 현대 도시에서 인간적 유대감 상실과 의사소통 단절로 인해 외판원은 자살(b3)하고 만다.

이처럼 이 작품은 현대 도시와 그 군중들의 이기적 측면과 비인간적 측면을 강조하는 단위들을 사건화하여 제시하고, 그것을 하나의 전체적인 사건으로 유기적으로 결합시켜 외판원 사내를 자살로 내모는 상징계의 모순을 구조적 측면에 형상화하고 있다. 그러면서 이 작품은 '나'와 '안'이 서적 외판원의 죽음을 통해 현대 도시의 병리적인 측면을 간파하고 있음을 보여주고 있다(a7, b4). 특히 사물인식 방법으로 제시된 '낮이 아닌 밤의 인식'과 '사물의 틈이 아닌 사물을 멀리 두고 바라보기'는 현대 도시의 화려함 뒤에 숨은 추악한 측면을 간파할 수 있는 인식 방법에 해당된다. 곧 이 작품은 이러한 '밤의 인식'을 통해 현대 도시의 이기적이고 비인간적인 측면을 그 본질적 차원에서 파악하여 비판하고, 이를 극복하고자 한다. 그 극복 방식은 작품 표면에 직접 드러나지 않지만, '나'와 '안'의 각성과 '밤의 인식'에 의한 상징계의 모순인식 방법을 통해 역설적으로 제시되어 있다. 곧 사내는 '안'과 '나'에게 상징계의 모순을 극복하고 새로운 '자아이상'을 실현할 수 있는 방법과 가능성을 제시하는 역할을 함으로써, 그의 자살은 역설적 죽음에 해당한다.

셋째, 이제하의 「유자약전」(『현대문학』, 1969.11)은 파행적 근대화에 희생되어 죽어가는 '유자'라는 인물을 통해, 군사독재정권과 물질만능주의로 인한 비인간화의 측면을 비판하고 있다. 유자가 죽음에 이르는 사건 단위는 다음과 같다.

a1 어릴 적 아버지로부터 교육을 받음

   b1 근대제도에 대한 불신과 그림에 열중

a2. 파행적 근대사회에 진입

   b2 적응하지 못함

a3 유자에 대한 N과 나의 시선, a4 나와 유자와의 싸움, a5 유자의 그림에 대

   한 생각, a6 돈을 받고 시를 파는 친구와의 만남

   b3 파행적 근대사회의 모순을 비판하면서 암으로 죽음

      c1 회고적 세계를 지향

a7 나는 유자를 통해 근대화의 모순을 인식

   b4 그것을 극복하고자 함

      c2 새로운 세계를 지향

유자는 어릴 적 학교 교육을 받지 않고, 대신 아버지 남신주 화백으로부터 간단한 교육을 받으면서 아버지로부터 그림을 배운다. 그 그림을 통해 유자는 근대제도가 전쟁을 일으키고 무수한 사람을 죽음으로 몰고 간다는 것을 알고(a1), 근대제도에 대한 불신과 그림에 대한 열정을 키워 나간다 (b1). 대학에서 서양학과를 졸업한 후, '쿠데타'로 표상되는 군사독재정권과 '굴뚝의 노란 연기'로 표상되는 파행적 근대화가 지배하는 상징계에 진입 (a2)하지만 유자는 그 사회에 적응하지 못한다(b2). 유자의 상징계에서의 부적응은 '이혼', '히스테리 증세', '졸음', '수면'으로 행동화된다. 파행적 근대화의 모순과 유자의 부적응은 a3에서 a6에 걸쳐 제시되고 있다. 유자는 파행적 근대화에 희생된 인물이면서, 동시에 아직도 "지조와 순결을 지니고 있는 독야청청"한 인물(a3)이다. 이에 반해, 근대 도시는 추악하고 더러우며, "텔레비전, 극장, 싸구려 주간지"로 상징되는 감각적이고 쾌락적인 상품문화가 지배하는 곳으로, 구성원들은 여기에 마비되어 물신화(a6)되고,

육체적 쾌락만을 추구하면서 '개 같이 팔려가는' 동물로 전락해 있다(a4). 이런 파행적 근대화를 유자는 그림(예술)으로 극복(a5)하고자 한다.

이 작품은 유자를 죽음에 이르게 하는 여러 사건 단위를 제시하고 이들을 하나의 통일된 사건으로 유기적으로 결합함으로써 파행적 근대화로 인한 상징계의 모순을 강화하고, 이를 통해 유자의 죽음이 갖는 비극성을 강조하고 있다. 그러면서 상징계의 모순이 극복된 새로운 상징계를 제시하고 있다. 유자가 죽음을 통해 상징계의 모순을 극복하고 도달하고자 하는 세계는 "고풍한 세계 - 나와는 정반대로 과거의 세계, 회고의 세계"이다(c1). 유자의 이 세계에 대한 지향성은 '나'에게 전이되어 '나' 역시 "제주도든 울릉도든 탐라국이든, 숨 쉴 땅을……뚫을 구멍을……발붙일 장소를……그런 나라"를 지향(c2)한다. 유자가 그림(예술)을 통해 지향하는 세계는 파행적 근대화의 역방향에 선 것으로 과거지향적인 세계이며, '나'가 유자를 통해 지향하게 된 세계는 현실적 가능성을 내포하고 있는 세계이다. 따라서 이 작품은 군사독재정권의 파행적 근대화로 얼룩진 상징계의 모순을 비판하고 죽음을 통해 그러한 모순이 극복된 새로운 상징계를 지향하면서, 그러한 상징계에서 '자아이상'을 회복하고자 한다.

넷째, 서기원의 「이 성숙한 밤의 포옹」(『사상계』, 1960.6)은 탈영하여 기차를 타고 가면서 전쟁터에서의 비인간적 측면을 회상하고, 동시에 도시 역시 전쟁터 같다는 인식을 갖고 자살을 하는 인물을 제시하고 있다.

a1 상희와의 사랑

b1 예전의 순수함을 잃은 자신을 발견

c1 무한정의 자유와 더렵혀지지 않는 순수 지향

a2 전쟁터의 잔인함과 비인간적 측면에 절망

b2 상희에게 다가가기 위해 탈영

a3 타락한 도시가 전쟁터가 다를 바가 없음을 인식

  　b3 자신을 오줌병과 동일시

  a4 타락한 사회에 절망

  　b4 자살 시도

  　　c2 인간의 진정성과 순수성 회복 지향

　전쟁터의 잔인함과 광기는 '늙은 기관차'에 비유되고 있다. 기관차 안은 '자줏빛 화약내음새'를 떠올리게 하는데, 이는 주인공이 자신의 진정성을 상실하고 짐승의 삶을 살 수밖에 없었던 전쟁터의 비참한 생활을 말해주는 것이다. 전쟁터의 광기는 (i) 김상사가 적병 포로를 죽인 손으로 밥을 먹는 모습, (ii) 내가 산에서 한 여인을 강간하고 죽이는 모습, (iii) 공명심을 채우기 위해 죽은 부하를 살아 있는 것으로 공문서를 위조하는 소대장의 모습으로 구체화되어 있다(a2). 주인공은 짐승 같은 삶을 강요하는 전쟁터에서 탈영한다(b2). 탈영의 이유는 상희에게 다가가기 위해서이다. 주인공은 상희와의 사랑을 회상(a1)하면서, 예전의 순수함을 잃어버린 자신을 발견하고(b1), 상희에게 다가가 무한정의 자유와 순수함을 회복하고자 한다(c1).

　그러나 그가 머물게 된 도시는 전쟁터와 다를 바 없이 타락한 곳이다(a3). 그 속에서 생활하면서 주인공은 자신이 '선구'의 방에 놓은 '오줌병' 같다고 인식한다(b3). 동물적인 삶에서 벗어나 자신의 본래의 순수한 모습을 되찾아 상희에게 다가가기 위해 탈영했지만, 주인공은 현실에서 그 출구를 찾지 못한다(a4). 타락한 현실에서는 과거의 아픈 기억을 완전히 극복하고 본연의 모습을 되찾을 수는 없다. 그러나 순수한 모습을 회복하여 상희에게 다가가려는 그의 의지는 강렬하다. 이 의지에 의해 그는 자살을 시도(b4)하고, 그 자살을 통해 자신의 비인간적이고 짐승과도 같은 면모를 벗어버리고 새로운 자신, 예전의 순수했던 자신의 모습을 찾고자 한다(c2).

따라서 이 작품은 전쟁은 물론이고 전쟁으로 상징되는 근대사회의 광기가 지배하는 상징계의 모순을 비판하고, 인간 본래의 순수성 회복을 통해 그 모순이 극복된 새로운 상징계를 지향하고 있다.

4. 상상계적 동일성 지향으로서의 초월적 죽음

이 유형에 속하는 작품들은 상징계의 모순에 대한 구조적 인식을 바탕으로 하여, 상징계가 나아갈 올바른 역사의 방향성을 문제 삼고 있다. 이 유형의 작품은 죽음의 계기로 작동하는 상징계의 모순을 여러 가지 사건 단위들을 통해 총체적으로 제시하고, 그러한 모순이 극복된 세계를 지향한다. 그런데 그 세계는 상징계가 아니라 상상계이다. 곧 죽음을 통해 상징계의 모든 사회문화 규범체계를 전면적으로 부정하고, 어머니의 자궁 속과 같은 상상계를 강렬히 지향한다. 그러한 상상계적 '이상적 자아'의 회복은 상징계의 인간으로서는 실현불가능한 것이지만, 주체의 소멸과 무화를 통해 궁극적으로 회귀해야 할 원초적 고향과 같은 것이다. 이러한 지향성으로 인해, 이 유형의 죽음은 상징계의 모순을 가장 강력하게 전복시킬 수 있는 기능을 한다. 따라서 이 죽음은 상징계에서 상상계로의 초월적 죽음에 해당된다. 전쟁과 분단의 본질적 측면을 다루고 있는 최인훈의 『광장』(『새벽』, 1960.11)과 황순원의 『나무들 비탈에 서다』(『사상계』, 1960.1~7)를 통해 이 유형의 특징을 살펴볼 수 있다

『광장』의 이명준은 6·25전쟁을 겪으면서 남한과 북한, 그리고 제삼국 그 어느 곳에도 정착하지 못하고 바다로 뛰어들고 만다. 이명준으로 하여금 자살할 수밖에 없게 만드는 비극적 상황은 두 가지 측면과 관련이 있다. 남북한 이데올로기 측면과 여인과의 사랑이 그것인데, 전자가 후자에 의해

극복 지양되는 양상을 보인다.

    a1 책(고대 희랍의 철학사상)을 통해 얻은 관념적 지식
      b1 순수한 감격의 삶을 지향
    a2 책(서구의 철학)으로부터 얻은 관념적 지식
      b2 남한의 정치, 경제, 사회, 문화 등의 타락한 현실을 비판
    a3 일제 시절부터 형사를 한 이로부터 받는 고문
      b3 법률에 의해서도 자신의 권리가 보호받지 못하는 남한의 현실에 대한
      회의와 남한 탈출
    a4 책(마르크스 사상)을 통해 얻은 지식
      b4 북한의 무기력하고 수동적인 사회 비판
    a5 편집장에 의한 자아비판
      b5 당과 정부가 요구하는 것에 복종해야 하는 북한에 대한 환멸

   명준은 책에서 얻은 지식을 바탕(a1, a2, a4)으로 이상세계를 설정하고, 그 세계와의 합일을 지향하면서 남북한의 상징계에 진입하지만, 남북한 상징계 어느 곳에서도 자기동일성을 확보하지 못한 채 수동적으로 반응하는 기계화된 도구로 전락(a3, a5)한다. 이로 인해 상징계에서 '순수한 감격의 삶'을 지향(b1)하고 실천하려는 그의 욕망은 좌절(b3, b5)될 수밖에 없다. 명준은 남북한 모두가 체제에 순응하는 인간형을 요구하는 억압적인 상징계임을 비판하고, 자신이 설정한 이상세계와 억압적 상징계의 간극을 극복하려는 노력(b2, b4)을 강하게 드러내지만, 결국 그는 남북한 어디에서도 극복의 대안을 마련하지 못한다.

    a6 남한에서의 고문

b6 윤애와의 사랑으로 극복하려 했으나, 윤애가 순결 콤플렉스에서 벗어나지 못함

a7 북한에서의 편집장에 의한 자아비판

b7 어머니와 같은 은혜의 사랑으로 극복하려 했으나 은혜가 모스크바로 떠남

a8 전쟁 발발 후 타인(태식 등)을 고문

b8 악마가 되어 증오를 스스로 만들어내고 싶음

명준은 남북한 상징계의 모순으로 인해 획득하지 못한 자기동일성(a6, a7)을 사랑을 통해 회복하고자 한다. 그것은 남한에서의 고문과 북한에서의 자아비판으로 생성된 파괴적 욕망을 에로스적 욕망으로 중화시키는 것으로 나타난다. 파괴적 욕망에 의해 명준은 자살에의 욕망을 드러내지만, 그러한 욕망을 윤애와 은혜와의 사랑을 통해서 극복하고자 한다. 명준에게 있어서 사랑은 억압적인 상징계에서 자기동일성 회복을 가능하게 해주는 '광장' 역할을 한다. 그러나 그가 윤애와 은혜를 단순한 소유의 대상으로 사고하는(b6, b7) 것에서 벗어나지 못하기 때문에, 명준은 윤애나 은혜를 통해 자기동일성을 회복하지 못한다. 윤애와의 사랑은 철저히 현실원리에 충실한 사랑이었기 때문에, 명준은 그 사랑에서 진정한 사랑을 발견하지 못한다. 그러나 은혜와의 사랑은 쾌락원칙에 좀 더 가까이 다가가 있고, 어머니의 사랑과도 같은 것을 그녀로부터 발견했기 때문에, 진정한 의미에서의 사랑을 이룰 수 있는 가능성을 내포하고 있다. 그러나 은혜가 떠나고 전쟁이 일어나면서 그 사랑도 실패로 끝나고, 명준의 파괴적 욕망은 극에 달하게 된다(a8, b8).[18]

---

18 에로스적 욕망으로 중화되었던 파괴적 욕망은 에로스적 욕망을 상실할 경우 극단적인 형태

a9 낙동강 전선에서 다시 만난 은혜

  b9 동굴에서 은혜와의 사랑

    c1 자궁 속의 사랑과 삶에 대한 지향

a10 낙동강 전투에서 전사한 은혜

  b10 전쟁포로가 되자 제삼국행 선택

a11 제삼국행 배 위에서 발견한 윤애와 은혜로 보이는 바다 위의 갈매기

  b11 바다에 뛰어들어 자살

    c2 상상계적 동일성의 세계에 대한 지향

전쟁터에서 명준은 은혜와의 재회(a9)를 통해 파괴적 욕망을 극복하고 자기동일성을 회복할 수 있는 가능성(b9)을 발견한다. 여기서 명준과 은혜의 사랑은 '어머니의 자궁' 속 같은 '동굴'에서 이루어지는데, 동굴은 상징계의 질서가 미치지 못하는 일종의 상상계이다. 따라서 동굴에서의 명준과 은혜의 사랑은 이자적 관계에 입각한 상상계적 사랑(c1)이자 '이상적 자아'의 회복에 해당된다. 남북한 어디에서도 상징계적 동일성('자아이상')을 회복하지 못한 명준은 상징계에 대한 파괴적 욕망의 극점에서 상상계적 동일성을 회복할 수 있는 가능성을 발견한다. 그러나 상상계적 사랑은 상징계의 모든 규범체계와 절연하지 않을 때 그 실현이 불가능하다. 은혜의 죽음(a10)은 상징계에서 상상계적 사랑을 욕망한 필연적 결과이다. 그런 은혜의 죽음을 통해, 명준은 상징계에서 더 이상 상상계적 사랑을 통한 '이상적 자아' 회복이 불가능함을 깨닫고(b10, a11), 그 실현을 위해 '동굴'(b9)과 같은, 어머니의 자궁 속과 같은 '바다'(b11)에 뛰어든다. 따라서 명준이 바다 속으

로 드러나게 되는데, 다시 에로스적 욕망과 결합되지 못하는 경우 죽음에 이를 수 있는 가능성을 내포하게 된다. 이종영, 『가학증·타자성·자유』, 백의, 1996, 98면.

로 뛰어드는 행위는 상징계에서 이루어질 수 없는 상상계적 사랑과 상상계적 자기동일성을 획득하려는 욕망의 결과이다. 곧 명준의 죽음을 통해 체제의 이데올로기에 의한 억압이 이루어지는 남북한의 상징계를 비판하고, 그러한 모순이 극복된 상상계에서의 자기동일성을 강렬히 지향하고 있는 것이다. 따라서 은혜와 명준의 죽음은 상징계에서 상상계로의 초월적 죽음(c2)에 해당된다.

이 작품에서, 상징계의 모순에 대한 비판은 a1~a5에 제시되어 있고, 상징계의 모순 비판을 통해 자기동일성을 회복하려는 노력은 a6~a8에 나타나 있다. 그리고 상징계의 질서를 완전히 파괴하고 상상계적 동일성을 강렬하게 지향하는 과정이 a9~a11에 드러나 있다. 이 과정에서 은혜와 명준을 초월적 죽음에 이르게 하는 사회의 구조적 모순을 여러 사건 단위들로 유기적으로 결합하여 남북한 상징계의 총체적 모순을 형상화하면서, 남북한 상징계가 모순을 극복하고 나아갈 올바른 역사의 방향이 무엇인지를 제시하고 있다. 그것은 남북한 상징계의 억압적인 체제와 관련된 모든 것을 전면 부정하고, 모든 것이 합일되어 조화롭게 공존하는 상상계적 세계를 지향하는 것이다.

황순원의 『나무들 비탈에 서다』에는 동호와 현태의 죽음이 나타나 있다. 이들의 죽음은 서로 다른 의미를 갖는다. 동호는 숙과의 사랑을 지향하는 순수한 인물로, 현태는 전쟁에서 사람을 죽이고 타락한 생활에 빠져드는 인물로 그려지고 있다. 그러나 이들은 모두 전쟁에 의해 상처받은 인간들이라는 공통점을 지니고 있다. 이를 통해, 이 작품은 전쟁 상황과 전후의 혼란스러운 사회는 자유로운 주체로서 자아이상을 확립하는 것이 불가능한 상징계임을 강조하고 있다. 이를 세 인물의 삶을 통해 살펴보면 다음과 같다. 먼저 동호의 경우이다.

al 전쟁터에서의 동료의 무의미한 죽음과 '유리벽'의 압박

　bl 순수한 사랑으로 전쟁의 비인간적인 참상의 극복을 지향

　　cl 모성애적 사랑으로 상상계적 사랑을 지향

a2 현태의 타락한 생활에의 유혹과 옥주와의 육체적 관계

　b2 옥주 살인, 유리병으로 손목을 그어 자살(전쟁에 대한 거부)

　　c2 숙으로 상징되는 상상계의 순수한 사랑을 지향

동호는 숙과의 상상계적인 사랑(모성애적 사랑)(cl)을 통해 전쟁의 비극적인 참상을 극복(bl)할 수 있었으나, 점차 '유리벽'의 압박과 같은 상징계의 억압적인 질서(al)로 인해 절망적인 간극을 인식한다. 유리벽의 압박은 획일적으로 감시하고 통제하는 사회에 대한 동호의 정신적 압박감을 의미한다. 이를 극복하기 위해, 동호는 숙에 대한 사랑을 옥주에게 투사(a2)하지만, 순결 콤플렉스로 인해 숙에 대한 죄의식만 증폭된다. 여기에 옥주와 현태 등의 타락한 방식에 좌절하다가, 결국 숙으로 표상되는 상상계적인 사랑을 지향(c2)하며 자살(b2)한다. 다음 현태의 경우이다.

a3 전쟁터에서 여인 살해, 술과 여자에 빠진 전장에서의 생활

　b3 전쟁의 비인간적인 참상을 극복해보려 함

a4 전쟁 이후 윤구와 석기와의 토요회 모임

　b4 전쟁의 허구성, 무의미함을 깨달음, 기생적인 삶 비판, 정신적인 전정의
　　필요성

a5 술과 여자에 탐닉하여 숙과 동침

　b5 전쟁의 무의미함으로 인한 허무감으로 도피적, 퇴폐적, 향락적, 가학적
　　인 삶을 살아감

a6 숙과의 만남과 a7 선우상사의 정신이상

b6 동호의 죽음에 대한 죄의식, 전쟁의 피해자라는 깨달음, 출구 없음에 대한 인식

a8 계향에 의해 칼에 찔려 죽음

b7 전쟁으로 인한 중압감으로부터 벗어나고자 함

c2 동호의 상상계적 지향성의 실체를 깨달음

현태는 자기기만적인 인물로 전쟁의 논리에 충실한 인물이다. 그러나 그는 전쟁터에서와는 달리 사회에 돌아와서는 적응하지 못하고 냉소적인 반응을 보인다. 그 이유는 현태의 내면에 전쟁터에서의 여인 살해에 대한 죄의식(b7)과 동호의 죽음에 대한 죄의식(b6) 등이 복합적으로 작용하고 있기 때문이다. 그러면서 그는 전후 사회의 분명한 실체를 아직 파악하지 못하고 있다. 이런 상황을 돌파하기 위해 퇴폐적이고 향락적인 삶(a3, a4, a5)을 살아가지만, 그것으로도 상징계의 질서를 벗어날 수 없음을 깨닫는다. 이 상태에서 그는 억압적 상징계에 대한 적극적 거부의 태도를 취하지 않고 수동적 태도로 일관한다. 그러다가 상징계의 억압적인 질서가 '투명한 공간'의 압박이라는 환상(c2)으로 가시화되자, 결국에는 계향이 자신을 죽일 수 있도록 상황(a8)을 이끌어 나간다. 곧 현태의 죽음은 상징계의 억압적인 질서로부터 벗어나려는 행위이다. 따라서 그의 죽음은 현실원리에 충실한 인물이 억압적인 상징계의 질서(전쟁과 전후의 혼란상)를 깨닫고 전망을 상실한 채 좌절한다는 의미를 갖는다. 마지막으로 숙의 경우이다.

a9 동호의 죽음의 실체를 파악

b8 현태의 아이를 낳아 그들의 상처를 감당하고자 함

c3 모성성에 의한 전후 상처의 극복을 지향

상상계적 인물인 동호와 상징계적 인물인 현태가 모두 죽음에 이르게 되면서, 상징계가 모순을 극복하고 지향해야 할 대안점은 숙을 통해 제시된다. 그것은 다름 아닌 모성성인데, 이 모성성은 어머니의 자궁 속이라는 상상계적 동일성의 변형태이다. 곧 숙은 타락한 상징계의 실체를 파악(a9)하고, 그 희생자의 상처를 담고 있는 아이(b8)를 모성성을 통해 키워나감으로써, 상징계의 모순을 극복하고자 한다(c3). 숙의 이러한 모성성은 상상계적 자기동일성을 지향하던 동호의 변형태이자, 전쟁과 분단으로 파생되는 상징계의 모순을 극복해 나갈 수 있는 역사적 방향성에 해당된다.

5. 맺음말

이 글은 1960년대 소설에 나타난 죽음이 갖는 의미 연구를 통해 1960년대 소설의 한 특징을 밝히고자 하였다. 이를 위해 이 글은 권력 통제에 대한 도전이며, 체계가 지닌 억압적이고 강제적인 통합에 대한 비판을 담고 있는 의도된 죽음을 다루는 작품을 분석 대상으로 삼았다.

1960년대 소설에 나타난 죽음에 접근할 때, 상징계의 모순을 비판하고, 죽음을 통해 궁극적으로 회복하고자 하는 것이 상징계의 '자아이상'이냐 상상계의 '이상적 자아'이냐에 따라 모순극복 방식과 그 의지는 차이를 지닌다. 죽음을 통해 회복하고 하는 것이 '자아이상'이냐 '이상적 자아'이냐의 문제는 작품에 나타나는 상징계의 모순에 대한 인식의 폭과 깊이에 의해 결정된다.

1960년대 소설에 나타나는 죽음은 세 가지로 유형화할 수 있다. 첫째, 충동적 죽음의 유형이다. 이 유형에 속하는 작품들에는 죽음의 계기로서 작동하는 상징계의 모순이 단편적인 한두 가지 사건이나 삽화로 제시되어 있다. 이는 현실의 모순에 대한 인식이 단편적이고 개별적인 현상에 한정되어 있음에 기인한다. 그 결과 현실의 모순에 대한 단편적 인식과 파괴에의 욕망에 의한 충동적 죽음만 제시된다.

둘째, 역설적 죽음의 유형이다. 이 유형에 속하는 작품들은 현실의 모순에 대한 인식이 단편적 측면을 넘어서 구조적 측면으로까지 나아가고 있다. 자유의 억압을 비판하는 이청준의 「마기의 죽음」, 공동체의 유대감 결여와 인간소외를 비판하는 김승옥의 「서울 1964년 겨울」, 물질만능주의로 인한 비인간화의 측면을 비판하는 이제하의 「유자약전」, 전쟁의 비극을 형상화하고 있는 서기원의 「이 성숙한 밤의 포옹」이 그것이다. 그 결과 죽음의 계기로 작동하는 현실의 모순은 여러 가지 사건 단위들을 통해 다각적으로 제시되고 있고, 더불어 각각의 사건들은 유기적으로 결합되어 하나의 전체 사건으로 통합된다. 이를 통해 사건이 전개될수록 상징계의 모순은 점점 강화되고, 죽음은 현실의 모순과 내적 필연성을 확보하게 된다. 그리고 죽음을 통해 현실의 모순을 비판하면서, 그러한 모순이 극복된 '자아이상'을 지향한다. 따라서 이 유형의 죽음은 겉으로는 상징계의 모순에 패배한 것처럼 보이지만, 그 패배를 통해 모순극복 방식을 제시함으로써 역설적 죽음의 의미를 띤다.

셋째, 초월적 죽음의 유형이다. 이 유형에 속하는 작품들은 현실의 모순에 대한 구조적 인식을 바탕으로 하여 올바른 역사의 방향성을 문제 삼고 있다. 이 유형의 작품은 죽음의 계기로 작동하는 상징계의 모순을 여러 가지 사건 단위들을 통해 총체적으로 제시하고, 그러한 모순이 극복된 세계를 지향한다. 『광장』은 6·25전쟁을 겪으면서 남한과 북한 사회에 환멸을 느끼고 어느 곳에도 정착하지 못하고 죽음을 선택하는 명준을 통해 이를 제시한다. 『나무들 비탈에 서다』에서는 유리벽으로 표상되는 감시, 통제되는 사회에 압박감을 느끼고 자살하는 동호, 냉소적인 태도로 퇴폐, 향락적인 삶을 살면서 이에 저항하려하지만 결국 죽음을 자초하고 마는 현태, 현태의 아이를 낳고 기르면서 현실의 억압을 극복하려는 숙을 통해 전후의 현실과 모순극복 방식을 제시한다.

이 유형은 죽음을 통해 상징계의 모든 사회문화 규범체계를 전면적으로 부정하고, 어머니의 자궁 속과 같은 상상계를 강렬히 지향하는 것이다. 그러한 상상계에서의 '이상적 자아'의 회복은 상징계의 인간으로서는 실현불가능한 것이지만, 주체의 소멸과 무화를 통해 궁극적으로 회귀해야 할 원초적 고향과 같은 것이다. 이러한 지향성으로 인해, 이 유형의 죽음은 상징계의 모순을 가장 강력하게 전복시킬 수 있는 기능을 한다. 따라서 이 죽음은 상징계에서 상상계로의 초월적 죽음에 해당된다.

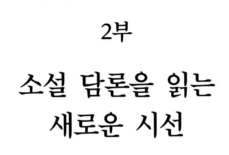

2부

소설 담론을 읽는
새로운 시선

교사와 학생 관계를 다루는 소설의 서사구조와 주제형성방식: 「아우를 위하여」, 「우상의 눈물」, 「우리들의 일그러진 영웅」

1. 머리말

　한국소설사에서 학교를 배경으로 하여 교육 관련 문제를 다루는 최초의 작품으로 이광수의 「헌신자」(1910)를 들 수 있다. 초기 근대식 학교 설립자를 다루는 이 작품 이후, 이광수의 「김경」(1915)과 『무정』(1917), 염상섭의 「E 선생」(1922), 「지선생」(1930), 이태준의 「실락원 이야기」(1932)를 거쳐 1970년대 전상국의 「돼지새끼들의 울음소리」(1975)에 이르기까지 다양한 작품들이 발표되었다. 그런데 이들 작품들은 대개 교사를 주인공으로 하여 시대 혹은 사회 상황과 관련한 교사로서의 책임감과 의무를 중점적으로 다루고 있다. 이에 따라 이들 작품들은 학생을 보조적인 인물로만 취급함으로써, 교사와 학생 관계를 중심으로 한 교육 현장에 대한 실제적이고 구체적인 문제를 다루지는 못했다.

　그러다가 1970년대 이후 황석영의 「아우를 위하여」(1972), 전상국의 「우상의 눈물」(1980), 이문열의 「우리들의 일그러진 영웅」(1987) 등의 작품에서 비로소 교사와 학생 간의 갈등 관계를 중심으로 한 교육 현장이 갖는 문제점에 대한 구체적인 접근이 가해진다. 이 세 작품은 초등학교 혹은 고등학교를 배경으로 하여, 한 학급 안에서 담임선생, 급장, 학생들 사이에 벌어지는 갈등을 다룬다는 공통점을 지니고 있다. 곧 교육 시혜자인 교사가 주인공이 되어 교육 수혜자인 학생을 일방적으로 가르치는 이전의 소설들과는 달리, 교사와 학생이 상호 갈등 관계를 이루는 가운데 학생들이 중요한 인물로서 등장하게 되는 것이다.

이러한 변화는 교육 현장을 다루는 소설의 전개 과정에서 매우 중요한 전환점을 이루는 것으로 평가될 수 있다. 교육 현장에서 학생들이 교사로부터 배우게 되는 것은 학습과 관련된 직접적인 가르침만이 전부가 아니다. 학생들은 교사와의 상호관계 속에서 학교와 사회가 어떠한 가치를 중요하게 여기는지를 알게 되고, 이를 통해 사회에 나가서 맞닥뜨리게 될 관계 맺기에 대한 윤리적이고 도덕적인 기준도 배우게 된다. 교사의 직접적인 가르침은 물론이고, 교사와의 관계 속에서 은연중에 습득한 것들까지도 이후 학생들이 사회에서 취하게 될 행동 양식에 직, 간접적으로 영향을 미칠 수밖에 없는 것이 교육 현장의 실제 상황이다. 따라서 교사와 학생의 갈등 관계를 중심으로 해 학생들이 작품에 중요 인물로 등장하기 시작했다는 것은 바로 교육 현장에 대한 구체적인 접근이 소설적으로 가능해졌음을 나타내는 중요한 표지에 해당된다고 볼 수 있다.

기존 논의에서는 위의 세 작품과 관련해, 교실 내에 나타나는 권력 구조의 문제를 당대의 시대 상황과 연결 지어 알레고리로 접근하는 경향[1]이 주

---

1 권필희, 「독재정치기의 문학 속의 인물상 연구: <우리들의 일그러진 영웅>과 <우상의 눈물>을 중심으로」, 대진대학교 석사논문, 2004.
변나현, 「한국 교육소설의 주체와 교수법 연구」, 성신여자대학교 석사논문, 2008.
이미화, 「알레고리 소설에 나타난 권력의 작동 방식 연구: 교실 내 권력 문제를 중심으로」, 세명대학교 석사논문, 2013.
이평전, 「이데올로기와 폭력의 관계성 연구: 1970년대 황석영, 이문열의 소설을 중심으로」, 『인문학연구』 87, 충남대학교 인문과학연구소, 2012.
임기현, 「소설에 나타난 권력 양상 고찰: 이문열의 <우리들의 일그러진 영웅>과 전상국의

를 이룬다. 이들 연구는 세 작품에 나타나는 교사와 학생 간의 관계를 권력 문제와 관련해 접근함으로써 내용적인 측면에서 세 작품이 갖는 소설적 의미를 밝혀내고 있다. 이러한 접근 방식은 학교라는 공간을 사회의 축소판으로 상정하고, 사회의 권력관계를 비판적으로 바라보는 시각을 강화한다는 점에서 의미를 갖는다. 그렇지만 이 관점으로 볼 경우, 교사와 학생의 갈등 관계를 중심으로 해 교육 현장의 구체적인 문제점을 다루는 이 세 작품의 본질적인 주제를 도외시하게 되고, 나아가 세 작품이 갖는 소설 구조적 측면 및 주제적 측면의 차이점을 사상하게 되는 결과를 낳게 된다.

이 글에서는 이러한 문제점을 극복하기 위해 '교육 현장'의 '관계'의 문제에 집중하고자 하였다. 교사와 학생들의 관계가 작품 안에서 어떠한 방식으로 이루어지는가에 주목할 때, 이전 작품들과 변별되는 지점들이 무엇인지를 발견할 수 있고, 또 그것이 어떠한 의미를 갖는지를 밝힐 수 있을 것이다. 더욱이 이 글에서 논의 대상으로 삼고 있는 세 작품 간에도 의미의 편차가 존재한다. 세 작품은 인물의 구성 방식이나 갈등 요소를 풀어내는 방식, 그리고 갈등 요인 등에서 공통점과 차이점을 내포하고 있으며, 이에 따라 각 작품이 나타내고자 하는 주제도 달라진다. 이러한 점이 밝혀질 때, 세 작품이 갖는 변별적 자질과 함께 그 소설적 의미망에 대한 본질적인 검토가 가능할 것이다.

이러한 특징을 밝히기 위해, 이 글은 세 작품의 서사구조의 공통점과 차이점은 무엇인가에 주목하였다. 세 작품은 등장인물의 측면에서 담임선생, 급장, 학생들의 관계가 주를 이룬다. 그리고 각 작품 안에서 담임선생의 성

<우상의 눈물>을 중심으로」, 『개신어문연구』 20, 개신어문학회, 2003.

장윤수, 『한국근대 교육소설 연구』, 보고사, 1998.

황명훈, 「교실 내 권력 문제를 다룬 소설 비교 연구: <아우를 위하여>, <우상의 눈물>, <우리들의 일그러진 영웅>을 비교 연구함」, 신라대학교 석사논문, 2002.

격과 역할, 담임선생과 급장의 관계, 이에 따른 급장의 성격, 그 결과로서 학생들의 태도 변화 등이 공통적으로 제시되고 있다. 그렇지만 이러한 사건들이 결합하는 양상이 무엇이냐에 따라 각 작품의 서사구조는 변별성을 갖게 되며, 이에 따라 작품의 의미도 달라진다. 따라서 각 작품의 서사구조를 일차적으로 파악한 후, 세 작품에 나타나는 서사구조의 공통점과 차이점은 무엇이며, 이에 따라 주제가 어떻게 형상화되는지를 파악하고자 한다.

이 글에서는 먼저 각 작품의 기본 서사구조를 밝히고(2장), 이 서사구조를 바탕으로 각 작품별로 인물 유형이 어떻게 구성되고 구현되는가를 살펴봄으로써(3, 4, 5장) 서사구조와 주제형성방식의 관계를 밝혀내고자 한다.

2. 인물 유형과 인물 관계에 따른 서사구조

각 작품에서 벌어지는 사건은 주로 학교의 학급이라는 공간적 배경을 바탕으로 이루어지고 있으며, 담임선생과 급장과 학생들이 주요 인물로 등장한다. 이들 각 인물들이 관계를 맺고 있는 양상은 작품에 따라 조금씩 달라진다.

각 작품의 내용을 간략하게 요약하면 다음과 같다. 「아우를 위하여」[2]는 군에 입대한 아우를 위하여 형이 보내는 편지글 형식을 취하고 있다. 형은 동생에게 전후 초등학교 시절의 이야기를 들려준다. 선생 일에는 전혀 관심이 없는 담임선생과 담임으로부터 전권을 위임받은 급장 영래로 인해 반아이들은 공부를 멀리하고 위압적인 급장의 명령에 복종하게 된다. 그러나 교생 선생이 온 이후 위압적인 영래의 행위는 지적을 받게 되고, 그 일로

---

2 이 글에서는 황석영, 「아우를 위하여」, 『아우를 위하여』, 심지, 1987판을 텍스트로 삼는다.

영래패는 교생 선생을 미워하며 교생을 모독하는 일을 수치감도 없이 저지른다. 결국 그런 영래패에 '나'가 저항하고, 이에 석환패들이 동조하면서 영래패의 사과를 받기에 이른다. 그리고 교생 선생이 용기를 주어 노깡에서 시체를 보고 놀랐던 공포에서 벗어날 수 있게 되었음을 고백한다. 이를 통해, 형은 아우에게 우리를 공포에 떨게 만드는 대상에 굴복하지 말고 진보와 사랑의 가치로 그 대상을 극복하자는 내용을 전달하고 있다.

「우상의 눈물」[3]은 1970년대로 짐작되는 고등학교 2학년의 한 학급에서 벌어지는 일을 다루고 있다. 담임인 김 선생은 문제아로 낙인찍힌 최기표와 재수파들로 인해 학급에 문제가 생길 것을 우려하면서 임시 급장인 '나'에게 첩자 노릇을 하도록 요구한다. 그러나 임시 급장 노릇을 하면서 메스껍게 군다는 이유로 기표 패거리에게 린치를 당한 '나'는 급장을 거절한다. '나' 대신 형우가 급장을 맡으면서 반은 일사분란하게 돌아간다. 하지만 형우는 기표의 낙제를 우려해 시험 부정행위를 모의하고 이 일로 기표 패거리로부터 린치를 당한다. 형우는 누구에게 폭행을 당했는지 침묵하고, 이후 기표와 재수파 패거리에 균열이 생긴다. 기표의 어려운 가정 환경을 알고 담임과 형우는 모금 운동을 진행하여 기표를 돕기로 한다. 그 이후 기표는 수줍어하는 학생으로 변해가고 모금 운동이 신문을 통해 미담으로 알려진 후 영화를 찍기로 하지만, 기표는 무섭다는 편지를 남기고 사라진다.

「우리들의 일그러진 영웅」[4]은 40대 중년 남성인 '나'가 자유당 정권이 마지막 기승을 부리던 30년 전 초등학교에서의 일을 회상하는 내용으로 이루어져 있다. 서울 학교에서 시골 학교로 전학 간 이후 '나'는 서울 학교와는 달리 급장이 담임선생에 버금가는 권위로 학생들을 통솔하면서 굴종을

3　이 글에서는 전상국, 「우상의 눈물」, 『우상의 눈물』, 민음사, 1980판을 텍스트로 삼는다.

4　이 글에서는 이문열, 「우리들의 일그러진 영웅」, 『구로아리랑』, 문학과지성사, 1987판을 텍스트로 삼는다.

강요하는 불합리한 상황에 저항한다. 그러나 담임은 엄석대의 말만 신뢰하고, 학생들도 '나'를 외면한다. 점점 외톨이가 되어가는 상황을 버티지 못하고 '나'는 급장인 엄석대에게 굴종하고, 석대의 그늘에서 많은 혜택을 얻는다. 학년이 바뀌고 새로운 담임선생은 엄석대가 시험지를 바꿔치기해서 전교 1등을 유지하는 것을 알아내고 석대와 가담한 학생들을 매질한다. 학생들은 석대의 잘못을 고발하면서 석대에게 등을 돌리고, 석대는 학교를 떠난다. 고등학교를 졸업하고 일류 대학을 졸업한 '나'는 사회에서 실패를 거듭하고 학원강사로 겨우 살길을 찾으면서 초등학교 시절 석대에게 굴종하면서 특혜를 누렸던 때를 그리워한다.

위 세 작품의 줄거리에서도 발견할 수 있듯, 각 작품에 공통되는 요소가 여러 가지로 나타난다. 학교의 한 학급을 배경으로 하고 있으며, 화자는 그 학급의 학생인 '나'로 설정되어 있고, 중요 인물로 담임선생, 급장(혹은 반장), 다른 학생들이 등장한다. 또한 이들이 서로 갈등을 빚고 있다는 점도 공통적인 부분이다. 담임선생과 급장도 바뀌고 있다. 담임선생과 급장이 바뀌지만 학생들은 그대로 유지되는 경우가 대부분이며, 이때 달라지는 것은 담임선생이나 급장에 대한 학생들의 반응이다. 이처럼 반응이 달라지는 것도 세 작품에 공통되게 드러난다. 이를 바탕으로 각 작품의 인물 유형을 정리하면 다음과 같다. 화자인 '나'는 학생들과 갈등하기도 하고, 그렇지 않기도 하다.

작품 제목	담임	급장(반장)	학생들
아우를 위하여	메뚜기	석환→영래	학생들(나)
	교생	영래	영래패: 석환패(나)
우상의 눈물	김 선생	나(임시 반장)	기표(재수파): 학생들
		형우(정식 반장)	기표(재수파): 학생들(나)→학생들(나)

	서울 담임	급장	학생들(나)
우리들의 일그러진 영웅	5학년 담임	엄석대	학생들: 나→학생들(나)
	6학년 담임	엄석대	학생들: 나
		김문세	학생들(나)

이상의 내용을 바탕으로 세 작품 전체에 걸쳐 등장하는 담임선생, 급장, 학생들의 유형과 이들의 관계를 추출하면 다음과 같다. 담임선생은 담임으로서의 일에 충실한 선생(교생, 김 선생, 서울 담임, 6학년 담임)과 담임으로서의 일을 등한시하는 선생(메뚜기, 5학년 담임)으로 나뉜다. 급장은 담임선생의 성격에 따라 전권을 부여받은 급장(영래, 5학년 엄석대)과 그렇지 못한 급장의 경우(석환, 나, 형우, 서울 학교 급장, 6학년 엄석대, 김문세)로 나뉜다.[5] 또한 담임선생의 요구에 순응하는 급장(메뚜기에게 순응하는 석환과 영래, 형우, 서울학교 급장, 5학년 엄석대, 김문세)과 저항하는 급장(교생에게 저항하는 영래, 나, 6학년 엄석대)의 경우로 나뉜다. 그리고 학생들과의 관계에서 학생들을 힘으로 지배하는 급장(영래, 엄석대)과 힘으로 지배하지 않는 급장(자율적으로 운영하는 급장 포함)으로 나뉜다. 학생들은 담임선생이나 급장에게 순응하는 경우와 저항하는 경우(교생에게 저항하는 영래패, 급장 영래에게 저항하는 석환패, 담임선생과 급장에게 저항하는 기표와 재수파, 5학년 급장 엄석대에게 저항하는 나)로 나뉜다.

위의 인물 유형과 인물 간의 관계를 바탕으로 하여 서사단위를 다음 다섯 가지로 정리할 수 있다.

---

5 급장은 '영래', '나', '형우'를 제외하고 모두 선출된다. 「아우를 위하여」에서는 담임선생인 '메뚜기'가 '영래'를 급장으로 지명하는 장면이 서술되어 있고, 「우상의 눈물」에는 임시 반장을 '나'로 지명하는 장면이 서술되어 있다. '형우'는 지명인지 선출인지 제시되어 있지 않지만, 김 선생이 내심 형우를 반장으로 생각하고 있는 장면이 등장한다. 담임선생이 급장(반장)을 지명하느냐, 혹은 학생들이 선출하느냐의 문제는 갈등을 일으키는 사건으로 제시되어 있지 않다. 그런 점에서 이 글에서는 이 측면을 인물 유형의 변별 요인으로 고려하지 않았다.

A 서사: 담임으로서의 일을 등한시하는 선생+전권을 부여받고 힘으로 지배하는 급장+순응하거나 순응하지 않는 학생들

B 서사: 담임으로서의 일에 충실한 선생+담임의 요구에 저항하는 급장+순응하거나 순응하지 않는 학생들

C 서사: 담임으로서의 일에 충실한 선생+담임의 요구에 순응하는 급장+순응하거나 순응하지 않는 학생들

D 서사: 담임으로서의 일에 충실한 선생+담임의 요구에 순응하는 급장+순응하는 학생들

E 서사: 졸업 후 사회에 나가 제각기 삶을 살아가는 학생들

이상의 서사단위에 따라 각 작품의 서사구조를 살펴보면, 「아우를 위하여」는 E+A+B+E 서사로, 「우상의 눈물」은 B+C+D 서사로, 「우리들의 일그러진 영웅」은 E+A+B+D+E 서사로 구성되어 있음을 확인할 수 있다.

3. 「아우를 위하여」에 나타나는 서사구조와 주제형성방식

「아우를 위하여」의 서사구조를 정리하면 다음과 같다.

E1. 졸업 후의 상황(A′. 과거 노깡에 대한 '나'의 공포)

A. 담임으로서의 일을 등한시하는 선생(메뚜기)+전권을 부여받고 학생들을 힘으로 지배하는 급장(영래)+급장에게 순응하는 학생들과 급장에게 (내면적으로) 순응하지 않는 학생들

B. 교생으로서의 일에 충실한 선생(교생)+교생의 요구에 저항하는 급장(영래)+급장에게 순응하고 교생에 저항하는 학생들(영래패)과 급장에게 저항

하고 교생에 순응하는 학생들(석환패와 '나')

　　E2. 졸업 후의 상황(B′. 노깡에 대한 공포를 극복함)

　「아우를 위하여」에는 세 작품에 나타나는 서사단위 중에서 A, B, E 서사가 결합되어 있으며, A, B 서사에 비해 E 서사는 약화되어 있다. E 서사는 군대에 입대한 아우의 현재적 상황을 유추할 수 있도록 '노깡'에 대한 과거의 경험을 삽화로 삽입(A′, B′)시키고 있다. A 서사와 B 서사는 대비적인 관계를 구성하고 있다. 곧 담임으로 제시되는 '메뚜기' 선생과 '병아리 교생'의 대비, 그리고 급장으로 제시되는 영래(영래의 패거리를 포함)와 석환(석환의 패거리를 포함)의 대비가 선명하게 이루어지고 있다. 여기에 일종의 겉이야기로서 결합하는 E 서사는 A 서사와 유사한 현실을 배경으로 제시하고, 이러한 현실에 대한 '나'의 태도나 생각은 B 서사의 '나'의 생각이 연장된 것으로 그려내고 있다. 이를 통해, 이 작품은 담임의 역할에 충실한 선생인가 아닌가에 따라 학생들의 태도가 달라진다는 점을 강조한다.

　먼저, 담임의 성격과 역할이다. 이 작품에서 담임은 '메뚜기' 선생과 '병아리 교생'으로 대비되어 그려진다. A 서사에서 '메뚜기' 선생은 학교 일에는 관심이 없고 자신이 하고 있는 부업에만 온통 관심을 쏟는다. 그로 인해 급장에게 학급의 일을 전적으로 맡기고자 한다. 학생들의 공부를 가르치는 일에는 전혀 관심이 없는 메뚜기 선생 때문에 '나'는 진학 문제와 관련하여 대학생에게 개인 교습을 받는다. 반면 B 서사에서 병아리 교생은 메뚜기 선생과는 달리 학급의 일에도 적극적으로 관심을 쏟고, 학과 공부도 열심히 시키면서, 학생들이 아이답게 행동하고 학급의 일에 임해주기를 원한다.

　다음으로 담임과 급장의 관계에 따른 급장의 성격과 급장의 결정 방식이다. A 서사에서 메뚜기 선생은 급장에게 자신의 권한을 부여하고 급장의 역할을 강화한다. 따라서 급장은 학급의 아이들을 통솔할 수 있는 강한 역량을 갖추기를 원한다. 그로 인해 메뚜기 선생은 강한 힘이 없는 급장이라면 신뢰하지 않는다. 상대적으로 학생들을 이끄는 힘이 약한 석환 대신 강력한 힘을 가진 장판석이나 영래 같은 학생에게 자신의 권한을 일임한다. 반면 B 서사에서 교생 선생은 메뚜기 선생과 달리 급장에게 선생의 권한을 위임하지 않는다. 대신 급장이 학급의 일을 학생들과 함께 의논해서 자율적으로 결정하는 방식을 취해야 한다는 점을 강조한다.

이 작품에서 급장은 선출되는 방식이 아니라 담임선생에 의해 지명되는 방식으로 결정된다. 메뚜기 선생이 신뢰하는 학생은 급장인 석환이 아니다. 처음에는 힘이 센 장판석을 중용하고, 그 다음에는 미군 부대 하우스보이로 '써전'이 기른다는 영래에게 급장의 일을 맡긴다. 석환은 학급의 아이들에 의해 뽑힌 급장이다. 반면 장판석은 힘이 세서 학생들이 두려워하는 존재이다. 영래는 미군 부대의 써전이라는 아버지를 따라 전학 온 학생으로 학생들에게 물질 공세를 펴고, 그리고 힘이 세고 나이가 많다는 점에 힘입어 장판석을 제압하고 학급의 급장이 된다.

교생은 메뚜기 선생과 달리 영래의 학급 운영방식에 문제를 제기한다. 메뚜기 선생은 영래를 무조건 신임했으나, 교생은 영래의 학급 운영방식을 의심한다. 교생은 성적이 좋고 형편이 좋은 학생들이 그렇지 못한 학생들의 잘못을 지적하고 고쳐야 한다는 생각을 갖고 있다. 급장인 영래는 그런 교생에게 여성성에 대한 폄훼, 추잡한 소문 등으로 대응한다.

마지막으로 담임과 급장의 관계 변화에 따른 학생들의 태도 변화이다. '메뚜기 선생-영래'의 관계에서 학생들은 영래에게 무조건 따르는 모습을 보인다. 학급을 위해서라는 영래의 명분에 따르지 않으면 그로 인한 벌칙이나 징계를 감수해야 하기 때문이다. 반면 '교생-영래'의 관계에서 학생들은 영래에게 학급 운영과 관련하여 잘못된 부분에 이의를 제기하기 시작한다. 영래와 영래를 따르는 패거리의 힘에 밀려 잘못된 학급 운영에도 무조건 따르던 이전의 모습과는 사뭇 달라진 태도이다. 영래의 학급 운영이 잘 못되었다는 '나'와 학생들의 판단은 교생의 발화에서 영향 받은 결과이다.

그러나 무엇보다 큰 변화를 경험하는 인물은 '나'이다. A 서사에서 영래 패의 부정한 행위에 소극적으로 대응하는 '나'는 B 서사에서 영래패의 부 정한 행위에 적극적으로 대응하는 용기 있는 '나'로 변화한다. 이러한 '나' 의 변화를 적극적으로 이끌어내는 인물이 바로 '교생'이다.

> "혼자서만 좋은 사람이 될 수는 없다고 생각합니다. 또 한 사람이 잘못 생각 하고 있었다면 여럿이서 고쳐줘야 해요. 그냥 모른 체하면 모두 다 함께 나쁜 사 람들입니다. 더구나 공부를 잘한다거나 집안 형편이 좋은 학생은 그렇지 못한 다른 친구들께 부끄러워할 줄 알아야 합니다."[6]

B 서사에서, '나'는 교생의 가르침에 따라 영래와 영래패의 횡포에 굴복 하지 않고 도시락을 두 개 싸와서 기지촌에 사는 영래패의 일원에게 도시 락을 나눠준다. 그리고 교생 선생을 모독하는 아이들에 대항해 맞서 싸우 고 사과를 받아냄으로써 교생 선생에 대한 사랑을 지켜내고자 한다.

B 서사의 이러한 변화가 계기가 되어 겉 이야기로 작품의 처음과 끝에 위치한 E 서사에서 '나'는 노깡의 공포에 시달리던 인물에서 그 공포를 극 복하는 인물로 변화한다. 노깡의 공포에 시달리는 이야기는 '나'의 과거에 속하는 일이다. 과거의 사건을 삽화로 제시한 것은 군대에 간 아우의 상황 을 비유적으로 설명하기 위해서라고 유추할 수 있다. 노깡의 공포에 시달 리다가 그것을 극복하는 과정은 교생 선생의 가르침에 따라 영래와 영래패 의 횡포에 저항한 상황(B 서사)과 심리적인 측면에서 유사하다.

---

6 황석영, 앞의 책, 143면.

(i) 내가 일단 자기의 공포에 굴복하고 숭배하게 되자, 노깡 속에서의 기억은 상상을 악화시켜서 나를 형편없는 겁쟁이루 만들고 말았다. 그런데 어떤 아름다운 분이 나타나 나를 훨씬 성숙한 아이로 키워줬지. 눈빛처럼 흰 여학생 칼라 뒤로 얌전히 빗어 묶은 머리를 길게 땋아 늘였고, 목소리가 노래하는 듯 다정한 분이었어.

우리를 위압하고 공포로써 속박하는 어떤 대상이든지 면밀하게 관찰하고 그것의 본질을 알아챈 뒤, 훨씬 수준 높은 도전 방법을 취하면 반드시 이긴다.

그이를 사랑하게 되면서 나는 분명히 무엇인가를 배웠는데, 그 무렵엔 꼭 집어내서 자각할 수는 없었지. 이제 와 생각하니 그이는 진보(進步)의 의미와 사랑의 가치를 내게 가르쳐주었던 거야.[7]

(ii) "애써보지도 않고 덮어놓고 무서워만 하면 비굴한 사람이 됩니다. 그래서 겁쟁이가 되어 끝내 무서움에서 놓여날 수가 없는 거예요." 나는 그 뒤 몇 번이나 벼른 끝에 모험을 강행하게 되었고, 노깡 속에 다시 한번 들어 갔더랬지. 나는 그 속의 뼈다귀가 개뼈, 소뼈, 사람 뼈다귀인지 몰랐지만 어쨌든 아무렇지 않게 길을 들였던 것이다. (중략) 여럿의 윤리적인 무관심으로 해서 정의가 밟히는 일이 있어서는 안될 거야. 걸인 한 사람이 이 겨울에 얼어 죽어도 그것은 우리의 탓이어야 한다. (중략) 그이가 봄과 함께 오셨으면 좋겠다. 보이지도 않고 만질 수도 없어, 그이가 오는 걸 재빨리 알진 못하겠으나, 얼음이 녹아 시냇물이 노래하고 먼 산이 가까워 올 때에 우리가 느끼듯이 그이는 은연중에 올 것이다. 그분에 대한 자각이 왔을 때 아직 가망은 있는 게 아니겠니. 너의 몸 송두리째가 그이에의 자각이 되어라. 형은 이제부터 그이를 그리는 뉘우침이 되리라.

우리는 너를 항상 기억하고 있으며, 너는 우리에게서 소외되어버린 자가 절대로 아니니까 말야.[8]

---

7 위의 책, 133면.

(i)은 E1 서사에, (ii)는 E2 서사에 해당하는 부분이다. 여기서 '나'는 노깡에 대한 공포로 두려워하였으나, 교생 선생의 도움으로 용기를 얻어 노깡의 공포를 극복하기에 이른다. 이때 교생 선생이 가르쳐 준 것은, 어떤 대상이 무섭다고 무서워하면서 피하는 것이 아니라, 관찰하고 본질을 얻고자 노력하면서 대상에 대한 무서움을 극복하고 진보와 사랑의 가치를 실천해야 한다는 것이다. 이러한 교생의 가르침을 바탕으로 하여 성인이 된 '나'는 아우에게 "여럿의 윤리적인 무관심으로 해서 정의가 밟히는 일이 있어서는 안 될 거야. 걸인 한 사람이 이 겨울에 얼어죽어도 그것은 우리의 탓이어야 한다."라는 말을 전할 수 있게 되는 것이다.

이 작품은 A 서사와 B 서사를 통해 담임으로서의 책무에 충실한 선생과 전횡을 휘두르는 급장에 순응하지 않는 학생들에 '나'가 긍정적인 시선을 보내고 있는 상황을 그려내고 있다. 그럼으로써 담임으로서의 책무는 무엇이고, 급장으로 대표되는 권력의 부당한 횡포에 학생들은 어떻게 대응해야 하는가에 중요한 의미를 부여하는 효과를 낳고 있다. 나아가 B 서사와 유추관계에 놓인 E 서사를 통해 성인이 된 '나'와 '아우'가 처한 현실과 관련시켜 교생이 가르쳐준 '진보와 사랑'을 강조하고 있다. 이 세 서사단위를 통해 이 작품은 교사와 학생 간의 관계를 다루는 영역에 한정되지 않고 현실 문제로 그 시선을 확장함으로써, 교육에 의한 교화의 긍정적 기능을 강조하면서, 나아가 암울한 현실의 모순을 이상에 대한 용기와 지향으로 극복할 수 있음을 암시하고 있다.

---

8 위의 책, 148면.

4. 「우상의 눈물」에 나타나는 서사구조와 주제형성방식

「우상의 눈물」의 서사구조를 정리하면 다음과 같다.

> B. 담임으로서의 일에 충실한 선생(김 선생)+첩자가 되라는 담임선생의 요구
>   에 저항하는 급장(나)+담임선생에게 저항하는 문제아 학생들(기표와 재수
>   파)과 순응하는 학생들
> C. 담임으로서의 일에 충실한 선생(지난 학년 담임)+첩자가 되어 담임선생의
>   요구에 순응하는 급장(나)+담임선생에게 저항하는 문제아 학생들(기표와
>   재수파)과 순응하는 학생들
> D. 담임으로서의 일에 충실한 선생(김 선생)+담임선생의 요구에 순응하는 급
>   장(형우)+담임선생과 급장에 순응하는 학생들(나)

「우상의 눈물」에는 세 작품에 나타나는 서사단위 중에서 B, C, D 서사가 결합되어 있다. 「아우를 위하여」와는 달리 E에 해당하는 서사가 없다. 대신 B 서사와 D 서사 사이에 대조군이라 할 수 있는 요소들로 구성된 C 서사를 과거 회상의 형식으로 삽입하고 있다. C 서사는 이 작품에만 등장하는 단위로, 인물과의 관계에서 어떤 요인이 다른 인물에 변화를 일으키는 변수가 되는지를 판별하게 하는 기능을 담당한다.

세 서사단위에서 담임선생은 모두 자신의 일에 충실하지만, 담임선생과 급장과의 관계, 학급 학생들의 반응 여부는 서로 다르게 나타난다. B 서사와 C 서사는 급장이 첩자 노릇을 하느냐 하지 않느냐의 여부만 달라질 뿐이고, 담임선생이 자신의 일에 충실한 것과 기표와 재수파가 문제아로 남아 있는 것은 동일하다. 말하자면 급장의 역할이 변해도 상황은 크게 달라지지 않는다는 것이다. 다음 C 서사와 D 서사는 담임선생이 자신의 일에

충실한 것과 담임의 첩자가 되어 담임에게 순응하는 급장의 모습은 동일하지만, 문제아 학생들이 담임과 급장에게 순응하느냐 하지 않느냐의 여부가 달라진다는 점에 있어서 차이를 갖는다. 이러한 C 서사와 D 서사를 결합시킴으로써 기표와 재수파와 같은 문제아를 포함한 모든 학생들이 담임과 급장에게 순응하게 되는 까닭이 무엇인지에 주목하도록 만드는 것이다. 따라서 B 서사와 D 서사 사이에 회상 형식으로 삽입된 C 서사는 B 서사와 D 서사의 일종의 대조군 역할을 담당하면서 변수의 요인이 무엇인가를 부각시키게 된다.

이 작품에서는 작년 담임과 현재 담임선생인 김 선생의 대비, 급장으로 제시되는 '나'와 '형우'의 대비, 폭력적인 '기표'와 부끄러움을 타는 '기표'의 대비가 이루어지고 있다. 그 결과, 공포의 대상 혹은 무서움의 대상이 B 서사에서는 '기표'로 제시되다가 D 서사에서는 '담임'으로 변화하게 되는 의미구조를 형성한다.

먼저, 담임의 성격과 역할이다. 학급 운영을 '일사불란한 항해'에 비유하는 김 선생은 일 년 동안 한 학급을 잘 이끌어서 모범적인 반을 만들고, 한 명의 낙오자나 이탈자가 없도록 만드는 것, 즉 '무사안일 속의 1년을 보내는 것을 목적으로 한다.

> "이제부터 66명이 운명을 함께 하는 역사적 출항을 선언한다. 목적지에 이를 때까지 단 한 사람의 낙오자나 이탈자가 없기를 진심으로 기원한다. 아울러 이 시간 분명히 밝혀 둘 것은 우리들의 항해를 방해하는 자, 배의 순탄한 진로를 헛갈리게 하는 놈은 용서하지 않을 것이다. 우리가 나무를 전정할 때 역행 가지를 잘라 버려야 하듯 여러분의 항해에 역행하는 놈은 여러분 스스로가 엄단할 수 있어야 한다. 더 중요한 것은 1년간의 일사불란한 항해를 위해서는 서로 사랑과 신뢰로써 반을 하나로 결속하는 슬기를 보이는 일이다."[9]

김 선생은 학급을 운영하는 데 있어 학생들의 자율을 존중하겠다고 언명한다. 또한 학생들을 선도하기 위해 가정 방문을 하여 학생들의 생활 환경을 살피고자 한다. 김 선생은 표면적으로는 학생들의 자율적인 활동을 존중하는 모습을 보인다. 그러나 실제로는 일사불란한 학급을 만들기 위해 체육복 이외의 추리닝을 준비하도록 요구하며, 형편이 어려운 학생들을 위해 자신의 돈으로 추리닝을 사서 주기도 한다. 또한 가난한 학생의 어려운 형편을 도와줄 것을 부추기고, 그 결과로 만들어진 행위를 미담으로 알리고자 신문사와 영화사 관계자를 만나기도 한다. 김 선생은 전면에 나서지 않고 배후에 있으면서 학생들의 자치 활동을 통해 자신이 의도한 결과를 유도하고(춘계 체육대회 종합 우승, 납부금 실적 으뜸), 이를 위해 적극적으로 학생들의 일을 지원한다.

다음으로, 담임과 급장의 관계에 따른 급장의 성격이다 김 선생은 자율적인 학급 운영을 요구한다. '나'는 임시 급장에 임명되었으나 정식으로 급장에 임명되는 것을 거부한다. '나'는 급장의 역할을 선생과 학생들 사이의 첩자 노릇으로 인식하고 있고, 실제로 직전 학년에서는 그러한 경험을 하기도 했다. 반면 형우는 김 선생이 요구하는 방식의 학급 운영에 적극 협조한다. 형우는 모범생으로 성적도 우등이고, 학생들로부터 인기도 많고, 통솔력도 뛰어난 학생으로 급장이 되기에 충분한 인물이다. 기표마저도 형우의 얘기에 귀를 기울일 정도로 모든 아이들의 인심을 살 줄 알고, 남을 위해 자기를 던질 줄 아는 의협심을 갖고 있고, 천성적으로 착하게 보이는 외모를 가졌다. 형우는 낙오자나 이탈자가 없어야 한다는 김 선생의 요구를 짐작하고 기표의 낙제를 막기 위해 커닝 모의를 한다. 기표와 재수파 사이의 관계를 알게 된 후에는 기표의 가난을 동정의 대상으로 만들고 기표를

---

9 전상국, 앞의 책, 9면.

위한 모금 운동을 전개한다.

마지막으로, 담임과 급장의 관계 변화에 따른 학생들의 태도 변화이다. '나'가 임시 급장 노릇을 할 때는 '나'를 비롯한 모든 학생들이 기표에 대한 공포를 느끼고 있으며, 김 선생 또한 기표를 문제아로 낙인찍고 있다. 반면 형우가 급장을 할 때, 형우는 자신에게 폭력을 가한 기표의 행위에 대해 침묵으로 대응하면서 기표의 폭력을 우정이란 명분으로 감싸 안음으로써 스스로 미담의 주인공이 된다. 또 형우는 기표가 폭력을 일삼고 공포의 대상으로 자리 잡은 원인이 기표의 가난에 있음을 폭로하면서, 기표가 없는 자리에서 기표의 가난을 동정하는 모금 운동을 진행한다. 그 결과 기표는 폭력의 가해자에서 동정의 수혜자로 전도된다.

기표는 '나'가 임시 급장을 할 때 폭력의 가해자가 된다. 이 때 기표의 폭력은 서로 간의 대화나 이해를 통한 문제해결을 거부한, 단순한 물리적인 폭력에 해당한다. 반면 기표는 동정의 수혜자가 되기도 한다. 기표가 배제된 상황에서 담임과 형우에 의해 기표를 위한 모금 운동이 전개되면서 기표는 동정의 수혜자로 변한다. 따라서 여기서 수혜와 시혜의 관계는 수혜자의 동의 없이 폭력적으로 이루어짐을 확인할 수 있다. 기표가 가해자가 되는 경우, 이 상황에서 행사되는 폭력은 온전히 악으로서 자행되는 폭력이다. 반면, 기표가 수혜자가 되는 경우에서 행사되는 폭력은 기표의 공포스러운 힘을 빼앗기 위한 의도와 목적을 가진 선, 즉 위선으로서 행사된다는 점에서 차이를 갖는다.

이처럼 이 작품에서 중요한 변화를 보이는 인물은 기표이다. B 서사에서 기표는 처음에 악이자 공포의 화신으로서 그려진다. 그러다가 작품 후반부인 D 서사에 가면 기표는 부끄러움을 잘 타고 수줍어하는 학생으로 변화한다.

(i) 기표가 웃옷을 벗어 던진 다음 바른손에 거머쥐고 있던 사이다 병을 담벼

락에 깼다. 깨어져 나간 사이다 병의 날카로운 유리 조각을 그의 걷어 올린 팔뚝에 사악사악 그어갔다. 금 간 살갗에서 검붉은 피가 꽃망울처럼 터져올랐다. 기표가 그 팔뚝을 내 눈앞에 들이댔다. 핥아! 기표 아닌 다른 애가 말했다. 내가 고개를 옆으로 비키자 곁에 둘러선 서너 명의 구두 끝이 정강이에 조인트를 먹였다. 진득한 액체가 혀끝에 닿자 구역질이 났다. 오장이 뒤집히듯 역한 것이 치밀었다. 나는 비로소 온몸을 와들와들 떨기 시작했다. 나 자신도 헤아릴 길 없는 거센 공포로 해서 나는 그 자리에 무릎을 꿇고 앉아 두 손을 비벼댔다. 그들이 나를 일으켜 세웠다. 내 바지에서 혁대가 풀려나간 다음 벗겨져 맨살이 드러난 허벅지에 칼끝이 박히는 것 같은 아픔이 왔다. 나는 그들에게 양쪽 겨드랑이를 잡힌 채 몸부림쳤다. 도저히 견딜 수 없는 고통이었다. 칼끝은 상당히 오랜 시간 허벅지에 박혀 있는 것 같았다. 나는 내 살 타는 냄새를 맡았다. 칼침이 아니라 그들은 담뱃불로 내 허벅지 다섯 군데나 지짐질을 했던 것이다. 소리질러봐, 죽여버릴 거니, 한 놈이 귓가에 속삭였다. 나는 드디어 허물어져내리듯 의식을 잃어갔다. 그런 몽롱한 의식 속에서 기표가 씨부려댄 한 마디 말소릴 놓치지 않았다.

– 메시껍게 놀지 마![10]

(ii) 그 신문 기사가 나가고부터 월요 조회 때마다 교장 선생님은 사회 각계에서 보내오는 성금과 위문편지를 최기표에게 전달했다. 담임선생도 종례 때면 기표에게 편지 여러 장을 건네며,

"거기 여학생 편지도 많이 있으니까 혼자 몰래 보라구."

아이들이 와하하 웃었다. 기표가 얼굴을 벌겋게 달구며 편지 다발을 책상 속에 넣곤 했다. 그럴 때마다 아이들이 박수를 쳤다. 실로 화기애애한 반이 되었던 것이다.

"기표 얘기가 영화로 된다며?"

---

10 위의 책, 7~8면.

"그렇대. 재수파들을 중심으로 한 얘긴데 텔레비전에 나오는 제삼교실 같은 거겠지."

어디서 나온 얘긴지 기표의 얘기가 영화로 만들어진다는 소문이 파다했다.

이제 아이들은 아무도 기표를 무서워하지 않았다. 형이라고 호칭하는 아이도 드물었다. 아무나 곁에 가서 말을 걸 수가 있었고 때로는 어깨도 쳤다.

그것은 기표가 아주 부끄러움을 잘 타는 아이로 변해 버렸기 때문이다. 누구를 만나도 수줍어하는 그 아이는 그렇게 당당하던 체구마저도 왜소하게 짜부라진 채 우리가 보통 사진을 찍을 적에 '치이즈'하고 웃듯 그런 미소를 얼굴에 담고 있었다.

(중략)

담임선생은 기표 어머니를 내쫓듯 교무실에서 밀고 나갔다. 그네는 교무실을 나가며 자꾸 아쉬운 듯 우리들 얼굴을 돌아다보았다.

그네를 배웅하고 돌아온 담임이 의자에 소리나게 주저앉으며 부들부들 떨리는 손으로 담배를 피워 물었다.

"이 망할 새끼가 끝까지 말썽이란 말이야."

그는 담배 연기를 깊이 빨아들였다가 내뿜으며 투덜거렸다.

"내일 천일영화사 사람들하고 만나기로 약속한 날이잖냐? 그런데 이 망할 새끼가……."

그는 서랍에서 편지 하나를 꺼내 우리들 앞에 내던졌다. 기표가 바로 밑의 여동생한테 보낸 편지였다. 편지 맨 앞줄에 이렇게 씌어 있었다.

- 무섭다. 나는 무서워서 살 수가 없다.[11]

(i)에서, '나'가 급장을 하면서 첩자 노릇을 한 것을 두고 기표는 '메스껍

---

11 위의 책, 38~40면.

다'고 표현하면서 자신의 팔뚝을 자해해 '나'에게 공포감을 심어준다. 그러던 기표가 (ii)에서는 부끄러워하고 수줍음을 타는 학생으로 변한다. 기표는 술집에 나가는 누이동생, 중풍으로 드러누운 아버지, 병색이 완연한 어머니를 둔 어려운 가정 환경이 학급의 모든 학생들에게 알려진 이후에 변화하게 되는 것이다.

이러한 기표의 변화는 표면적으로 보면 긍정적인 것처럼 여겨진다. 그렇지만 기표의 상황에서 볼 때 이러한 변화는 전혀 다른 의미를 지닌다. 가난한 가정 환경이 알려진 이후, 기표는 담임과 형우에 의해 동정의 대상으로 여겨지고 결국에는 미담을 만들기 위한 수단으로 전락한다. 기표의 어려운 가정 환경은 학급의 학생뿐만 아니라 전교생에게 알려지고, 결국에는 담임선생이 학부형을 통해 주선한 신문의 기사에 미담으로 실리게 되면서 전국에 알려지게 된다. 게다가 기표의 이러한 상황은 영화로도 만들어지기에 이른다. 결국 기표가 폭력적인 문제아에서 부끄러움을 잘 타는 학생으로 변화하게 된 계기는 담임과 형우의 대응 방식에서 찾을 수 있는 것이다.

담임과 형우의 대응 방식이란 달리 말하자면 폭력의 양상 변화를 의미한다. 인용문 (i)에서 보듯 B 서사에 나타나는 기표의 폭력이 단순한 물리적인 폭력이라면, 인용문 (ii)에서 보듯 D 서사에 나타나는 담임선생의 폭력은 정신적인 폭력 혹은 외상이 없는 합법적이고도 교묘한 폭력이라고 할 수 있다.

이를 통해, 이 작품은 학교에서 행해지는 폭력의 여러 양상을 제시하면서, 단순한 물리적 폭력 외에 합법적이고 교묘한 폭력의 질서가 학교에 침투하고 내재화되고 있음을 강조하고 있다. 그러면서 「아우를 위하여」에 나타나는, 현실 문제와 관련된 E 서사를 배제함으로써 문제를 학교 폭력에 한정시키고 있다. 그로 인해, 이 작품은 작가 의식의 협소함으로 인해 학교 폭력을 시대적인 현실 문제와 연결시키지 못하고 있다는 비판을 받기도 한다. 그렇지만 학교에 지배적인 질서로 자리 잡아 가는 교묘한 폭력을 다룸으로써, 당대 현실사회에 만연한 합법적 폭력이 학교 교실이라는 미시적인 영역에서도 자행되고 있다는 점을 잘 보여준다는 평가를 받기도 한다.

5. 「우리들의 일그러진 영웅」에 나타나는 서사구조와 주제형성방식

「우리들의 일그러진 영웅」의 서사구조를 정리하면 다음과 같다.

E1. 변화된 사회에서 살고 있는 현재의 '나'

D1. 담임으로서의 일에 충실한 선생(서울 담임)+담임선생의 요구에 순응하는 급장+급장에게 순응하고 담임선생에 순응하는 학생들

A. 담임으로서의 일을 등한시하는 선생(5학년 담임)+전권을 부여받고 학생들을 힘으로 지배하는 급장(엄석대)+급장에게 순응하는 학생들(다수)과 급장에게 순응하지 않다가 순응하는 학생(나)

A'. 부패한 상관+좌천된 아버지의 무기력한 복종

B. 담임으로서의 일에 충실한 선생(6학년 담임)+담임선생의 요구에 저항하는 급장(엄석대)+급장에게 저항하고 담임선생에 순응하는 학생들(다수)과 급장에게 (내면적으로) 순응하고 담임선생에 (내면적으로) 순응하지 않는 학생('나')

D2. 담임으로서의 일에 충실한 선생(6학년 담임)+담임선생의 요구에 순응하는 급장(김문세)+급장에게 순응하고 담임선생에 순응하는 학생들

E2. 변화된 사회에서 제각기 다른 방식으로 살아가는 친구들(엄석대/힘 있는 급장에 부역하다가 변절한 학생들/부역자의 멍에를 걸머진 '나')

「우리들의 일그러진 영웅」에는 세 작품에 나타나는 서사단위 중에서 A, B, D, E 서사가 결합되어 있다. 「아우를 위하여」와 비교하면, E 서사가 강화되고 D 서사가 새롭게 결합되어 있다. 「아우를 위하여」에서는 E 서사가 '나'의 졸업 이후 상황만을 다루고 있다면, 「우리들의 일그러진 영웅」은 '나'를 위시한 학급 학생들의 졸업 이후 상황을 고르게 다루고 있다. 「아우를 위하여」에서는 A 서사와 B 서사를 대비적으로 그리면서, A 서사의 상황을 비판적으로 보고 B 서사의 상황을 지향하는 태도를 보이고 있다. E 서사는, 아우와 '나'가 현재 처해 있는 상황은 A 서사의 상황과 유사하지만, B 서사의 상황에 대한 지향성은 여전히 '나'에게 내재되어 있다는 것을 알려주는 지표로서 제시되는 것이다. 이러한 「아우를 위하여」와 달리 「우리들의 일그러진 영웅」에서는 A 서사와 B 서사의 대비보다는 A 서사에서 A′ 서사를 거쳐 B 서사로, 그리고 D 서사와 같은 상황으로 '변화'하는 과정에 주목한다. D 서사가 D1, D2로 두 번 나오는 까닭은 동일한 D 서사의 상황이지만, D1과 D2의 심리적 상황은 동일하지 않다는 점을 강조하기 위해서이다. E 서사 역시 그 변화 과정의 연장에 해당하는 후일담의 성격을 지닌다.

「아우를 위하여」에서는 E 서사에 노깡의 공포와 관련된 과거 사건을 A′, B′ 서사로 삽입하여 다룸으로써 아우가 처한 외부 현실과 '나'가 처해 있는 현재 상황을 유추할 수 있도록 하고 있다. 「우리들의 일그러진 영웅」도 A′ 서사에서 상관에게 밉보여 좌천당한 아버지를 제시함으로써 교실 바깥의 외부 현실을 교실 상황과 연결하여 해석할 수 있도록 유도한다. 그럼으로써 교실 안에서 벌어지는 B, D 서사 역시 교실 바깥의 외부 현실과 유비적 상동성을 지닐 것이라는 점을 유추하도록 한다.

「아우를 위하여」에서는 E 서사를 통해 B 서사의 의미를 재확인함으로써 선생다운 선생의 모습과 교육의 중요성을 강조한다. 반면, 「우리들의 일그러진 영웅」에서는 A, B, D 서사로 끊임없이 변화하는 학생들의 태도를 E의 서사로까지 연장시킴으로써, 학생들을 변화시키는 요인이 교사에 의해 교육받은 가치가 아니라 교실의 바깥, 즉 현실의 변화 상황과 밀접하게 관련되어 있음을 강조한다.

「우리들의 일그러진 영웅」의 세부 내용을 살펴보도록 하자. 이 작품에서는 담임의 역할에 충실한 서울 담임(D1)과 담임의 역할을 등한시하는 시골 5학년 담임(A), 그리고 담임의 역할에 충실한 시골 6학년 담임(D2)이 대비적으로 그려진다. 급장의 모습도 자율적으로 학급을 운영하는 서울 급장(D1)과 전권을 위임받아 억압적으로 학급을 운영하는 시골 급장인 엄석대(A), 자율적으로 학급을 운영하는 6학년 급장인 김문세(D2)가 대비적으로 그려지고 있다. '나'에 대한 학급 아이들의 태도 역시 대비적으로 그려진다. '나'가 석대의 질서에 편입되기 이전과 이후의 상황이 상반되게 그려지고 있는 것이다. 5학년의 학급 상황과 6학년의 학급 상황도 완전히 달라지는데, 이에 따라 '석대의 질서'와 '담임의 질서'도 대비적으로 그려진다. '나'가 성인이 된 이후에는 '자본의 질서'가 '석대의 질서'에 대비되어 그려진다.

이 작품에 등장하는 세 명의 담임선생은 동시에 나타나지 않고 D1 서사의 서울 담임과 A 서사의 시골 5학년 담임, A 서사의 시골 5학년 담임과 D2 서사의 6학년 담임, D1 서사의 서울 담임과 D2 서사의 6학년 담임이 의미의 대립쌍을 이루면서 제시되는 특징을 보인다. 급장 역시 D1 서사의 서울 급장과 A 서사의 시골 급장, A 서사의 엄석대와 D2 서사의 김문세, D1 서사의 서울 급장과 D2 서사의 김문세가 의미의 대립쌍을 이룬다. 학생들의 모습 역시 D1 서사의 서울 학생들과 A 서사의 시골 학생들, A 서사의 5학년 학생들과 B 서사의 6학년 학생들, D1 서사의 서울 학생들과 D2 서사의 6학년 학생들, D2 서사의 6학년 학생들과 E 서사의 성인이 된 '나'의 친구들이 의미의 대립쌍을 이루며 제시된다. 담임이나 급장은 서울, 시골

5학년, 6학년의 상황에 제한되어 제시되고 있으나, 학생들의 유형은 서울, 시골 5학년, 6학년에 더해 성인이 된 이후까지 제시되고 있는 것이다. 이러한 차이를 염두에 둘 때, 이 작품은 담임이나 급장보다는 학생들의 태도 변화에 더 중점을 두고 있다는 것을 짐작할 수 있다.

먼저, 담임의 성격과 역할이다. 서울 학교의 선생님들은 한결같이 깔끔하고 활기에 찬 이들로 그려진다. '아름답고 상냥한 여선생', '부드럽고 자상한 멋쟁이 선생님'이 그것이다. 반면 시골 학교에 전학 가서 처음 만나게 된 5학년 담임은 부스스한 머리에 세수를 했는지가 의심스러운 얼굴로, 소매에 막걸리 방울이 튄 양복 윗도리를 입은 시골 아저씨같은 선생이다. 5학년 담임선생은 급장을 통해 학급을 운영하면서 급장에 대한 신임이 높아 전권을 위임한다. 6학년 담임은 사범학교를 나온 지 몇 해 안 된 젊은 분으로 경험은 많지 않지만, 그 유능함과 성실함이 인정되어 특별히 입시반 담임으로 발탁된 선생이다. 작은 일도 지나쳐 보거나 흘려듣는 일이 없는 만큼이나 느낌도 예민한 선생이다. 석대에 대한 학생들의 공포를 무너뜨리고 학생들에게 전능한 거인이 된다.

다음으로, 담임과 급장의 관계에 따른 급장의 성격이다. A 서사에서 5학년 담임선생은 석대를 턱없이 믿는다. 선거로 급장을 선출하는 방식을 취하기는 했으나, 주먹이 센 엄석대가 되는 것은 당연한 것으로 여긴다. 급장인 엄석대는 시험지 바꿔치기로 전교 1등의 석차를 얻고, 아이들 물건을 공납받기도 한다. B 서사에서 6학년 담임선생은 석대를 믿지 않고 오히려 무언가를 의심하는 태도를 보인다. 경쟁자 없는 선거에 대한 의심 제기부터 시작해서 눈치 보는 아이들을 몰아세우고, 시험지 바꿔치기를 알아낸 뒤 아이들을 호되게 매질한다. 엄석대는 담임선생의 눈에 들기 위해 노력하면서 이전과 달리 학생들에게 무리한 요구를 하지 않는 영악함을 보여준다.

마지막으로 담임과 급장의 관계 변화에 따른 학생들의 태도 변화이다.

A 서사에서 5학년 때는 아이들이 무조건 석대의 말에 복종한다. '나'는 이에 반기를 들고 석대의 권위에 도전하지만 실패하고 결국 석대에게 복종하게 된다. B 서사에서 6학년 때는 담임선생이 석대에 대한 아이들의 공포를 해제하자, 석대에게 복종하던 아이들이 저마다 석대의 잘못을 고발한다. D2 서사에서 자율적으로 학급을 운영하게 되었으나 질서 없이 혼란스럽게 반의 분위기가 바뀐다. '나'는 변화된 아이들의 태도에 회의감을 느끼게 된다. E 서사에서는 그러한 회의감이 극대화된다.

「우리들의 일그러진 영웅」에서 중요한 변화를 겪는 인물은 대표적으로 '나'이며, 학생들 또한 변화한다. A 서사에서 '나'는 5학년 때 전학 간 시골 학교에서 엄석대라는 새로운 급장을 만나면서 처음에는 급장의 지배에 저항하는 모습을 보여준다. 이때 '나'는 합리와 자유의 가치를 옹호하고 이를 지키고자 한다.

> 그때껏 서울에서 내가 겪었던 급장들은 하나같이 힘과는 거리가 멀었다. 집안이 넉넉하거나 운동을 잘해 거기서 얻은 인기로 급장이 되는 수도 있었으나 대개는 성적순으로 급장, 부급장이 결정되었고, 그 역할도 급장이란 직책이 가지는 명예를 빼면 우리와 선생님 사이의 심부름꾼에 가까웠다. 드물게 힘까지 센 아이가 있어도 그걸로 아이들을 억누르거나 부리려고 드는 법은 거의 없었다. 다음 선거가 있을 뿐만 아니라, 아이들도 그런 걸 참아주지 않는 까닭이었다. 그런데 나는 그날 전혀 새로운 성질의 급장을 만나게 된 것이다.
> "급장이 부르면 다야? 급장이 부르면 언제든 달려가서 대령해야 하느냐구?"[12]

그러나 B 서사에서 '나'는 저항하는 것에 지쳐 굴복하고 석대의 질서에

---

12 이문열, 앞의 책, 205면.

편입되고 만다. 그리고 굴종의 단맛을 맛보면서 석대의 질서가 공고하기를 바라게 된다.

D2 서사에서 6학년이 되어 새로운 선생을 만나게 되면서 '나'는 석대의 질서가 무너지는 것을 목도하고, 담임이 다시 세우고자 하는 합리와 자유의 질서에 긍정적인 시선을 보낸다.

> 비록 구체제에 해당되는 석대의 질서를 무너뜨린 힘과 의지는 담임선생님에게 빚졌어도, 새로운 제도와 질서를 건설한 것은 틀림없이 우리들 자신의 힘과 의지였다. 거기다가 되도록 그날의 일을 우리들의 자발적인 의지와 스스로의 역량에 의해 쟁취된 것으로 기억되게 하려고 애쓰신 담임선생님의 심지 깊은 배려를 존중하여 나는 이런저런 구차한 수식어를 더해가면서까지도 굳이 혁명이란 말을 썼던 것이다.[13]

그러나 다시 맛보게 된 합리와 자유의 질서는 서울 학교에서 맛보았던 순수한 합리와 자유의 질서가 아니라 부역자의 멍에를 짊어진 상황에서 맞닥뜨린 것임을 깨닫는다.

> 그런데 부끄럽지만, 여기에서 한 가지 밝혀두고 싶은 것은 그 무효표 두 표의 내역이다. 한 표는 틀림없이 석대 자신의 것이었고 다른 한 표는 바로 내 것이었다. 그러나 그걸 곧 여러 혁명에서 보이는 반동과 동질로 볼 수 없는 것이, 나는 이미 무너져 내린 석대의 질서에 연연해하거나 그 힘에 향수를 품고 그런 것은 아니었다. 그때는 이미 담임선생님이 은연중에 불 지핀 그 혁명의 열기가 내게도 서서히 번져와 나도 새로 건설될 우리 반에 다른 아이들 못지않은 기대를 가

---

13 위의 책, 267면.

지게 되었다.

하지만 막상 그 우리 반을 이끌 지도자를 선택해야 될 순간이 되자 나는 갑자기 난감해졌다. 공부에서건 싸움에서건 또 다른 재능에서건 남보다 나은 아이치고 석대가 받을 비난에서 자유로울 수 있는 아이는 아무도 없었다. 오히려 대리시험으로 석대가 그전 담임선생님의 믿음과 총애를 훔치는 걸 돕거나 석대의 보이지 않는 손발이 되어 그의 불의한 질서가 가차 없이 우리 반을 위압하게 만들어준 것은 바로 그들이었다. 내가 혼자서 그렇게 힘겹게 석대에게 저항하고 있을 때 가장 나를 괴롭게 한 것도 그들이었고, 갑작스러운 반전으로 내가 석대의 가장 가까운 측근이 되었을 때 가장 많이 부러워하거나 시기한 것도 그들이었다.[14]

그런 점에서 6학년의 '나'와 서울 학교에서의 '나'는 다르다. 그리고 성인이 된 '나'는 일류 학교의 질서에 편입되어 성공을 맛보지만, 다시금 불의한 사회 제도와 자본의 질서에 밀려 실패하면서 '석대의 질서'를 내심 꿈꾸고 그것이 무너지는 것에 비애를 느낀다.

이처럼 '나'의 심리는 네 단계로 변화한다. 먼저 A 서사에 해당하는 무기력한 담임과 전권을 위임받은 급장 엄석대에 대한 저항의 단계, 다음 B 서사에 해당하는 석대에 대한 저항을 포기하고 굴종하는 단계, D2 서사에 해당하는 6학년 담임과 변절한 아이들에 대한 오기와 반발의 단계, 그리고 마지막으로 E 서사에 해당하는 실패한 소시민이 느끼는 비애의 단계이다. 마지막 네 번째 단계는 앞의 단계에서처럼 담임과 급장의 성격이 명확하게 제시되어 있지 않다. 다만 엄석대가 나타나고, 엄석대가 예전처럼 힘을 가진 급장이 되어 차라리 자신을 불러주기를 바란다는 상황에 비추어 볼 때,

---

14 위의 책, 268~269면.

B 서사와 유사한 상황으로 '나'가 여기고 있다는 것을 짐작해 볼 수 있다. 그렇지만 엄석대가 형사에게 붙들려가는 상황은 마치 D2 서사와 유사하게 그려져 있다. 따라서 마지막 단계에서 '나'는 자신이 처한 상황을 B 서사와 동일하게 여기고 있으나 현실은 D2 서사와 같은 상황으로 여기고 있음을 알 수 있다.

이를 통해 볼 때, 「우리들의 일그러진 영웅」은 D1, D2 서사와 같은 인물 유형 관계가 빚어내는 상황에 의미의 초점을 맞추고 있음을 알 수 있다. 이러한 상황은 먼저 서울 학교에서의 경험으로 제시되고 있으며, 다음으로는 6학년 담임과 김문세가 선거에 의해 급장으로 선출된 시기로 나타나고, 마지막으로 성인 화자인 '나'가 사설 학원강사로 살아가는 시기로 나타난다. 이는 작품에 드러난 현실과의 관련 표지에 의해 추정하자면, 각 시기는 자유당 정권 초기, 4·19혁명, 1980년대 후반에 해당하는 시기와 연결될 수 있다. '나'가 보여주는 심리의 변화 과정은 자유와 합리에 대한 생각의 변화 과정과 다르지 않다는 것을 짐작해 볼 수 있다.

다음으로, 「우리들의 일그러진 영웅」은 '학생들'의 태도 변화에도 주목하고 있다.

(i) 오기는 그날 내 앞까지의 아이들이 석대를 고발하는 태도 때문에 생긴 것이었다. 석대의 나쁜 짓을 까발리고 들춰내는 데 가장 열성적이고 공격적인 아이들은 대개 두 부류였다. 하나는 간절히 석대의 총애를 받기 원했으나 이런저런 까닭으로 끝내는 실패한 부류였고, 다른 하나는 그날 아침까지도 석대 곁에 붙어 그 숱한 나쁜 짓에 그의 손발 노릇하던 부류였다.

한 인간이 회개하는 데 꼭 긴 세월이 필요한 것은 아니며, 백정도 칼을 버리면 부처가 될 수 있다고도 하지만, 나는 아무래도 느닷없는 그들의 정의감이 미덥지 않았다. 나는 지금도 갑작스러운 개종자나 극적인 전향 인사는 믿지 못하고 있다. 특히 그들이 남 앞에 나서서 설쳐대면 설쳐댈수록. 내가 굳이 석대를 고발하려 들면 거리가 전혀 없는 것은 아니었지만, 그날 끝내 입을 다문 것은 아마도 그런 아이들에 대한 반발로 오기가 생긴 때문이었다. 내 눈에는 그 애들이 석대가 쓰러진 걸 보고서야 덤벼들어 등을 밟아대는 교활하고도 비열한 변절자로밖에 비치지 않았다.[15]

(ii) 나는 그제서야 놀라 주위를 돌아보았다. 모래 위에 궁궐같이만 느껴지던 대기업은 점점 번창하기만 했고, 거기 남아 있던 옛 동료들은 계장으로 과장으로 올라가 반짝반짝 윤기가 돌았다. 어떤 동창은 부동산에 손을 대 벌써 건물 임대료만으로 골프장을 드나들고 있었고, 오퍼상 인가 뭔가 하는 구멍가게를 열었던 친구는 용도도 가늠 안 가는 어떤 상품으로 떼돈을 움켜 거들먹거렸다. 군인이 된 줄 알았던 동창이 난데없이 중앙 부처의 괜찮은 직급에 앉아 있었으며, 재수마저 실패해 따라지 대학으로 낙착을 보았던 녀석은 어물쩍 미국 박사가 되어 제법 교수티를 냈다.[16]

(i)은 D2 서사의 부분이고, (ii)는 E 서사의 부분에 해당한다. (i)은 석대의 그늘에서 보호를 받았던 아이들이 6학년 담임선생에 의해 석대의 비리 전모가 드러나자 석대에게 등을 돌리며 보여준 태도이다. (ii)는 졸업 이후 사회에 나간 동창들이 '그들만의 질서로 다스려지는 어떤 가혹한 왕국'에 잘 살고 있는 모습이다. 이러한 상황은 학생이나 동창들이 매번 자신들이 처한 상황에 어떤 방식으로든 적응해서 살아가고 있다는 것을 보여준다. 이들이 처한 상황이 자유롭고 합리적인가의 여부는 중요하지 않다. 선생의 일에는 관심 없는 담임이 엄석대에게 급장을 맡기고 급장 엄석대가 학생들

---

15 위의 책, 265면.
16 위의 책, 274면.

에게 굴종을 강요하는 시골 5학년의 상황이든, 학생의 자율을 중시하는 새로운 선생이 담임을 맡으면서 엄석대가 급장 자리를 잃고 사라지고 김문세가 급장을 맡은 시골 6학년의 상황이든, 대기업이 갖가지 허위와 과대 선전에 찬 상품들을 팔아 번창하는 30년 이후 현재의 상황이든, 그 어떤 상황에서든 학생들이나 동창들은 재빠르게 적응하고 약삭빠르게 처신한다는 점이 중요하다.

담임과 급장과 학생들의 유형은 서울(D)과 시골(A)의 대비가 의미의 대립쌍을 이루며 제시되고, 서울(D1)과 시골(D2)은 상동적인 유비관계로 쌍을 이루어 제시된다. 그렇지만 D1, D2 서사인 '담임에 충실한 선생+순응하는 급장+순응하는 학생들'에서 '순응하는 학생들'은 표면적으로 동일하지만, 심리적인 상황에서는 결코 동일하지 않은 것으로 제시된다. A 서사와 B 서사의 상황을 거쳐 D2 서사의 상황에 도달한 것이기 때문이다.

그런데 여기서 주목할 것은 학생들이 어떠한 담임선생을 만나도 순응한다는 점이다. A 서사에서 급장인 석대의 질서에 적극적으로 저항하던 '나'를 제외하고 다른 학생들은 모두들 담임선생과 전권을 위임받은 급장인 석대에게 순응한다. 또한 학생들은 D2 서사에서 자율적으로 학급을 운영하려는 담임선생의 질서에도 적극적으로 순응한다. 석대의 질서에 복종하면서 단맛을 보았던 학생들이 결과적으로 석대를 배신하고 부정한 이후 얻은 자율이라는 점에서 학생들은 변절자, 혹은 부역자의 혐의로부터 자유로울 수 없게 된다. 그렇지만 변절자, 혹은 부역자로서의 멍에를 걸머지려는 학생들은 '나' 이외에는 없다.

따라서 A 서사와 B 서사, D2 서사로 변화하는 과정에서 나타나는 '나'의 심리 변화는 늘 다른 학생들의 대응 방식과 의미의 대립쌍을 이루며 제시된다. 그럼으로써 요구되는 가치가 담임의 역할에 충실한 선생에 의해 제시되는 자유와 합리이든, 담임의 역할을 등한시하는 선생으로부터 전권을 부여받은 급장에 의해 행해지는 부정, 억압, 굴종, 강요와 그에 대한 부역이든, 그 어떤 것에 상관없이 학생들은 항상 순응하는 태도를 보인다는 점을 이 작품은 강조하고 있다.

　이처럼 이 작품은 학교의 질서나 현실사회의 질서가 긍정적이든 부정적이든 상관없이 무조건적으로 순응하는 학생들과 동창들의 모습을 제시함으로써, 모두가 그 어떤 권력관계에서든 자신의 안위만을 추구하는 변절자 혹은 부역자에 불과하다는 것을 비판하고 있다.

6. 맺음말

　「아우를 위하여」, 「우상의 눈물」, 「우리들의 일그러진 영웅」은 학교를 배경으로 하여 한 학급 안에서 벌어지는 교사와 학생 간의 사건을 다룬다는 공통점을 지닌다. 각 작품에는 담임선생의 성격과 역할, 담임과 급장의 관계, 이에 따른 급장의 성격, 그 결과로서 학생들의 태도 변화 등이 공통적으로 제시되고 있다. 그렇지만 이러한 사건들이 결합되는 양상이 무엇이냐에 따라 각 작품의 서사구조는 변별성을 갖게 되며 이에 따라 작품의 주제도 달라진다.

　인물 유형과 인물 간의 관계를 바탕으로 하여 세 작품에 나타나는 서사단위를 다음 다섯 가지로 정리할 수 있다. '담임 일을 등한시하는 선생+전권을 부여받고 힘으로 지배하는 급장+순응하거나 순응하지 않는 학생들' (A), '담임에 충실한 선생+담임의 요구에 저항하는 급장+순응하거나 순응하지 않는 학생들'(B), '담임에 충실한 선생+담임의 요구에 순응하는 급장+순응하거나 순응하지 않는 학생들'(C), '담임에 충실한 선생+담임의 요구에 순응하는 급장+순응하는 학생들'(D), '졸업 후 사회에 나가 제각기 삶을 살아가는 학생들'(E)이 그것이다.

「아우를 위하여」는 E1+A+B+E2로 구성된다. A와 B 서사는 대비적인 의미쌍을 구성하며, 여기에 E 서사가 결합한다. E 서사는 A 서사와 유사한 현실을 배경으로 제시하고, '나'의 태도는 B 서사의 연장으로 그려내고 있다. 그럼으로써 이 작품은 담임의 역할에 충실한 학생인가 아닌가에 따라 학생들의 태도가 달라질 수 있다는 점을 강조한다. 특히 공포에 대응하는 '나'의 태도가 담임의 역할에 의해 변화하는 것을 보여줌으로써, 교육에 의한 교화의 긍정적 기능을 강조하고 암울한 현실의 모순을 이상에 대한 용기와 지향으로 극복할 수 있다는 점을 강조하고 있다. 이 세 서사단위를 통해 이 작품은 교사와 학생 간의 관계를 다루는 영역에 한정되지 않고 현실 문제로 그 시선을 확장하고 있다.

「우상의 눈물」은 B+C+D로 구성된다. E에 해당하는 서사가 없는 대신 B와 D 서사의 대조군이라 할 수 있는 요소로 구성된 C 서사를 과거 회상 형식으로 삽입하고 있다. C 서사는 인물과의 관계에서 어떤 요인이 다른 인물에 변화를 일으키는 변수가 되는지를 판별하게 하는 기능을 담당한다. 이 작품에서 변화하는 인물은 '최기표'인데, 기표의 변화 계기는 담임과 급장인 형우에 의해 마련된다. 기표의 이러한 변화를 통해서, 이 작품은 학교에서 행해지는 정신적인 폭력이 어떻게 합법적인 외피를 입고 일상에 침투하고 내면화되는지에 주목한다.

「우리들의 일그러진 영웅」은 E1+D1+A+A′+B+D2+E2로 구성된다. 다른 작품에 비해 E 서사가 강화되어 나타난다. A′ 서사를 통해 외부적 현실을 교실의 현실과 연결하여 해석할 수 있도록 유도함으로써 B, D1, D2 서사가 교실 바깥의 현실과 유비적 상동성을 지닐 것이라는 점을 유추하도록 한다. 이 작품에서 변화하는 인물은 '나'와 '학생들'이다. '나'의 심리 변화는 담임과 급장에 대한 학생들의 대응 방식과 의미의 대립쌍을 이루며 제시된다.

'나'는 상황에 따라 굴종에 대한 저항, 굴종, 변절한 아이들에 대한 오기와 반발, 비애의 순으로 심리가 변화한다. 반면 학생들은 담임에 의해 옹호되는 가치가 굴종의 강요이든 자유와 합리이든 간에 상관없이 항상 순응하는 태도를 보인다. 그 결과 이 작품은 비판적이거나 반성적인 의식 없이 주어진 상황에 순응하는 학생들과 동창들의 처세를 비판하는 결과를 낳는다.

어른 같은 아이에서 마취된 영혼으로: 최인호

1. 다시 최인호를 읽는다는 것

최인호는 1963년 『한국일보』 신춘문예에 「벽구멍으로」가 입선되고, 1967
년 『조선일보』 신춘문예에 「견습환자」가 당선되면서 문단활동을 시작한
다. 그가 타계한 2013년까지 50년 동안 그는 왕성한 작품활동을 지속해왔
다. 그가 등단한 시기로 따지면 반세기가 훌쩍 지난 시점에서 최인호의 작
품을 다시 점검한다는 것은 어떤 의미를 지닐까.

이 글은 1970년대에 출생한 세대인 '나'의 시선에 바탕을 두고, 최인호
작품을 통해 1970년대가 어떤 인식의 지층 위에 놓여 있는가를 새삼 짐작
해보는, 그리하여 현재 '나'의 인식은 어쩌면 그런 밑거름 위에서 다져져
왔음을 확인하는 작업이 되지 않을까 한다. 글을 시작하기에 앞서 먼저 '세
대'니 '나'의 인식이니 하는 것들을 언급한 까닭은 최인호 작품에 대한 독
서가 그러한 것과의 상관관계를 떠나 이루어질 수 없을 것이라는 우려 때
문이다. 비평이란 평자의 가치관이 반영되는 것이므로, 사실상 객관을 빙자
한, 혹은 객관의 허울을 뒤집어쓴 주관일 수밖에 없는 것이지 않을까. 결국,
최인호를 읽어보겠다고 시도하는 작업이란 '나'라는 인간의 인식을 형성하

는 저 깊은 지층의 하부를 내밀하게 드러내 보이는 작업과 다르지 않을 것이다. 우선, 그 고백으로 이 글을 시작해 보고자 한다.

이 글에서 주목한 것은 두 가지이다. 먼저, 최인호 작품이 1970년대를 대표하는 작품으로 우뚝 서게 된 근본적인 동인은 무엇인가를 살피는 것이다. 그것은 최인호 작가의 다양한 창작방법론 중의 한 특질에 대한 검토로 이어질 것이고, 나아가 그러한 창작방법론이 갖는 2020년대적인 의미에 대한 고찰로 구체화될 것이다. 다음, 최인호 문학이 본격소설과 통속소설이라는 양면성을 띠게 되는 이유가 무엇이며, 그러한 문학적 행보가 갖는 소설사적 의미가 무엇인지에 대해 검토하는 것이다.

이 두 가지에 대해, 나는 무엇보다 1970년대생으로 오늘을 살아가는 비평가의 시선에서, 그리고 작가의 감성에서 접근할 것이다. 따라서 이 글은 어설픈 비평적 글, 엉성한 작가적 글이 혼효될 것임을 미리 밝히면서, 이에 대한 양해를 미리 구한다.

2. 어른 같은 아이의 눈으로 초점화된 1970년대

최인호 작품 중에서 먼저 주목할 것이 1970년대 사회의 부조리한 측면을 예리하면서도 감각적으로 파고 들어가는 작품이다. 이 작품들에는 타락한 어른과 그것을 간파한 어린이가 주된 인물로 등장한다. 최인호의 작품 속 어른들은 위선적이고, 아이들은 위악적이다. 어른들의 치부를 일찌감치 눈치챈 아이(「모범동화」)나, 일찌감치 처세술을 터득해버린 되바라진 아이(「처세술개론」)는 비윤리적이고 이중적인 어른들의 현실 세계를 되비쳐준다. 작가는 이들의 부조화가 빚어내는 촌극을 통해 왜곡되고 전도된 세계를 그려내고자 했다. 그런 블랙코미디 같은 세상을 담아내고자 최인호는 어른 같은 어린아이의 시선에 주목했던 것 같다.

어쩌면 최인호 작품 속 아이들이 웃자라는 건 현실이 그만큼 살아내기 힘들다는 것을 보여주는 증좌가 아닐까. 그래서일까. 최인호의『다시 만날 때까지』(나남, 1990)에 실린「술꾼」이나「처세술개론」,「모범동화」,「무서운 복수」등의 작품을 읽다 보면, 내 유년 시절의 기억이 자연스럽게 떠오른다.

「무서운 복수」는 1970년대 군사독재정권에 항의하는 데모생과 이를 방관하는 대학생의 대립을 통해, 당대 사회에 만연한 '내 편'과 '네 편'의 첨예한 이분법적 대립 양상을 비판하면서, 개인의 자유로운 의지가 말살되는 폭압적인 현실을 다루고 있다. 이는 학원가를 배경으로 한 1970년대를 다룬 작품에서 빈번하게 발견되는 대립 양상이지만, 최인호는 그런 사회적 갈등 양상을 어린아이들의 놀이에 압축시켜 의미화한다.

"여우야, 여우야, 뭐하니?"

"세수한다."

소년은 가느다랗게 대답한다.

"멋장이."

하고 애들은 소리를 지른다. 그들의 소리는 어둠 속으로 녹아 사라져 간다. 다시 아이들은 고개를 넘기 시작한다.

한 고개, 두 고개, 세 고개, 네 고개를 넘는다. 원은 더욱 좁혀 들어 술래와 아이들은 한 뼘 차이다. 아이들의 눈빛은 아슬아슬한 긴장 속에 숨이 달아오르기 시작한다.

"여우야, 여우야, 뭐하니?"

"밥 먹는다."

소년은 대답한다.

"무슨 반찬?"

"개구리 반찬."

소년은 대답한다.

"죽었니, 살았니?"

아이들은 다음 말이 무엇일까 긴장해서 술래의 눈을 노려본다.

술래가 죽었다 하면 그들은 자리에서 꼼짝도 하지 말아야 하는 것이다. 그러나 살았다 하면 그들은 와아 도망쳐야 하는 것이다. 왜냐하면 술래는 여우고 그들은 개구리이기 때문이다. 더구나 여우는 죽은 짐승은 먹지 않는다. 오직 산 짐승만 먹고 있다. 뛰어라, 여우야, 살았다 하고 뛰어라, 그래야만 개구리들은 천방지축으로 필사의 도망을 할 것이다. 그들을 잡아라. 그들이 이 조그마한 공간을 비추고 있는 외등 저 바깥의 어둠 속으로 뛰어간다고 해도 그들을 뛰어가서 잡아라. 그래야만 넌 그를 술래 대신으로 앉히고 산 개구리를 먹을 수 있지 않느냐. 그것도 아니면 죽었다 하고 대답하고 도망가려고 멈칫거렸던 아이들을 대신 술래로 잡아들이기만 하여라. 그래야만 너는 이 지루하고 무서운 놀이를 끝낼 수가 있지 않느냐, 왜 너는 대답을 못하고 있는 것이냐.[1]

「무서운 복수」에서 대학생 오만준은 교련 철폐 데모를 하다가 구속되고 다시는 데모를 하지 않겠다는 각서를 쓰고 난 뒤 풀려나지만, 다시 데모에 참가하기로 한다. 데모하다 붙잡혀 구속되고 각서를 쓰고 풀려나고 다시 데모에 나가는 일이 반복되는 걸 작가는 '여우놀이'에 비유하고 있다.

나는 이 작품에 등장하는 여우놀이 구절을 읽다가 한참을 멈춰 그 장면을 곱씹으면서 내 유년 시절의 놀이를 떠올렸다. 가만 생각해 보면, 그 시절에는 유독 잡고 잡히고, 죽고 살고 하는 놀이가 많았다. "전우의 시체를 넘고 넘어 앞으로 앞으로~"하는 노래는 놀이에서 부를 만한 즐거운 내용이

---

1   최인호, 「무서운 복수」, 『다시 만날 때까지』, 나남, 1990, 204~205면.

아니었음에도 불구하고, 어린 시절의 우리들은 왜 꼭 그 노래를 부르며 고무줄 놀이를 했는지 알 수 없다. 또, 골목길이라고 해봤자 몇 갈래 되지 않아서 어디 숨을지 빤한데, 저녁을 먹기 전 마지막으로 어떤 놀이를 할까 의견을 모을 때에는 모두들 술래잡기나 도둑잡기를 하자고 하는 것이다. 너는 경찰이고 혹은 너는 형사고, 너는 도둑이고 하면서 술래를 정하고 아이들은 술래가 숫자 세는 소리를 들으면서 골목길 여기저기로 흩어졌다. 술래의 발소리가 가까워지면 등골이 싸해지면서 긴장감으로 몸이 뻣뻣하게 굳기도 했다. 들키지 않으려고 대문간이나, 담벼락에 튀어나온 쓰레기통 뒤로 몸을 바짝 붙이거나, 어떤 땐 대담하게 술래를 놀래키고 재빠르게 도망치기도 했다.

살았니, 죽었니를 확인해야 했던 시절은 불행히도 우리 역사에서 오래 지속되었다. 잡고 잡히고, 죽고 살고 하는 놀이가 넘쳐났던 이유는 그렇게라도 무서운 놀이를 하지 않으면 안 되는 암울한 현실을 반영한 것이 아니었을까. 밤에는 등화관제로, 낮에는 살았니, 죽었니를 확인하는 놀이로 두려움과 공포를 연습하지 않으면 안 되었던, 아이들은 결코 몰랐을 무서운 시절.

내 유년의 기억 속에서도 여우놀이는 즐겨 하던 놀이 중 하나였지만, 작가가 된 지금도 그 놀이를 데모하는 상황에 비겨 생각해 본 적은 없었다. 그런 점에서 최인호의 예민한 문학적 촉수에 놀랄 수밖에 없다. 군사독재 정권, 대학생, 데모와 방관, 집단의지와 개인의 자유의지라는 크나큰 소설적 주제를 당대 어린아이들만이 알 수 있는 놀이에 압축시켜 감각적으로 형상화한 이 장면을 통해, 대사회적 맥락에 치우쳐 있던 당대 작가들과는 다른 최인호 작가만의 독특한 문학 의식을 만날 수 있지 않은가.

이처럼 최인호는 1970년대 사회의 부조리한 현실을 사실적 입장에서 전면적으로 내세우기보다는 이를 작품 배면에 깔고, 하나의 초점화된 장면,

그것도 당대 그 어느 작가도 생각하지 못한 작가만의 독특한 장면에 부조리한 현실을 압축시켜 표현한다. 그것이 최인호 문학만이 갖는 첫 번째 문학적 감수성이다. 최인호는 이 감수성에 '어른 같은 아이'를 결합시켜 그만의 감각적인 창작방법론을 탄생시킨다.

「모범동화」를 보자. 이 작품은 학교 앞에서 아이들을 상대로 장사하는 강씨와 어른들의 기만술과 사기를 이미 알아차린, 나이답지 않게 주름살이 가득한 어린이의 이야기를 다루고 있다.

> 토요일 어린이회 시간이면 아이들은 잡화상에 대한 철거 문제를 토의하고 결정한 안건에 따라 독하게 생긴 어린이 회장과 함께 담당 선생이 거들먹거리며 그들에게 철거를 요구했다. 말을 듣지 않을라치면 곧 실력 행사로 들어갔다. 어린이 회장은 당장 다음 월요일부터 불매운동을 전개한다고 선언했고 정말 그 약속은 실현되었다.
>
> 주번 완장을 단 상급반 애들이 학교 앞 정문에 서서, 누가 그들에게 물건을 사는가를 감시하고 이름을 적었다. 그것은 매보다도 무서운 일이었다. 그렇다고 장사치들이 이 꼬마들에게 어떻게 압력을 가할 수는 없었다. 왜냐하면 노상에서, 더욱이 국민학교 정문 앞에서 장사판을 벌인다는 것이 정당한 행위가 아니라는 것쯤은 잘 알고 있었기 때문이다. 별수없이 그들은 눈물을 머금고 짐을 싸야 했다.
>
> 강씨는 같은 장사치면서도 어린이 국회의 치외 법권자로 행세할 수 있었다. 그것은 강씨가 단신 월남한 후, 그곳에서 솜사탕 장수를 할 때부터 의례 정문 앞에는 털보 강씨가 노트 몇 권이나 사탕 등을 놓고 팔고 있으려니 하는 이미 굳어진 일종의 잠재 의식 때문만은 아니었다. 그가 D국민학교 어린애들에게 인정받을 수 있었다는 것은 오직 그의 경험에서 우러나온 처세와, 그리고 교묘한 그의 연기력 때문이었다.
>
> 그는 아이들이 무엇에 굶주려 있는가를 잘 알고 있었고, 또 그들이 어른들에

게서 진실로 무엇을 보기 원하는가도 잘 알고 있었다. 이를테면 아이들은 모두 열쇠 구멍으로 어른들을 엿보기 좋아하고 있었던 것이다. 그리고 이미 어린애들은 코 안경을 높이 세우고 도덕을 역설하던 어른들도 일단 열쇠 구멍을 통해 볼 때는 비루할 수 있다는 평범한 진리에 지쳐 있었다. 그들은 열쇠 구멍 저편에서는 변하기 마련인 이론만의 윤리와 도덕을 저주하고 있었고, 아이들은 누구든 어른들의 은밀한 모범을 갈구하고 있었다.[2]

여기서 작가 최인호만의 번득이는 창작 감수성을 읽을 수 있다. 어린아이 시선에서 어른을 바라보기가 그것이다. 어른 못지않게 영악하고 권력지향적인 어린아이들과 그 어린아이들의 비위를 맞추려 애쓰는 어른의 모습을 바라보는 초점화된 시선, 여기에 학교와 학교 앞 장사꾼이라는 초점화된 장면을 제시함으로써, 당대 사회에 만연한 어른들의 타락상을 작가만의 날카로운 문학적 감각으로 꿰뚫어 보고 있음을 확인할 수 있다.

하지만 이 작품에서 '어른 같은 아이'라는 독특한 창작방법이 갖는 미학적 효과는 다음 대목에서 더욱 또렷하게 드러난다.

담임선생님은 그가 졸 때마다 그를 교단 앞에 세웠다. 그러면 그는 서서도 조는 듯 보였다. 그러다가 선생님이 칠판에 무언가 쓰려고 몸을 돌리면 갑자기 자기를 쳐다보고 있는 아이들에게 원숭이 흉내를 내었다. 그러면 반 아이들은 무서워했다. 절대 웃을 수 없었고, 그것은 정말 이상한 일이었다. 그러면서도 아이들은 그가 불려 나가 설 때마다 그가 원숭이 흉내내기를 기다렸다. 졸지 않을 땐 뒷자리 구석에 앉아, 선생님이 한마디 할 때마다 그 소리를 흉내내며 얕게 무어라고 외쳤다. 선생님 귀에는 들리지 않았으나 둘레 아이들은 모두 똑똑히 들을

2 최인호, 「모범동화」, 위의 책, 44면.

수 있었다. 그는 모범생처럼 상체를 세우고 앉아 진지한 표정으로 선생님을 쳐다보고 있었지만 입은 무표정하게 같은 소리를 되풀이하고 있었다. 마치 무언가 열중한 사내가 무의식적으로 뱉어내는 소리라는 듯한 결백의 표정을 얼굴에 나타내면서……

"삼일운동은 1919년에 일어났는데……."

"삼일운동은 1919년에 일어났는데…… 공갈이다."

"소위 문화정책을 쓰기 시작했는데……."

"소위 문화정책을 쓰기 시작했는데…… 공갈이다."

"우리 선조들은 피땀으로 조국의 광복을 위해……."

"우리 선조들은 피땀으로 조국의 광복을 위해…… 공갈이다."[3]

위 인용문은 어른 같은 아이와 1970년대의 한 학교 교실을 초점화해 학교 교육을 '공갈이다'라고 부정함으로써, 당대 사회의 모순된 측면을 우회적으로, 그리고 감각적으로 예리하게 비판하고 있다.

이 장면을 읽다가 "공갈이다"라고 말하는 주인공의 목소리가 귓가에 들려오는 것만 같아서 나는 순간적으로 웃음을 터뜨렸다. "공갈이다"라는 말이 세 번이나 반복되는 동안, 내 어릴 적 기억이 순간적으로 눈앞에 펼쳐지면서 내가 바로 그 시절 교실 안에 앉아 있는 듯한 느낌이 들었다.

내가 초등학교 고학년이던 때의 일이었을 것이다. 사회 시간이었고, 투표와 선거에 대해서 배우고 있었을 때였다. 누군가 선생님에게 질문을 했다. 우리나라는 대통령 선거를 어떻게 하느냐고, 아마 그런 내용이었을 것이다. 아이의 질문에 투표니 직접 선거니, 사람이 많아서…… 대의민주제니, 그렇게 설명하면서 쩔쩔매던 어릴 적 담임선생님의 모습이 너무도 선명하게 떠

---

3 위의 글, 46면.

올랐고, 의구심 가득한 눈초리로 선생님을 뚫어져라 쳐다보고 있었던 친구들의 모습도 함께 떠올랐다. 선생님은 당황했을까. 그날 이후 사회 시간은 선생님의 수업 대신 우리들의 발표로 대체되었다.

아마도 나는 최인호의 이 작품을 읽다가 어릴 적 내 친구들 가운데 혹 누군가가 있어, "공갈이다"라고 말해주었더라면 어땠을까 하는 상상을 순간적으로 해보았나 보다. 이 작품을 다시 읽는 동안에도 동일한 장면에서 또 웃음이 터지는 걸 보면.

그렇지만 나의 기억 속의 교실과 최인호 작품 속의 교실은 확연히 다르지 않은가. 나의 교실에는 평범한 어린 학생이, 최인호 작품에는 어른 같은 어린 학생이 등장하지 않는가.

최인호는 2013년 여백미디어 출판사를 통해 재간행한 『별들의 고향』 '작가의 말'을 통해서 등단하기 전에 수십 편의 단편을 썼다고 밝히고 있다. 그가 등단하기 전에 완성해 놓았다는 작품 중 대부분은 '어른 같은 아이'를 등장시키고 있다. 「술꾼」, 「모범동화」, 「예행연습」, 「처세술개론」 등은 그 대표적인 작품들이다. 「처세술개론」에 등장하는 어린 화자는 부자 할머니의 재산을 상속받으려는 어른들의 자기기만적인 처세술에 이용당한다. 그렇지만 이 작품에서도 역시 어린 화자는 자신이 이용당하고 있다는 것을 간파하고 있는 어른 같은 아이로 그려진다. 「술꾼」에서도 「예행연습」에서도 어른 같은 아이 화자는 타락한 어른의 모습을 흉내내며 속악한 현실을 살아보려 애쓰지만, 결국 어른들에게 쓸모만을 이용당하고 버려지고 만다.

'어른 같은 아이'. 1970년대 타락한 사회의 타락한 어른, 그런 어른 같은 아이. 그렇지만 아이다운 순수함을 간직한 아이. 최인호에게 있어 '어른 같은 아이'는 1970년대의 타락한 사회, 속악한 어른의 초상을 되비쳐주면서 당시의 사회가 잃어가고 있는 것이 무엇인가를 자문하게 만든다. 이런 '어른 같은 아이'야말로 최인호만의 문학적 감수성이자, 고유한 창작방법론이 아니겠는가. '어른 같은 아이'의 눈으로 초점화된 1970년대의 타락한, 우스꽝스러운 세상은 1970년대생인 나의 유년기의 기억 속의 세상(평범한 아이)이기도 하면서, 또한 나에게 매우 낯설고 이질적인 세상(어른 같은 아이)이기도 하다. 그렇다면 나는 나만의 '어른 같은 아이'를 내세워 2020년대의 세상을 그려낼 수도 있지 않은가, 그런 생각이 간절하다.

3. 「타인의 방」과 사물화

앞서 최인호의 작품을 두고 내 유년기의 기억을 계속 병치시킨 것은 그만큼 최인호의 작품들이 1970년대 현실 상황을 일종의 등신대로 그려내고 있어 작품을 읽는 독자들, 특히 나 같은 1970년대생 독자에게 그 시절의 정서를 직접적으로 환기하면서, 동시에 문제의식을 현실감 있게 담아내고 있음을 강조하기 위해서이다. 또한, 1970년대 사회상을 가장 독창적이면서 매우 감각적으로 형상화한 작품들, 그것이 앞서 살펴본 최인호의 작품들임을 부각시키기 위해서이다.

이제 「타인의 방」으로 넘어가 보자. 「타인의 방」의 경우에는 현실의 모순을 상징과 알레고리를 활용하여 보다 고차원적인 소설적 형상화를 이뤄내고 있다. 최인호를 말할 때, 가장 많이 언급되는 수사는 대중소설 작가라는 것이다. 어쩌면 지금껏 나 역시 그런 편견에 사로잡혀 최인호 작가의 작품을 보았을지 모른다. 그러나 최인호에게는 영화로까지 만들어져 유명세를 떨친 여러 대중소설 이외에도 1970년대 풍경을 그만의 감성으로 포착해 낸 중요한 작품들이 포진해 있다.

최인호의 소설을 읽으면서 두 번 놀랐는데, 첫 번째는 「타인의 방」이라는 감각적인 작품을 통해 당대 사회 풍속에 대한 예리한 감식안을 드러냈다는 점이었고, 두 번째는 「타인의 방」이라는 작품을 가진 작가가 이미 「미개인」이라는 뛰어난 작품을 발표했다는 점이었다. 특히 「타인의 방」에서 다루었던 인간의 사물화 경향은 2020년대 현재에까지 여전히 짙은 그림자를 드리우고 있을 뿐만 아니라 더욱 심화되고 있다는 점에서 문제적이다.

먼저 「미개인」을 보자. 나환자촌의 미감아들이 마을의 학교에 통합되어 교육을 받게 된 상황에서 마을 사람들과의 갈등이 벌어진다. '나'는 월남에서 다리를 잃어 목발을 짚고 다녀야 하는 불구의 몸으로 제대한 뒤 초등학교에 부임하고, 새로 오게 될 미감아들의 담임을 맡게 된다. '나'는 미감아들은 병을 옮기지 않는다는 것을 알리면서 마을 사람들을 설득하고자 하지만, 도리어 마을 사람들은 재개발의 호경기에 눈이 멀어 '나'와 미감아 아이들까지 모두 마을에서 쫓아낼 궁리를 한다. '나'와 미감아들이 힘을 합쳐 그들과 대적해 보지만, 이성이 마비된 채로 마치 짐승과도 같은 잔인한 폭력성을 드러내는 그들의 힘을 당해내지 못한다. 심지어 '나'와 미감아 아이들은 그들로부터 도망치는 것조차 쉽지 않은 위기 상황에 몰린다.

이 작품에서 갈등의 원인은 미감아 아이들의 존재가 재개발로 인해 얻게 될 호경기에 부정적인 영향을 끼칠지 모른다는 '우려'로 제시된다. 마을 사람들은 벌어지지도 않은 미래를 볼모로 잔인한 폭력을 행사하고 있는 것이다. 「미개인」에 나타난 이러한 측면은 「타인의 방」에서 더욱 심화된 상황으로 그려진다. 재개발로 인해 얻게 될 호재는 아파트의 안락한 삶으로 구체화되고, 잔인한 폭력은 인간다운 영혼의 상실과 인간의 사물화 현상으로 전경화되는 것이다.

「타인의 방」은 당대의 안과 밖을 둘러싼 사회의 상황을 마치 잘라낸 케이크의 단면처럼 구조화하여 여러 겹의 지층이 한눈에 보이도록 형상화해 내고 있다. 당대의 대내외적 정치적 상황에 대한 암시뿐만 아니라 아파트의 풍요로운 삶이 인간의 영혼을 잠식해가는 과정, 더 나아가 산업사회의 불온한 전망까지 담아내고 있어 예리한 감식안이 돋보이는 작품이다.

첫 장면은 아파트 바깥에서부터 소동이 시작되는 것으로 시작한다.

> 그래서 그는 분노를 느끼며 숫제 오분 동안이나 초인종에 손을 밀착시키고 방 저편에서 둔하게 벨 소리가 계속 울리고 있는 것을 초조하게 느끼고 있었다. 물론 그의 방 열쇠는 두 개로, 하나는 아내가 가지고 있고 또 하나는 그가 그의 열쇠 꾸러미 속에 포함시켜서 가지고 있는 것이다. 원하기만 한다면 그는 자기 자신의 열쇠로 방문을 열 수 있을 것이었다. 그러나 그는 어느 편이냐 하면 그런 면엔 엄격해서 소위 문을 열어주는 것은 아내 된 도리이며, 적어도 아내가 문을 열어 준 후에 들어가는 것이 남편의 권리가 아니겠느냐는 생각을 고수하고 있는 편이었다.
>
> 그래서 그는 이번엔 주먹으로 문을 두드리기 시작했다. 처음에는 천천히 두드렸지만 나중에는 거의 부숴 버릴 듯이 문을 쾅쾅 두들겨 대고 있었다. 온 낭하가 쩡쩡 울리고 어디선가 잠을 깬 듯한 어린아이의 울음 소리가 들려 왔다. 그러자 아파트 복도 저쪽 편의 문이 열리고, 파자마를 입은 사내가 이쪽을 기웃거리며 내다보았는데 그것은 그 사람 한 사람뿐만은 아니었다. 왜냐하면 그는 남의 시선을 개의치 않고 문을 두드리고 있었기 때문에 그 사람뿐만 아니라, 다른 방의 사람들도 문을 열고 조심스럽게, 그러나 사뭇 경계하는 듯한 숫돌 같은 얼굴을 하고 이쪽을 노려보고 있었다.[4]

주인공이 등장하는 첫 장면은 무척이나 폭력적이다. 그는 열쇠가 있음에도 불구하고 요란스럽게 초인종을 눌러대고 문을 두드려대며 복도 전체에

---

4 최인호, 「타인의 방」, 위의 책, 83~84면.

소란을 유발한다. 잠깐의 소동으로 끝나는 것이 아니라 오랫동안 길게 이어지는 주인공의 주인 행세는 같은 층의 다른 방들을 향해 내가 주인임을 확인시키고 입증하는 과정으로, 자신이 주인인 방에 들어가기 위해 외부와 내부를 폭력적으로 소환하는 행위로 점철되어 있다.

이처럼 폭력적이면서 합법적인 승인의 과정을 거쳐 주인공은 아파트 바깥에서 아파트 내부로 이동한다. 그리고 한 인간의 의식의 심층으로 점차 이동하면서 산업화 사회를 살아가는 한 개인이 어떻게 만들어지는지, 혹은 길들여지는지를 날카롭게 포착하고 있다.

아파트라는 공간에 주목한 것부터가 문제적이지 않은가. 이 작품이 발표된 시기가 1971년이고, 아파트 건축이 본격화되기 시작한 것이 1970년대 중반이라는 점, 이후 한국사회의 산업화 방향의 핵심축을 아파트가 상징한다는 점을 떠올린다면 아파트라는 공간의 설정은 탁월할 수밖에 없다.

복도로 쭉 이어진 각각의 집들, 요즘은 집이라고 하지만 최인호는 그것을 일러 '방'이라고 했다. 아파트가 거대한 집이라면 그 안에 각각 나뉜 공간을 방이라고 불러도 무방하리라. 그런 똑같은 형태의 방들이 옆으로 위아래로 몇십 개가 하나의 거대한 건물 안에 들어차 있는 것이다. 똑같은 틀에 찍어낸 풀빵처럼 각각의 방은 개성 없이 동일하다는 점도 산업화 사회의 기성품을 상징하기에 적당하지 않은가. 게다가 그 방들에는 각 가정이 들어차 있고, 그 가정에는 각각의 아내와 남편이 있으며, 식탁이 있고, 거실이 있고, 욕실이 있고, 소파가 있고, 전축이 있을 것이다.

말하자면 아늑함을 느끼는 공간, 휴식을 취하는 공간, 안정을 느끼는 공간으로 아파트의 내부가 구성되며, 그러한 아파트의 내부는 휴식과 편안함과 안주의 공간을 완성시켜주는 욕망의 기표가 될 것이다. 그러한 가운데 개개인의 욕망은 점점 서로 닮아갈 것이고, 풍요함을 상징하는 물질을 소유함으로써 만족을 느끼는 과정을 되풀이할 것이고, 소유한 물건이 그 만족을 대체할 것이고, 결국 그의 영혼은 소유한 사물에 잠식되고 종내는 사라지고 말 것이다.

> 그러나 그녀는 곧 잃어버린 것이 없는 대신 새로운 물건이 하나 놓여 있는 것을 발견했다. 그 물건은 그녀가 매우 좋아했던 것이었으므로 며칠 동안은 먼지도 털고 좀 뭣하긴 하지만 키스도 하긴 했었다. 하지만 나중엔 별 소용이 닿지 않는 물건임을 알아차렸고 싫증이 났으므로 그 물건을 다락 잡동사니 속에 처넣어 버렸다. 그리고 그녀는 다시 그 방을 떠나기로 작정을 했다. 그래서 그녀는 메모지를 찢어 달필로 다음과 같이 써서 화장대 위에 놓았다.[5]

최인호가 「타인의 방」을 발표한 지 50년이 지난 지금은 어떠한가. 아파트는 바로 물질적 욕망의 기표로서 누구도 부인할 수 없는 그런 위치에 놓여 있지 않은가. 전국적으로 아파트가 넘쳐나고, 심지어는 오래된 아파트를 부수고 재건축하는 이 시대에, 아파트는 욕망의 아이콘으로 부동의 위치를 오랫동안 점유해 왔으며 앞으로도 그 위상은 크게 달라질 것 같지 않다.

더구나 위 인용문의 '새로운 물건'에서 보듯, 아파트의 공간에서는 인간마저 '사물화'된다. 요즘 상황에서 보자면 인간이 사물화된다는 비유는 그리 새로운 것이 못 된다. AI가 인간의 고차원적 노동까지 대체하는 최근의 변화를 군이 예로 들지 않더라도, 이미 인간의 도구화, 사물화로 인한 인간 경시 풍조는 우리 사회 전반에 깊게 뿌리내리고 있다.

그런 소재이자 공간으로서 '아파트', 그리고 그 획일화된 공간에서 인간의 사물화가 양산될 것임을 간파하는 내용이 1971년에 발표된 작품에 등장했다는 것은 작가의 놀라운 감식안을 시사하는 표징이 아닐 수 없다. 게다

---

5 위의 글, 95면.

가 그때 최인호의 나이는 만 25세에 불과했다. 갓 등단한 신인으로서 놀라운 식견이다. 물론 인간의 사물화는 1930년대 모더니스트 이상의 작품에서 이미 등장하지만, 인간의 사물화를 아파트와 연결시킨 것은 한국소설사에서 최인호가 처음이란 점은 강조되어야 할 것이다.

작가는 이러한 인식 아래에서 '사물화'의 원인에 대한 탐구로 나아가지만, 그 작업은 오래 이어지지 못한다. 「잠자는 신화」라는 작품을 통해서 최인호는 '야생성'의 상실이 인간의 사물화를 가져온 것이 아닌가 하며 그 원인을 탐구하고 있다. 이 작품에서는 박제된 성기를 그려냄으로써 생명력을 잃어버린 현대인의 초상을 보여주고자 하였으나, 그 생명력 혹은 야생성을 획득하기 위한 방식을 찾아내는 데까지 나아가지 못하고 말았다. 이러한 한계는 이후 작품을 관통한다. 고아들을 타국의 땅에 버리고 오는 일(「다시 만날 때까지」), 단 것을 욕망하는 개미의 행렬에 차라리 자신의 몸을 내던져 버리는 일(「개미의 탑」), 고궁에 버려진 치매 노인을 데려와 보살피지만 하루도 버티지 못하고 노인을 다시 버리는 일(「돌의 초상」) 등은 자본의 물질을 향한 욕망 앞에 인간의 근본적인 도리마저 잃고 무릎을 꿇는 무력한 개인의 모습만을 담아낼 뿐이다.

이처럼 그가 작품을 통해서 보여주고 있는 행보는 생명력을 상실한 현대인을 그려내는 선에 멈춰 있으며, 그 치열함을 지속하지 못하고 결국에는 '악어의 눈물'로 대중의 감성을 자극하는 쪽으로 방향을 선회하기에 이른다. 그 대표적인 예가 「별들의 고향」이다. 이 작품의 주인공 경아는 남자들에게 희롱당하고 버림받는 인물이다. 남자에게 순결을 잃고, 잘못된 낙태 수술로 임신을 하지 못하게 되고, 남자에게서 버림받아 윤락녀가 되고, 알콜중독자가 되어 수면제를 먹고 거리에서 동사한다.

이 작품에서 작가는 경아를 죽게 만든 사회의 어두운 면을 그려내었으나, 그녀의 비극적인 죽음을 연민하는 네 번째 남자의 시선을 부조하여 그녀를 죽인 것은 바로 '우리'라는 논리로 서사를 이끌고 간다. 그럼으로써 경아를 죽음에 이르게 한 인물들에게서 죄를 벗겨내고, 그들에게 윤리적 공범으로서의 책임만을 지우면서, 경아를 연민하는 것만으로 죄 사함의 카타르시스를 경험하도록 이끄는 것이다.

죄를 짓고도 죄가 되지 않는 죄를 만들어 윤리적 무혐의를 만들어 두는 「별들의 고향」식의 접근은 주체의 폭력성에 희생되는 타자라는 문제를 일종의 희생제의로 만들어버린다. 주체의 폭력을 견디다 못해 타자가 스스로 자살하게 만들고, 그 모든 잘못이 우리에게 있다고 고백하지만, 이때 죄의 고백이라는 것은 죽은 타자를 속죄양으로 만듦으로써 주체의 폭력에 대한 면죄를 받는 고해성사와 같은 것으로 작동한다. 죄를 지었으되, 고백을 했으니 죄 사함을 받았다는 면죄부의 일종인 셈이다.

고아를 미국에 보내는 일, 버려진 치매 노인을 다시 버리는 일, 경아를 죽게 만든 일 등을 다룬 일련의 소설들에서 작가는 사물화된 인간에 대한 고민을 지속시킨다. 그렇지만 그런 유기, 방기와 같은 사건들을 행하는 주체에게 작가는 항상 용서받을 수 있는 자리를 마련해 둔다. 최인호는 이러한 방식으로 대중의 감성에 호소하는 작품 쪽으로 방향을 선회하기에 이른다. 전면적인 방향 선회가 이루어지기 직전, 그 경계선에서 작가는 방향을 선회할 수밖에 없는 이유를 소설화한다. 그것이 마취된 영혼으로 살 수밖에 없는 상황을 드러내는 「깊고 푸른 밤」이다.

4. 천사들의 도시를 향한 고독한 길

최인호는 「깊고 푸른 밤」에서 천사들의 도시로 향하는 두 남자를 통해 길이 보이지 않는 상황에서 존재가 느끼는 고독과 두려움을 이야기한다.

이 작품에는 두 남자가 등장한다. 두 사람은 현재 미국에 있으나, 그들이 미국에 있는 이유는 서로 다르다. 준호는 한국에서 쫓겨나다시피 도망나왔고 돌아갈 수 없는 상황에 놓여 있다. 또 한 남자인 '그'는 모든 것에 분노하는 자신을 피해 망명하듯 떠나왔다. '그'의 분노는 한국의 정치적 상황에 기인하는 것으로 보인다.

이들 두 남자는 샌프란시스코의 어느 소도시에서 난장판으로 끝나버린 파티를 뒤로 하고, 그들이 머물고 있는 도시 로스앤젤레스로 향한다. 며칠을 운전해서 가야 하는 거리다. 운전을 맡은 준호는 간간이 마리화나를 피우며 장거리 운전의 피로를 이겨내고자 한다. 지도를 보면서 길을 안내해야 하는 '그'가 딴생각에 빠진 사이 로스앤젤레스로 가는 도로를 놓치고, 오랜 시간 달린 차는 엔진이 과열돼서 멈춰버리고 만다. 이 절망적인 상황을 이들은 어떻게 이겨내고 있을까.

> 준호의 말대로 그것은 술보다 더 해독이 적은 단순한 풀잎 같은 것인지도 모른다. 한번도 그것을 피워 본 적이 없는 그로서는 그것은 단지 조그만 환상을 불러 일으키는 풀잎 같은 것으로 우울하거나, 절실하게 고독할 때, 심리적인 위안을 만족시켜 주는 약의 효능을 지닌 순한 약초와 같은 것일지도 모른다. 그것은 그의 공포를 달래 주는 유일한 풀잎이었다. 왜 그것을 빼앗았을까. 무엇엔가 조금이라도 마취되어 있지 않으면 견디어 낼 수 없는 저 엄청난 고독 속에서 그가 가질 수 있는 심리적 위안을 내가 무슨 자격으로 빼앗을 수 있을 것인가.[6]

준호는 오랜 시간 운전을 하면서 마리화나를 피우며 아름다운 경치를 즐긴다. '그'는 그런 준호를 불안해하면서 마리화나를 빼앗아버린다. 운전하

---

6 최인호, 「깊고 푸른 밤」, 위의 책, 392면.

다 사고가 날 것을 걱정하면서 빼앗기는 했지만, 내심 준호가 마리화나를 피우는 자유를 누리고자 미국에 머무르는 건 아닌가 하는 오해를 하고 있다. 그러다가 준호가 뭔가에 마취되어 있지 않으면 견딜 수 없는 고독 속에 놓여 있는 것이라고 조금씩 이해하게 된다. 그리고 '그'는 견딜 수 없는 분노로 가득 차 있는 자신을 깨닫는다.

> "이곳에서 꼼짝하지 못하면 우린 죽을 거야. 새벽이 오면 기온이 내려갈 거야. 시동이 걸리지 않으면 히터도 나오지 않아. 우린 얼어 죽을 거야. 여긴 벌판이야. 수십 킬로미터 이내에 인가가 없을지도 몰라. 온갖 야생 동물들이 우릴 보고 덤벼들지도 몰라. 대답해 봐. 내 말을 듣고 있는 거야? 뭐라고 말 좀 해봐."
>
> 그는 대답 대신 캐비닛을 열어 한 줌의 마리화나와 파이프를 꺼내어 밀었다. 준호는 불가사의한 표정으로 그를 보았다.
>
> "무서워하지 마. 이걸 피워. 그러면 행복해질 거야. 잠이 올 거야. 꿈도 꿀 수 있겠지. 우린 절대로 죽지 않아. 봐라 저 꿈틀거리는 검은 것이 무엇인지 아니. 그건 바다야. 태평양이야. 저 바다는 네가 돌아가려는 나라의 기슭과 맞닿아 있지. 우린 틀림없이 돌아가게 돼. 길을 찾을 수 있을 거야. 날이 밝으면 우린 돌아갈 수 있게 돼. 로스앤젤레스는 멀지 않아. 그곳에서 비행기를 타고 당장에라도 저 바다를 건너갈 수 있을 거야."[7]

그는 준호에게 주려던 마리화나를 자신이 피워버린다. 두려움과 공포에 사로잡혀 있는 준호를 보면서 준호가 늘 하던 버릇대로 마리화나를 피우면 괜찮아질 거라며 달랜다. 그렇지만 무서움에 사로잡혀 있는 것은 준호만이 아니다. '그' 역시 집으로 돌아가지 못할 것을 두려워하고 있다. '그'는 먼

---

7 위의 글, 403면.

곳으로 떠나와도 분노를 떨쳐버리지 못하고 있는 자신을 보면서 한 줌의 마리화나를 피우고, 준호가 그랬듯 무언가에 마취되어서 무서움과 분노를 잊고 행복해지고자 하는 것이다.

성난 파도의 포말이 비가 되어 그의 몸을 적시고 있었다. 그는 무릎을 꿇고 돌 위에 주저앉았다. 그는 즐겁고 유쾌하고 그리고 슬펐다. 그는 거센 파도에 의해서 바다를 건너 밀려온 죽은 시체처럼 바위 위에 쓰러져 누웠다. 그를 낯선 땅으로 유배해 온 파도들은 서둘러 물러가고 갓 도착한 빈손의 파도들만 그를 사로잡기 위해서 그물을 던지고 있었다. 그제서야 줄곧 그의 마음 속에 끓어오르던 분노의 불길이 서서히 꺼져가는 것을 보았다. 파도에 의해서 밀려온 낯선 뭍으로의 망명이 그의 분노를 잠재운 것은 아니었다. 그는 그가 살아온 모든 인생, 그가 보고 듣고 느꼈던 모든 삶들, 그가 소유하고 잃어버리고 허비했던 명예와 허영, 그가 옳다고 믿었던 정의와 법 때로는 성공하고 때로는 배반당했던 그의 욕망, 끊임없이 추구하던 쾌락과 성욕, 그가 한때 가졌다 버렸던 숱한 여인들, 그 모든 것들로부터 무참하게 얻어맞고 마침내 처절하게 패배당한 것 같은 느낌을 받았다. 처절하게 패배당했다는 사실을 깨달았을 때 그의 분노는 참다랗게 재를 보이며 소멸되었다.

이제는 원한도, 증오도, 적의도, 미움도, 아무것도 가질 이유가 없었다. 그는 딱딱한 바위의 표면 위에 입을 맞추며 그를 굴복시킨 모든 승리자들에게 용서를 빌었다. 그리고 이젠 정말 돌아가야 한다고 다짐했다. 그는 너무 지쳐 있었으므로 그 누구에게든 위로받고 싶었다.[8]

마리화나에 마취된 그는 마음속에 끓어오르던 분노를 잠재울 수 있게 된

---

8 위의 글, 405~406면.

다. 그의 영혼을 불태울 듯 끓어오르던 분노가 잠잠해지자 그가 한껏 날을 세우고 살아왔던 날들, 그가 가졌던 모든 욕망과 적의에 찬 감정들이 스러지면서 내면 깊숙이 웅크리고 있던 아름다운 것들을 보는 눈이 개안을 하는 것이다. 그리고 그가 준호에게 마리화나를 주면서 말했던 것들이 그의 생각을 잠식한다. "무서워하지 마. 이걸 피워. 그러면 행복해질 거야. 잠이 올 거야. 꿈도 꿀 수 있겠지. 우린 절대로 죽지 않아. (중략) 우린 틀림없이 돌아가게 돼. 길을 찾을 수 있을 거야. 날이 밝으면 우린 돌아갈 수 있게 돼." 그런 생각은 그를 굴복시킨 모든 승리자들에게 용서를 비는 행위로, 누구에게든 위로받고 싶다는 생각으로 바뀌어 나타난다. 그는 마리화나에 마취된 상태에서 비로소 그가 꿈꾸는 행복에 도달하게 되는 것이다.

5. 최인호 문학의 현재형

마리화나에 마취된 영혼. 그 영혼이 도달한 행복.

최인호가 도달한 이 자리에서 나는 2020년대의 마취된 영혼과 그 영혼이 도달할 행복을 생각해본다. 윤리도, 도덕도, 죄의식도, 교양도, 책임감도, 배려도, 위안도 모두 '돈'으로 환산되는 우리 시대 역시 무언가에 영혼이 마취되어 있기 전에는 행복도, 꿈도, 위로도 찾을 수 없는 것은 아닐까.

'어른 같은 아이'에서 '마취된 영혼'으로 나아가기.

최인호만의 이 독특한 문학적 행보는 최인호 개인의 작가적 기질에서 비롯된 것인가, 아니면 1970년대 한국사회를 관통하는 파행적인 사회역사적 맥락에서 비롯된 것인가, 그것도 아니면 양자 모두에서 비롯된 것인가. 그리고 그러한 문학적 행보는 어떠한 소설사적 의미를 획득하는가.

2020년대 오늘을 살아가는 독자의 상황과 취향에 따라 그 해답은 다양할 것이다. 멀리 갈 것도 없다. 나에게 물어보자. 1970년대와 2020년대의 차이는 무엇인가. 어른 같은 아이, 아파트, 마취된 영혼, 이들은 1970년대에 비해 2020년대에 양적으로 질적으로 더욱 확산되고 심화되면서 한국사회를 지배하고 있지 않은가. 그렇다면 최인호의 문학 세계는 적어도 내게 있어 여전히 현재진행형으로 소설사적 의미를 띠는 것이 아닌가. 2020년대 작품에서 '어른 같은 아이', '아파트와 사물화', '마취된 영혼'을 어떻게 최인호처럼, 그리고 최인호와 달리 소설적으로 형상화해 낼 것인지 하는 문제는, 엘리어트(T. S. Eliot)가 「전통과 개인의 재능」에서 말했듯 자국의 문학사적 전통을 중시해야 하는 작가로서, 그리고 선배의 논리를 뛰어넘어야 하는 작가로서는 숙명과도 같은 소설사적 화두로 반드시 받아들여야 하는 것이 아닐까.

즐거운 사라, 억압된 사라, 진행형의 사라: 마광수

1. 야한 여자, 자유로운 성 담론

시인이자, 소설가이고, 수필가이자, 문학평론가이고, 문학연구자이면서 화가이기도 했던 마광수 교수가 2017년 9월 5일 타계했다. 여러 겹의 다재다능한 예술가적 활동을 병행한 그는 『즐거운 사라』 외설 사건으로 인해 그 자신의 이름으로 하나의 기표가 된 인물이기도 하다.

마광수의 글이 화제를 불러일으키기 시작한 것은 1988년에 발표된 『나는 야한 여자가 좋다』에서였다. '들 야(野)'자를 써서 '야하다'라고 한다는 그의 표현은 성과 관련된 언급이 주간지나 애로 통속물을 통해 소위 '저속한', '싸구려'와 같은 수식어를 달고 욕구 배설용으로만 소비되던 당시의 풍토에 딴지를 놓은 것이었다. 성적인 묘사와 표현의 수위가 방송심의위원회에서 검열당하고 삭제되거나 판매금지 당하는 일이 비일비재했던 당시에, 야(野)하다라는 은유적 표현은 성적인 담론이 공론장의 영역에서 언급될 수 있는 통로를 마련한 셈이 되어서 당연히 세간의 관심을 모을 수밖에 없었다.

그렇지만 뒤이어 1991년에 출간된 『즐거운 사라』가 외설스럽다는 이유로 마광수는 검찰에 기소되고 징역형을 언도받으면서 논란의 정점에 서게된다. 그는 외설 시비 이후에도 꾸준히 소설을 창작해 발표했으며, 문학이론서 형식을 띤 성 담론 관련 저서들을 여러 권 출판하였다.

이러한 창작 활동에서도 짐작할 수 있듯 마광수의 소설적 관심은 자유로운 성 담론에 놓여 있다. 그가 왜 집착에 가까우리만치 성 담론에 경사를 보였는가 하는 이유에 관한 것은 그 스스로 여러 에세이나 평론집, 이론서 등을 통해 피력한 바 있다. 그의 논리에 따르면, 자유로운 성 윤리를 그려내고자 한 그의 창작 활동은 수구적이고 폐쇄적인 윤리관과 도덕주의, 문학적 엄숙주의에 대한 항변인 셈이다.

『나는 야한 여자가 좋다』의 머리글에는 다음과 같은 내용이 나온다.

'야하다'라는 말이 지금은 천박하다는 뜻으로 쓰여지는 경우가 많지만, 나는 야하다는 말의 의미를 '冶하다'로 생각하여 자주 거리낌 없이 사용하고 있다.

그의 이러한 시도는 당시 대중들에게 급속히 확산되었고, 사적인 공간에서 여성의 천박성을 지칭하는 표현으로 쓰이던 '야하다'라는 말은 그 이후 여성의 성적 매력을 강조하는 '섹시하다'라는 말과 거의 동의어로 공존해 쓰였다. 요즘은 아예 '야하다'라는 말 대신 '섹시하다'라는 말이 더 빈번하게 쓰인다. 게다가 '섹시하다'라는 말은 그 말 자체가 갖고 있던 성별 구분적 의미조차 사라지고, 남녀에게 두루 쓰이는 수사로 변해버렸다.

마광수 교수의 글에 대한 외설 시비 이후 한국사회에서의 성 윤리는 많이 변했다. 동성애나 혼전 성관계, 동거 등 자유로운 성관계가 스토리의 기본 소재로 쓰이는 일은 다반사이다. 에로틱한 성관계의 묘사도 직설적이고 대담해졌다.

만약 『즐거운 사라』가 오늘날 출간되었다면 어땠을까. 역사에 '만약'이라는 가정을 상정하는 일은 어리석은 짓이겠지만, 아마도 1992년과 같은 외설 시비나 필화 사건은 일어나지 않았을지도 모른다. 혹은 마광수처럼 자유로운 성 담론을 공론장으로 이끌어 낸 인물이 없었다면 성 문화의 개방―성 문화의 개방이라고 했지만, 이 표현은 성의 문란, 방종으로 협소하게, 그리고 부정적으로 읽힐 가능성이 높다. 이 글에서 성 문화의 개방으로 언급하고자 한 것은 성 인식에 대한 기존의 보수적이고 편협한 남근 중심의 사고로부터 벗어나게 되는 것을 가리킨다―이 더뎌졌을지도 모른다. 사실상 기존의 성과 섹스에 대한 언급은 전적으로 여성의 성을 대상화, 상품화하는 것이었으므로, 마광수의 글은 여성이 성에 대한 자각적인 인식, 더 나아가 주체적인 사고를 갖도록 만드는 중요한 계기가 되었다. 어쨌든 가정은 가정일 뿐이다.

이 글에서는 마광수의 소설을 오늘의 관점에서 재독해 보고자 한다. 그가 쓴 시는 독립적인 논의의 장이 필요한 영역이라 판단해서 논의 대상에서 제외하기로 한다. 그가 언급했듯이 그에게 있어 '시는 소설에 비해서 변비증 걸린 환자처럼 끙끙거리며 간신히 배설해 놓은 함축적인 똥'으로 여겨지고 있으므로, 소설과는 다른 태도로 창작에 임했을 가능성이 높다. 어쨌거나 이 글에서는 소설만을 대상으로 다룰 것이다.

2. 쾌락, 그리고 페티시와 가학적 성애

마광수는 『나는 야한 여자가 좋다』의 머리말에서 다음과 같이 말하고 있다.

이 책에는 '손톱'을 소재로 하여 쓴 글들이 많다. 내가 좋아하는 야한 여자의 이미지는 손톱에 가지각색 원색의 물감을 칠하고 온몸에 한껏 요란한 치장을 한, 소위 관능적 백치미를 가진 여인이기 때문이다. 어린 시절부터 지금까지 나의 머릿속을 떠나지 않고 맴돌며 관능적 상상력을 키워 준 것은 언제나 '손톱'의 이미지였다. 특히 나는 여인의 긴 손톱을 너무나 사랑한다. 손톱은 원시시대의 인류에게는 다른 동물의 경우처럼 일종의 가학적 무기였을 것이다. 그래서 비수처럼 날카로운 여인의 긴 손톱은 새디즘을 연상시킨다. 그러나 가학적인 용도로 쓰이던 손톱이 이제 화사한 아름다움의 상징으로 변했다는 점, 그로테스크한 관능미의 심볼로 변했다는 점에서 나는 인류의 미래를 밝게 바라볼 수 있는 어떤 희망적 예감을 얻는다. 인간의 가학성이 미의식과 합치되어 아름다운 환타지로 승화될 수 있을 때, 진정한 인류의 평화, 전쟁이 없는 세계가 건설될 수 있다. 주관과 객관, 감정과 사상, 관념과 사물의 대립을 지양하고 그것을 생동력 있게 통일시킬 수 있는 근원적 에너지가 바로 '환타지'에 간직되어 있기 때문이다. 관능적인 아름다움과 관념적 사랑이 아닌 성애적 사랑이 합치될 수 있을 때, 우리는 이데올로기의 질곡에서 벗어나 개개인의 당당한 쾌락추구에 기초하는 진정한 평화와 행복을 이룰 수 있을 것이라고 나는 믿는다.

지금까지 써온 것들을 두서없이 묶어놓고 보니 부끄럽고 창피하다. 또 여기저기 겹치는 부분도 있다. 그러나 정신주의와 육체주의의 틈바구니에서 헷갈리며 방황한 끝에 유미주의적 쾌락주의를 인생관으로 택하게 된 내 정신적 역정을 내 딴엔 솔직하게 발가벗겨 보일 수 있었다는 것이 후련하고 시원하기도 하다. (『나는 야한 여자가 좋다』, 자유문학사, 1989)

마광수의 문학적 세계관이 이 책의 머리말에 함축적으로 요약되어 있다. 마광수의 소설은 어찌 보면 매우 단순하다. 장편소설에 비해 단편소설은 서사가 거의 없다. 그리고 어떤 성적 판타지를 다루고 있느냐에 따라 소설 유형을 쉽게 가를 수 있으며, 동일한 성적 판타지를 다룬 경우, 내용에 있어서도 거의 차이가 느껴지지 않을 정도로 유사하다는 특징을 지닌다. 그가 소설에서 왜 자신의 성적 취향과 관련된 이미지와 묘사를 지루할 만큼 반복적으로 담아내고 있는가 하는 것이 바로 위의 글에서 설명되고 있는 것이다.

위에 인용된 마광수의 생각은, 인간의 가학성이 미의식과 합치되어 환타지로 승화될 때, 이데올로기의 질곡에서 벗어나 개인의 쾌락 추구에 기초하는 진정한 평화와 행복을 이룰 수 있다는 것이다, 라는 것으로 요약할 수 있다. 이에 대한 구체적인 근거는 마광수의 에세이집과 평론집, 그리고 문학이론서에 해박하게 설명되고 있어 자세한 설명은 생략한다. 이 글들을 보면, 마광수는 진정한 인류의 평화, 전쟁이 없는 세계 건설까지는 아니더라도 적어도 이데올로기의 질곡에서 벗어난 쾌락의 추구가 한 개인에게 행복을 가져다 줄 수 있을 것이라고 생각한 듯하다.

그런데 위에서 언급한 마광수의 문학적 세계관에 의거해서 소설을 바라볼 경우, 다음 두 가지 문제의식에 휘말리게 된다. 첫째는, 과연 마광수는 소설을 통해 자신이 표명한 문학적 세계관을 충분히 드러내고 있는가 하는 것이며, 둘째는, 관능적인 아름다움과 성애적 사랑이 합치를 이루는 성적 환타지가 이데올로기의 질곡에서 벗어날 수 있게 하는가, 그리고 그것이 마광수 한 개인의 쾌락뿐만이 아니라 독자의 쾌락과 행복까지도 담보해 주고 있는가 하는 점이다. 첫 번째 질문은 마광수 소설의 의의와 그 성과에 관한 문제로, 두 번째 질문은 마광수의 소설이 갖는 문학적 효용성에 관한 문제로 연결된다.

두 번째 질문부터 시작해 볼까 한다. 소설이란 독자를 상정한 글쓰기이다. 그렇다고 소설이 독자를 가리진 않는다. 다만 독자의 취향이 갈릴 뿐이다. 특히 마광수처럼 성과 관련된 담론을 다루는 경우에는 독자의 취향뿐만 아니라 독자의 성별도 대단히 중요해질 수 있다. 한국사회에서 여성의 성에 관한 문제는 그가 간파한 것처럼 이데올로기적인 질곡으로 점철되어 있기 때문이다. 유교적 이념이 여전히 뿌리박혀 있고, 가부장적 이데올로기에 남성중심주의가 여성의 성 윤리와 도덕의 근간을 이루고 있는 것이 한국사회이다. 예전에 비해 여성의 사회적 지위나 가족 내에서의 지위가 조금씩 나아지고는 있으나, 여전히 여성을 바라보는 시선은 편협하고, 왜곡되고, 불합리한 부분이 많다. 그래서 여성 화자를 내세운 마광수의 성 관련 작품을 더욱 주목해 볼 수밖에 없다. 그리고 독법에 있어서도 다수의 여성 독자가 처한 상황을 상상하면서 그와 관련하여 작품에 감정 이입을 하며 읽고자 하는 욕망이 강해진다.

그렇지만 마광수의 작품에는 그러한 몰입을 방해하는 요소들이 곳곳에 깔려 있다. 한국사회의 현실에도 밝고 이론에도 해박한 문학연구자이기도 한 그가 한국사회에서 여성이 처한 이데올로기적 질곡에 대해, 그리고 그 이데올로기적 질곡이 여성의 삶을 어떻게 파탄 냈는지에 대해 구체적 인물과 구체적 사건을 바탕으로 작품 속에 형상화했더라면 몰입하고 공감할 수 있지 않았을까. 그러한 탐구 없이 쾌락, 쾌락만 있다니.

가령, 한강의 『채식주의자』에는 마광수의 에로틱한 성애 묘사를 넘어서는 근친상간의 에로티시즘이 등장한다.[1] 전위 예술에 비디오 아트, 형부와 처제의 성애가 그것이다. 그렇지만 『채식주의자』에서는 영혜의 삶을 통해 여성이 처한 이데올로기적 질곡의 문제를 예리한 시선으로 벼려낸다. 오로지 쾌락, 쾌락, 쾌락이 아니라, 이데올로기적 질곡에 의해 상처받은 영혼의 아픔을 치유하는 쾌락의 의미를 드러내고 있는 것이다. 그러니까 문제는

---

1 물론 이 작품은 마광수 이후에 발표된 2007년도 작품이다. 마광수 이후 20년이 지나 발표된 작품과 마광수의 작품을 비교하는 시도는 그 설정부터 합당할 수 없다. 성애에 관한 한, 혹은 노골적인 성 담론에 관한 한 마광수 이후의 작품은 모두 마광수에게 빚지고 있다. 다만 여기에서 문제 삼고자 하는 것은 마광수가 2000년대 이후에 쓴 작품들이다. 마광수가 초기에 쓴 작품이나 말기에 쓴 작품에 큰 차이를 발견할 수 없다는 점은 그의 한계이자, 그가 보여준 성 담론의 한계일 것이다.

노출과 에로틱한 묘사의 수위가 아니라, 여성이 처해 있는 삶에 대한 성찰의 깊이가 아닐까. 그게 동반되지 않는다면 쾌락은 한낱 말초신경을 건드리는 자극으로서밖에 그 의미를 갖지 못한다.

요컨대 마광수의 작품에서 찾아낼 수 있는 여성에 관한 문제의식은 여성의 순결이나 정절의 쓸모없음, 섹스는 곧 사랑이라는 등식의 파괴, 섹스는 일종의 노동이자 스포츠라는 것, 남성은 능동적이고 여성은 수동적이라는 기본적인 구분에 근거한 고정관념을 깨뜨리는 것, 성적 혐오에 대한 각종 터부를 깨뜨리는 것, 그리고 여성의 오르가슴을 강조한 것 등일 것이다.

이러한 마광수의 시도는 사회적 터부를 깨뜨리는 것이기에 분명 의미가 있다. 규방의 여인과 기생을 성과 속의 논리로, 생산을 위한 성과 쾌락을 위한 성의 논리로 철저히 이중적으로 분리해 사고하던 봉건적인 사고방식이 오늘날까지 남아 여성들을 폭력적으로 억압하고 있다고 마광수는 생각한 듯하다. 그러나 마광수는 생각만 했을 뿐 이를 작품으로 형상화하지 않는다. 그가 이러한 문제의식을 작품에 형상화했더라면 그가 주장하는 관능적 아름다움과 성애적 사랑의 합치가 감동적인 것으로 승화될 수 있었을 것이고, 독자의 공감도 충분히 이끌어 내지 않았을까.

이제 첫 번째 질문으로 돌아가 보자. 과연 마광수는 소설을 통해 자신이 표명한 문학적 세계관을 충분히 드러내고 있는가. 그의 문학적 세계관은 에세이를 통해 보다 극명하게 드러난다. 『나는 야한 여자가 좋다』에 실린 「한 여인의 성적(性的) 자각과정」은 김동인의 「감자」에 대한 그의 해석이 담긴 글로, 마광수는 김동인이 기생이나 매춘부를 상대로 가졌던 자유로운 성 관념을 투영시켜 「감자」의 주인공 '복녀'를 탄생시켰다고 본다. 그는 '주인공 복녀를 통한 당시 사회의 타락상 고발'이나, '무절제한 성적 방탕과 비도덕이 가져온 복녀의 죽음을 통해 독자에게 윤리적 교훈을 주려는 것' 등으로 해석하는 평자들의 시선을 비판하면서, 「감자」가 '도덕에 대한 본능의 승리', '위선에 대한 자연스러움의 승리'를 표현해 낸 것이라고 주장하고 있다. 말하자면 그는 작품 해석에 있어서도 성 본능의 관점을 중시했던 것이다.

더 나아가 그는 이 글에서 소설 창작에 대한 자신의 관점을 제시한다. '예술가는 '실제적 삶'이 아니라 '꿈 속의 삶'에 도움을 주는 자'이며, 그리고 '작가는 자기는 쓰고 싶은 것을 '당위적 요청'으로서가 아니라 단순한 배설욕구에 의해 가식 없이 써내려가야 한다'고 말한다. 마광수에게 있어 '꿈 속의 삶'은 '이상(理想)'이라기보다는 '성적 판타지'에 가깝다. 더구나 그가 언급하고 있는 작가의 글쓰기란 '단순한 배설욕구'에 의해 씌어진 글이므로, 그의 글쓰기는 그가 말하는 성적 본능에 충실한 배설적 글쓰기일 수밖에 없다.

물론 이러한 관점에서 문학을 해석하고 창작하는 것은 문학의 다양성을 확보하는 측면에서 바람직하다. 1920년대 낭만주의적이고 탐미주의적인 문학적 경향을 해석하는 시선에 있어서도 그의 놀라우리만치 뛰어난 감식안이 빛을 발한다. 한 편의 작품이 천편일률적으로 해석된다면 그것은 훌륭한 문학작품이라고 할 수 없을뿐더러, 한 편의 작품에 대한 해석이 어떤 시대나 또 누구에게나 똑같을 수도 없기 때문이다.

마광수의 문학관과 관련해 볼 때, 그가 자신만의 독특한 문학적 세계를 구축하고 있다는 점은 존중받아야 하며, 이의를 제기할 필요도 없다. 그렇지만 그가 자신의 문학관을 창작물을 통해 제대로 드러내고 있는가를 문제 삼는 것은 이와는 다른 차원이다. 비평가나 연구자들의 분석과 해석의 시선이 개입될 수밖에 없기 때문이다.

심리주의 비평은 물론이고 정신분석학까지 학문적, 비평적 깊이가 상당히 축적된 요즘 같은 상황에서 마광수의 작품에 나타나는 에로티시즘은 충분히 익숙하다. 페티시즘이니 사도 마조히즘이니 도착증이니 하는 것들은 상식 수준이 되어 버렸다. 그런 상황에서 마광수의 소설들은 일탈이나 파격이 아니라 병적 징후로 읽힐 가능성이 높다.

가령, 마광수의 소설은 『즐거운 사라』 이전과 이후로 양상이 다르게 나타난다. 『즐거운 사라』 이전의 소설들은 장편의 경우 적어도 소설로서의 외용을 갖추고 있는 것으로 보인다. 여기에 은유나 언어유희가 아닌 직설적인 성 관련 언어 사용이라든지, 당시로서는 낯설었을 성적 관계의 인물 설정이라든지 하는 것들은 파격적인 시도라고 볼 수 있다. 이러한 시도가 최근에 들어와서야 비로소 가시화되고 있다는 점을 고려할 때, 마광수의 행보는 매우 의미 있는 것으로 평가되어야 한다.

그러나 그 이후의 작품들, 가령 『인생은 즐거워』(등대지기, 2015)나 『추억마저 지우랴』(어문학사, 2017)와 같은 소설집은 이전 작품들의 틀을 결코 벗어나지 못한 채 성적 판타지나 성적 망상이 더욱 반복적으로 강화되는 경향을 보인다. 인물이 처해 있는 상황이나 배경에 대해 고민하는 흔적이 이 소설들에는 전혀 보이지 않고, 사소설적인 넋두리와 자기만족적인 망상으로 전락하고 있는 것이다. 오로지 물고 빨고 핥기만 하는 장면들 속에 자유로운 성 본능의 표출이라는 문제의식은 사상되고, 긴 손톱과 피어싱 페티시와 더 자극적일 것을 요구하면서 여성을 사물화하고 가학적 성애에만 몰두하는 폭력적인 인물만 덩그마니 남겨져 있을 뿐이다. 또한 페티시와 가학적 성애가 진정한 '미'이고 자연스러운 성 본능이라는 것을 강조하는 목소리는 폭력적일만큼 고압적이고 거친 담화로 서술되고 있다. 마광수가 처음에 시도하고자 했던 파격적인 에로티시즘이니 탐미주의니, 유미주의니 하는 것들은 제대로 구현된 바 없이 센세이셔널리즘만 남은 셈이다.

3. 법과 제도에 의해 억압된 '사라', 그 너머

『나는 야한 여자가 좋다』에 「아름다운 매조키즘의 연가−O의 이야기」가 나온다. 『O의 이야기』는 프랑스 여류작가가 1954년에 발표한 장편소설이다. 마광수는 사도 마조히즘의 성 심리를 다룬 이 작품을 외국의 성 소설 중에서 가장 감동적으로 읽었으며, 몇 날 며칠 밤을 이 소설에 나오는 O의 환상을 좇아 헤맸다고 고백하고 있다.

마광수는 이 글에서 『O의 이야기』는 O가 남성에게 복종하는 매조키스트로서 훈련받으면서 처음에는 분노하고 저항하지만, 훈련을 거치면서 진정한 매조키스트로 변신하게 된 자기 자신에 대해 커다란 희열과 긍지를 느끼게 된다는 내용을 다루고 있다고 언급한다. 그는 이 작품이 '여성의 매조키즘 심리에 대한 정밀한 탐구서'라고 하였는데, 지금까지 언급한 마광수의 시선에서는 충분히 그러한 방식으로 해석될 수 있다고 본다.

그런데 이 작품의 줄거리와 짧은 인용문들을 읽는 동안 오버랩되는 장면이 하나 있었다. 매 맞는 아이, 매 맞는 여자의 모습이 그것이다. 대적할 수 없는 가공할 폭력이 일상화되면 인간은 그것을 거부할 수 없는 현실로 받아들이고 길들여지게 된다. 그게 인간의 나약함이다. 도망칠 수도 맞서 싸울 수도 없다면 받아들일 수밖에 없다. 노예들이 그랬고, 식민 치하의 민족이 그랬고, 독재 정권 치하의 민중이 그랬다. 또한 가부장제 하의 여성의 성과 삶도 그랬다. 끔찍하고, 두렵고, 공포스러운 일이 아닌가.

그런데 마광수는 이 작품에서 한 인간이 짐승처럼 폭력에 굴복하고 길들여지는 상황은 염두에 두지 않고, 오직 마조히즘적 상징물이 되어 쾌락에 전율을 느끼는 여성 인물의 환상만을 향유할 뿐이다. O의 마조히즘을 읽어내는 마광수의 시선이 당황스러울 지경이다. 마조히즘이 결국 여성의 성의 상품화라는 사실을 차라리 그가 모르거나 알려고 하지 않았던 게 아니라 언급하지 않은 것이라고 생각하고 싶을 뿐이다. 마광수가 '실제적 삶'이 아니라 '꿈 속의 삶'을 다루겠다고 언명한 것에서 짐작하자면, 그는 알면서 쓰지 않은 것이라고 판단하는 것이 더 옳을 것이다.

그렇지만 마사 너스바움이 『혐오와 수치심』에서 지적했던 대로, 성적 관계에 있어서 우리에게 필요한 것은 지배하기보다는 상호 의존하는 관계가 아닐까. 자신과 다른 사람의 유한성, 동물성을 상호 인정하는 것이 중요하지 않을까.

오늘날에 다시 읽는 마광수의 소설은 그런 점에서 의의와 한계를 동시에 지닌다. 1990년대 한국사회의 성적 터부를 정면에서 비판하고 넘어서려고 했던 마광수의 시도는 제도적 억압에 의해 좌절되고 꺾여 버렸다. 그는 남성중심주의에 입각해 이분법적인 성 담론을 고착화시키는 한국사회의 이중적인 성 윤리를 거부하면서 자유로운 본능에 기반한 성을 공적 담론의 장으로 전면화시켰고, 성에 대한 여성의 지위를 본능과 쾌락의 영역에서 자리매김하려고 하였으며, 은유와 상징의 폭력적 기호로서만 소비되던 성 관계의 언어들을 날것으로 대체하는 파격을 꾀했다.

그러나 『즐거운 사라』가 외설 시비에 휘말리고 징역형을 선고받은 이후 새롭고자 하는 마광수의 욕망은 좌절을 겪어야 했다. 그의 배설 욕망은 『즐거운 사라』에 병적으로 고착되어 버린 것이다. 아니, 문학이라는 자유로운 담론의 장을 법과 제도와 권력의 틀 안에 가두려고 했던 힘들이 마광수의 진정한 목소리를 앗아가 버린 것이다. 그가 『돌아온 사라』, 『2013 즐거운 사라』를 썼음에도 불구하고 진정한 의미에서의 '사라' 이후를 만나지 못한 건 마광수의 한계를 넘어 제도적 한계라고 볼 수밖에 없을 것이다.

그러나 그럼에도 불구하고, 현재 우리의 성 담론은 전적으로 그에게 빚지고 있다.

한국과 베트남, 타자를 배려하는 새로운 윤리적 주체의 정립: 방현석 「존재의 형식」

1. 머리말

1988년 『실천문학』 봄호에 「내딛는 첫발은」으로 등단한 이후 노동소설[1]을 주로 발표해오던 작가 방현석은 2000년대 들어서면서 「존재의 형식」, 「랍스터를 먹는 시간」 등의 소설[2]을 발표하면서 일국의 노동소설에서 트랜

---

1 방현석의 노동소설에 대한 연구는 다음과 같다.
   김영희, 「한국 현대 노동소설 연구」, 경남대학교 박사논문, 2008.
   박규준, 「한국 현대 노동소설 연구」, 대구대학교 박사논문, 2009.
   백선희, 「방현석 소설 연구」, 중앙대학교 석사논문, 2014.
   오창은, 「1980년대 노동소설에 대한 일고찰 – 정화진, 유순하, 방현석 소설을 중심으로」, 『어문연구』 51, 어문연구학회, 2006, 137~173면.
   이원배, 「한국 노동소설의 변화양상 연구」, 가톨릭대학교 석사논문, 2004.
   이정희, 「노동문학 속의 여성상」, 『여성문학연구』 9, 한국여성문학학회, 2003, 80~108면.
   조현일, 「특집: 노동소설과 정념, 그리고 민주주의 – 김한수, 방현석, 정화진의 소설을 중심으로」, 『민족문학사연구』 54, 민족문학사연구소, 2014, 81~109면.
2 베트남으로 영역을 확장한 방현석 작품에 대한 연구는 다음과 같다.
   나병철, 「세계화시대의 탈식민 문제와 트랜스내셔널의 교차로」, 『현대문학이론연구』 49, 현대문학이론학회, 2012, 33~54면.
   나병철, 『은유로서의 네이션과 트랜스내셔널 연대』, 문예출판사, 2014.
   류보선, 「베트남(인)이라는 이방(인)과 환대의 윤리」, 『현대소설연구』 57, 현대소설학회,

스내셔널한 영역으로 작가의 시선을 확장한다. 이 중 「존재의 형식」(『창작과비평』, 2002, 겨울)은 개방경제노선을 채택한 이후의 변화된 베트남 사회를 배경으로 하여, 베트남전쟁에 참전한 전사 '레지투이'와 한국에서 민주화운동을 했던 '재우'가 베트남전쟁을 다룬 영화 시나리오 번역 작업을 함께 하면서 벌어지는 일을 다루고 있다.

「존재의 형식」에 주목해야 하는 까닭은 이 작품이 소설의 공간을 한국을 넘어 베트남으로 그 영역을 확장하면서, 한국(인)과 베트남(인)의 바람직한 관계를 주체와 타자의 측면에서 모색하고 있다는 점 때문이다. 소설의 공간을 해외, 특히 아시아로 넓히는 경향은 1990년대 이후 한국소설의 중요한 흐름 중의 하나에 해당한다. 아시아를 비롯한 해외로 소설의 공간적 배경을 확장하는 작품의 경우, 대부분 단순히 해외로 여행을 떠났다가 귀국하는 형태를 취하면서 낯선 이국의 풍광을 소재적 차원에서 그려내는 것에 머물고 있다. 이와 달리 방현석의 「존재의 형식」은 여행기의 차원을 넘어 분명한 목적의식을 가지고 베트남으로 소설 공간을 확장하고 있다. 특히 방현석의 작품에 드러나는 이러한 목적의식은 다음 두 측면에서 한국소설이 해외로 영역을 넓힐 경우 어떠한 방향성을 가져야 하는가를 제시하고 있어 주목을 요한다.

2014, 45~84면.

손정수, 『뒤돌아보지 않는 오르페우스』, 강, 2005.

신정자, 「이데올로기의 환상과 재인식─방현석 소설 <존재의 형식>과 <랍스터를 먹는 시간>」, 『인문학연구』 36, 조선대학교 인문학연구원, 2008, 85~104면.

양진오, 「한국현대소설과 아시아의 발견」, 『현대소설연구』 43, 현대소설학회, 2010, 347~378면.

이영아, 「트랜스내셔널 소설의 서사 구조 연구」, 서울시립대학교 박사논문, 2014.

이경재, 『다문화 시대의 한국소설 읽기』, 소명출판, 2015.

장성규, 『사막에서의 리얼리즘』, 실천문학사, 2011.

차원현, 「두 개의 휴머니즘: 1980년대 문학의 정념들」, 『개신어문연구』 34, 개신어문학회, 2011, 135~168면.

먼저, 한국이 베트남을 비롯한 아시아 국가를 어떻게 대하는가 하는 태도의 문제이다. 여기서 문제가 되는 것은 한국인이 아시아 국가를 한국보다 낙후된 국가로 여기면서 스스로 우월의식을 갖고 주체이자 중심이라 자처하고 있는 것은 아닌가 하는 점이다. 이 경우, 아시아는 주체인 한국(인)에 의해 일종의 식민지 타자로 규정된다. 주체로서의 한국과 식민지 타자로서의 아시아라는 이러한 수직적인 주종관계에서는 주체에 의한 타자의 지배, 억압, 배제만 있을 뿐이다. 타자에 대한 배려는 자리할 틈이 없는 것이다. 이러한 논리는 한국이 식민지 타자로 규정되던 서양중심주의 혹은 유럽중심주의적 사고를 확대 재생산한 것에 불과하다. 서양중심주의에서 볼 때, 서양보다 미개한 동양, 아시아는 억압과 차별과 배제의 대상, 곧 식민지 타자로 규정될 뿐이다. 이러한 서구중심주의에 침윤된 폭력적인 주체 논리가 투사된 것이 아시아에 대한 한국인의 우월의식이다.

국가와 국가의 관계를 중심과 주변, 선진과 후진이라는 이분법적 관계로 파악해 전자가 후자를 지배하는 이러한 불평등의 관계를 극복하기 위해서는 중심과 주변의 경계 허물기를 통한 타자의 복원이 필요하다. 말하자면 한국은 아시아를 배척과 억압의 대상이 아니라 이해와 공감과 배려와 대화의 대상으로 인식해야 한다는 점[3]이다. 방현석의 「존재의 형식」은 이러한 입장에서 아시아를 바라보는 시선을 구체화함으로써, 한국소설이 아시아 각국으로 공간적 영역을 확장할 때 취해야 할 올바른 작가적 태도가 무엇

---

3 이러한 입장은 최근 '트랜스(trans)-'의 개념으로 나타나고 있다. '트랜스'는 서구중심적 근대성의 사유와 비판, 그리고 대안과 관련되어 있다. 트랜스 개념은 중심과 주변의 경계 허물기를 통한 타자의 복원, 그리고 자본주의에 의한 경제 식민지화의 전략인 글로벌화에 대항하는 로컬리티의 추구를 통해 주변부 국가를 더 이상 배척과 억압의 대상이 아니라 이해와 공감과 배려와 대화의 대상으로 인식하게 한다. 임헌, 「트랜스문화론의 변주(III): <'트랜스모더니티', 혹은 '통·횡·교·범·전·대·초-근대성'>에 관한 사유-T. 토도로프, 『아메리카 정복』을 중심으로」, 『한국프랑스학논집』 95, 한국프랑스학회, 2016, 287~288면.

인지를 제시하고 있다.

다음, 이 작품은 한국과 베트남의 관계를 상호 동등한 입장에서 접근함으로써 한국사회의 문제를 베트남의 상황과 연결시켜 다루고 있다. 이 점은 이 작품이 왜 베트남으로 영역을 확장하였는가 하는 목적과 관련된 부분이다. 이 작품은 1980년대 군사독재정권에 맞서 민주화운동에 앞장섰던 이들이 1990년대 민주화 이후 각기 다른 삶을 살아가는 방식을 문제 삼으면서, 그러한 삶이 갖는 의미를 베트남 사회와 베트남인의 시선에서 접근하고 있다. 이를 통해, 이 작품은 한국사회와 한국인의 시선에서는 포착할수 없는 한국사회의 문제점을 날카롭게 비판하면서 그 해결책을 제시할 수 있게 된다. 따라서 이 작품은 영역 확장의 '내적 필연성'을 확보하고 있다는 점에서 해외로 공간을 확장하는 소설들이 반드시 갖추어야 할 것들에 대한 중요한 시사점을 보여준다.

이러한 두 가지 측면을 염두에 두고 이 글에서는 「존재의 형식」에 나타나는 주체와 타자의 관계 양상과 관련하여, 다음 세 가지 타자관[4]과 각 타자관에 해당하는 인물에 주목하고자 한다. 먼저, 폭력적-동화적 타자관을 가진 인물형의 경우이다. 여기에 속하는 인물들은 자신(자국)의 민족적, 문화적 측면의 자기동일성에 입각해 그러한 동일성을 강화하면서 그 동일성

---

4 토도로프는 『아메리카 정복』에서 서구의 아즈텍 문명 정복 시대와 관련해 새롭고 낯설고 이 방적인 트랜스-컨티넨탈적 문명 접촉과 교차의 정도에 따라서 16세기 정복 시대의 대표적인 세 명의 수도사들이 '라스 카사스, 디에고 두란, 사하군'을 통해서 다양한 타자관을 정리하여 타자관의 유형학을 제시한다. 카톨릭 수도사들은 정복자들과 권력자들의 전쟁과 살육을 보면서 그런 '폭력적 타자관'과는 다른 타자관을 모색한다. 라스 카사스는 정복자들의 폭력적인 타자 지배에 입각해 서양과 백인의 종교인 카톨릭만을 아즈텍에 선교하는 '동화적 타자관'을 성찰한다. 디에고 두란은 아즈텍의 언어를 유창하게 익히고 구사하는 한 단계 더 전진하고 성숙한 '공감적 타자관'의 양상을 보여준다. 마지막으로 베르나르디노 사하군은 평생을 아즈텍 문명과 역사 연구에 헌신하는 '대화적 타자관'을 보여준다. 임헌, 위의 글, 318~320면.

으로 환원되지 않는 베트남을 지배와 억압의 대상으로, 혹은 전유와 동화의 대상으로 타자화한다.

다음으로, 공감적 타자관에 해당하는 인물형이다. 이 인물형은 한국인의 우월의식에서 완전히 벗어나지 않은 주체의 입장에서 베트남을 전유나 동화의 대상으로 타자화하는 측면을 드러내면서도, 점차 공감이나 동정 혹은 연민과 같은 감정을 가지고 베트남이라는 타자와 관계를 맺는 쪽으로 나아간다. 이러한 과정을 통해 주체는 베트남을 억압당하는 타자로 규정하는, 폭력적인 주체의 윤리에 대한 반성으로 나아간다.

마지막으로, 대화적 타자관을 지닌 인물형이다. 이 인물들은 타자를 지배하는 주체로서의 삶이 아니라 타자의 소중함을 깨닫고 타자를 배려하는 윤리를 몸소 실천[5]하면서 살아가는 인물들이다. 이들을 통해 이 작품은 한국과 베트남의 바람직한 관계가 무엇인가를 보여주면서, 나아가 베트남인의 시각에서 한국에서 한국인의 입장으로는 인식하지 못한 한국사회의 문제점과 그 해결 방안을 제시하고 있다.

이 글은 먼저 2장에서 타자를 지배하는 폭력적이고 동화적인 주체, 그러한 주체 중심의 타자관에 대해 반성적 성찰을 하는 공감적 주체에 해당하는 인물의 특성과 그 의의를 고찰할 것이다. 다음 3장에서 타자를 배려하는 대화적 타자관에 해당하는 인물의 특성과 그 의의를 고찰함으로써 타자지향적인 새로운 윤리적 주체가 갖는 의의를 검토할 것이다. 그리고 이를 바탕으로 베트남인의 시선에 의해 포착된 한국사회의 문제점은 무엇이고 그

---

5 타자의 윤리에 따라 타자를 배려하는 타자지향적 주체에 대해서는 레비나스와 버틀러의 논의에 확인할 수 있다. E. Levinas, *Totalité et Infini*, Livre de Poche, 2000. 레비나스의 타자의 윤리에 대해서는, 강영안, 『타인의 얼굴―레비나스의 철학』, 문학과지성사, 2005를 참조함. J. Butler, 『불확실한 삶』, 양효실 역, 경성대학교출판부, 2008; J. Butler, 『윤리적 폭력 비판』, 양효실 역, 인간사랑, 2013.

해결 방안은 무엇인지를 살펴보면서, 궁극적으로 베트남을 비롯한 아시아로 공간적 영역을 확장하는 한국소설이 나아가야 할 바람직한 방향은 무엇인가에 대해 논하고자 한다. 논의를 위해 이 글에서는 창작과비평사에서 출간한 방현석의 『랍스터를 먹는 시간』(2003)을 주된 텍스트로 삼고자 한다.

2. 타자를 지배하는 폭력적 주체에 대한 반성적 성찰

1) 폭력적-동화적 타자관과 주체 중심의 윤리

베트남을 억압하고 지배해야 할 타자로 규정하고, 자국의 이익과 자문화 중심주의 입장에서 베트남을 전유하고 동화시키려 하는 폭력적-동화적 타자관에 해당하는 인물형으로 한국 기업인, 일본 방송인, 한국 변호사, '희은'을 들 수 있다.

먼저, 베트남에 진출한 한국 기업의 경우, "베트남에서 조금 자리를 잡기 무섭게 우쭐거리고 거들먹거리"기가 일쑤이고, 심지어 한국 관리자는 "베트남 노동자를 신발로 때리"기까지 한다. 한편, 베트남의 국영 영화사가 "베트남전쟁이 남긴 상흔"을 찍기 위해 호치민 루트를 다룬 다큐멘터리를 제작하는데, 여기에 자본을 대는 일본 TV 기업의 경우도 폭력적-동화적 타자관에 의해 베트남을 대한다.

> "기획과 제작은 우리가 하지만 제작비는 일본의 NHJ TV가 대기로 한 것이거든. 그들이 내용을 또 고쳐달라고 요구해왔다네. 이미 두 차례나 그들이 요구한 방향으로 고쳤고, 좋다고 서로 협정서에 서명까지 해서 작업을 시작했는데 말이야."
> 레지투이는 자세하게 설명하지 않았지만 NHJ측은 호치민 루트 주변의 소수

민족 마을을 비롯해서 일본인이 갈 만한 관광상품 소개를 대폭 늘려달라고 주문한 모양이었다.

"너희 자본주의에서 좋아하는 말이 있지. 고객은 왕이라고."

레지투이의 농담이 농담으로만 들리지는 않았다.

"그래서 어떻게 할 건데요?"

"난 그렇게는 안해. 그렇게 증선을 찍을 수는 없어. 병사들의 삼분의 이가 증선에서 죽었지. 총 한번 쏘아보지 못하고."[6]

베트남 영화감독이자 베트남전쟁 참전 군인인 '레지투이'의 입장에서 '호치민 루트'와 '증선산맥'은 전우를 잃은 슬픔의 성지이자, 자국의 역사와 문화가 담긴 기념비적 성소와 다름없다. 그러나 '일본의 NHJ TV'는 호치민 루트를 대상으로 하는 다큐멘터리 영화를 '일본인'을 위한 관광상품을 소개하는 문화콘텐츠로 인식할 뿐이다. 따라서 그들은 베트남 국영 영화사와 계약한 이후 두 차례나 자신들의 요구사항을 관철시켜 고치고 협정서에 서명까지 하였으나, 호치민 루트 다큐를 찍기 시작하면서 또 다른 요구사항들을 일방적으로 내건다. 일본 기업은 '자본주의' 입장에서 자신들의 이익과 자신들의 '고객'만을 고려할 뿐이고, 증선산맥이 갖는 베트남의 역사적 의미 따윈 중요하게 여기지 않는 것이다. 이에 대해 다국적 자본에 의한 경제적 지배로부터 자유로울 수 없는 베트남은 일본의 요구에 응할 수밖에 없다.

한국 기업이나 일본 기업 관리자들이 베트남을 대하는 행태에서 볼 수 있는 인식은 자본의 시혜자라는 우월의식이다. 자신들의 이해관계에 따라 베트남에 진출한 사업임에도 불구하고, 그 이해관계에 베트남의 노동자나

---

6 방현석, 「존재의 형식」, 『랍스터를 먹는 시간』, 창작과비평사, 2003, 50면.

베트남의 문화를 끌어들여 폭력적으로 전유하면서 오히려 자신들은 시혜자인 양 합리화하는 것이다.[7]

베트남을 방문한 한국인 여행자들에게서도 폭력적-동화적 타자관을 발견할 수 있다. 한국인 여행자들은 한국의 문화적 감각과 인식 아래에서 베트남을 억압하고 지배할 수 있는 타자로 대한다. 따라서 그들의 시선은 베트남을 이해하고 공감하기보다는 오해하고 왜곡하는 쪽으로 나아갈 수밖에 없다. 한국에서 심포지엄 차 베트남에 온 변호사 일행은 그 대표적인 경우에 해당한다.

> "야, 여기 공무원 한달 봉급이 얼만데 이백오십불이야?"
>
> "……"
>
> "의사 월급이 칠십불이고, 판사 월급이 육십오불인 나라에서 하루 통역료로 이백오십불을 달라는 게 말이 돼?" (중략)
>
> "당신들 사람 아주 잘못 봤어."
>
> 목소리의 주인은 자신이 누구인지도 밝히지 않았다.
>
> "우리가 외국에 한두 번 다녀본 줄 알아. 내가 학위를 미국에서 했어. 미국에서도 말이야, 하루 통역비 오십불이면 떡을 쳐. 그런데 베트남에서 이백오십불을 내놓으라고. 이봐, 자네들 말이야, 우릴 바지 저고리 취급하지 말라구."
>
> 당신, 이봐, 자네. 무시와 모욕의 의도를 드러낼 수 있는 대명사는 모두 동원되었다.[8]

---

7 초국적 자본의 관점에서 볼 때, "로컬은 해방의 장이 아니라 조작의 장이다. 그것은 사람들이 자신들로부터 해방되어(자신들의 정체성을 박탈당한 채) 자본의 글로벌 문화 속으로 (그에 따라 재구성된 정체성과 함께) 동질화되어 가는 장이다". 김용규, 「로컬적인 것과 세계문학, 그리고 (문화)번역」, 『비평과 이론』 18(1), 한국비평이론학회, 2013, 37면.

8 방현석, 앞의 책, 21~22면.

한국 변호사들은 베트남의 상황에 대한 고려는 전혀 하지 않고 자신의 논리만을 앞세운다. 그들은 통역비가 비싸다며 통역을 하루로 몰기 위해 삼 일간에 걸쳐 있는 회의 일정을 바꾼다. 또한 그들은 베트남에서 사업을 하는 옛 동료로부터 '계집애들 있는 술집'에 가는 대접을 받는다. 비가 와서 골프를 치지 못하자 가이드에게 화를 내고, 가이드가 알려주는 내용이 책에 있는 정보와 다르다며 무시한다.

다음은 희은의 경우이다. 재우와 번역 작업을 하다가 저녁을 먹기 위해 배달을 시킨 희은은 두 시간 넘어 음식을 배달한 베트남 청년이 '비' 때문에 늦었다고 하자 "얘들은 어떻게 된 게 미안하단 말을 할 줄 모르더라. 이렇게 늦어 놓고서도 비 핑계나 대고"라면서 베트남 청년에게 화를 낸다.

이러한 희은의 태도는 베트남 상황에 대한 무지에서 비롯된다. 베트남은 우기에 "모든 약속이 자동 취소"되는 일이 비일비재하다. 작품 곳곳에는 우기의 날씨로 인해 벌어지는 여러 상황들이 등장한다. 우기에는 길가의 도로 곳곳이 물에 잠겨 이동이 어려운 것은 물론이고, 세워 둔 오토바이의 바람이 빠지기도 하고, 비행기가 예고 없이 결항되기도 한다. 날이 맑았다가도 비가 쏟아지는 일이 다반사여서 베트남 사람들은 자전거를 타고 가다가도 비가 쏟아지면 멈춰 서서 우비를 갈아입고 다시 출발하곤 한다. 그러한 상황에 대한 이해가 없기에 희은은 화를 내고 있는 것이다.

말하자면 희은은 한국의 문화적 관습과 틀 안에 갇혀 있어 한국과 다른 베트남의 문화를 보지 못하고, 이해하지 못한다. 그저 자신이 속한 문화적 틀에 맞추어 모든 것들을 해석하고 판단하고 재단하려 드는 것이다. 이러한 희은의 모습에서 타자에 대한 배려나 이해 없이 주체의 자기동일성에 입각해 타자를 전유하고 동화하려는 폭력적-동화적 타자관의 모습을 확인할 수 있다.

2) 공감적 타자관과 주체 중심의 사유에 대한 반성적 성찰

다음, 주체의 우월의식에서 완전히 벗어나지 못한 채 베트남을 전유나 동화의 대상으로 타자화하는 경향을 보이면서도, 점차 공감과 연민의 감정을 가지고 베트남이라는 타자와 관계를 맺는 공감적 타자관에 해당하는 인물로 재우를 들 수 있다. 재우는 베트남 호치민대학에서 베트남 현대사를 전공했다. 베트남의 역사와 언어와 문화에 해박한 까닭에 베트남이 개방경제노선을 택한 이후 한국 기업의 진출을 돕는 현지 코디네이터의 역할까지 수월하게 해내는 인물이다. 그는 폭력적인 타자관으로 베트남의 노동자를 지배하려는 한국 기업에 대해 거부 반응을 보이는 한편, 베트남 노동자들을 향해 연민과 동정 어린 시선을 보인다. 재우가 이러한 태도를 취하는 까닭은 한국에서의 민주화운동 경험과 밀접하게 관련되어 있다. 그는 기업의 이윤 추구를 위한 수단으로 전락한 노동자의 열악한 삶을 목도하고 대학 시절 공장에 위장 취업을 한 이후 노동단체 등의 조직 생활을 거치면서 노동운동을 했다.

그런데 베트남에 진출한 한국 기업들이 한국에서 노동자를 대하던 것과 여전히 동일한 방식으로 공장 노동자들을 폭력적으로 대하는 것을 보면서 그는 좌절한다. 그는 한국 기업의 진출을 도운 스스로를 자책하면서 한국 기업의 태도를 비판하는 칼럼을 써서 한국 신문에 기고한다. 그 결과 그는 교민사회로부터 냉대를 당하게 된다.

> 그리고 그 기업들이 진출하는 데 첨병노릇을 한 자신을 주먹질하는 마음으로 글을 썼다. 그가 쓴 글이 한국의 신문을 통해 보도되자 그가 멀리하기 전에 기업들이 먼저 그를 멀리했다. 쓰는 글의 횟수가 늘면서 그는 교민사회에서 기피의 대상을 넘어 저주의 대상으로 바뀌어갔고, 그와 가까이 지내는 사람들은 고립과

손해를 감수해야 했다. 기업하는 사람들뿐 아니라 가까이 있던 후배들까지 그의 곁에서 떠나갔다. 그는 벌이가 끊겼고, 베트남 땅에 처음 발을 디뎠을 때처럼 완벽한 외톨이가 되었다.[9]

칼럼을 써서 신문에 기고하는 재우의 태도는 베트남 사회에서 한국인 관리자들의 베트남 노동자들에 대한 처우를 바꿔보고자 하는 의도에서 비롯된 것이다. 그러한 재우의 태도는 베트남 노동자에 대한 공감과 연민, 동정에서 비롯된 것이란 점에서 공감적 타자관에 해당한다. 그렇지만 재우는 폭력적-동화적 타자관도 함께 지니고 있다.

식탁 위에는 랩으로 싼 보쌈고기 쟁반이 놓여 있었다. 희은이 건넨 영수증에 적힌 금액은 삼십칠만동, 한국 돈으로 환산하면 삼만천원 정도 되는 액수였다. 이십오만동 정도인 줄 알았는데 약간 비쌌다. 배달 온 청년에게 확인해보니 보쌈백반이 아니라 안주용 보쌈 큰 것이었다. 주문과정의 착오였다. 희은이 계산을 치르는 동안 재우는 2층으로 올라갔다. 레지투이는 담배를 피워물고 있었다.

"밥 안 먹고 뭐 해요?"

"자네들이나 먹게."

"선생님 먹기 좋으라고 일부러 고른 메뉴입니다. 보쌈은 베트남 돼지고기 쌈하고 거의 비슷해요."

"난 먹지 않을 거야."

레지투이는 화가 나 있었다.

"뭐가 문젠데요?"

"……"

9 위의 책, 44~45면.

"뭐가 문젠지 말을 해보세요?"

레지투이는 재우를 한동안 물끄러미 쳐다보고 나서 입을 열었다.

"몰라서 묻나. 자네들 지금 내 앞에서 돈자랑 하는 건가?"

"……"

"아니면 자네들도 서울에서 온 그 변호사들처럼 해보겠다 이건가. 자네가 하노이에 와 있는 변호사들에게 분개했던 이유는 도대체 뭔가?"[10]

재우는 "된장냄새 팍팍 나는" 음식을 먹어보고 싶어 한국 식당에서 보쌈을 주문한다. 그런데 한국 식당에 주문한 보쌈 가격은 '삼십칠만 동'이다. 베트남의 돼지고기 쌈은 '삼만 동'밖에 하지 않는다. 재우는 한국 입맛을 핑계로 열 배 이상의 돈을 치르고 한국 식당에서 보쌈을 주문했던 것이다. 레지투이에게 의견을 묻지 않고 한국 음식을 주문했으면서 베트남의 돼지고기 쌈과 비슷해서 주문한 것이라고 변명하고, 음식값을 계산하면서도 한국 돈으로 환산해서 사고하는 태도를 취한다. 한국의 맛을 그리워하면서 레지투이가 보는 앞에서 열 배 이상 가격 차이가 나는 한국 음식을 배달시키는 재우의 태도는 레지투이 입장에서 볼 때 '돈자랑'하는 한국인 변호사 일행의 행태와 별반 다르지 않은 것이다.

이처럼 재우의 태도에는 자기동일성에 근거를 두고 타자를 지배하려는 주체의 사유와 타자와 공감하려는 사유가 혼재되어 있다. 자신이 이미 지니고 있는 동일성에 입각하여 그러한 동일성을 보존하고 강화하기 위해 판단하고 행위하는 존재자로서의 특징이 재우에게서 전면화되고 있지는 않으나, 일상 속에서 때때로 그가 의식하지 못하는 사이 발현되고 있는 것이다. 그렇지만 돈자랑하는 한국인 변호사와 다를 바가 없다는 레지투이의

---

10 위의 책, 34~35면.

비판에 재우 스스로 반성하는 것에서 보듯, 재우는 스스로의 행동에 대한 반성적 성찰을 통해 주체의 자기동일성에 기반을 둔 폭력적-동화적 타자관에서 점차 타자와 공감하는 타자관으로 질적인 변화를 보여준다. 이러한 변화는 희은과 레지투이와 함께 번역 작업을 하는 과정에서 제시된다.

희은은 한국 감독을 대신해서 시나리오 번역 작업을 진행하는 조감독으로 베트남의 언어는 물론이고 역사와 문화에 대해서도 전혀 알고 있는 것이 없는 인물이다. 그런 희은과 달리 9년 째 베트남에 거주 중인 재우는 베트남의 언어와 역사, 문화에 해박한 지식을 갖고 있는 인물이다. 레지투이는 앞서 언급했듯 베트남인으로 베트남전쟁에 참전한 군인이자 지금은 영화감독으로 일하고 있는 인물이다. 재우의 통역으로 한국 감독이 쓴 시나리오를 베트남어로 옮기는 번역 작업이 이루어진다. 이 과정에서 베트남의 문화에 대한 이해가 깊어진다.

오후 작업의 지뢰는 문장이 아니라 상황 자체였다. 베트남민족해방전선의 일상을 그린 장면이 실제와 맞지 않는다는 것이 레지투이의 지적이었다. 그가 문제삼은 장면은 항상 허기를 느끼고, 남들보다 식탐이 강한 베트남민족해방전선의 전사인 '밥벌레'가 자기 몫 이상을 먹으려는 상황을 둘러싼 것이었다. 다같이 배가 고픈데 자기만 더 먹으려고 하는 '밥벌레'를 '짠돌이'라는 전사는 "야, 숟가락 속도 조절 좀 해"라고 나무랐다.

남들이 한 숟갈 먹을 때 두 숟갈 퍼먹는 밥벌레라는 인물의 성격을 드러내는 이 장면에 대해 레지투이가 사실에 부합하지 않는다고 한 이유는 두 가지였다. 첫째는 게릴라들은 숟가락을 사용하지 않고 젓가락만 사용한다는 것이고, 둘째는 밥을 한그릇에 퍼놓고 같이 떠먹는 것이 아니라 각자가 항상 소지하고 다니는 식기에 덜어서 먹기 때문에 젓가락질을 아무리 빨리 해도 남들보다 결코 더 먹을 수가 없다는 것이었다. 이것은 표현이 아니라 상황 자체를 다르게 그려야 하는 문제였고, 번역자인 재우는 물론 그것을 검토하는 희은이나 레지투이도 함부로 건드릴 수 없는 부분이었다. 씨나리오를 쓴 감독이 판단할 사항이었다.[11]

베트남민족해방전선의 일상을 그려내는 장면이 실제와 맞지 않아 시나리오를 수정해야 하는 상황이 벌어진다. 시나리오를 쓴 한국 감독은 그 장면을 레지투이의 생각에 따라 수정하라고 얘기한다. 작품의 말미에 밝혀지지만 한국 감독은 영화제에서 레지투이가 베트남전쟁을 다룬 다큐를 보고 감동을 받은 적이 있는 인물이다. 그는 레지투이의 전사로서의 경험에 전적으로 신뢰를 보내고, 제작자가 건드리는 것조차 못 참는 자신의 시나리오를 레지투이에게 고치도록 한 것이다.

번역 작업은 언어를 아는 것만으로는 되지 않는다. 그 나라의 문화와 역사, 일상 등에 해박하지 않으면 오류가 생길 수밖에 없다. 한 나라의 언어를 다른 나라의 언어로 옮길 때에는 의도치 않은 오해와 왜곡이 생기기 마련이지만, 희은과 재우와 레지투이의 번역 작업에서는 그러한 오해와 왜곡이 생기지 않도록 끊임없이 서로 대화하고 설명하고, 수정을 거듭한다.

희은은 게릴라들의 고통스러운 일상을 비극이 아니라 희극적으로 표현하려고 하는 감독의 방식을 설명하고, 레지투이는 게릴라들의 식사 방식을 두 가지 수법에 빗대어 설명한다. 어떤 수법이 더 희극적으로 표현될 수 있는가를 따지고, 그 수법을 결정한 이후에는 맛깔난 대사를 뽑기 위해 서로 머리를 짜냈고 성에 차는 표현을 찾아낼 때까지 수정을 거듭했다. 이 과정을 거쳐 최종적인 표현이 만들어졌다.

"적당히 좀 눌러라, 이게 어때서 그래요? 아니면, 너 혼자 밥 다 먹을래, 하든

---

11 위의 책, 25면.

지."

"느낌이 이게 아냐."

레지투이는, 희은의 말을 빌리자면, 질기게 뭉갰다. 희은이 몇 번을 침대에 엎어졌다 일어났다 하고, 재우가 커피를 두 잔이나 비운 다음에야 레지투이는 최종 표현을 찾아냈다.

"밥그릇 밑 빠질라."

그가 부르는 대로 두드린 다음, 모니터 위에 뜬 베트남어에 성조를 넣어서 읽던 재우는 탄성을 지르지 않을 수 없었다. 베트남어의 신비는 성조였다. 6성의 언어구조는 성조에 따라 노래만큼이나 변화무쌍한 느낌을 만들어냈다. 그가 찾아낸 대사의 성조는 한국어로는 도저히 표현할 수 없는 매혹적인 어감을 부여했다. 단어들 위에 얹힌 성조는 짠돌이의 대사를 뫼비우스의 띠처럼 슬픔과 익살이 일렬선상에서 뒤집어지며 이어지도록 만들어놓았다. 그 상황을 드러낼 수 있는 더 이상의 언어는 지구상 어디에도 없을 것 같았다.[12]

게릴라들의 식사 방식을 제대로 그려내기 위해 희은과 재우와 레지투이는 각자의 주관을 폭력적으로 강요하거나 회유하지도, 타인의 생각에 연민이나 동정 어린 시선을 보내지도 않는다. 다만 서로의 이야기를 듣고, 타협의 지점을 찾아내며, 상대방의 의도를 존중하고 대화를 나눈다. 이러한 과정에서 창작자의 오류까지도 수정되어, 하나의 표현에도 왜곡이나 오해가 없는 번역이 이루어질 수 있는 것이다.

그 결과 처음에 폭력적-동화적 타자관을 보이던 희은과 그러한 타자관을 내재하고 있던 재우는 베트남의 언어를 유창하게 익히고 구사하면서 베트남 문화를 이해하게 되는, 한 단계 더 전진하고 성숙한 '공감적 타자관'의

---

12 위의 책, 29~30면.

양상을 보여준다. 한국어와 달리 베트남어만이 갖는 매력을 깨우친 재우의 모습은 한국인의 자기동일성만을 강조하는 주체가 아니라 베트남이라는 타자의 언어와 그 언어에 내포된 문화와 공감하는 주체에 다름 아니다.

> "병 주고 약 주나, 어제는 쫄딱 굶게 만들더니."
>
> 재우도 픽 웃고 말았다. 희은과 재우의 손에 젓가락을 쥐여주며 먹으라고 권하는 레지투이의 얼굴에는 여전히 소년 같은 장난기가 묻어났다. 레지투이는 공기에 밥을 덜어주며 숟가락 뒤축으로 밥을 꾹꾹 누르는 시늉을 했다.
>
> "아저씨, 밥벌레!"
>
> 희은은 레지투이를 가리키며 눈을 부라렸다.
>
> "밥그릇 밑 빠질라."
>
> 재우가 베트남어로 옮겼고, 레지투이는 어깨를 으쓱하며 맞받았다.
>
> "정량인데, 내가 뭘."
>
> 셋은 함께 깔깔거렸다.[13]

희은과 재우와 레지투이는 서로 이질적인 언어와 문화를 갖고 있지만, 번역 과정을 함께 하는 가운데 서로의 문화와 언어에 대해 공감하고 소통할 수 있는 상황으로 변화해 간다. 특히 '셋은 함께 깔깔거렸다'는 표현에서 발견할 수 있듯, '웃음'이라는 정서를 공유할 수 있다는 점은 언어와 문화를 공유하는 가운데 이루어질 수 있는 진정한 공감이 이들의 관계에서 이루어지고 있다는 것을 짐작할 수 있게 한다. 이러한 공감적 타자관에 의해 타자를 전유하는 주체 중심의 사유와 행동에 대한 반성적 성찰이 이루어지면서 베트남이라는 타자에 대한 배려로 나아갈 길을 확보하게 된다.

---

13 위의 책, 37면.

3. 타자를 배려하는 새로운 윤리적 주체

1) 대화적 타자관과 타인을 배려하는 윤리

이 작품에서 타인의 윤리에 입각해 타자를 배려하는 대화적 타자관을 지닌 인물로 베트남인 레지투이와 한국인 창은을 들 수 있다. 먼저 레지투이의 경우이다. 레지투이의 사유와 행동은 타자에 대한 책임감과 배려에 근거한다. 곧 레지투이는 주체의 자기동일성에 입각해 타자를 지배하고 억압하는 것이 아니라, 타자 없이는 '나'가 있을 수 없다는 새로운 윤리적 주체[14]의 모습을 보여준다.

레지투이의 이러한 모습은 그가 베트남전쟁에 참전한 계기에서 먼저 확인할 수 있는데, 그는 스스로 베트남전쟁 참여를 두고 '공산주의를 위해서 싸운 것이 아니라 공산주의를 살았다'고 말한다.

> "우리는 공산주의를 위해서 싸운 것이 아니고 공산주의를 살았어요. 자본주의가 지배하는 남쪽에서 우리는 십년을 싸웠지만, 최소한 그 십년 동안 나와 내 친구들은 공산주의의 삶을 살았어요. 자기가 살지 않은 것을 남에게 요구할 수 있겠어요? 나의 삶을 지탱해온 것은 거창한 이념이 아니라 어머니가 우리 형제들을 기르면서 가르쳐준 사소한 것들이었어요. 내가 군대에 지원해서 전쟁터로 떠나던 날 어머니는 말했어요. '아들아, 그 모든 사람들로부터 좋은 말을 들을 수는 없다. 사람들이 너를 미워하고 욕할 수는 있다. 그것은 어쩔 수 없다. 그러

---

14 버틀러는 주체와 타자의 관계에 대해, "타자는 주체에 선행한다. (중략) 당신은 타자를 구성할 필요가 없다. 타자가 먼저 수수께끼로서 당신에게 온다"고 주장하면서, 타자를 지배하는 폭력적인 주체가 아니라 타자를 배려하는 타자지향적인 주체에 의한 새로운 윤리의 필요성을 역설한다. J. Butler, 『윤리적 폭력 비판』, 앞의 책, 129면.

나 누구한테서도 경멸받을 삶을 살아서는 안 된다.' 어머니의 그 말이 지금도 내 머릿속에 남아 있지요."[15]

'공산주의를 위해서 싸운 것'과 '공산주의를 살'았다는 것은 전혀 다른 차원이다. 전자는 이념에 목적을 두고, 그것을 위해 싸우는 목적지향적인 삶이다. 이념의 절대화가 이루어질 수밖에 없고, 이념 자체가 신성시될 수밖에 없다. 곧 공산주의를 가장 효율적으로 달성할 수 있는 수단으로서 전쟁과 폭력이 합리화되는 것이다. 이처럼 이념이나 규범이 '지금 이곳'이라는 특수한 시·공간의 다양한 조건을 고려하지 않고 추상화, 절대화, 보편화될 때 그 이념은 폭력성을 띠게 된다.[16] 추상화되고 절대화된 이념은 그 이념에 길들여진 주체를 양산하면서 그 이념에 포섭되지 않는 타자를 철저하게 배척한다. 반면 후자는 '거창한 이념'이 아니라 어머니가 가르쳐준 '사소한 것들'을 소중하게 실천하는 삶을 의미한다. 곧 레지투이는 추상적인 공산주의 이념에 길들여진 주체로서 살아온 것이 아니라, '지금 이곳'을 살면서 누구한테도 '경멸받지 않는 삶'을 살아온 것이다.

　　"목숨을 걸고 만들려고 했던 것을 당신은 이루었다고 생각해요? 삼백명의 당신 부대원들 중에서 이백구십오명이 목숨을 버려가며 이루려고 했던 나라가 지금의 바로 이 베트남인가요?"

　　"우리가 원했던 것은 대단한 것이 아니었어요. 굶주리지 않고, 외국의 군대가 베트남의 사람과 대지를 유린하지 않는 세상을 바랐을 뿐이에요……"[17]

---

15 방현석, 앞의 책, 69면.

16 버틀러는 윤리적 규범이 시간적 변화와 공간적 다양성을 고려하지 못하는 추상적 보편성으로 전락하는 순간 폭력적인 형태를 띤다고 비판한다. J. Butler, 『윤리적 폭력 비판』, 앞의 책, 11~21면.

레지투이는 '삼백명'의 부대원들 중 '이백구십오명'을 잃어가면서 이루고자 했던 것은 '대단한 것', 즉 공산주의 이념과 같은 것이 아니라 '굶주리지 않고, 외국의 군대가 베트남의 사람과 대지를 유린하지 않은 세상'이라 강조하고 있다. 굶주림을 이겨내는 것, 베트남의 사람과 대지를 외국 군대로부터 지키는 것은 그가 이념에 길들여져 사는 것이 아니라, 베트남이라는 '이곳'과 그가 사는 '지금'이라는 구체적 삶을 위해 사는 것에 해당한다.

이처럼 그는 추상적 이념에 길들여진 '의식적 삶'이 아니라, '지금 이곳'이라는 특수한 시공간을 온몸으로 부딪치는 '신체의 삶'을 살아온 것이다. 이념적, 의식적 삶이 아니라 신체적 삶을 살아갈 때 주체의 몸은 처음부터 타자들의 세계에 배당되어 있으며, 타자들의 자국을 지니고 있고, 사회적 삶의 현장에서 형성된다.[18] 곧 레지투이의 몸에는 늘 함께 해 온 타자의 흔적이 각인된다. 이 타자의 흔적을 통해 레지투이는, 타자는 주체의 자기동일성으로 환원될 수 없는 고유한 특성을 지니고 있는 소중한 존재이며, 그런 타자 없이 주체로서의 자신은 존재하지 않는다는 것을 깨닫게 된다. 일차적으로 그것은 베트남전쟁 당시 함께 한 동료에 대한 소중함으로 나타난다.

레지투이는 비가 쏟아지는 거리를 오래도록 내다보다가 혼잣말처럼 중얼거렸다.

"이런 날은 너무 슬퍼…… 난 저 비를 보면 호치민 루트에서 죽은 동지들이 생각나. 죽은 채로 정글 가운데서 고스란히 쏟아지는 비를 맞던 동지들이 생각

---

17 방현석, 앞의 책, 67면.
18 버틀러는 추상화된 보편적 규범이나 이념에 길들여져 살아가는 주체의 삶을 '의식적 삶'으로 규정한다. 반면 이념에 길들여지기를 거부하고 '지금 이곳'의 특수한 시공간에서 다양한 경험을 하면서 타자의 자국을 지니는 삶을 '신체의 삶'으로 명명한다. J. Butler, 『불확실한 삶』, 앞의 책, 54면.

나…… 그들을 묻으며 함께 울었던 동지들도…… 그들도 다 죽었지…… 난 어떻게 살아남았을까.”

(중략)

아직도 비가 많이 쏟아지는 날이면 전쟁터에서 죽어간 친구들의 얼굴들이 떠올라 온밤을 뒤척이며 잠을 이루지 못한다는 레지투이는 눈앞의 거리에 쏟아지는 빗줄기를 물끄러미 내다보았다.[19]

전쟁터에서 죽어간 ‘동지’들을 잊지 못해 온밤을 뜬눈으로 지새우는 레지투이의 모습에서 이념의 삶이 아니라 동지들의 고귀한 희생이 각인된 몸의 삶을 살아온 것을 볼 수 있다. 살아남은 그는 지금도 죽은 동지들이 남긴 고귀한 타자의 희생과 사랑을 몸에 각인한 채 그들의 소중함을 잊지 않고 있는 것이다. 그의 이러한 타자에 대한 배려는 시인이 되고자 했지만 베트남전쟁에서 죽은 동료 ‘반레’를 위해 반레의 이름으로 시를 발표하는 것에서도 확인할 수 있다.

레지투이가 전선에서 만난 친구 중에서 시인을 꿈꾸던 이가 있었다. 전쟁터에서도 그 친구는 틈만 나면 시집을 읽고, 시를 썼다. 그러나 그 친구는 수많은 동료들이 그랬듯이 전선에서 열아홉살의 나이로 죽었다. 시인이 되고 싶었지만 시인이 되지 못한 채 죽은 그 친구의 이름이 반레였다. 1975년, 전쟁이 끝날 때까지 레지투이는 전선에서 싸웠고 최후의 사이공 함락작전에 참여했다. 전쟁이 끝난 이듬해 그는 군복을 벗었고, 자신의 첫시를 ‘반레’라는 이름으로 세상에 내놓았다.[20]

---

19 방현석, 앞의 책, 66~67면.
20 위의 책, 64면.

레지투이는 자신의 이름이 아니라 친구의 이름으로 전쟁의 비애를 담은 시를 쓴다. 자신의 이름이 아니라 친구의 이름으로 시를 쓰는 행위는 레비나스의 '타인의 윤리'에 해당한다. 이는 자신의 이름으로 자기중심적 경향을 보존하고 자신의 이익을 추구하려는, 자신의 동일성에 입각한 주체의 행위가 아니다. '타자의 슬픔이나 고통에 가슴 아파하고 그것에 책임을 느끼는 연민은 보편적이고 자연발생적인 본능이 아니라 타자의 윤리에 근거를 둔 것'[21]이라는 점에서 레지투이의 이러한 행동은 타자의 윤리를 보여준다. 타자에 대한 레지투이의 배려는 모든 이를 친구로 소중히 여기는 윤리로 이어진다.

> "어머니…… 큰 배움이 없었지만 우리 형제들에게 늘 사람이 가져야 할 마음가짐에 대해서 말씀하셨죠."
> "어떤 마음가짐요?"
> 냉큼 물은 것은 희인이었다.
> "뭐 별것 아냐. 친구를 만나면, 먼저 어떻게 하면 이 친구와 즐겁게 지낼 것인가를 생각하는 마음가짐, 함께 지낼 때는 내가 어떻게 행동해야 헤어질 때 더 좋은 친구가 될 수 있을지를 생각하는, 뭐 그런 마음가짐……"[22]

레지투이는 '나' 아닌 다른 사람을 만나면 친구로 대하고 어떻게 하면 더 좋은 친구가 될 수 있는지를 생각하라는 '마음가짐'을 어머니로부터 배웠다고 말한다. 여기서 주목할 것은 그의 어머니가 '큰 배움'이 없다는 것이

---

21 진태원, 「타자의 윤리학: 평등한 자유를 넘어서」, 『문명이 낳은 철학 철학이 바꾼 역사2』, 길, 2015, 236면; 변순용, 「타자의 윤리학 – 레비나스를 중심으로」, 『국민윤리연구』 45, 한국국민윤리학회, 2000, 48면.
22 방현석, 앞의 책, 70면.

다. 이는 그의 어머니가 '교육'이 아니라, 구체적인 신체의 삶으로부터 타인을 친구처럼 소중히 여기는 타자의 윤리를 터득했음을 의미하는 것에 해당한다. 레지투이의 어머니는 주체의 입장에서 타자를 자기동일성으로 전유하지 않고 타자를 소중하게 여기는 '마음가짐'으로 평생을 살아왔던 것이다. 그런 어머니로부터 레지투이는 타자에 대한 배려가 얼마나 소중한 것인지를 베트남전쟁에서부터 몸소 체득했고, 전쟁에서 살아난 지금도 그러한 삶을 실천하고 있는 것이다. 레지투이의 이러한 타자에 대한 배려는 세대의 몫에 대한 인식으로 연결된다.

> "우리는 우리 세대가 해야 할 일을 끝냈을 뿐이지요. 다음 세대에게는 또 다음 세대가 해결해야 할 일이 기다리고 있지요. 우리가 다 해버리면 다음 세대는 뭘 하고 살겠어요? 어떤 세대도 다음 세대가 할 일을 미리 할 수는 없지 않을까……"[23]

레지투이는 우리 세대가 해야 할 일이 있고, 다음 세대가 해야 할 일이 있다고 말한다. 여기서 세대의 몫은 주체와 타자의 관계에서 볼 때 매우 중요한 항목이 아닐 수 없다. 한 시대를 살은 세대가 그 다음 시대를 살 세대에게 자신이 살아온 세대의 윤리와 규범과 가치를 보편화해서 강요하는 것은 폭력적인 주체에 의한 타자 길들이기에 해당한다. 같은 시대를 사는 세대가 자신의 동일성으로 환원되지 않는 타자를 억압하고 배척하는 것만이 주체의 폭력의 전부가 아니다. 자신이 살아온 세대의 규범을 추상화하고 절대보편화해서 다음 세대를 길들이는 것 또한 주체의 폭력에 다름 아니다.[24] 규범은 시공을 초월한 보편적이고 추상적인 것이 아니다. 규범은 특

---

23 위의 책, 68면.

수하고 다양해야 한다. 그것은 시간과 공간의 변화에 따라 변화되어야 한다. '지금 이곳'의 변화된 특수한 상황과 그 상황을 신체로 체험하며 살아가는 세대를 위한 특수보편적 규범이 고려되지 않고, 시공의 변화를 무시한 채 추상화된 보편규범은 폭력성을 띨 수밖에 없다. 그런 점에서 레지투이의 세대의 몫에 대한 인식 역시 타자에 대한 배려에 해당한다고 보아야 한다.

2) 새로운 윤리적 주체

이 작품에 나타나는 레지투이의 타자의 윤리는 재우에게 한국에서 한국인의 시선으로 포착할 수 없는 한국의 문제를 인식하게 하고, 그 문제를 해결하게 하는 중요한 매개항으로 작동한다. 한국의 문제는 재우, 문태, 창은이 중심이 되어 과거 민주화운동을 했고, 지금은 민주화가 된 한국사회에서 과거의 민주화운동에 대한 명예회복과 보상 문제와 관련해 갈등을 빚고 있다는 것으로 요약된다. 여기서 주목할 것은 한국에서 민주화운동을 위해 노동 현장에 뛰어든 이들의 태도와 베트남전쟁에 참전한 레지투이의 태도가 대비되고 있다는 점이다. 레지투이가 공산주의 '이념'이 아니라 공산주의 '삶'을 위해 싸운 것에 비추어볼 때, 한국에서 노동 현장에 뛰어든 이들이 이념을 위해서 싸운 것인지 노동자로 살았다는 것인지가 중요하다.

---

24 주체가 자신의 규범과 가치를 영구화하면서 타자의 개별성과 특수성과 구체성을 무시하고 배제하게 되면서 추상적 보편성에서 헤어나오지 못하는 것은, 자기 안에 뚜렷이 발견되는 완벽한 보편성의 공식에 따르기만 하면 올바른 판단에 이르게 된다는 확신 때문이다. 그러한 확신에 의해 주체의 판단은 수정될 필요가 없는 영구적인 것이 된다. 이처럼 자신을 오류나 맹목성 혹은 비동일성을 갖지 않는 존재라고 생각하며, 자신을 완전한 통일성이라고 생각하는 (폭력적인) 주체를 버틀러는 나르시시즘적 주체라 명명하고 이러한 주체를 '악당'이라 비판한다. J. Butler, 『윤리적 폭력 비판』, 앞의 책, 112면.

재우, 문태, 창은은 대학 시절 민주화운동을 위해 노동 현장에 뛰어든다. 그러다가 문태와 재우가 공장을 그만두고 노동운동 단체나 청년 단체로 자리를 옮기지만, 창은은 여전히 공장에서 노동자로서의 삶을 살아간다. 애초에 세 사람이 노동운동 현장에서 경험한 삶은 노동자를 위해서 싸운 것, 즉 이념이 목적인 삶이다.

재우와 문태가 지지했던 입장이 조직의 다수가 되었고 자유주의로 비난을 받은 창은은 조직을 떠났다. 갈라서기 전에 이미 누가 더 혁명적인가를 두고 양측은 서로에게 줄 수 있는 최대의 상처를 안겨주었다. 창은의 팔이 철망을 감는 롤러에 말려들어간 것도 논쟁으로 밤을 새우던 그 무렵이었다.[25]

조직 내부에서 정치노선으로 논쟁이 벌어지고 누가 더 혁명적인가를 두고 서로에게 줄 수 있는 최대의 상처를 안겨주면서 노선에 따라 갈라선다는 것은 노동운동이 이념에 의해 좌우된다는 것을 단적으로 보여주는 대목이다.

문태와 재우가 계속 이념을 위해 노동운동을 한 반면, 창은은 이념을 떠나 노동자의 삶을 몸소 체험하면서 노동자로 살아간다. 창은은 공장에서 팔을 잃고 쫓겨난 이후에는, 보수도 없고 명예도 없는 노조 단체에서 상근하며 세차 아르바이트로 돈을 벌어 근근이 살아간다.

10년 후 문태는 변호사가 되었고, 재우는 문태를 비롯한 민주화 동지들의 행태에서 외로움을 느끼고 무작정 한국을 떠나 베트남으로 유학 간다. 창은은 이주노동자의 집 소장으로 자리를 옮기고 그곳에서 외국인 이주노동자들과 함께 생활한다. 이후 민주화를 이룬 한국사회에서 '민주화운동 관

---

25 방현석, 앞의 책, 55면.

련자 명예회복과 보상에 관한 법률'이 시행되고, 변호사가 된 문태는 명예
회복과 보상 신청에 앞장을 선다. 반면 창은은 보상 신청을 하지 않고 여전
히 노동자로서의 삶을 살아간다.

　민주화운동의 대가로 보상과 명예회복을 주장하는 이들은 그들의 삶이
이념이 목적인 삶, 노동자를 위해 싸운 삶이었으므로 그것에 대한 보상이
필요하다는 논리에 따른 것이다. 곧 이들의 논리에는 노동운동의 이념 실
현을 위해 주체로서의 자신의 삶을 희생했으니 그 대가가 필요하다는 인식
이 깔려 있는 것이다. 이러한 인식에 기초할 때 노동자는 주체의 이념 실현
을 위해 전유되어야 할 도구화된 타자로 받아들여질 뿐이다.

　이는 신체의 삶을 살면서 타자의 윤리를 실천해온 레지투이의 삶의 방식
과 대비된다. 레지투이는 '공산주의를 살았다'라고 말하면서 '내가 살지 않
은 것을 남에게 요구할 수 있느냐'고 되묻는다. 레지투이의 삶은 문태도,
재우도 아닌 창은의 삶과 동질적이다. 레지투이가 공산주의를 살았듯이, 창
은은 노동자로 밑바닥에서 살았던 것이다. 창은이 보상금과 명예회복 문제
와 관련하여 아무 말도 하지 않은 까닭은 노동자로서의 삶이 그 자신의 삶
이었기 때문이다. 무엇을 위해 싸운 것이 아니라 그저 노동자로서의 삶을
살았던 것이므로 보상이나 명예회복이 그에겐 불필요했던 것이다.

　　지난해 재우가 서울에서 만난 창은의 직책은 '이주노동자의 집' 소장이었다.
　　수소문 끝에 안산에 있는 '이주노동자의 집'으로 전화를 했을 때 녀석은 명동성
　　당으로 농성하러 가고 없었다. 크리스마스 분위기를 돋우는 명동거리를 거슬러
　　도착한 성당 입구, 경사진 진입로에는 허름한 천막 세 개가 찬바람을 견디고 있
　　었다. 두 번째 천막을 들췄을 때 녀석은 피부가 까무잡잡한 외국인 노동자들과
　　너스레를 떨고 있었다.[26]

민주화운동 이후 창은은 이주노동자의 집 소장을 하면서 이주노동자들과 함께 농성을 나간다. 조직이니, 원칙이니, 혁명이니, 논쟁이니 하는 것들은 창은에게 중요한 것이 아니다. 노동운동 이후 노동자들의 수급이 어려워진 자리를 대체한 이주노동자와 더불어 살아가는 것, 그것이 창은의 삶인 셈이다.

한국사회에서 이주노동자는 보편적 규범으로부터 배제된 소수자로서의 타자[27]이다. 창은의 삶은 바로 보편규범으로부터 억압받고 차별받는 소수자로서의 타자를 배려하는 삶에 다름 아니며, 레지투이가 지향하는 새로운 윤리적 주체의 모습에 다름 아니다.

레지투이를 통해 재우와 문태는 비로소 타자를 배려하고 타자의 아픔을 함께 하는 창은의 삶을 이해하게 된다. 창은은 레지투이가 그의 어머니로부터 배운 '마음가짐'을 실천하면서 살아가는 한국인인 것이다. 문태는 베트남을 떠나면서 '마음가짐이 있어야 한다'라는 말을 베트남어로 읊조리고 떠난다. 그리고 재우는 택시를 타고 '명동성당'을 외친다.

> 멀어져가던 비행기의 불빛이 마침내 완전히 어둠속으로 사라진 다음 재우의 눈앞에는 문태와 창은의 얼굴이 함께 어른거렸다. 기름때 낀 창은의 손을 생각하며 재우는 감아쥐고 있던 손을 펼쳐 다시 한번 물끄러미 내려다보았다.

---

26 위의 책, 55면.

27 버틀러에 따르면, 자율적 주체가 '박탈'되어 있다는 인식은 주체에게 타자와의 상호성을 의식할 수 있게 한다. '나'는 타자가 '나'에게 동화되길 원할 수 없고, 서로에게 동일한 것을 인정의 조건으로 삼을 수 없다. '나'는 '나'와는 다른 타자 자체를 욕망하는 것이고, 그 관계 안에서 자기 한계를 인정하는 것이다. 이러한 새로운 인정 윤리의 자세를 취할 때 비로소 성 소수자를 비롯한 자유주의 발전 담론에서 실패자, 낙오자, 난민, 빈민, 이주노동자, 길 위에서 사는 사람들, 그 외 인정받지 못하던 사람들 모두 그 자체로 인정받을 수 있는 기초가 마련된다고 본다. J. Butler, A. Athanasious, 『박탈』, 김응산 역, 자음과모음, 2016, 143면.

"무언가를 꿈꾸려는 자는 그 꿈대로 살아가야 하지 않을까."

지난 겨울, 바람부는 명동성당에서 창은은 재우에게 그렇게 말했다.

택시에 오른 재우에게 운전사가 어디로 가느냐고 물었고, 재우는 무심코 이렇게 대답했다.

"명동성당."[28]

문태를 보내고 창은을 생각하며 재우는 베트남에서 '명동성당'과 같은 곳으로 가겠다는 의지를 드러내고 있다. 이는 한국에서 외국인 노동자들과 더불어 명동성당에 농성을 하러 가는 창은처럼, 재우 역시 베트남의 한국 공장에서 일하는 노동자들과 함께 연대하고자 하는 것으로 해석할 수 있다.

결국 이 작품은 타자의 윤리를 실천하는 베트남인 레지투이를 통해, 한국인 주체가 베트남을 전유하거나 동화하려는 대상으로 타자화하는 것을 비판하고 있다. 그러면서 베트남과 한국이 서로를 소중한 타자로 배려하고 존중하는 태도를 가져야 함을 강조[29]하면서, 나아가 베트남을 통해 한국의 문제점을 날카롭게 지적하면서 그 해결책을 제시하고 있는 것이다. 그리고 레지투이처럼 타자의 윤리를 실천하는 '창은', 레지투이를 통해 타자의 윤리를 깨달은 '재우'야말로 아시아로 영역을 확장하는 한국소설이 지향해야

---

28 방현석, 앞의 책, 71면.

29 두셀에 따르면, "무가치하고 무의미하고 하찮고 쓸모없는 것"으로 폄하된 로컬적 타자의 문화와 가치들이 사라지지 않는 이유는 그것들이 근대성/식민성의 전체성의 논리 속으로 완전히 통합될 수 없는 외재성, 즉 레비나스가 말한 전체성으로 통합될 수 없는 타자성의 관계를 맺고 있기 때문이다. 두셀은 이런 타자들의 억압된 풍부한 문화적 가치들을 갖고 서구적 근대성을 비판하고 횡단하며 극복하는 작업을 '트랜스모더니티(transmodernity)라고 정의한다. 그에 의하면, 트랜스모더니티는 주변부 타자의 풍부한 로컬문화를 발판으로 서구적 근대성을 횡단하고 그것이 성취할 수 없었던 해방을 공동–실현해가는 과정이며, 서구적 근대성이 추구하는 단일보편성이 아니라 다양한 가치들이 공통의 보편성을 추구하는 다원보편성을 지향한다. 김용규, 앞의 책, 62면.

할 새로운 윤리적 주체로서의 한국인의 모습이 아닌가라는 질문을 작가는 던지고 있는 것이다.

4. 맺음말

방현석의 「존재의 형식」은 해외로 영역을 확장하는 소설이 어떠한 방향성을 갖춰야 하는가에 대한 분명한 문제의식을 지니고 있다는 점에서 주목을 요한다. 특히 아시아 국가를 대하는 태도와 관계 설정에 대한 고민, 그리고 한국사회의 문제점에 대한 깨달음, 그 해결 방안에 대한 모색이라는 내용을 담아내고 있다는 점에서 이 작품은 아시아로 영역을 확장하는 내적 필연성을 갖추고 있다.

이 글은 이러한 측면을 염두에 두고, 작품에 나타나는 주체와 타자와의 관계 양상에 따라 작품 속 인물들을 세 가지 인물형으로 분류하고 그 특징과 의의를 고찰하였다. 먼저 타자를 지배하고 억압하는 폭력적-동화적 타자관에 해당하는 인물형이다. 이들은 베트남을 억압하고 지배해야 할 타자로 규정하고, 자국의 이익과 자문화중심주의의 입장에서 베트남을 전유하고 동화시키려 한다. 다음으로 타자와의 공감과 연민의 감정을 가지고 베트남이라는 타자와 관계를 맺는 공감적 타자관에 해당하는 인물형이다. 이들을 통해 베트남의 언어와 문화를 존중하면서 그 언어와 문화에 공감하고 정서적으로 소통할 수 있는 주체의 모습을 확인할 수 있다. 마지막으로 타자를 배려하는 대화적 타자관에 해당하는 인물형이다. 이들의 경우, 인물과 인물 사이의 관계가 주체의 자기동일성에 입각해 타자를 지배하고 억압하는 것이 아니라, 타자에 대한 책임감과 배려에 근거하여 사유하고 행동하는 태도를 보여준다. 이러한 태도에서 타자 없이는 '나'가 있을 수 없다는 새로운 윤리적 주체의 모습을 확인할 수 있다.

　이 작품은 타자의 윤리를 실천하는 베트남인 '레지투이'를 통해 한국인 주체가 베트남을 전유하거나 동화시키는 대상으로 타자화하는 것을 비판한다. 그 결과 이 작품은 베트남과 한국이 서로를 소중한 타자로 배려하고 존중하는 태도를 가져야 함을 강조한다. 나아가, '타자의 윤리'에 대해 깨닫고 그것을 실천하는 인물들을 통해 아시아로 영역을 확장하는 한국소설이 지향해야 할 새로운 윤리적 주체의 모습을 그려내고 있다.

'읽지 않는다'의 권리와 '이야기할 가치'의 의무

1. 문학계의 위기에 맞물린 변화

소설을 쓰고, 비평을 하고, 문학을 연구하는 입장으로서 문학의 위상을 이야기하는 일은 버겁다. 변명처럼 들리겠지만 문학 외에는 잘 알지 못한다는 게 그 첫째고, 심지어 문학에 대해서도 아직 잘 모른다는 게 그 둘째다. 마지막으로, 문학을 업으로 삼고 있어서 더 그럴지 모른다. 사실상 문학의 위상이란 문학 바깥에 있는 사람에게서 듣는 것이 더 진솔할 터이다. 문학의 장 안에 있는 자로선 나무만 보느라 숲을 보지 못할 우려가 더 크지 않을까. 그럼에도 불구하고 문학의 위상을, 그리고 문학성과 대중성을 언급해 보고자 하는 까닭은 왜 쓰는가에 대한 스스로의 답을 찾기 위해서이다.

최근 몇 년 사이 문단에 변화의 움직임이 일었다. 변화의 움직임은 예전에도 꾸준히 있어왔고, 현재도 진행 중이지만 이번 변화는 문단의 생리적인 병폐가 노골화된 상황에서 터져 나왔다는 점에서 주목할 필요가 있다. 문학의 위기 담론이 여전히 문제시되고 있던 상황에 표절 시비가 문단 안팎을 뒤흔들었고, 이어 문학권력에 대한 비판이 광풍처럼 휘몰아쳤다. 그렇지 않아도 구독자 수가 급감했고, 출판사는 고질적인 재정 곤란에 허덕이고 있던 차에 엎친 데 덮친 격으로 내로라한 작가들이 성폭력 시비에 휘말리게 되면서, 문학은 순수한 것, 숭고한 것이라고까지 여겼던 독자들은 정치판을 방불케 하는 문학계에 치를 떨었을 것이다. 이런 상황에서 출구 모색 차원으로 제출된 변화이니만큼 현재 문학계가 한 걸음 떼어놓고 있는 변화에 주목하지 않을 수 없다.

은행나무 출판사는 실험적인 문학잡지로 2015년 『Axt』를 발간했고, 민음사에서는 전통적 형태의 문예지는 생명을 다했다면서 『세계의 문학』을 폐간하고 2016년 8월 새로운 문예지인 『릿터』를 내놓았다. 창비에서는 웹과 지면을 통해 동시에 출간하는 문학몹 『문학3』을 간행하였다. 『Axt』의 경우에는 소설작품에 모든 지면을 할애하는 기획으로 새로운 변신을 선보였다. 주제론, 계간평, 서평 등의 짜임으로 일관된 기존의 잡지기획 방식에서 탈피한 셈이다. 『릿터』의 경우, 아이돌 인터뷰를 수록하면서 1호 초판 5천 부가 매진되는 반응을 이끌어냈다고 한다. 정기구독자 30명이었던 『세계의 문학』과 비교하면 독자의 지평을 넓힌 셈이라고 자평할 수 있을 테지만, 창간호라는 가치와 아이돌에 쏠렸을 것으로 우려되는 그 관심이 정기구독자 수로 이어질 것인가 하는 점은 아직 미지수이다. 『문학3』은 독자의 적극적인 참여에 바탕을 두고 실험적인 모색을 꾀하고 있다는 점에서 독자와의 소통을 염두에 둔 기획방식으로 여겨질 만하다. 이러한 변화는 기존의 출판인쇄물 형태의 잡지 발간이라는 외형은 그대로 유지하면서 이루어진 것이다. 다만 웹진 형태로 발간되는 잡지가 2005년 4월 문장웹진이 등장한 이후 더 늘었다는 게 변화라면 변화라 할 수 있을 것이다. 가령, 『릿터』나 『문학3』의 향후 반향이 독자 수의 증가로 이어진다면 웹진으로 변모를 꾀하는 잡지들이 늘어날 것임은 충분히 예상할 수 있다.

과연 이러한 변화는 문단에 어떠한 변화를 가져오게 될까. 원고지에 쓴 작품을 활자로 옮겨 종이에 인쇄하고 책으로 출간하는 일은 구시대의 유물로 사라지게 될까. 인쇄물로 학술잡지를 발간하지 않기로 한 학회가 갈수록 증가하고 있으며, 머지않아 학술잡지의 인쇄물 출간은 사라질 것으로 보인다. e-book과 동시 출간되는 저서가 늘고 있고, 심지어는 개인이 자신의 작품을 출판하는 퍼스널브랜딩도 가능해졌다. 인쇄와 출판 과정을 거치지 않아도 언제 어디서든 인터넷을 통해서 글을 읽고 쓸 수 있는 것이다. 활판 인쇄술 이후 오랫동안 책은 독보적인 지위를 차지해왔다. 그런데 그 책에 대한 인식이 변화의 위기를 맞이하게 된 것이다. 출판사도 일종의 플랫폼으로 변화하게 될 가능성이 높다.

변화하는 것은 비단 그뿐만은 아니다. 인터넷의 플랫폼이나 동호회를 통해 시와 소설을 읽고 쓰는 새로운 의미의 독자와 작가는 늘고 있다. 출간된 형태로 원형이 불변하는 그런 원본이 아니라 덧붙이고 편집하고 변형시키는, 원본이 사라진 텍스트가 늘고 있는 것이다. 하이퍼픽션이나 팬픽션 등 인터넷에 기반을 둔 인터넷소설은 2000년대 이후 폭발적으로 늘었고, 기존 작가들이 인터넷 플랫폼을 통해 소설을 발표하는 일도 잦아졌다. 귀여니를 위시하여 인터넷소설을 쓴 작가들의 소설이 인터넷상의 인기에 힘입어 유명세를 타고 연극이나 영화, 게임으로 각색되는 일은 이미 오래되었다.

이처럼 인터넷 기반의 문학 향유 방식이 기존의 작가, 출판, 독자 개념을 뒤흔들어 놓고 있다. 매체의 변화가 문학장에 혁명적 변화를 가져온 셈이 되었다. 등단 제도를 거쳐야 하는 기존 문학제도에 얽매임이 없이 창작물을 투고, 탑재하는 것으로 소설을 발표하고, 독자를 불러 모을 수 있다. 출판과 인쇄 과정을 거치지 않고 즉각적으로 작품을 발표할 수 있다는 점에서 창작과 출판의 시간적 간극을 좁힐 수 있고, 더불어 출판인쇄 비용의 부담도 사라지게 된다. 또한 독자들은 자신이 원하는 때에 인터넷을 통해 자유롭게 게시된 소설을 읽을 수 있으므로 접근성이 용이하다는 매력을 느낄 수 있게 된다.

문학을 향유하는 독자의 지평이 넓어지고, 문학작품을 창작하는 창작자의 저변도 확대되었다. 문학은 영화와 만화, 드라마 등으로 각색되면서 상업성을 획득하고 더 많은 독자에게 알려질 기회도 갖게 되었다. 향유층이 넓어지고 문학을 상품으로 팔 수 있는 기반이 마련되었으니 그 수요에 따라 작품을 만들어내는 사람들이 늘고, 작품도 늘 것이란 예상은 자본주의 사회에서 충분히 가능하다. 결론적으로 이러한 변화는 문학이 곧 상품이라는 인식이 우리 사회에 깔려 있다는 것을 의미하는 것으로 읽힌다.

그러나 이 상황에서 우리가 놓치고 있는 것은 없을까. 이 글에서는 문학의 본질에서부터 우리의 자세를 묻는 방법 대신 거꾸로 현재의 상황에서 하나하나 묻고 진단하는 방법으로 문학의 위상과 대중성에 대해 살펴보고자 한다. 문학이란 무엇인가, 무엇이어야 하는가를 묻기보단, 과연 문학에 있어 대중성은 현재 우리 문학이 추구해야 할 가장 중요한 가치인가를 묻는 것으로 질문을 바꿔보고자 한다.

2. 나는 독자이기 이전에 대중이다

첫 번째 물음. 나는 독자이다. 그것도 꽤나 고급한 독자다. 그럼 나는 대중이 아닌가.

가장 솔직한 글쓰기에서 출발해야 내가 찾고자 하는 답을 찾을 수 있을 것이다. 먼저 나의 일상을 추적해 보려 한다. 연초에 이사를 하면서 택배를 주문하는 일이 잦았다. 비단 이사 핑계를 대지 않아도 나의 하루는 소비에서 시작해서 소비로 끝난다. 스마트폰의 문자 메시지는 카드 사용 내역으로 꽉 차 있다. 날마다 식당에서 밥을 사 먹고, 교통비도 지불한다. 마트에 가서 장을 보고, 편의점에서 물도 산다. 가끔 홈쇼핑으로 옷을 사고, 신발을 사고, 화장품을 사고, 약을 사고, 볼펜도 산다. 책도 사고, 영화도 보고, 미술관도 가고, 음악회도 가고, 미용실도 간다. 어떤 물건은 브랜드가 다르다는 이유로, 혹은 내가 원하는 브랜드라는 이유로, 심지어는 그 물건을 갖고 있으면서 구매하기도 한다. 언젠가 쓰겠지, 그러면서 또 구입한다. 책도 언젠가 읽어야지 하면서 인터넷으로 주문하곤 했는데, 표지도 장정도 똑같은 책이 책장에 꽂혀있었다는 걸 택배를 받고 나서야 알았다.

충격적인 일이었다. 아무리 발뺌해도 내 행위가 '허영'에서 비롯되었다는 걸 부인할 수는 없었다. 그러고 보니 허영심은 그뿐이 아니었다. 나는 무지에서 벗어나기 위해 책을 산다고 말하면서 한나 아렌트를 소비한다. 그러다 내가 모르는 걸 누군가 얘기하면 나의 지적 빈곤을 부끄러워하며 또 책을 산다. 안다고 말하는 정신적 허영을 충족시키기 위해, 누군가는 피로 썼을 그 정신적 가치를 한마디의 말로 소비하기 위해 책을 산다. 미니멀리즘을 소비하고, 페미니즘을 소비하고, 신자유주의를 소비하고, 다중을 소비하고, 조르주 아감벤을 소비한다. 그러면서 나는 고급한 독자인 척 허영을 떨었다. 나는 고급 독자라는 가짜 욕망을 이루기 위해 책을 소비하고 장식하는 자본주의 사회의 소비 대중인 것이다.

현대사회는 후기자본주의 사회에 바탕을 두고 있으며, 4차 산업혁명을 목전에 둔 정보기술 사회로 과학 기술이 엄청난 속도로 발전을 이룬 단계에 해당한다. 경제적으로 풍요로움을 이루었고, 많은 영역에서 인간의 노동이 기계로 대체됨으로써 인간은 이전의 사회에 비해 더 많은 시간의 자유를 만끽할 수 있게 되었다. 그렇지만 현대 인간의 자유로움은 진정한 의미에서 개인의 해방을 가져온 것이 아니라, 에리히 프롬에 따르면 '외로움'과 '무력감'에 휩싸인 개인으로 전락시켰다. 자유로운 주체가 아니라 언제든 대체될 수 있는 톱니바퀴와 같은 부속품으로 전락한 것이다. 다만 임금을 받고 그것으로 상품을 소비함으로써 자신의 개성을 확인받는 셈이다. 그렇다고 개성이 자신의 진정한 욕망인가 하면 그것도 아니다. 그저 타인의 욕망을 보고 그것을 욕망하면서 그것이 자신의 진짜 욕망이라고 착각하는 것에 지나지 않는다. 자본주의 사회에서 개인이 가질 수 있는 욕망은 타인의 욕망의 껍데기이거나 혹은 광고의 허상에 불과하다. 다큐멘터리를 보고, 교양 프로그램을 보면서, 가령 '상식과 과학, 정신건강, 정상성, 여론'과 같은 익명의 권위에 순응함으로써 스스로 고립을 자초하고 가짜 욕망을 진짜 욕망이라 착각하는 자동인형으로 전락하고 마는 것이다. 대중들이 즐겨보는 잡지는 그래서 노골적인 광고가 아니면 간접화된 선전 기사로 가득하다. 문학잡지도 예외는 아니다. 잡지를 간행하는 출판사의 최근 간행 소설을 소개하는 난으로 서평란이 광고란처럼 변질되는 경우를 종종 봐왔다.

그렇다면 대중의 욕망의 정체는 무엇인가. 앞서 언급했듯이 현대사회에서 개인은 상품 소비 광고를 통해 부드럽게 권유되는 혹은 노골적으로 칭송되는 욕망을 모방한다. 이때 매스미디어에 의해 생산되는 욕망은 체제의 안정에 봉사하고 순응하는 인간형을 만들어내는 가르침으로 덧씌워져 있다. 체제 유지와 안정에 방해되는 과도하고 자발적인 감정들은 금지 목록에 오른다. '값싸고 가식적인 감상성'만이 소비될 뿐이고, '죽음이나 고통'과 같은 과도한 감정의 노출은 정신병적이거나 불안정한 상태로 여겨지게 되는 것이다. 뉴스에 보도되는 전쟁과 테러는 안방에서 TV를 시청하는 것이 안전하다는 메시지와 말초신경을 자극하는 스펙터클한 이미지만을 전달할 뿐이고, 죽음과 고통 같은 과도한 감정의 노출은 소거된다. 지적 교양 수준은 예전에 비할 수 없이 높아졌고, 웹을 통해서 고급의 정보들을 언제 어디서든 얻을 수 있다. 그렇지만 사실들의 기록은 비판적 사고를 할 짬도 없이 단편적으로 이어지고 편집될 뿐만 아니라 전문가조차도 판단하기 어려운 분야라는 점을 강조함으로써 진실을 이끌어내기 어렵게 만든다. 사실은 간명한데 토론과 소통의 장에서 불거지는 논쟁은 논점을 흐려 본질에서 벗어나게 만들곤 한다.

무지에서 비롯된 악을 저지르지 않기 위해 나는 온갖 정신적 가치를 좇는다, 라고 생각하지만, 그것은 허영에서 비롯된 소비일 뿐이며 종종 길을 잃고 가짜 욕망에 휘둘린다. 현실의 삶은 자본주의의 상품성과 브랜드 가치에 철저히 종속되어 있으면서, 정작 타인들 앞에서는 그렇지 않은 척 비루한 현실에 대한 면죄부로 이상주의적 사고를 '소비'하는 것이다. 미니멀리즘을 소비하면서 똑같은 물건을 사들이고, 일회용품을 사용하면서 환경주의를 소비한다. 편향된 뉴스 편집을 보면서 프레임에 갇힌 사고를 비판하지만, 한편으로 나의 결핍을 파고드는 프레임에는 여지없이 흔들리고 논점을 잃는다.

3. '읽지 않는다'의 권리와 '이야기할 가치'의 의무

두 번째 물음. 독자 수가 문제인가, 아니면 문학을 '소비'하는 '대중'이 사라지고 있다는 게 문제인가. 문학을 읽지 않는다고 할 때, 읽지 않는다는 판단의 근거는 판매량에 있다. 팔리지 않기 때문에 읽지 않는다고 말한다. 팔린다는 것은 문학이 상품으로서 유용하고 경쟁력이 있다는 것을 의미한다. 자본주의 사회에서는 심지어 인간까지도 상품가치로 환원된다. 문학도 예외는 아니다. 팔려야 한다는 출판사의 당위는 인정하지만, 출판사가 먼저 상품이 되기를 문학에 요구하는 것은 다른 차원의 일이다. 상품성이 있어야 한다는 것은 문학이 대중의 기호와 요구에 영합해야 한다는 것을 의미한다.

문학이 상품성을 목적으로 삼아서는 곤란하다. 그러나 그렇다고 독자로 하여금 읽지 않게 만드는 문학도 곤란하다. 문학이 상품성을 목적으로 삼지 않으면서도 독자들이 문학을 읽도록 만들 수 있는 방법을 찾아야 하는 것이 자본주의 사회에서 문학이 감당해야 할 몫이 아닐까. 그렇다면 문학은 독자가 스스로 문학을 읽어야 하는 당위를 찾을 수 있도록 해야 한다. 독자를 끄는 재미가 없어서도 안 되지만, 독자를 끄는 재미만으로도 문학이 되지 않는다는 것이다.

조너던 컬러는 『문학이론』(조규형 역, 교유서가, 2016)에서 "문학이란 무엇인가?"라는 질문을 던지면서 잡초에 비유하여 이를 설명한다.

> 잡초가 아닌 것들과 구분해주고 또 모든 잡초가 공유하는, '설명할 수 없는' 특별한 어떤 것으로서의 본질적 '잡초성'이라는 것이 있는가? 정원의 잡초 제거를 도와달라는 부탁에 응한 사람은 잡초와 잡초 아닌 것을 구별하기가 얼마나 어려운지 잘 알고 있으며, 이를 구별할 수 있는 어떤 비밀이라도 있길 바란다. 그것이 무엇일까? 어떻게 잡초를 알아볼 수 있을까? 그런데 그 비밀은 바로 그러한 비밀이 존재하지 않는다는 것이다. 정원사가 정원에서 자라는 것을 원하지 않는 식물은 모두 잡초이다. 만약 '잡초성'의 근본을 찾고자 한다거나, 그 식물적 특성을 조사하려고 한다거나, 혹은 식물을 잡초로 만드는 확연한 형태적 혹은 구조적 특성을 찾으려 한다면 이는 시간 낭비이다. 이와 달리 우리는 오히려 여러 곳의 다양한 문화들이 각기 바람직하지 않은 것으로 판단하는 식물종에 대해 역사적, 사회학적, 혹은 생리학적 탐구를 해야 할 것이다.
> 아마도 문학은 잡초와 닮은 듯하다.
> 하지만 이 대답은 애초의 의문을 완전히 해소하지 못한다. 이는 단지 그 질문을 "우리 문화에서 문학으로 다루는 것들에 속하는 것은 무엇인가?"라는 질문으로 바꾼 것에 지나지 않는다. (『문학이론』, 46~47면)

정원사가 정원에서 자라는 것을 원하지 않는 식물은 모두 잡초인 것처럼, 잡초성의 근본은 찾아낼 수 없다는 것이 조너던 컬러의 논지이다. 시대와 사회와 환경에 따라 '잡초성'은 달라지게 마련인 것이다. 그는 잡초를 문학으로 바꾸어 이렇게 묻는다. "우리 문화에서 문학으로 다루는 것들에 속하는 것은 무엇인가?" 이는 달리 말하자면, 우리 문화에서 문학으로 다루는 것들, 혹은 다루어지기를 원하지 않는 것들을 통해서 문학성의 탐구가 이루어져야 한다는 것을 의미한다.

대중성의 영역에서 문학과 여타 다른 장르, 가령 영화나 애니메이션, 웹툰, TV 드라마 등을 구분 짓는 근거는 무엇인가. 문학은 허구적 서사물이라는 관점에서 보자면 영화와 애니메이션과 만화와 TV 드라마와 다르지 않다. 문화 연구의 영역에서는 문학뿐만 아니라 허구적 서사물에 해당하는 여러 장르도 연구 대상으로 삼는다. 그렇지만 문화 연구자의 입장에서는 이들 장르가 현실을 반영하는 허구적 서사물이라는 관점에서 문화적 현상을 읽고, 지배적인 담론과 비판적인 담론을 찾아내기 위한 이론적 담론의 영역에서 비판적으로 이들 장르에 접근한다. 이러한 접근 방식은 문학 일반에 대한 연구의 시각과 다르지 않다. 반면 대중은 익명의 권위에 굴복한 상태에서 혹은 그것에 추수적인 입장에서 이를 상품으로 소비한다.

대중이 그러한 허구적 서사물을 소비함으로써 얻고자 하는 것은 무엇인가. 기본적으로 요구하는 것은 재미, 쾌락이다. 감각적이고 자극적인 쾌락일수록 대중으로부터 환영받는다. 그러면서 동시에 대중은 자극으로부터의 위협에서 안전하기를 원한다. 쾌락은 원하지만 안전이 위협받는 불쾌는 거부하는 것이다. 여기에서 말하는 안전이란 앞서 언급했듯, '상식과 과학, 정신건강, 정상성, 여론'의 익명적 권위에 의거하여 위배됨이 없는 상태를 말한다. 그러한 안전을 요구하는 한편으로 감각적인 쾌락을 누리기를 원하는 것이다. 따라서 체제 순응적인 감정들, 값싸고 가식적인 감상성의 범주 내에서 소비할 수 있는 상품을 원한다. 영화를, 웹툰을, 게임을, 그리고 인터넷소설을 소비하는 까닭은 그 때문이다.

인터넷소설은 상품으로서 대중의 기호에 영합하는 대표적인 사례이다. 감각적이고 자극적인 쾌락이 전면에 부각되고 있는 것이다. 주로 장르소설이라고 불리는 무협소설이나 로맨스소설이 이에 해당한다. 이처럼 문학을 상품, 그것도 일회성으로 소비되는 상품의 범주에서 소비재로 간주하고자 할 경우, 문학을 '소비'하는 '대중'이 사라지고 있다는 표현은 틀렸다. 그렇지만 매번 새롭고 더 자극적인 것을 요구하는 대중을 감당하기란 쉬운 일이 아니다. 특히 새로운 시각적 이미지와 스펙터클로 무장한 영화나 폭력적이고 자극적인 장면으로 시종일관 감각을 현혹하는 게임과 비교하자면 인터넷소설은 평범할 지경이다. 하물며 인터넷소설도 그러한데 굳이 소설에서 일회용으로 소비되고 버려지는 자극적인 쾌락의 허구적 서사물, 그것도 문자를 매개로 한 소설의 경계를 허물고 시각적 이미지나 사진, 애니메이션, 음향 등을 삽입하면서까지 문학이란 이름으로 창작을 시도해야할 당위성이 있을까. 그리고 그렇게 생산된 것들을 일러 문학이라 해야 할까.

오히려 문학은 자본주의적 가치에 저항하고, 가짜 욕망을 추구하는 자동인형으로 전락하기를 거부함으로써 그 가치를 실현하는 역설적인 양식이다. 구독자 수나 대중성이 최우선으로 여겨지지 않아야 하는 까닭이 여기에 있다. 따라서 문학은 상품성을 목적으로 삼아서는 곤란하다. 우리는 대중의 기호와 취향에 맞추어 생산되는 그것을 문학이라고 하지 않는다. 대중의 요구에 영합할 경우 문학은 자본주의 사회의 가짜 욕망을 재생산하는 광고나 오락물과 다를 바 없게 된다.

자본주의 사회에서는 가령, 소비가 미덕이라는 언명 하에 갖고 있는 물건을 또 구입하려는 행위나 욕망이 당연한 것으로 장려된다. 대중성은 그러한 가짜 욕망에 당위와 진정성을 부여하고, 그러한 욕망을 의심 없이 재생산하도록 만드는 데 복무한다. 반면, 문학성은 그것이 진정한 욕망이 아니라 가짜 욕망이라는 것을, 그리고 왜 그러한 욕망을 갖게 되었는가, 그러한 욕망이 궁극적으로 추구하는 것은 무엇인가 하는 의문을 품도록 만든다.

4. 쓰려면 그 열 배를 읽는다, 그게 글쓰기의 윤리다

최근 문단에 불거진 문제의 발단은 작가의 비윤리성과 문학권력화, 그리고 독자의 감소에 있다. 그 위기를 타개하기 위한 해결 방법으로 제시된 변화는 편집위원의 교체와 잡지의 폐간 혹은 창간, 독자의 확보를 위한 대중성의 강조에 놓여 있다. 저마다 다른 방식으로 모색된 이러한 변화가 환부를 도려내고 새살을 돋게 할 묘안이기를, 그리고 '문학'에 충실한 변화이기만을 바랄 뿐이다.

중요한 것은 이러한 변화의 목적이 '문학'에 있어야 함을 잊어서는 안 된다는 점이다. 문학에 있어서 무엇이 문제가 되고 있는가 하는 물음은 현재 우리 문학의 초점이 어디에 놓여 있는가를 보여주는 증좌라 할 수 있다. 표절 시비나 성폭행 시비는 현재 한국사회에 있어 문학, 더 나아가 삶을 사고하는 방식이 윤리에 근거하고 있음을 보여준다. 이때의 윤리란 당대의 사회가 바람직한 것으로 요구하는 삶의 양식이다. 인간의 인간다운 삶을 누리는 데 있어 마땅히 그래야 하는 일이 아직 요원하게 느껴지는 곳에서 '사건'은 언제고 터져 나올 것이다. 우리가 겪은 일련의 사태들은 바로 그것을 증명한다.

우리가 눈여겨 읽지 않은 작품의 어느 곳, 혹은 전혀 주목하지 않았던 누군가의 어떤 작품에서 바로 그 사건의 단초가 될 암시들을 만나게 될 수도 있다. 그것을 찾아내는 것, 그것이 바로 비평가의 임무가 아닐까. 시절 따라 바뀌고, 자본을 따라 옮겨다니는 철새가 아니라, 에리히 프롬이 『자유로부터의 도피』에서 언급했던 '마법적 조력자(magic helper)'로서의 비평가 'X'가 요청되는 것이다. '문학'을 '도와주고 발전시키는 기능, 그와 함께 있고 절대로 그를 혼자 내버려두지 않는 성질을 갖는 X'가 바로 비평가여야 하는 것이다.

김윤식은 한 신문사의 인터뷰에서 이렇게 말한 바 있다.

> "배우니까. 내가 아직도 젊은 작가들의 문학 월평을 월간지에 쓰지 않소. 쓰려면 최소한 작품당 세 번씩은 읽어야 해. 월간지 두 개와 계간지 다섯 개를 빼놓지 않고 봅니다. 그러면서 요즘 젊은 사람들은 이렇게 생각하고 있구나, 이런 공부를 했구나 알게 되지."
>
> ─하지만 요즘 젊은 후배들은 선생처럼 많이 읽지는 않는 것 같다. 못마땅하지는 않나.
>
> "전혀. 우리에게는 우리의 필연이, 그들에게는 그들의 필연이 있소. 우리는 읽는 게 양식이었지만, 요즘 사람들은 다른 양식이 있겠지. 뒷방 늙은이가 관여하고 가르치는 건 염치 없는 일. 나는 다만 내 일을 할 뿐이오."

'나는 다만 내 일을 할 뿐이오'라는 말에서 나는 팔순을 넘긴 평론가의 따가운 질책을 느낀다. '쓰기 위해서는 그 열 배를 읽는다'는 말은 내 등짝을 후려친다. 팔순이 넘도록 읽고 쓰는 일 외에는 다른 여기를 전혀 갖지 않았던 평론가의 고백이 후배와 후학을 향한 일침으로 느껴져 나는 그 기사를 오려 벽에 붙여두었다. 그 글을 다시 여기에 옮긴 까닭은 바로 그에게서 마법적 조력자 X를 보았기 때문이다.

5. 작가가 우리에게 남긴 유산

왜 쓰는가. 낯선 질문은 아니다. 이청준 작가는 그 질문에 대한 대답을 한 편의 소설에 담았다. 「지배와 해방－언어사회학서설3」이 그것이다. 이 청준은 이 작품에서 이정훈이라는 소설가의 입을 빌어 왜 쓰는가에 대해 탐색한다.

> 한 작가가 그의 이념적 세계 지배의 수단으로써 어떤 새로운 질서를 창조하고 그것을 확대해 나간다는 것은 그것으로 그가 이전에 없었던 세계를 새로 만들어내는 것이 아니라, 이미 있어 온 세계에 대한 질서의 부여 행위를 뜻하고 있을 터입니다. 우리가 살아 온 세계 밖에 또 다른 세계를 새로 만들어내는 것이 아니라, 이미 있어 오기는 했으나 우리의 삶과는 무관하게 망각되어 온 세계, 또는 우리의 삶을 부당하게 배반해 온 그릇된 질서로 존재해 오던 부정의 세계에 대하여 적극적으로 새로운 삶의 질서를 부여하고 확대해 나감으로써 우리의 삶의 새로운 터전으로 값있게 편입해 들이는 작업을 뜻합니다. 그리하여 우리의 삶의 터전을 더욱더 넓게 확대해 나감으로써, 보다 많은 삶의 자유를 누리고, 그것을 더욱더 넓은 가능의 세계로 화창하게 해방시켜 나가는 작업인 것입니다. (중략)
>
> 왜 쓰는가－작가는 우리들의 자유로운 삶을 위해, 말을 바꾸어 보다 인간다운 삶, 보다 행복스런 우리들의 삶 또는 그 삶에 대한 깊은 사랑 때문에 쓰고 있고 또 써야 함에 틀림없을 거라고 말씀드리면서 이제 그만 저의 이야기를 끝내겠습니다. (「지배와 해방」, 132~133면)

작가는 자신의 이념으로 세계를 지배한다, 그런데 그가 지배하는 방식은 자유에 근거한다는 것이 이 글의 핵심 내용이다. 독자를 자유로운 세계로 해방시킴으로써 작가는 자신의 지배욕과 개인적인 욕망들로부터 스스로를 해방시키고, 그의 삶을 보다 깊이 사랑하고 보다 넓게 실현해 갈 수 있을 것이라고 말하고 있다. 이청준 작가의 소설론이 그대로 이 작품에 담긴 셈이다.

처음 이 글을 읽고 참으로 이상적인 소설론이다, 라고 생각했다. 그런데 두고두고 생각해보니, 나는 이청준이 자신의 작품에 쓴 소설론의 내용처럼 그의 작품을 통해 새로운 세계를 만났고, 그의 질서로 세계를 읽고자 했고, 그럼으로써 자유로운 생각에 이르게 되었다. 이청준의 소설론은 이상적이기만 한 것이 아니었다. 내가 처한 고민이 그와 같았고, 내가 처한 현실이 그와 다르지 않았다. 내가 현실에서 이끌어 낼 고민도 그가 이미 던진 질문의 언저리일 것이다.

누군가 여기까지 읽고, 이 글은 이청준 작가에 대한 용비어천가다, 라고 말할지 모르겠다. 충분히 동의한다. 이청준을 논외로 하고 소설의 위상, 문학성을 이야기할 재주는 내게 없다. 내가 논문을 쓰면서 연구한 작가이기도 하지만, 비평을 하면서 아직 이청준의 위상을 대신할 만한 다른 작가를 찾지 못했기 때문이기도 하다.

이청준의 작품을 연구하면서 놀랐던 것은 작가의 고민이 예상외로 치열하고 깊다는 점이었다. 누구도 이의 제기를 하지 못할 만큼 작가는 오로지 소설만 생각하고 살았을 것이다. 그게 어떤 삶인지 짐작조차 어렵다. 가령, 나는 이청준의 작품을 읽을 때면 맨 처음에는 작품의 내용에 대해 생각한다. 인물들이 그려내는 삶의 형태와 그 인물들이 세계와 관계하는 방식을 읽어내고, 이청준이 살아냈던 그 당시의 사회를 읽어낸다. 다음에는 이청준의 자전적 생애를 살피면서 이청준이란 작가가 짊어진 삶의 아픔과, 그 아픔이 작품에서 어떠한 방식으로 치유가 되고 있는지를 살핀다. 작가가 부정하는 세계와 긍정하는 세계는 어떤 것인지, 그것이 지금 나에게는 어떤 의미가 있는지를 되새기는 것이다. 그리고 마지막으로 인간과 인간관계에 대한 작가의 깊은 이해에 탄복하면서, 작가 이청준이 찾아낸 그 질서가 언제까지 의미를 갖게 될지 예상해 본다.

그렇지만 이청준의 작품에서 읽을 수 있는 건 이게 다가 아니다. 언어에 대한 작가의 이해는 또 얼마나 깊은지. 말과 소리에 대해 연작소설을 통해 탐색했고, 그 이후에는 관계의 언어와 존재의 언어에 대해 살폈고, 구술언어와 문자언어의 차이를 작품에서 구현하기 위해 노력했고, 말과 글의 전달 방식이 인간의 삶과 문화에 어떠한 영향을 미쳤는지를 고민했다. 그뿐인가. 전통문화에 대한 관심, 그 문화가 전달하는 질서, 그리고 현재 새롭게 만들어지는 문화와 그 질서에 관해서도 예리한 촉수로 관찰하고 그것을 작품에 구현하고자 노력했다. 또한 이청준 작가는 역사를 현재를 되비추는 거울처럼 여겼다. 작가가 예언자 노릇을 할 수 있는 까닭은 과거의 경험을 바탕으로 현재를 사유하기 때문이다. 현재의 질곡을 벗어날 수 있는 암시와 지혜를 과거의 역사로부터 얻었던 셈이다. 『신화를 삼킨 섬』은 바로 그 최대치를 보여준 작품이다. 그의 유고작으로 남은 『신화의 시대』는 역사의 시원으로 거슬러 올라가 우리의 현재를 되비춰줄 작품이었을 것이다. 그런데 작가는 이제 우리 곁에 없다. 그의 작품만 우리 곁에 '심안(心眼)'으로 남아 있을 뿐이다. 나는 이청준 작가의 작품이 우리 문학의 '심안'의 계보를 이어주었다고 감히 말한다. 육안으로 세상을 보고 관찰하며 미혹과 미망에 시달리는 나와 같은 평범한 문학도에게 이청준의 작품은 심안의 세계가 있음을 증거하는 정전인 셈이다. 이제 우리에게 남은 것은 '심안'이 있다는 것을 알고, 그것을 지키고, 찾으려는 노력이지 않을까.

이 글을 마치면서 아도르노의 『미학이론』에서 한 구절을 인용해 보고자 한다.

"예술은 추한 것으로서 저주받는 요인들을 자신의 문제로 삼아야 한다. 이는 그와 같은 것들을 통합하여 온건하게 만들거나 혹은 역겹기 짝이 없는 유머를 이용하여 그것의 존재와 화해하기 위해서가 아니라, 예술이 모방하고 재생산하는 세계를 그러한 추를 통해 탄핵하기 위해서이다." (86~87면)

미(美), 추(醜)의 근거는 당연히 당대의 사회로부터 나온다. 작가가 현실의 삶에 안주할 경우 더 이상 문제적인 작품이 나오지 않는다. 온갖 수사와 몰염치의 언어로 현실의 추함과 절망을 가장할 수는 있지만, 거기에는 감동도 울림도 실릴 수 없다. 그것이 문학이고, 문학의 언어다.

3부

집단무의식에서
스토리텔링으로

세 명의 구보와 도시 산책자 스토리텔링: 박태원, 최인훈, 주인석 소설

1. 머리말

한국소설사에서 소설가를 주인공으로 하여 도시 산책을 다루는 작품과 관련된 세 명의 '구보'를 만날 수 있다. 박태원, 최인훈, 주인석의 구보가 그것이다. 도시 산책자는 벤야민의 보들레르 연구에서 제시된 개념[1]으로, 속도가 지배하는 근대 도시에서 그러한 속도에 편승하기를 거부하고 도시를 게으르게 산책하면서 도시에서 체험하는 낯선 충격을 드러내는 장치이다. 이 장치가 한국소설사에서 최초로 등장한 것이 1930년대 모더니즘의 걸작으로 평가되는 박태원의 「소설가仇甫氏의 一日」이다. 이후 박태원의 작품을 기반으로 하여 최인훈의 『소설가 丘甫氏의 一日』과 주인석의 『소설가 구보씨의 하루』가 소설사에 제출된다.

지금까지 세 작품을 동시에 검토하는 연구는 주로 글쓰기 양상,[2] 인물과

---

1 반성완 편역, 『발터 벤야민의 문예이론』, 민음사, 1983, 164면.
2 김윤식, 「구보계 글쓰기의 기원과 그 변모양상」, 『90년대 한국 소설의 표정』, 서울대학교출판부, 1994.
   송경빈, 「글쓰기 인식의 계승과 심화」, 『패로디와 현대소설의 세계』, 국학자료원, 1999.

서사구조의 대비,[3] 문학 정신의 대비,[4] 패러디의 측면,[5] 그 외 도시 공간이
나 텍스트 측면[6]에 대한 연구 등이 주를 이루어 왔다. 이 글에서는 세 작품
을 대상으로, 소설가를 주인공으로 하여 도시 산책자 스토리텔링[7]을 정립하
고자 한다.

세 작품을 통해 도시 산책자 스토리텔링을 구축하기 위해서는 세 작품의
서사구조에서 공통된 요소와 변별적 요소를 찾아내야 한다. 이를 위해 이
글은 이야기의 구성 원리와 관련된 모티프(motif)의 개념[8]을 활용하고자 한

유철상, 「<소설가 구보씨의 일일> 계열 소설의 창작 동기에 대하여」, 『우리말글』 56, 우리
  말글학회, 2012, 699~716면.
진선정, 「소설가 구보씨의 일일의 글쓰기 양상 연구」, 한남대학교 석사논문, 1998.

3 나은진, 「소설가 소설과 '구보형 소설'의 계보」, 『구보학보』 1, 구보학회, 2006, 95~105면.
  오경복, 「구보형 소설의 구조미학」, 『소설가 소설 연구』, 국학자료원, 1999, 25면.
  정주일, 「소설가 구보씨의 일일 비교 연구」, 공주대학교 석사논문, 2002.

4 김근호, 「소설가 구보씨의 산책과 불화 감정의 정치성 - 박태원, 최인훈, 주인석 구보의 공통
  분모를 중심으로」, 『구보학보』 16, 구보학회, 2017, 252~280면.
  정영훈, 「1970년대 구보 잇기의 문학사적 맥락」, 『구보학보』 9, 구보학회, 2013, 289~322면.
  홍성식, 「소설가 구보씨의 변모과정 연구」, 『한국문예비평연구』 23, 한국현대문예비평학회,
  2007, 27~54면.

5 박혜숙, 「「소설가 仇浦氏의 一日」과 「詩人 久浦氏의 一日」의 패러디 연구」, 『어문연구』 29(4),
  한국어문교육연구회, 2001, 137~156면.

6 전우형, 「1990년 이후 구보 텍스트 재매개의 계보학」, 『구보학보』 12, 구보학회, 2015, 121~
  142면.
  한형구, 「'소설가 구보씨의 일일' 계보 소설을 통해 본 20세기 서울의 삶의 역사와 그 공간
  지리의 변모」, 『서울학연구』 14, 서울시립대학교 서울학연구소, 2000, 117~164면.

7 스토리텔링이란 스토리와 텔링의 합성어인데, 여기서 스토리는 어떤 줄거리를 가진 이야기
  를 말하고, 텔링은 매체에 맞는 표현 방법을 말한다. 즉 스토리텔링이란, 이야기를 매체의
  특성에 맞게 표현하는 것으로, 각종 매체에 맞게 재미있게 이야기하는 기술을 말한다. 정창
  권, 『문화콘텐츠 스토리텔링』, 북코리아, 2008, 36면. 한편 콘텐츠는 사전에 나온 그대로 '내
  용물'인데 쉽게 말해서 각종 대중매체에 담긴 내용물을 말한다. 문화콘텐츠란 콘텐츠를 담
  는 그릇이자 다양하게 활용하는 도구들, 예컨대 출판이나 만화, 방송, 영화, 게임, 캐릭터 등
  문화와 관련된 각종 매체들을 말한다. 정창권, 위의 책, 23면.

8 B. Tomachevski, 「테마론」, 김치수 역, 『러시아형식주의』, 이화여자대학교출판부, 1983, 202~
  214면.

다. 모티프는 작품의 주제를 형성하는 요소로, 더 이상 작은 단위로 분해 불가능한 최소 단위이다. 하나의 문학작품은 이 모티프들의 결합으로 이루어진다. 모티프의 예로, a1. '저녁이 되었다', a2. '라스콜리니코프가 노파를 죽였다', a3 '주인공이 죽었다', a4. '편지 한 장이 도착했다' 등을 들 수 있다.

하나의 작품 속에는 여러 가지 이질적인 모티프들이 있을 수 있는데, 각 모티프마다 그 역할과 기능에 있어서 차이가 난다. 이들 모티프를 크게 두 종류로 구분할 수 있다. 먼저, 자유 모티프(motifs libres)와 연관 모티프(motifs associés)이다. 자유 모티프는 서술의 연속을 그렇게 깨뜨리지 않고도 생략될 수 있으며, 연관 모티프는 사건을 결합시켜주는 인과관계를 변질시키지 않고는 생략될 수 없다. 다음, 역동적 모티프(motifs dynamiques)와 정태적 모티프(motifs statiques)이다. 상황의 변화를 묘사하고 전달하는 모티프들은 역동적 모티프이고, 상황을 변화시키지 않는 모티프들은 정태적 모티프이다. 주인공의 행동이나 몸짓과 관련된 것이 역동적 모티프라면, 자연, 장소, 상황, 인물, 인물의 성격 등을 묘사하는 것은 정태적 모티프이다.

이 모티프의 입장에서 도시 산책을 다루는 세 작품에 주목할 때, 각 작품에 공통되는 모티프를 추출할 수 있는데, 이는 도시 산책을 다루는 세 작품에 반드시 필요한 모티프에 해당한다. 가령 도시 산책자 모티프는 그 한 예가 될 수 있을 것이다. 여기에 해당하는 모티프가 연관 모티프와 역동적 모티프이다. 한편 동일하게 도시 산책을 다루더라도 세 작품마다 변별적인 모티프들을 지니게 되는데, 이에 해당하는 모티프가 자유 모티프와 정태적 모티프이다. 이들은 도시 산책을 다루는데 반드시 필요한 모티프가 아니기에, 각 작품마다 자유롭게 이 모티프들을 활용해 다른 작품과의 변별성을 확보할 수 있게 된다.[9]

---

9 민담에서 영웅의 일대기를 다루는 작품들의 경우, ① 고귀한 혈통을 지니고 태어난다. ② 잉

이러한 방법론에 입각해 이 글은 다음과 같이 논의를 전개하고자 한다. 2장에서는 도시 산책을 다루는 세 작품의 서사구조에 나타나는 공통된 모티프를 추출하고, 3장에서는 세 작품을 구분 짓게 하는 변별적 모티프가 무엇이며 이러한 모티프가 어떻게 서사구조를 이루는지를 고찰할 것이다. 4장에서는, 세 작품에 나타나는 공통된 모티프와 변별적 모티프를 활용해 도시 산책자 스토리텔링을 구축하고, 이를 바탕으로 도시 산책을 다루는 소설의 창작방법론을 정립하고자 한다.[10]

2. 구보계 소설에 나타나는 공통 모티프

박태원, 최인훈, 주인석의 작품에 나타나는 소설가 구보를 통해 도시 산책과 관련된 측면을 스토리텔링할 경우, 먼저 세 작품에서 구보의 도시 산책 과정에 나타나는 공통 모티프를 추출해야 한다.

박태원의 소설은 1930년대 어느 해 여름 낮에 구보가 광교 집을 나와 경성을 산책하다가 다음 날 새벽 2시에 다시 집으로 귀가하는 형태를 취하고 있다. 한편 총 15장으로 된 연작형 장편소설인 최인훈의 작품은 "1969년 겨울 동짓달 그믐께를 며칠 앞둔 어느 날 아침"에 시작해 1972년 "5월도

태와 출생 과정이 비정상적이다. ③ 주인공은 탁월한 능력의 소유자이다. ④ 어린 시절에 버려지거나 혹은 난관에 봉착한다. ⑤ 구출자나 조력자의 도움으로 성장한다. ⑥ 자라서 새로운 위기를 당한다. ⑦ 위기를 극복하고 영웅이 된다는 공통된 모티프를 지닌다. 각 영웅소설들은 변별적인 자질을 지니는데, 이를 가능하게 하는 것이 변별적 모티프이다. 조남현, 『소설원론』, 고려원, 1983, 254면.

10 논의를 위한 주된 텍스트로, 박태원, 「소설가仇甫氏의 一日」, 문장사, 1938; 최인훈, 『소설가丘甫氏의 一日』, 문학과지성사, 1997; 주인석, 『검은 상처의 블루스』, 문학과지성사, 1995판을 삼는다.

마지막 갈 무렵"까지를 시간적 배경으로 한다. 이 시간적 배경하에서 장별로 구보가 서울 근교 하숙집에서 나와 서울 도심을 산책하고 귀가하는 하루의 과정을 다루고 있다. 총 5작으로 구성된 연작형 장편소설인 주인석의 작품은 1991년 3월이 다 지나갈 무렵에서 시작해 1994년 12월 12일까지를 시간적 배경으로 해, 작품별로 구보가 불광동 집을 나와 서울 도심을 산책하고 다시 귀가하는 하루의 과정을 다루고 있다.

세 작품에서 구보가 산책하는 과정을 시간과 공간 단위로 정리하면 다음과 같다.

<박태원 작품에 나타나는 仇甫의 이동 경로>

시간	공간의 이동 경로
여름 낮	다옥정 집(중문-대문)-다리 모퉁이-다리 왼편-종로 네거리-화신상회-동대문행 전차 안(종묘 앞-창경원-대학병원-동대문 앞-훈련원-약초정)-조선은행 하차-장곡천정
오후 2시	다방-부청 쪽-다방 옆 골목 안 골동품점-태평통의 거리-남대문(안에서 밖으로)-경성역 삼등 대합실-경성역 끽다점-거리-조선은행 앞-다방
황혼	종로 네거리-다료
밤	대창옥-한길 위-황토마루 네거리-광화문통-온 길을 되돌아감-다방 앞-다방-조선호텔 앞-황금정-종로-종각 뒤 술집-낙원정 카페
오전 2시	종로 네거리

<최인훈 작품에 나타나는 丘甫의 이동 경로>

시간	공간의 이동 경로
1969년 겨울	1장: 하숙집(교외의 신주택가-은평구)-자광대학(동국대)-다방(퇴계로)-여성낙원사(서대문)-9다방(광화문)-중국집(광화문)-술집 '유정'(성북동)-하숙집
1969년 봄	2장: 창경원

1969년 가을	3장: 하숙집-한심대학(한양대학)-양서출판사(청진동)-음식점-출판사-심등사(절)-집
1971년 초여름	4장: 다방 '석굴암'(광화문 예총회관 옆)-음식점 '완당'(세종로)-극장(종로3가)-다방(돈화문)-관훈동 책방거리-집-(시내로)
1971년 장마가 개인 어느날 아침	5장: 집-출판사 '문락사'-광화문 다방-광화문 지하도
1971년 8월 22일	6장: 청계천 전자상가의 가게-장로교회(청계천)-명동-다방(명동)-평화출판사(종로)-청계천 전기상가 가게
1971년 9월	7장: 경복궁-(국립미술관)-광화문
1971년 10월 26일	8장: 집-이발관(집 부근)-집-다방(돈화문)-종로
1971년 11월 하순	9장: 집-결혼식장(민가)-다방-책방(관훈동)-인사동 밥집
1971년 12월 중순	10장: 하숙집-대학(공릉동 서울대 교양학부)
1972년 정월 초순	11장: 청진동-찻집 '방랑'(안국동)-'민중신문사'(한국일보사)-한식집(청진동)-잡지사 '신세계'(화신 뒤)-지하 다방
1972년 2월 하순	12장: 시내의 친구 사무실(청진동)-안국동-창경원-다시 친구 사무실
1972년 3월 하순	13장: 광화문-양품가게(광화문)-다방(무교동)-청진동-'고대 화랑'(안국동)-청진동
1972년 4월 중순	14장: 광화문-예총회관(광화문)-한국일보사-중국집(청진동)-잡지사 다방-'산업신문사'-출판사(청진동)-광화문-다시 청진동의 친구 사무실-광화문-집
1972년 5월 하순	15장: 집-꿈 속에서의 여행(절)-집

<주인석 작품에 나타나는 구보의 이동 경로>

시간	공간의 이동 경로
1991년 3월이 다 지나갈 무렵	1작: 집(불광동)-시외버스 터미널(연신내)-통일로-경기도 파주-옛집-'호수다방'(파주)-들판-옛집-서울로의 귀환
1991년 9월 어느 일요일	2작: 집-버스-결혼식장(마포)-구 서대문 형무소-집
1991년 겨울	3작: 집-대학병원(혜화동)-경기도 안성의 천주교 공원묘지-서울 중앙일보사-영화관(낙원동)-거리로(종로)
1992년 겨울	4작: 집-문학과지성사(서교동)-거리(신촌)-술집
1994년 12월 12일	5작: 집-버스-광화문-교보문고-인사동 화랑-경복궁-경회루

이상의 시간과 공간의 변화에 따른 구보의 산책 과정을 중심으로 하여, 세 작품의 서사구조와 관련해 공통 모티프를 추출할 수 있다.

　첫째, 인물과 관련하여 세 명의 구보 모두 소설가로 일정한 직업이 없이 살아간다는 점이다.

> ① 직업과 안해를 갖지않은, 스물여섯살짜리 아들은, 늙은 어머니에게는 왼갖 종류의, 근심, 걱정꺼리였다. 우선, 낮에 한번 집을 나서면, 아들은 밤늦게나되어 돌아왔다. (중략) 어머니는 어디 월급 자리라도 구할생각은 없이, 밤낮으로, 책이나 읽고 글이나 쓰고, 혹은 공연스리 밤중까지 쏘다니고 하는 아들이, 보기에 딱하고, 또 답답하였다.[11]

> ② 한 월남 피난민으로서, 서른다섯 살이며, 홀아비고, 십년의 경력을 가진 소설가라는 그의 현실적 신분[12]

> 그러면 그런 나이에 홀몸으로 피난왔다면 丘甫씨는 고아였는가 하면 그것도 아니다. 그때 피난온 사람은 대개 가족이 흩어져서 혼자도 되고 둘도 되었다. 난리에 이런 일은 보통 있는 법이다. 丘甫씨도 이 경우였다. 다만 丘甫씨 경우에 확실한 일은 그의 가족들은 결국 고향을 떠나지 못했으리라는 것이었다. 그의 고향 사람들은 항구에 들어온 미국 화물선을 타고 나온 것인데 丘甫씨네 가족은 배를 타러 나왔다가 부두의 아우성 속에서 서로 갈려버렸기 때문이다.[13]

> ③ 밥 먹는 아들의 모습을 바라보며 구보씨의 어머니는 이제 결혼할 나이가 된 아들에게 다른 어머니들처럼 '이제 너도 좋은 직장 잡고 착한 색시 골라서 장가가야지'라고 말하고 싶다. 그러나 그건 소망일 뿐, 구보씨의 어머니는 그런 말을 할 수가 없다. 그녀는 아들에게 국가보안법 위반이라는 끔찍한 전과가 붙어

---

11 박태원, 앞의 책, 222~224면.
12 최인훈, 앞의 책, 19면.
13 위의 책, 261면.

있다는 것을, 그래서 아들이 번듯한 직장을 가질 수 없다는 것을 알고 있다. 그래서 아무 말도 못 한다. 아들은 교도소에서 나오자 소설이란 걸 쓴다면서 방구석에 들어앉았다. 아니 낮에는 어딘가 쏘다니가 밤중에야 들어와 방안에 틀어박힌다. 가끔, 요즘 와서는 자주, 술에 취해 들어온다.[14]

서울에서 살고 있는 '구보'는 그 인물의 성격적 특성이 당대의 시대적 특성과 매우 밀접하게 맞물려 있다. 세 작품의 인물은 모두 '소설가'이자 '독신 남성'이라는 공통점을 지닌다. 박태원의 '구보(仇甫)'는 1930년대 동경 유학을 다녀온 식민지 경성의 지식인으로서, 직업과 '안해'도 없이 살아가는 룸펜 인텔리를 표상한다. 최인훈의 '구보(丘甫)'는 한국전쟁으로 월남해서 1960~1970년대를 서울에서 살고 있는 실향민을 표상한다. 주인석의 '구보'는 1980년대 군부독재 시기 학생운동으로 투옥된 후 민주화가 이루어진 서울에서 살고 있는 소위 386세대를 표상한다.

이처럼 세 작가의 작품에 등장하는 구보는 결혼도 하지 않고 직장도 없이 소설을 쓰면서 살아간다는 공통점을 지닌다. 이러한 소설가 구보를 등장시켜 세 작품은 당대 상황과 관련해 소설이 갖는 의의와 진정한 예술적 가치에 대한 서사를 중점적으로 전개한다. 가령 박태원 작품의 경우 1930년대 통속소설이 유행하는 상황에서 순수소설의 위치를 문제 삼고 있으며, 최인훈 작품의 경우 전통적인 문화 가치가 상실되고 경박한 서구 물질문화가 지배하는 상황에서 예술의 존재 방식을 문제 삼고 있으며, 주인석 작품의 경우 상품물신주의에 함몰된 예술로 인해 변두리로 내몰린 순수예술의 운명을 문제 삼고 있다.

둘째, 세 명의 구보는 모두 집에서 출발하여 경성 혹은 서울의 도심을

---

14 주인석, 앞의 책, 19면.

산책하고 다시 집으로 귀가한다는 점이다. 여기서 집은 각각의 인물에게 어머니와 함께 있는 집(박태원, 주인석의 작품), 어머니처럼 잘 대해주는 주인 아주머니가 있는 하숙집(최인훈의 작품) 등으로 제시된다. 곧 구보가 귀가하는 집은 도시와는 달리 가족과 인간적 유대감이 넘쳐흐르는 안주의 공간으로 제시된다.

반면, 도시 산책 과정에서는 도심의 특성을 대표하는 다양한 장소와 그와 연관된 인물들이 체험 대상으로 설정된다. 세 명의 구보는 이러한 체험 대상을 통해 때론 자신이 그리워하거나 동경하는 대상을 떠올리면서 그러한 대상이 부재하는 당대 도시에 대한 안타까움 내지 절망을 표출하기도 하고, 때론 당대의 도시 풍속에 내재된 부정적 측면을 비판하기도 한다.

셋째, 세 명의 구보는 도심을 산책하면서 어떤 특정 장소를 관찰하거나 특정 인물을 만나면서 그 대상에 대한 사유를 펼친다는 점이다.

① 그러나 오히려 고독은 그곳(경성역-인용자 주)에 있었다. 仇甫가 한옆에 끼여 앉을 수도 없게끄리 사람들은 그곳에 빽빽하게 모여있어도, 그들의 누구에게서도 인간본래의 온정을 찾을 수는 없었다. 그네들은 거의 옆에 사람에게 한 마디 말을 건네는 일도 없이, 오직 자기네들 사무에 바빴고, 그리고 간혹 말을 건네도, 그것은 자기네가 타고 갈 열차의 시각이나 그러한 것에 지나지 않았다. 그네들의 동료가 아닌사 람에게 그네들은 변소에 다녀올 동안의 그네들 짐을 부탁하는일조차 없었다. 남을 결코 믿지않는 그네들의 눈은 보기에 딱하고 또 가엾었다.[15]

② 丘甫씨는 김중배씨를 보았다. 그 역시 고독한 군중의 그 얼굴을 하고 있었다. 흠 그렇다면 나도 그렇겠군, 하고 丘甫씨는 생각하였다. 나한테 말 걸지 말아

---

15 박태원, 앞의 책, 249~250면.

요, 가만 놔둬주어요, 뭐 당신들하고 한자리에 있고 싶어 들어온 게 아니란 말이오, 살아 있는 당신들하군 상관도 하기 싫고 저 스크린 위에 나타나는 그림자들과 만나고 싶어서 모처럼 여기 온 것이란 말이오, 날 쳐다보지도 말아요-대체로 이런 따위의 글씨를 그들의 얼굴 위에서 볼 수 있었다. 형무소 면회실이나, 병원 대합실, 관청의 응접실 같은 데 모인 사람들의 얼굴 표정과 아주 흡사한 그런 얼굴들.[16]

　③ 대중 교통 수단을 이용하는 불쌍한 부류의 서울 시민들은 자리에 앉게 되면 눈을 감아버리는 이 지혜로운 습관을 터득하지 않으면 안 된다. 눈을 뜨면 불편한 일만 생기니까. 그들은 아무도, 아무에게도 양보하고 싶지 않다. 차지한 것은 끝까지 악착같이 깔고 앉아 있어야 한다. 그러지 않으면 마치 금방이라도 자기가 살해당할 것 같은 공포감에 빠져든다. 양보하고, 여유 있게 행동하고, 상대에게 믿음을 주고, 동정하거나 공감하는 것 등등은 미덕이 아니다.[17]

　①에서 박태원의 仇甫는 경성역 대합실에 빽빽하게 모인 사람들을 대상으로 하여 옆 사람에게는 전혀 관심이 없고 자신의 일에만 열중하는 개인주의적인 인간들을 관찰하고, 메말라 버린 인간 본래의 온정에 대한 사유를 전개한다. ②에서 최인훈의 丘甫는 김중배의 권유로 함께 영화관에 가서 영화를 보면서 옆에 앉은 김중배의 얼굴을 본다. 오로지 스크린에만 몰두한 김중배의 모습에서, 丘甫는 형무소 면회실이나, 병원 대합실, 관청 응접실 등에서 만났던 사람들을 떠올리면서 타인과의 교감을 거부한 채 자신만의 폐쇄적인 공간에 함몰된 익명의 군중 혹은 고독한 군중에 대한 사유를 펼친다. ③에서 주인석의 구보는 집에서 마포로 가는 길에 버스를 타고 자

---

16 최인훈, 앞의 책, 79~80면.
17 주인석, 앞의 책, 69면.

리에 앉자마자 습관처럼 눈을 감아버리는 서울 시민의 모습을 관찰한다. 자신 역시 보통의 서울 시민들처럼 자리를 양보하고 싶지 않아서 눈을 감아버리는 습관을 지녔음을 발견하고, 그런 모습에서 여유와 공감과 배려와 같은 미덕을 상실한 현대인의 모습에 대한 사유를 펼친다.

넷째, 과거에 대한 기억이 몽타주(박태원)나 회상 형식(최인훈, 주인석)으로 삽입된다는 점이다. 박태원의 경우, 仇甫는 '다료'에서 벗을 기다리다가 문득 동경에서 만났던 여자 '임'에 대한 기억을, 또한 '한길 위'에 홀로 서서 동경의 히비야 공원에 대한 추억을 몽타주 형식으로 떠올리기도 한다. 최인훈의 경우, '커피 숍'에서 떠나온 북쪽의 고향 W시에 대한 기억을 떠올리고, 인사동 '고대 화랑'에서 이중섭 전시회를 보면서 또한 고향을 떠올린다. 주인석은 불광동 시외버스 터미널 대합실에서 고향인 파주에 대한 기억을 떠올리기도 하고, 친구 결혼식장에서 그리고 서대문 형무소에서 과거 조국통일 학생운동을 하다가 투옥된 일을 떠올리기도 한다.

세 작품은 이러한 네 가지 공통 모티프를 서사단위에 내포하는데, 이 네 가지 공통 모티프는 후술하겠지만 구보 관련 도시 산책을 다루는 소설작품에 반드시 필요한 요소에 해당한다. 즉 이 요소들은 도시 산책을 다루는 구보 소설을 특징짓는 핵심 서사단위에 해당한다고 볼 수 있다.

3. 구보계 소설을 차이 짓는 변별적 모티프와 주제 의식

세 작품을 스토리텔링의 입장에서 접근할 때 네 가지 공통 요소는 물론이고 각 작품을 변별짓는 모티프에도 주목해야 한다. 먼저 시간적, 공간적 측면에서의 차이점이다. 시간적 배경에서 볼 때, 박태원의 「소설가仇甫氏의 一日」은 1930년대 도시 경성을 배경으로 삼고 있다면, 최인훈의 『소설가

丘甫氏의 一日』은 1960년대 후반부터 1970년대 초반에 이르는 시기의 서울을 배경으로 삼고 있으며, 주인석의 『소설가 구보씨의 하루』는 1990년대의 서울을 배경으로 삼고 있다.

세 작품은 '서울'을 동일하게 공간적 배경으로 삼고 있다. 그러나 박태원의 「소설가仇甫氏의 一日」에서 구보의 산책은 사대문 안에 놓인다. '동대문', '남대문', '광화문', '대한문'을 네 방위로 삼아 그 공간을 벗어나지 않으며, 예외적으로 경성역에 가기 위해 남대문 밖으로 나갈 뿐이다. 반면, 최인훈의 『소설가 丘甫氏의 一日』에서 구보의 산책은 사대문 밖으로 확장된 서울을 보여준다. 丘甫의 집은 퇴계로 근처의 '자광대학'까지 차로 십 분 거리에 있는 교외의 신주택가이다. 광교 옆에 위치한 박태원의 '仇甫'의 집과 비교해 도시 외곽에 위치해 있는 셈이다. 주인석의 '구보'는 불광동 시외버스 터미널이 오 분 거리에 있는 '불광동'에 살고 있다. 이처럼 최인훈이나 주인석의 구보는 박태원의 구보가 인식하고 있던 '경성'의 경계가 확장된 1960~1970년대의 서울과 1980~1990년대의 서울을 보여주고 있다.

이처럼 세 작품은 각 시대를 달리하면서 시대마다 달라지는 경성-서울의 면모를 부각시키는 데 치중한다. 그 결과 세 명의 구보가 산책하는 경로와 그 과정에서 마주하는 도심의 풍경은 그 특질을 달리한다. 그런데 여기서 주목할 것은 이러한 차이점에 내포된 주제 의식인데, 이는 각 시대를 살아가는 작가의 문제의식과 연결되어 있다.

박태원의 작품을 살펴보자. 박태원의 仇甫는 동경에 대한 그리움과 경성의 열악한 근대에 대한 비판과 함께, 그러한 경성의 근대에 안주하여 직업과 안해를 갖고 일상인으로 살아가고자 하는 욕망 사이에서 갈등하면서 도시 산책을 한다. 이에 따라 구보의 사유가 어느 쪽으로 치우쳐 있는가에 따라 산책하는 구보의 시선에 포착되는 도시 장소와 인물, 그리고 그러한 대상에 대한 사유와 행위가 달라진다.

첫째, 동경에 대한 그리움이 강렬하게 드러나는 경우이다. 仇甫는 산책 과정에서 동경에 대한 사유를 펼친다. 오후 두 시 전차에 내려 장곡천정을 가는 도중에 들린 다방에서, 밤에는 종로의 다료, 설렁탕집 대창옥, 황토 마루 네거리와 광화문통 등에서 仇甫는 동경에서 만났던 여자인 '임'에 대한 기억을 떠올리며, 동경의 진보초의 '끽다점', 여자와 영화를 보았던 '무사시노칸', 여자와 차를 마시러 가고 싶었던 '은좌', 여자와 헤어지던 '히비야 공원', 그곳에서 사귀었던 벗에 대한 그리움 등을 표출한다.

둘째, 동경에 대한 그리움으로 인해 동경보다 낙후된 곳으로 인식되는 경성의 열악한 근대에 대한 비판과 혐오를 표출하는 경우이다. 여기서 '仇甫'는 일본제국의 식민지로서의 '경성'에 살고 있으나, 그것을 적극적으로 드러내지는 않는다. 그러한 상황은 감시자의 눈초리, 우울한 마음 등을 통해 에둘러 표현될 뿐이다. 이러한 측면은, 전차에서 표를 찍기 위해 동전을 꺼냈는데 마침 '大正11' 등이 씌어진 뒷면이 보였고 그곳이 마침 종묘 앞으로 제시된 장면, 대한문을 보면서 빈약한 옛 궁전에 대한 우울함을 느끼는 장면, 경성역 대합실에서 흥미를 느끼게 된 사건을 기록하고자 대학 노트를 펼쳤는데 의혹의 눈초리로 보는 일본 순사를 보고 노트를 덮는 장면, '다방'에서 원고료를 '원호료'로 발음하거나 카페의 여급이 '-코'라는 이름으로 바꾼 것 등의 장면을 통해 식민지 '경성'에 대한 우울한 사유를 제시하는 것에서 확인할 수 있다.

식민지 상황에 대한 비판과 함께 경성역 개찰구 앞에 서 있는 금광 브로커와 전당포집 둘째 아들을 통해 당대 경성에 만연한 황금만능주의에 대한 비판적 사유를 펼친다. 또한 경성역 삼등 대합실에서 만난 가난한 노파와 중년 신사, 바세도씨 병에 걸린 사십 대의 노동자와 젊은 아낙 등을 통해, 타인의 아픔이나 상처에는 무관심한 채 자신의 안위만을 추구하는 개인주의적인 측면에 대한 비판적 사유를 펼치기도 한다.

셋째, 경성의 근대적 일상에 안주하여 직업과 '안해'를 갖고자 하는 사유를 펼치는 경우이다. 이는, 화신상회에서 식당에 가려고 승강기를 기다리는 젊은 부부를 관찰하며 행복에 대한 사유를 펼치는 장면, 전차를 타고 가면서 이전에 선을 본 여자를 만나 여자네의 구혼을 기다렸던 기억을 회상하는 장면, 짝사랑했던 벗의 누이가 결혼해 아이를 양육하는 것을 회상하는 장면, 다료와 광화문통에서 여자를 동반한 청년과 각모를 쓴 학생을 부러워하는 장면, 경성우체국을 바라보며 "자애 깊은 아버지의 사랑을 가져 소녀를 데리고 여행을 할 수" 있기를 희망하는 장면 등에서 확인할 수 있다.

최인훈의 丘甫는 1960년대 서울을 산책하는 과정에서 자신이 떠나온 북쪽 W시에 대한 그리움을 표출하면서, 그 북쪽 고향과 연결된 전통적 문화와 가치에 대한 지향을 드러내고, 당대 서울에 만연한 서구문화 풍조를 비판하는 데 집중하고 있다. 이에 따라 최인훈의 丘甫의 산책 과정과 그 과정에서 마주하는 도시의 풍물은 박태의 仇甫의 그것과 변별적 자질을 지니게 된다.

최인훈의 '丘甫'는 분단으로 인해 가지 못하는 북쪽의 고향 W시에 대한 그리움을 강하게 드러낸다. 1장에서 丘甫는 '자광대학'에서 '60년대에 나온 신인들'에 관한 강연을 마치고 나와, 현상소설 당선자를 뽑기 위해 '여성낙원사'에 가기 전 충무로와 퇴계로를 잇는 골목에 위치한 '커피 숍'이란 간판을 단 다방에 들어간다. 그곳에서 우연히 뒤뜰의 화교국민학교를 보고 그와 분위기가 유사한 고향의 국민학교를 떠올린다.

이러한 고향에 대한 그리움은, '가족 찾기' 관련 남북 적십자 회담이 열리자 청계천에서 전기기구 가게를 하는 동향의 고등학교 동창인 친구 김순남을 만나 흥분을 하다가, 그날 인천에서 올라온 무장공비 사건으로 회담이 결렬될 상황에서 그 사건이 인천 실미도 사건으로 밝혀지자 안도하는 장면(6장), 콩트 심사를 위해 같은 고향 출신인 김홍철을 만나 일본대사관 앞을 지나면서 소학교 시절 보았던 영화를 떠올리는 장면(11장), 미국 대통령이 중공을 방문한다는 문제가 연일 신문에 보도되는 통에 밤새 소설도 쓰지 못하고 잠도 설치다가 아침에 청진동에 있는 매매중개를 업으로 하는 친구 사무실을 방문하는 장면(12장), 우연히 인사동에서 고향 친구를 만나 이중섭의 전시회 포스터가 보이는 '고대 화랑' 앞 중국집에서 이야기를 나누며 고향을 떠올리는 장면(14장)에 잘 드러난다.

이처럼 북쪽에 두고 온 고향에 대한 그리움은 작품 전편에 걸쳐 두루 제시될 만큼 큰 비중을 차지한다. 고향과 관련된 기억의 회상은 丘甫가 살아가는 현재의 서울에 대한 비판을 가하기 위해서 의도적으로 동원된 서사 장치로 볼 수 있다. 이 서사 장치를 통해 丘甫는 남한 사회에 대한 두 가지 사유를 펼친다. 먼저, 고향에 대한 회상을 하는 과정에서 당대의 서울로 표상되는 남한 사회의 현실적 문제, 곧 남북 적십자 회담, 미국 대통령의 중공 방문 등과 같은 문제와 연결해 통일에 대한 기대감을 제시하고 있다는 점이다. 이를 위해, 丘甫는 충무로 커피 숍, 청계천 전기기구 가게, 일본대사관, 청진동 등을 산책하면서, 어떤 대상을 보고 그 대상으로부터 고향에 대한 기억을 떠올리고 이를 남한 현실 문제에 대한 비판적 사유로 연결하고 있다.

다음, 고향에 대한 기억을 통해 丘甫는 전통적인 문화 가치의 소중함을 강조한다. 丘甫는 13장에서 무교동의 '사이공' 다방에서 심학규를 만나 그와 함께 인사동 '고대 화랑'에 가서 고향 사람인 이중섭 전시회를 보면서 고향을 떠올린다. 이처럼 고향과 이중섭을 연결하면서, 丘甫는 이중섭이 동향의 화가이며, 그의 미술이 전통적 예술 가치를 기반으로 서구 예술의 경향을 주체적으로 수용하고 있음을 제시한다. 이를 통해, 丘甫는 1960년대 한국사회에서 '근대'는 물밀듯이 밀려드는 서구의 문화, 가령 영화나, 서구 사상사와 같은 지적 풍토와 같은 것만을 의미하지는 않는다는 사유를 펼친다. 丘甫는 서구적인 것을 그대로 모방하는 근대가 아니라 자국의 전통을 되살려내면서 이를 바탕으로 하여 서구의 문화, 그것도 표피적인 것이 아니라 그 문화의 정신적인 가치를 주체적으로 수용하는 것을 근대로 보고 있다. 그런 점에서 丘甫는 서구의 문물이 한국의 문화에 어떻게 밀려들어오고 있는지를 살피는 동시에 한국의 전통과 관련된 문화에도 주목한다. 丘甫가 '창경원'(2, 12장)과 '심등사'라는 '절'(3, 15장)에 반복해서 가는 이유가 여기에 있다.

이중섭의 미술에 대한 강조와 함께 丘甫는 산책을 통해 전통적 가치를 사상한 채 서구문화를 피상적으로 수입해 무조건적으로 추종하는 남한 현실을 비판한다. 서구문화에 대한 맹목적 추수주의 비판을 위해 丘甫는 산책을 하는 과정에서 이와 관련된 장소를 대상화한다. 가령 돈화문 근처 극장(4장)에 들러 영화를 보고 나온 丘甫는 문화적으로 서구의 문화에 종속되어 있는 한국의 상황을 일종의 식민지로 여긴다. '솔저 블루'라는 영화를 보러 갔다가 이국적인 극장의 풍경을 보고, 서양 배우들의 얼굴이 그려진 간판 아래 황색인종이 표를 사느라 바글바글한 모양을 보면서 '조계'라고 하는 것 등은 그러한 인식을 보여준다. 또한 5장에서 광화문 시민회관 근처 인도마술사의 간판이 걸린 길에서 서양 여자들처럼 화장을 하고 걸어가는 여자들의 모습을 보고, 서울이 '홍콩'을 닮았다고 생각하는 것에서도 그러한 인식을 발견할 수 있다. 이러한 인식은 관훈동에 있는 '요정'을 통한 타락한 소비문화적 측면에 대한 비판으로, 일본대사관 근처에서 점심을 먹으면서 날치기 음식뿐인 서울의 음식에 대한 비판 등으로 이어진다.

마지막으로 주인석의 작품이다. 주인석의 구보는 1990년대 서울을 산책하면서 고향인 파주의 미군 기지와 연결해 당대 서울에 만연한, 미국으로 표상되는 천민자본주의를 비판하면서 동시에 과거 군사독재정권의 억압적인 측면을 비판한다.

첫째, '구보'는 고향 '파주'에 대한 기억과 1980년대 조국통일 학생운동을 하다가 붙잡혀 구금된 기억을 떠올린다. 황해도 연백이 고향인 아버지가 전쟁으로 고향을 잃고 파주에 정착한 까닭에 '구보'는 파주에서 태어난다. 1장을 보면, '구보'는 '파주'를 싫어해서 기억에서도 지워버리고자 하지만, 우연히 현상되지 않은 필름에서 아버지의 장례식 사진을 발견하고 집을 나와 파주로 갈 마음을 먹는다. 구보는 불광동 시외버스 터미널 대합실로 가서 파주로 가는 버스를 타고 통일로를 달려 파주에 도착한 후 파주초등학교를 찾아가고 옛집 골목길, 시장길 등을 방문한 후 다시 집으로 귀가한다. 이 과정에서 처음에는 '파주'에 대한 거부가 일종의 '가래침'처럼 달라붙어 있는 것으로 묘사되다가, 파주에 도착한 후 그나마 행복했던 기억이 남아 있는 곳으로 '들판'이 그려진다. 이 과정에서 구보는 파주를 산책하면서 미군의 기지촌이었던 파주의 모습을 부각시키고, 분단된 상황과 함께 미군에 의한 지배를 비판하는 사유를 펼친다.

둘째, 2장에서 '구보'는 20대에 '서대문 형무소'에 갔혔던 기억을 떠올린다. 당시 함께 감옥에 갔혔던 'H'의 결혼식에 가기 위해 독립문에서 마포로 가는 버스에서, 그리고 돌아오는 길에 서대문 형무소에서 20대 시절의 기억을 더듬는다. 그리고 5장에서 구보는 밤에 경복궁에 몰래 들어가 소주를 마시다가 잠이 든다. 구보는 신군부가 경회루에서 12·12거사를 위해 모의를 하는 장면을 꿈꾸고, 또한 이근안이 자신을 고문하는 꿈을 꾼다.

이를 통해 구보는 과거 군사독재정권의 폭력성을 비판하면서, 민주화된 1990년대 현재의 한국사회에 깊숙이 뿌리내리고 있는 군사독재정권의 잔재를 비판한다. 5장에서 구보는 교보문고를 거쳐 인사동 화랑으로 가는 과정에서 조계사를 대상화해, 조계사에서 일어나는 '법란'에 대해 "조계사는 청와대하고 너무 가까운 것 같아, 개혁도 비슷한 시기에 일어나잖아. 법란도 쿠데타와 비슷한 시기에 일어났듯이"[18]라며, 조계사의 '법란'을 군사독재정권의 쿠데타와 동일시하는 사유를 펼친다.

셋째, 구보는 군사독재정권에 대한 비판과 함께 서구 천민자본주의 문화가 판을 치는 한국사회를 비판한다. '구보'는 '파주' 방문을 통해 미군의 기지촌이었던 고향 파주를 비판하면서, 이러한 비판적 사유를 서울의 도심을 산책하면서도 펼친다. 이 사유는 상품화되고 물신화된 것들이 횡행하는 사회에서 순수한 정신적 가치를 추구하는 예술(문학, 음악, 미술 등)과 그 예술과 관련된 제반 요소들이 문화적 중심부에서 변두리로 내몰리는 상황에 대한 비판으로 구체화된다.

5작(作)을 보면, 구보는 인사동 거리를 대상화해, 인사동 골동품 거리에는 미술품 투기꾼이 판을 치지만, 정작 순수예술에 해당하는 그림을 전시하는 화랑에는 찾아오는 사람이 없다고 비판한다. 이러한 비판적 사유는 소설가지만 소설을 쓰지 못하는 '구보'처럼, 화가이지만 그림을 그리지 못하고 있는 화가가 21세기 화랑을 지키고 있을 뿐이라는 인식으로 연결된다.

또한 5작에서, 구보는 '미로' 같은 교보문고를 대상화해, 아시아에서 제일 크다는 서점이자, 가장 체계적으로 정돈된 세계의 약도 같은 서점이지만, "재미있거나 유용한 정도에 따라 더 눈에 잘 뜨이는 중심에 놓이고, 변두리로 갈수록 별 볼일 없는 책들이 꽂혀 있다"[19]고 비판하면서 "자기의 관심이 굉장히 변두리적"이라고 자조하는 사유를 펼친다.

3작을 보면, 구보는 시인 도형기의 급작스런 죽음 소식을 듣고 집을 나와, 혜화동 대학병원, 경기도 안성의 천주교 공원묘지, 서울 중앙일보사, 낙원동 영화관을 거쳐 종로 거리로 나온다. 이 과정을 통해, 구보는 시인 도형기가 시집을 준비하느라 과로한 상태에서 낙원동 영화관에서 영화를 보다

---

18 주인석, 앞의 책, 157면.
19 위의 책, 154~155면.

가 뇌출혈로 죽었는데, 시인이 동성애자와 마약하는 사람들이 들끓는 영화관에서 죽었다는 이유로 애도 받지 못하고 문화면 1면에 가십 기사거리로 조롱받는 사회 현실을 비판한다.

2작에서, 구보는 조국통일 학생운동을 함께 했던 H의 결혼식과 관련해, 마포 결혼식장과 서대문 형무소를 대상화해 황금만능주의에 함몰되어 변질되어 버린 민주화 운동가를 비판한다. 학생운동을 하다가 삼 년간 감옥살이를 했던 친구 H는 취직도 못하고, 취직한 회사에도 적응하지 못하고 살다가 부자들의 재테크를 책으로 만들어 부자가 되었다고 제시하면서, 이에 대한 비판적 사유를 펼친다. 돈 버는 방법을 담은 책이 불티나게 팔리는 사회, 모든 것을 상품화하는 사회에서 정신적 가치를 추구하는 예술이 발붙일 자리가 어디인지를 고통스럽게 사유하고 있는 것이다.

4. 도시 산책자 소설 창작을 위한 스토리텔링 전략

박태원의 「소설가仇甫氏의 一日」과 최인훈의 『소설가 丘甫氏의 一日』, 주인석의 『소설가 구보씨의 하루』를 대상으로 해 도시 산책자 소설을 창작하기 위한 스토리텔링을 구축하고자 할 때, 각 작품에 나타나는 공통 모티프와 변별적 모티프에 주목해야 한다. 이를 정리하면 다음과 같다.

모티프	내용
공통 모티프	a. 서울에 거주하는 일정한 직업이 없는 미혼의 소설가
	b. 집-도심 산책-집 귀가
	c. 서울 도심의 특정 장소나 인물을 관찰하고 사유를 펼침
	d. 과거의 기억 회상

변별적 모티프	ㄱ. 인물이 도시를 산책하는 과정에서 각 작품마다 그 시대의 최첨단적인 삶과 풍속을 표상하는 도시 장소가 변별성을 가짐
	ㄴ. 각 작품의 문제의식과 주제 의식에 따라 회상의 공간이 변별성을 가짐

세 작품에 공통적으로 드러나는 네 가지 모티프는 도시 산책자 스토리텔링을 위해 반드시 고려되어야 한다. 곧 중심인물은 박태원의 仇甫처럼 도시의 중심부에 거주하거나 최인훈과 주인석의 구보처럼 도시 외곽에 거주하면서 일정한 직업 없는 미혼의 소설가로 설정되어야 하고(a), 그러한 인물이 집을 나와 도심을 산책하다가 다시 집으로 귀가하는 형태를 취해야 한다(b). 도심을 산책하면서 인물은 특정 장소나 다른 인물을 관찰하고 이에 대한 사유를 펼쳐야 하고(c), 그 과정에서 과거의 추억이나 기억을 회상하면서 자신이 산책하는 도심과의 대비가 이루어져야 한다(d).

이러한 네 가지 공통 모티프를 핵심축으로 하되, 변별적 모티프를 활용함으로써 소설 창작자가 살아가는 시대와 사회에 대한 문제의식과 주제 의식을 담아내야 한다. 그래야 1930년대의 박태원의 仇甫와, 1960년대의 최인훈의 丘甫와, 1990년대의 주인석의 구보와는 다른, 오늘날의 새로운 구보를 형상화할 수 있을 것이다.

세 작품에 나타난 변별적 요소를 바탕으로 하여, 새로운 구보를 창조하기 위해서 주목할 것은 시대적 배경과 관련된 부분, 과거 회상 내용과 관련된 부분이다. 먼저, 시대적 배경과 관련된 부분이다. 박태원의 작품은 1930년대 일제강점하의 도시 경성을 배경으로 삼고 있으며, 최인훈의 작품은 1960년대 후반부터 1970년대 초반에 이르는 시기의 서울(교외)을 배경으로 삼고 있으며, 주인석은 1990년대의 서울(불광동)을 배경으로 삼고 있다. 이처럼 각 작품은 '서울'의 현재성을 드러내기 위해 동일한 공간이 갖는 시대적 차이를 부각시키는 한편으로 각 작가가 살고 있는 시대의 문제의식을 드러내는 데에 집중하고 있다. 이를 위해 서울 내의 여러 장소를 적극적으로 활용하고 있다.

① 그래도, 仇甫는, 약간 자신이 있는 듯싶은 걸음걸이로 전차 선로를 두 번 횡단하여 화신상회 앞으로 간다. 그리고 저도 모를 사이에 그의 발은 백화점 안으로 들어서기조차 하였다.

젊은 내외가, 너덧 살 되어 보이는 아이를 데리고 그곳에가 승강기를 기다리고 있었다. 이제 그들은 식당으로 가서 그들의 오찬을 즐길 것이다. 흘낏 仇甫를 본 그들 내외의 눈에는 자기네들의 행복을 자랑하고 싶어하는 마음이 엿보였는지도 모른다.[20]

② 포장마차, 인디언-실컷 보는 간판에 「솔저 블루」라고 붙었다. 「솔저 블루」라. 네이비 블루니 하는 그 말인가? 극장 언저리는 늘 이국(異國)적이다. 서양 영화 간판. 커다란 배우의 사진. 그 밑에서 황색인들이 표를 사느라 바글바글 끓는다. 조계(租界)라는 느낌이다. 옛날 상하이나 홍콩 같은 데 변두리 극장의 모습 같다.[21]

③ 구보씨는 미로 게임을 하는 생쥐처럼 서가 사이를 왔다갔다 했다. 탈출의 의지도 먹이를 찾으려는 맹렬한 의지도 없이 어슬렁어슬렁거리다가 멈춰섰다가 왔던 길로 되돌아오기도 하고 한번 간 길로 다시 가기도 하는 정신이 박약한 생쥐처럼. 나는 미로 속을 헤매고 있어. 소설가라면 미로의 창조자여야 할 텐데. 구보씨는 그렇게 중얼거리며 잡지류가 쌓여 있는 정기 간행물 코너도 흘긋거려보고 베스트 셀러 진열대를 지나가기도 했다. 어찌 보면 몹시 어지러운 미로처럼 보이지만 이 서점은 가장 체계적으로 정돈된 세계의 약도인지도 모르겠다는 생

---

20 박태원, 앞의 책, 241면.
21 최인훈, 앞의 책, 79면.

각도 들었다.[22]

①에서 박태원의 仇甫는 일제강점기 타율적인 근대 도시 경성의 모습을 압축하는 '화신상회'라는 백화점을 대상화하고 있고, ②에서 최인훈의 丘甫는 타락한 서구문화가 만연한 1960년대의 서울을 압축하는 '극장'을 대상화하고 있으며, ③에서 주인석의 구보는 포스트모던 시대로 명명되는 1990년대 서울을 압축하는 '미로' 같은 '교보문고'를 대상화하고 있다. 이처럼 세 작품은 작품이 발 디디고 있는 시대적 상황을 담아내기 위해 그 시대의 삶과 풍속을 표상하는 최첨단의 대표적인 도시 장소를 대상화해 이에 대한 사유를 펼치고 있는 것이다. 따라서 새로운 구보를 창출하기 위해서는 오늘날의 한국사회의 특징을 대표하는 도시의 여러 장소를 대상으로 선정해 당대 서울의 현재성을 그려내야 할 것이다.

다음, 과거 회상 내용과 관련된 부분이다. 세 작품에서 보듯 이러한 회상 공간은 각 작품의 문제의식과 주제 의식을 함유하면서 각 작가별 특징을 가장 잘 드러내는 요소에 해당한다. 세 작품에 나타난 세 가지 회상 공간을 통해 새로운 구보가 끌고 올 회상의 공간이 무엇인지 살펴보자.

첫째, 서울과 외국 도시의 대비이다. 박태원의 경우 '경성'과 '동경'의 대비가 이루어진다. 박태원의 작품에는 식민지배하의 도시 경성이 부각되는 한편으로, 일본 동경으로 유학을 다녀온 바 있는 박태원의 이력이 이 작품에 반영되어 '동경'에 대한 仇甫의 그리움으로 표출된다. 그로 인해 동경과 경성의 대비가 그려지는 것이다.

이처럼 서울과 외국 도시의 대비를 그리고자 할 때, 주의할 것은 여행을 목적으로 다녀온 외국을 대상화하는 것을 피해야 한다는 점이다. 짧고 강

---

22 주인석, 앞의 책, 154면.

렬한 이국적인 풍광 경험보다는 거주나 유학 생활을 통해서 경험한 외국을 대상화하는 것이 필요하다. 또한 외국 도시를 선택할 때, 그 도시의 문화와 서울의 문화와의 관련성이 밀접할수록 좋다. 박태원의 경우, 의식적, 무의식적으로 일제강점하의 경성을 체험하고 있었다. 일본제국의 지배와 감시는 곳곳의 순사들의 날카로운 시선에 의해 일상의 세목까지 침투하고 있었으며, 거리와 다방과 카페에는 일본인들과 조선인들이 뒤섞여 있었고, 경성의 곳곳에서 일본어를 사용하는 사람들을 심심찮게 마주할 수 있었다. 또한 동경 유학을 다녀온 바 있는 박태원으로서는 동경의 근대 문물에 대한 쇼크 체험이 경이롭고 부러운 것으로 각인되었을 것이다. 박태원에게 '동경'은 그러한 다층적인 의미를 그려내기 위해 선택된 것으로 보아야 한다.

둘째, 서울과 고향의 대비이다. 최인훈의 경우와 주인석의 경우가 여기에 해당한다. 비록 '고향'을 대비시키고 있다는 점에서는 동일하지만, 최인훈의 '고향'과 주인석의 '고향'에는 편차가 존재한다. 먼저 최인훈의 '고향'은 분단된 남한의 상황을 드러내면서 1960년대와 1970년대를 살아가는 고향을 상실한 실향민으로서의 처지를 드러내기 위해 선택된다. 박태원과 마찬가지로 최인훈 역시 자신의 실제 체험의 영역을 작품에 적극적으로 반영하고 있는 것이다. 최인훈은 한국전쟁으로 월남한 실향민으로서 헤어진 가족과 갈 수 없는 고향에 대한 그리움을 '丘甫'라는 인물의 성격화에 반영하여 구체화하였다. 분단 상황에 영향을 미칠 수 있는 세계정세나 남한의 사회문제가 신문에 보도될 때마다 최인훈의 '丘甫'는 민감한 반응을 보인다. 동향의 친구들이나 예술가들을 만날 때면 어김없이 고향에 대한 향수가 그려지는 것은 실향민이라는 최인훈의 '丘甫'가 갖는 운명적 조건에서 비롯된다. 최인훈의 '丘甫'는 잃어버린 고향, 갈 수 없는 고향을 전통적 가치의 자리에 놓음으로써 분단 이전의 세계, 혹은 통일에 대한 지향성을 담아내고 있다. 그럼으로써 분단 상황의 서울과 분단 이전의 고향에 대한 기억을 대비적으로 그려내고 있다.

다음, 주인석의 '구보'의 '고향'은 최인훈의 '丘甫'의 '고향'이 갖는 성격과 다르다. 갈 수 없는 고향이 아니라 마음만 먹으면 언제든 갈 수 있는 고향이다. 다만 주인석의 '구보'는 고향에 대한 부정적인 기억으로 인해 고향에 가는 것을 거부해 왔을 뿐이다. 고향에 대한 부정적인 기억은 당연히 당대의 시대적 상황과 맞물려 있다. 전쟁이 끝나고 남한의 여러 도시에 미군 기지가 자리한다. 그러면서 그 주변에 기지촌이 형성되는데, 주인석의 '구보'의 고향으로 제시된 것이 그 기지촌 중의 하나인 '파주'이다. 주인석의 '구보'에게 있어 서울은 '파주'와 다르지 않은 문화적 세태를 보여준다. 서울은 기지촌이었던 파주가 그랬듯 미국 천민자본주의 문화의 첨병 노릇을 하며, 정신적 가치마저 상품화하는 데 혈안이 되어 있는 도시로 그려진다. 서대문 형무소 역시 그러한 상황을 환기시켜주는 회상의 공간으로 제시된다. 군사독재정권 시절 서대문 형무소에 함께 수감되었던 친구 역시 학생운동 시절 지키고자 했던 정신적 가치를 상실하고 자본주의의 하수인으로 전락했다. 서대문 형무소는 '구보'와 그의 친구가 지키고자 했던 정신적 가치가 사라진 현재적 상황을 재확인시켜준다.

이상에서 보듯, 각 작품에 나타나는 변별적 모티프들은 각 작가의 체험 영역과 당대 사회의 모순과 밀접하게 연관되어 있다. 따라서 2020년대에 탄생할 새로운 '구보'는 작가의 체험 영역에 바탕을 두면서, 당대 사회의 풍속을 첨예하게 드러낼 수 있는 도시의 장소를 대상으로 설정하고, 그러한 도시의 측면과 대비되거나 동일시되는 회상 공간을 설정하여야 한다. 그리고 이러한 제반 요소를 지닌 뚜렷한 성격화가 이루어져야 한다. 그럴 때, 2020년대의 구보는 소설사적 의의를 부여받고 자리매김할 수 있을 것이다. 새로운 '구보'의 탄생과 관련해 다음과 같은 스토리텔링의 예시를 제시해 볼 수 있다.

[스토리텔링 예-1]

<서울과 외국 도시의 부정적 동일시>: 자본주의 문화는 서울이나 외국이나 다르지 않으며, 인간다운 가치를 상실했음을 비판. 전통성 역시 상품가치로 전락한 상황 비판. 세계문화가 정체성을 상실하고 상품가치가 혼재하는 상황을 비판. 문화산업에 의한 인간의 개성, 자율성, 창조적 정신, 비판의식의 마비와 의식 세계의 균질화

⇒ 동경이나 미국과도 다르지 않은 서울의 외양(원도심/강남)

국적 불명의 문화들 비판(자본주의 상품으로 전락한 문화의 표절, 카피)

동경이나 미국에서 한국 전통성의 코스프레, 자본의 축적을 위한 전통의 수단화

장인정신에 대한 지향성

[스토리텔링 예-2]

<서울 비판과 외국 지향성>: 자본주의의 첨단을 걷는 서울 비판, 서울이 잃어버린 정신적 가치를 어머니의 고향인 외국에서 찾는 경우

⇒ 서울에서 출생했지만, 어머니의 고향은 외국인 경우

타자, 이방인 취급하는 도시인들의 시선 비판

어머니의 고향(외국) 도시와 서울에서의 이방인에 대한 시선 비교

세계시민에 대한 지향성과 그런 인식을 담은 예술에 대한 지향성

5. 맺음말

이 글에서는 박태원의 「소설가仇甫氏의 一日」, 최인훈의 『소설가 丘甫氏의 一日』, 주인석의 『소설가 구보씨의 하루』의 세 작품을 대상으로 하여 도

시 산책자 스토리텔링을 정립하고자 하였다. 이를 위해 모티프 개념을 활용하여 세 작품의 서사구조에서 공통된 모티프와 변별적 모티프를 추출하고, 이를 창작에 활용할 수 있는 스토리텔링 전략을 제시하였다.

세 작품의 서사구조를 바탕으로 추출한 도시 산책자 소설의 공통 모티프는 네 가지로 정리할 수 있다. 첫째, 인물과 관련하여 세 명의 구보 모두 소설가로 일정한 직업이 없이 살아간다는 것이다. 둘째, 세 명의 구보는 모두 집에서 출발하여 경성 혹은 서울의 도심을 산책하고 다시 집으로 귀가한다는 점이다. 셋째, 세 명의 구보는 도심을 산책하면서 어떤 특정 장소를 관찰하거나 특정 인물을 만나면서 그 대상에 대한 사유를 펼친다는 점이다. 넷째, 과거에 대한 기억이 몽타주나 회상 형식으로 삽입된다는 점이다.

세 작품을 구분 짓는 변별적 모티프는 시간적 배경, 공간적 배경, 산책 경로, 관찰 대상으로 설정된 도시의 장소, 과거 회상의 내용과 관련되어 있다. 이를 통해 각 시대를 살아가는 작가의 문제의식과 주제 의식이 드러난다. 박태원의 작품에서 仇甫는 동경에 대한 그리움과 1930년대 경성의 열악한 근대에 대한 비판, 그리고 경성의 근대에 안주하여 직업과 안해를 갖고 일상인으로 살아가고자 하는 욕망 사이에서 갈등한다. 최인훈의 작품에서 丘甫는 자신의 고향인 북쪽 W시에 대한 그리움을 표출하면서 고향과 연결된 전통적 문화와 가치에 대한 지향을 드러내고, 1960~1970년대 서울에 만연한 서구문화 풍조를 비판한다. 주인석의 구보는 1990년대 서울을 산책하면서 미군의 기지촌이던 고향 파주에 대한 기억을 회상하고 이를 당대 서울에 만연한 천민자본주의와 군사독재정권의 잔재에 대한 비판으로 연결시킨다.

이상의 논의를 바탕으로 할 때, 도시 산책자 소설의 스토리텔링 전략은 공통 모티프를 적극적으로 반영하면서, 변별적 모티프에 해당하는 시간적 배경, 공간적 배경, 산책 경로, 관찰 대상으로 설정된 도시의 장소, 과거 회상의 내용에 창작자의 의도와 주제 의식을 표출하는 방식으로 수립되어야 한다. 특히 기억 회상의 공간은 서울과 대비하여 긍정적인 공간으로 그려질 수도, 부정적인 공간으로 그려질 수도 있다. 회상의 공간을 어떠한 방식으로 의미화할 것인가 하는 문제는 창작자가 살아가는 시대에 대한 문제의식과 밀접하게 연관되는 것이므로, 이에 바탕을 두고 회상의 공간을 의미화해야 할 것이다.

'신화'와 '전설' 콘텐츠의 소설적 변용과 의미화 전략: 이청준 『신화를 삼킨 섬』

1. 머리말

이청준의 『신화를 삼킨 섬』[1]은 '신화'와 '전설'에 주목하고 있다는 점에서 그 이전의 작품들과 확연히 달라진 면모를 보인다. 이청준이 유고로 남

---

1 이 글에서는 2003년 열림원에서 간행한 이청준의 『신화를 삼킨 섬』을 기본 텍스트로 삼고자한다. 『신화를 삼킨 섬』에 대한 기존 주요 연구는 다음과 같다.

김윤식, 「제주도로 간 「당신들의 천국-이청준론」」, 『20세기 한국작가론』, 서울대학교출판부, 2004.

오은엽, 「이청준 소설의 신화적 상상력과 공간-『신화의 시대』와 『신화를 삼킨 섬』을 중심으로」, 『현대소설연구』 45, 한국현대소설학회, 2010.11, 263~298면.

이주미, 「『신화를 삼킨 섬』에 나타난 아기장수 신화의 소설적 전유 방식」, 『한민족문화연구』 59, 한민족문화학회, 2017.9, 45~70면.

정과리, 「정치도 넘고 신화도 넘어, 또한 탑돌이도 넘어」, 『신화를 삼킨 섬』, 문학과지성사, 2011.

정홍섭, 「이야기로 풀어낸 역사와 신화화된 이야기-황석영의 『손님』과 이청준의 『신화를 삼킨 섬』」, 『실천문학』 71, 실천문학사, 2003.8, 312~332면.

주지영, 「이청준 『신화를 삼킨 섬』에 나타난 틀서사와 환유」, 『비평문학』 43, 한국비평문학회, 2012.3, 383~417면.

차혜영, 「냉소적 이성과 권력의 거리, 이청준 후기 소설연구-『신화를 삼킨 섬』을 중심으로」, 『한국언어문화』 39, 한국언어문화학회, 2009.8, 293~320면.

긴 『신화의 시대』를 제외하고 작가의 작품 중에서 신화에 주목한 작품은 거의 전무하다. 물론 「줄」, 「매잡이」 등과 같은 초기 작품에서 이청준은 사라져가는 옛풍속과 관련된 줄광대 이야기, 매잡이 이야기들에 주목하였다. 그러나 이들 작품은 '신화'로 표상되는 세계에까지 나아가지 못하고 있다는 점에서 『신화를 삼킨 섬』과 구별된다. 한편 「이어도」에서는 제주 이어도와 관련된 전설을 다루고 있다. 그러나 「이어도」에서는 이어도 전설이 간략하게 제시되고 있으며, 또한 작품의 의미망 형성과 관련해 핵심 요소로 작동하지 않는다. 그러나 『신화를 삼킨 섬』에서는 신화와 전설을 비롯한 각종 설화가 작품 서사전개 과정에서, 또 주제형성 과정에서 중요 요소로 작동하고 있다. 따라서 이청준은 왜 『신화를 삼킨 섬』에서 '신화'에 주목하였는가, 그리고 '신화'를 통해서 그가 그려내고자 한 세계는 무엇인가를 구명하는 것은 『신화를 삼킨 섬』을 논할 때 중요한 일이 아닐 수 없다.

이런 관점에서 이 작품에 접근하고자 할 때 주목할 것은 작품 제목과 관련된 '신화를 삼킨 섬'이라는 구절이다. 먼저, '신화'와 관련된 측면이다. 작가는 이 작품과 관련한 어느 대담[2]에서, "역사의 차원, 과거 경험의 차원에서만 소설을 써서는 안 되겠다, 더 깊은 근원을 찾아야겠다고 생각하게 되었는데 그게 바로 신화의 세계죠. 그 가운데 우리가 가장 잘 알고 있는 게 우리의 무속이죠. 그 무속 혹은 신화에 우리들이 이어온 넋의 요소가 가장 많이 내포되어 있지 않았느냐 하는 이야기입니다."라고 말하고 있다. 작가의 발언을 정리하면, 과거 경험에 입각한 소설을 지금까지 주로 썼는데, 이 작품에서는 무속신화를 통해 '우리들이 이어온 넋의 요소'에 주목하고자 한다는 것이다. 여기서 '우리들이 이어온 넋'은 "우리가 태어날 때부터 유전적으로 가지고 나오는 어떤 심성", 즉 한민족의 집단무의식을 의미하는

---

2 『대한매일』, 2003.8.8.

것이라 볼 수 있다. 곧 작가는 이 작품을 통해 역사적이고 과거적인 경험만으로는 파악할 수 없는 한민족의 집단무의식에 접근함으로써 현실의 경험 세계가 갖는 문제점을 극복할 수 있는 방안을 마련하고자 한 것이다. 이를 위해 이 작품은 전설을 다루는 프롤로그와 에필로그를 작품의 처음과 끝에 설정하고, 그 사이에 과거 경험과 관련된 중심 서사를 배치하고 있다. 그러면서 중심 서사 속에 서사무가로 대표되는 다양한 신화[3]를 도입하고 있다. 따라서 이 작품에서 어떤 설화가 어떻게 차용되고 있는지, 또 그러한 설화가 어떻게 서사구조와 연결되는지, 그리고 현실의 경험 세계의 어떤 문제를 비판하는지를 파악할 필요가 있다.

다음, '삼킨 섬'의 측면이다. 여기서 '섬'은 제주도를 의미하며 '삼킨'은 제주 섬사람들이 제주 신화를 삼키고 그것과 일체된 삶을 영위하고 있는 것으로 이해할 수 있다. 이 작품은 전설에 해당되는 아기장수 설화 가운데 일반적인 아기장수 설화와 제주도 아기장수 설화를 대비시키고 있으며, 신화에 해당되는 여러 제주 서사무가를 활용하고 있다. 이를 통해 이 작품은 아기장수 설화와 여러 서사민요에 담긴 세계에 대해 제주 섬사람들이 어떤 생각을 갖고 어떤 생활을 하고 있는지를 제시함으로써, 제주 섬사람들로 대표되는 한민족의 집단무의식으로서의 '넋'에 다가가고 있으며, 이 '넋'을 통해 한민족이 나아갈 방향성을 제시하고 있다. 따라서 제주 전설과 신화에 내재한 제주 섬사람들의 '넋'을 파악하는 것이야말로 이 작품의 핵심 주제에 접근하는 중요한 방법론이 아닐 수 없다.

이러한 방법론에 입각해 이 글은 『신화를 삼킨 섬』이 신화와 전설이라는

---

3 무속신화, 혹은 무조신화란 무당의 조상이나 시조로 여겨지는 신의 신화를 말한다. 주로 그 이야기는 '본풀이'를 통해 전달된다. 김헌선, 『한국무조신화연구』, 민속원, 2015 참조. 현재의 본풀이가 고대신화의 변모잔존 형태라는 것은 한국신화와 제의의 관계를 통해 밝혀진 바 있다. 현용준, 『무속신화와 문헌신화』, 집문당, 1992.

콘텐츠를 어떻게 소설적으로 구조화하고 있으며, 이를 위해 어떠한 의미화 전략을 구현하고 있는지를 밝히고자 한다.

2. '신화'와 '전설' 콘텐츠의 변용 양상

1) 전설의 텍스트성 강화

『신화를 삼킨 섬』은 프롤로그와 에필로그에 '아기장수 설화'가 전반부와 후반부로 나뉘어 배치되어 있으며, 그 사이에 중심 서사가 전개되는데, 이는 '1~18'까지의 번호를 달고 제시되고 있다. 중심 서사는 삼인칭 다중 초점화자[4]의 시선으로 전개되고 있으며, 각각 정요선, 고종민, 추만우가 초점화자로 등장하여 서사를 이끌어나간다. 정요선은 어머니인 유정남 심방과 함께 뭍에서 건너온 무가(巫家)의 인물이고, 고종민은 아버지의 고향인 제주도를 찾아온 재일교포로 민속학을 연구하는 인물이다. 추만우는 제주 추심방의 아들로 변심방의 딸인 금옥의 신내림굿을 치러주면서 무업의 길을 이어받는 인물이다.

1~18까지의 서사내용을 정리하면 다음과 같다. 1980년대 신군부가 지배하는 상황에서, 큰당집이 주관하는 '역사 씻기기' 사업 차 뭍에서 제주로 건너온 정요선 일행은 제주에서 굿일감을 찾는다. 4·3사건의 희생자 목록에서 굿거리 일감을 찾지만 청죽회와 한얼회의 편 가르기에 지친 제주 사람들은 누구도 굿을 하려 들지 않는다. 작은당집 사람인 이과장의 주선으

---

4 초점화자는 초점화(focalization)의 주체로서 누가 보는가와 관련된 시점의 소유자를 의미한다. G. Genette, 『서사담론』, 권택영 역, 교보문고, 1992, 212면.

로 유정남은 한라산에서 발견된 혼백의 굿을 치르기로 하고, 위령제의 마지막 행사로 굿판을 벌이기로 한다. 한라산 유골을 둘러싸고 편 가르기가 벌어지고, 육지에서는 지팡이 사내의 횃불 남행 행렬이 K시에 가까워지면서 정세가 험악해진다. 위령제에서 유골함 탈취극이 벌어지고 육지에서는 남행 행렬이 K시에 도달한 것을 계기로 계엄령이 내려진다. 신기를 못 이기는 금옥은 추심방네를 통해 신내림굿을 치르고, 유정남은 위령제 굿판을 끝내고 요선의 아버지가 묻힌 소록도 만령당으로 향한다.

이 작품은 이상의 서사에 김통정과 김방경과 관련된 고려 때 삼별초의 사건과 해방 직후의 4·3사건이라는 과거의 역사적 사건을 삽입시킨다. 그리고 여기에 전설에 해당하는 '아기장수 설화'와 신화에 해당하는 여러 서사무가가 등장한다. 이 작품에 제시되는 전설과 신화 콘텐츠가 어떤 형태로 작품에 수용되고 있는지 살펴보자.

먼저, 전설에 해당하는 아기장수 설화이다. 이 작품에는 프롤로그와 에필로그에 등장하는 아기장수 설화와 함께 중심 서사 내에 김통정과 김방경과 관련된 아기장수 설화가 등장한다. 전자는 한국에서 전승되는 보편적인 아기장수 설화에 해당하고, 후자는 제주도에서만 알려진 아기장수 설화에 해당한다. 일반적으로 알려진 아기장수 설화와 그 변형태에 해당하는 제주도 아기장수 설화가 대비되면서 두 전설의 '동일성'과 '차이'가 강조된다. 더불어 서로 다른 변형태가 왜 생겨나는가를 궁금하게 여기도록 유도한다. 이 작품에 제시된 일반적인 아기장수 설화와 제주도 아기장수 설화의 내용을 대비하면 다음과 같다.

	(가) 프롤로그와 에필로그에 제시된 일반적인 아기장수 설화	(나) 중심 서사에 삽입된 제주도 아기장수 설화
①	옛날 왕조 시절 어느 마을에	고려조 때의 일이다.
②	한 가난하고 나이 먹은 부부가	이 나라 어느 마을에 한 과부가 살고 있었는데,
③	늦게까지 아이를 얻지 못해 고심하다, 마을 뒷산의 용마바위에 오랜 치성을 드린 끝에	과수댁은 지렁이가 밤마다 사람으로 변해 찾아와 잠자리를 같이하고 간 것을 알게 됐지만, 그럴수록 그 지렁이가 징그럽고 끔찍스러워 그만 무참하게 죽여버리고 말았다.
④	마침내 소원하던 옥동자를 낳았다.	마침내는 외모부터가 비범하기 그지없는 옥동자를 하나 낳았다.
⑤	그런데 아기가 놀랍게도 두 어깻죽지 밑에 접힌 날개를 달고 있었다.	그런데 놀랍게도 그 아이의 온몸에 번쩍번쩍 비늘이 덮여 있고, 양쪽 겨드랑이 밑에선 조그만 날개들이 돋아나고 있었다.
⑥	말 울음소리가 세 번 울면서 두 쪽으로 크게 갈라진 그 용마바위 틈새에 세 자루의 곡식 부대와 함께 정신없이 아기를 숨겨 묻고 돌아왔다.	과수댁은 몹시 겁이 났지만, 그것을 자신의 운명이라 여기고 일체 그런 사실을 숨긴 채 정성껏 아이를 길렀다.
⑦	관가의 군졸들이 아비를 앞세워 찾아간 바위는 다시 옛날처럼 틈새가 닫혀 있어 아이의 무덤은 흔적을 찾을 수가 없었다.	김통정은 도탄에 빠진 백성을 구하려는 삼별초의 우두머리가 되었다. 하지만 그는 끝내 관군의 세력을 이기지 못하고 남은 군졸들과 이 제주도로 건너왔다.
⑧	하지만 졸지에 바위가 갈라지고 세찬 햇빛과 바깥바람이 덮쳐들자 장졸들은 일시에 움직임을 멈추고 힘없이 스러져 갔고, 장수의 모습을 하고 꿇어앉은 아들은 하늘이 무너지듯 한 큰 한숨소리와 함께 그대로 무너져 내려앉으며 주위를 시뻘건 핏물로 물들였다.	어느 해에 김방경 장군이 거느린 고려군이 김통정을 잡으러 갔다. 김방경은 칼을 빼 그 틈새로 김통정의 목을 찔러 베어냈다. 그리고 피를 흘리며 땅바닥으로 떨어져 나뒹구는 김통정의 머리가 다시 몸으로 달라붙지 못하도록 잿가루를 뿌려 두었다.
⑨	슬픈 말 울음소리가 세 번 울리더니 갈라진 용마바위 뒤쪽에서 눈부신 날개를 단 용마 한 마리가 불쑥 솟구쳐 올라 뒷산 너머 하늘로 멀리 사라져갔다.	김방경 장군은 김통정의 아내를 붙잡아다 뱃속에 든 아이를 찾아냈다. 그리고 그 어미와 아이를 함께 태워 죽이니 매새끼 아홉 마리가 죽어 떨어졌다.

| ⑩ | 하지만 사람들은 끝내 그 구세의 영웅 이야기를 잊지 못했고, 언제부턴지 그 아이 장수와 용마가 다시 태어나기를 기다리기 시작했다. 그 이야기 속의 꿈과 기다림이 없이는 아무래도 세상을 살아갈 수가 없었기 때문이다. | |

위 도표에서 ①~⑩의 분류 단위는 다음에 기준을 두고 있다. ①은 언제, ②는 누가, ③은 어떤 일로, ④는 옥동자를 낳았다, ⑤는 아이는 날개를 달고 있다, ⑥은 아이를 숨겨 묻는다/아이는 비범하게 자란다, ⑦은 관군이 아이를 잡으러 온다, ⑧은 장수가 되지 못하고 아이는 죽는다/도술을 발휘하지만 관군에 의해 죽는다, ⑨는 용마가 왔다가 주인을 만나지 못하고 사라진다/장수의 자식과 아내가 모두 죽는다, ⑩은 사람들은 아기장수와 용마를 다시 기다린다에 해당한다.

(가)는 일반적인 아기장수 설화의 내용을 담고 있다. (나)는 제주에 전하는 아기장수 설화로서, 고려 때 삼별초라는 역사적 사건과의 관련성을 보여준다. (나)에서는 (가)의 인물의 특징과 줄거리를 변형시킨다. 가령 김통정이 아기장수의 자리에 놓인다. 그리고 날개가 달린 비범한 출생(④, ⑤)에도 불구하고 (나)의 아기장수(김통정)는 (가)의 아기장수처럼 부모에 의해 죽임을 당하지 않고 비범한 능력을 발휘하며 장수로 커 간다.

(가)의 결말과 (나)의 결말은 동일한 형태를 취한다. 관군에 의해 장수는 죽게 된다는 것이다. 그렇지만 그 과정은 좀 다르다. (가)의 경우 부모가 아이를 죽이려고 마음먹고 바위에 묻어주지만, (나)의 경우에는 과부가 혼자 아이를 키우기로 마음먹고 아이를 비범하게 길러낸다. 여기서 보듯, 두 설화의 가장 큰 차이는 비범하게 태어난 아이를 부모가 죽이기로 마음먹느냐, 아니면 비범한 아이로 키우느냐이다. (가)는 후환을 두려워한 부모 때문에

용마바위 속에서 아이가 몰래 장수로 커가지만, (나)는 홀어머니의 보살핌을 받고 자라 도탄에 빠진 백성을 구하는 장수가 된다.

이처럼 이 작품은 두 가지 서로 다른 형태의 아기장수 설화를 보여주면서 일반적으로 알려진 아기장수 설화와 제주에 와서 변개된 아기장수 설화를 대비시켜 그 의미의 차이를 강조한다.

2) 신화의 구술성 강화

다음으로, 신화에 해당하는 제주도의 '서사무가'를 보자. 제주도를 중심으로 펼쳐지는 서사 내에서 네 번에 걸쳐 굿판이 벌어지는데, 이때 무가들은 굿 제차의 일부분으로 소개된다. 첫 번째로 소개되는 신화는 '해정리 변 심방 뱀당신(堂神)'이다.

그리고 당신 중에도 금옥이넨 어째 하필 구렁이 귀신을 모시게 됐느냐는 요선의 궁금증에 그녀는 다시 길게 한숨을 짓고 나서 대충 이런 이야기를 털어났다.
―옛날에 하늘을 아버지로 땅을 어머니로 하여 귀하게 태어난 상제님의 자식 하나가 있었는데, (중략) 그 바람에 분이 난 위인의 고자질에 용왕이 그를 다시 흉측스런 뱀의 모습으로 만들어버렸다.
"그래서 결국 원령이 된 그 사신은 다른 당신이 없는 이 해정리로 우리 할머니를 찾아 들어와 이 동네 당신으로 좌정을 하게 된 거래여. 그러니 그 원망 많은 당신을 모신 심방 내림으로 무슨 대단한 길흉화복을 상관할 수나 있었겠어. 마을 사람들 앞에 겨우 제 신세타령 원망이나 늘어놓은 '본풀이' 굿으로 겨우겨우 동네 당신노릇이나 해가는 거지. 하긴 이것도 다 우리 할머니나 어머니 본풀이 당굿 사설 가운데에서 주워들은 것이지만, 그러니 그 징그런 뱀 귀신이 운 나쁘게 다른 사람 다 놔두고 어째 하필 우리 할머니에게 들려들었는지 원!"[5]

위 인용문에서 언급된 신화는 금옥이 요선에게 자신의 어머니가 모시는 '당신'에 대해 이야기해주는 형식으로 그려지고 있다. 당신의 내력담[6]은 무가의 본풀이 당굿 사설을 통해 전달된다는 것이 금옥의 발화를 통해 전달되고 있다. 이 장면에서 신화는 굿판의 형식을 빌지 않고 금옥의 이야기를 통해서 줄거리의 형태로 소개된다.

두 번째로 소개되는 신화는 예송리 본향당신 '초감제 본풀이'[7]로, 굿판에서 무녀의 사설에 의해 읊어지는 것으로 제시된다.

-둥더더 둥둥 둥두더 덩…… 예에, 귀신은 본을 풀면 신나락 만나락 하고, 사람은 본을 풀면 백 년 원수를 지는 법이라, (중략) 그 백주또 님이 인간으로 태어나 좋이 하루는 천기를 살피시니, 이 봐라 당신의 천생배필 되실 분이 조선국 이제주 섬 예송 마을에 살고 있는지라, 그길로 훨훨 제주 섬을 찾아가 소천국 님을 만나서 천생배필 부부의 연을 이루셨더라. 둥더더 둥둥 둥두더……

굵고 탁탁한 목청으로 당신의 탄생과 좌정의 내력을 읊어가는 심방의 제주말 사설은 요선으로선 무슨 소린지 잘 알아들을 수가 없었지만 그 첫 대목부터 굿마당에 모여든 마을 사람들을 자못 숙연하면서도 흥거운 분위기로 이끌어갔다.[8]

---

5 이청준, 『신화를 삼킨 섬』 1권, 123면.
6 무속신화는 완전한 설화의 구조를 갖춘 신의 이야기를 일컫는다. 무속신화는 일정한 성격을 가진 인물, 곧 신격이 있을 것, 그 신격의 활동을 중심으로 한 사건의 서술일 것, 그 이야기가 무속의례에서 무격에 의하여 노래로 불리거나 이야기될 것을 조건으로 한다. 이런 이야기를 현재 '본풀이'라고 부른다. 이수자, 「제주도 무속과 신화 연구」, 이화여자대학교 박사논문, 1989.
7 신화 속에는 반드시 창세의 원리 및 수많은 의식의 기원을 설명하는 내용이 들어 있다. 제주도의 굿에서 읊어지는 신화 속에는 이같은 내용들이 많이 담겨 있다. 예를 들면, 초감제라는 의식에서 읊어지는 제의언어 속에는 하늘과 땅과 사람이 생겨나는 내용이 언급되어 있고, 해와 달이 동쪽에서 떠서 서쪽으로 지게 된 이유가 설명되어 있다. 이수자, 위의 글, 2면.
8 이청준, 앞의 책 1권, 137~138면.

이 서사무가는 굿판에서 심방의 사설로 전해진다. 서사무가의 사설은 앞서 '아기장수 설화'와는 달리 구어체의 표현을 그대로 담아낸다. 또한 작품에서는 심방의 사설에 이어 굿판에 청중의 반응을 덧붙이고 있는데, 그로인해 굿판에서 벌어지는 장면을 상상할 수 있도록 이끈다.

(i) 사설이 계속되어나갈수록 요선이 처음 생각했던 것보다는 부드러운 분위기 속에 일정한 틀이 없이 여기저기 자기 객담을 섞어 엮어나가는 사설은 차츰차츰 흥을 더해가는 가운데에 간간 <u>청중의 웃음기</u>까지 부르며 이제는 소천국과 백주또 내외의 어려운 섬살이 처지를 읊어가기 시작했다. (밑줄: 인용자)⁹

(ii) 그런데 그 아들까지 공연히 아비의 수염을 끄들어댄 허물로 소천국의 노여움을 사 무쇠상자에 담겨 바닷물에 띄워 버려지는 판국에 이르자, 굿판의 분위기는 지금까지보다 사뭇 숙연해졌다. 이전에도 이미 같은 심방으로부터 수없이 되풀이해 들어왔을 그 옛날이야기 같은 사설에 쥐 죽은 듯 귀를 기울이고 있던 마을 사람들의 입에서 이윽고 이따금 <u>참을 수 없는 한숨과 탄식의 소리</u>가 흘러 나오기 시작했다. 그리고 그 쇠상자가 바닷물에 흘러흘러 종당에 풍운조화의 덕을 입어 어느 바다 건너 먼 해안가에 이르러 한 산호수 가지에 걸리게 되는 대목에 이르러선 분위기가 더욱 고조되어 더러 눈시울을 붉히는 사람이 생기는가 싶더니 끝내는 여기저기서 <u>숨은 오열의 소리</u>가 흘러나오기까지 했다. (밑줄: 인용자)¹⁰

(iii) 굿판의 사설은 다행히 상자 속에서 그간 기골이 장대한 거인으로 자란 소천국의 아들이 그 바다 건너 나라 임금의 구함을 받아 그의 막내 공주와 내외의 연을 맺는 것으로, 이번에는 <u>청자들로부터 안도의 한숨과 탄성</u>을 자아냈다. (밑

---

9 위의 책 1권, 141면.
10 위의 책 1권, 141~142면.

줄: 인용자)¹¹

  (iv) –이땅 저땅 만난고행을 다 겪은 소천국 님 아들이 상제의 명령을 받아 예
송리 신당으로 제사상을 받자 하니 이것이 만민의 풍운조화로다. 두둥둥둥……
  무가 사설은 드디어 얼시구 절시구, 지금에 바로 그 당신의 좌정을 반기듯 한
마을 사람들의 흥겨운 추임새 속에 그렇게 마지막 절정을 치달아갔다. (밑줄: 인
용자)¹²

  서사전개 과정에서 신화의 내용을 제시할 때, 서사의 흐름을 중단하고
'서사무가 사설'만을 독립적으로 분리해 일종의 메타텍스트¹³적 형태로 내
용을 제시할 수 있다. 그러나 이 작품에서는 사설을 분절하여 청중들이 굿
판에서 경험하는 희로애락의 공감을 고스란히 전달하고자 하는 방식을 택
하였다. 청중은 본풀이에서 심방이 읊는 신의 내력담의 내용을 따라서 공
감하고 그에 따라 반응하는 것이다.
  세 번째로 소개되는 신화는 조복순 무녀가 치르는 '서울 굿'의 '바리데
기' 무가이다. 바리데기 무가는 앞서 소개한 다른 서사무가의 사설과는 다
른 방식으로 제시되고 있다.

---

11 위의 책 1권, 143면.
12 위의 책 1권, 145면.
13 메타텍스트는 언어학에서 메타언어와 같은 기능을 하는 소설 속의 텍스트이다. 메타텍스트
   는 작품의 중심 서사단위를 이해하는데 직접적인 관련이 없는 내용을 담고 있으며, 작품이
   전달하는 메시지의 핵심을 이차적인 텍스트로 고찰하게 한다. R. Barthes, 「이야기의 구조분
   석입문」, 김치수 편저, 『구조주의와 문학비평』, 홍성사, 1983, 115면. 이청준 소설은 이러한
   메타텍스트를 자주 활용하여 서사를 전개하고 있다. 예를 들면, 소설 속의 소설(「매잡이」나
   「소문의 벽」 등), 책의 인용문(「다시 태어나는 말」), 노래 가사(「다시 태어나는 말」, 「이어도」),
   판소리 사설(「서편제」, 「선학동 나그네」, 「소리의 빛」), 농담 시리즈(「빈방」) 등과 같은 것이
   있다. 졸고, 「이청준 소설의 서사구조와 주제형성방식에 대한 연구」, 서울대학교 박사논문,
   2012, 10면.

(i) 반짝반짝 눈뜬 자식을 어디다가 버릴 거나

　　죽은 자식을 버리려도 일천간장 다 녹는데

　　반짝반짝 산 자식을 어디 갖다 버릴소냐

　　너도 울고 나도 울고 심야삼경 깊은 밤에

　　송죽 바람 쓸쓸히 불고 산새도 슬피 운다[14]

(ii) "이 제주도에선 무조신으로 세 쌍둥이 명두신을 모시는 데 비해 오늘 굿은 바리공주를 모시는 게 다르지요?"

고종민이 또 아는 체를 하고 나선 것과는 달리 그 이름이나 내력이 다른 무조신도 근원은 크게 차이가 없었다. 제주도 심방들이 각기 다른 유래의 당신을 모시면서도 위로는 모두 같은 명두신을 모시듯, 그리고 육지부 무당들이 자기 몸주 신령을 각기 다른 산신령으로 모시면서도 그 윗무조신으로 제석천이나 바리공주를 모시듯, 초공 명두신을 모시는 제주 심방들이나 바리공주 제석천을 모시는 뭍 무당들이나 다시 한 단계 할아버지뻘 신으로 다같이 천상의 최고 신 옥황천신을 함께 모셨다. 게다가 제주도의 명두신이나 서울의 바리공주는 그 내력도 비슷했다. 본명두 신명두 삼명두 삼 형제가 억울하게 죽은 어머니를 구하기 위해 북과 징을 만들어 삼천천 제석궁으로 들어가 열 나흘 동안 그 북과 징을 울려 살려내고 무조신이 된 과정이나, 그가 전부터 육지 굿에 대해 들어 온 바 옛날 어느 딸 많은 왕가의 일곱 번째 공주로 태어나 바로 그 아버지로부터 버려졌다가 뒷날 그 부왕이 죽을 병에 걸린 것을 알고 자신을 낳아 준 은공만은 갚고자 산 몸으로 저승까지 들어가 그곳 약물지기를 위해 물 삼 년 길어주고 불 때기 삼 년 밥 시중 삼 년에 아들 삼 형제까지 낳아준 끝에 겨우 신약수를 얻어와 아버지를 살려낸 바리데기의 사연이나, 죽은 사람을 살려냈기에 무당의 조상이 되

14 이청준, 앞의 책, 195면.

고 저승을 다녀왔기에 망자들의 저승 혼백을 다스리게 된 무조신으로서의 내력 (그 효성에서부터) 비슷한 데가 많았다. 제주 심방이나 육지부 무당이나 근본은 같은 조상의 다른 자손이라 할 수 있었고, 그래 그 굿거리 과정도 근본이나 목적 이 비슷할 수밖에 없었다. (중략) 그 밖에 무악기의 종류나 춤가락, 무가의 내용 따위는 혼백의 내세 평안을 비는 소지 올리기 경우에서처럼 그 구성이나 시연 시기가 다를 뿐 뭍이나 이곳이나 본 뜻은 대개 같았다. (밑줄: 인용자)[15]

인용문(i)에서는 바리데기 무가의 일부분을 따로 떼어내 제시하였고, 인 용문(ii)에서는 고종민과 추만우의 대화와 추만우의 생각을 보여주면서 추 만우의 생각에 '제주도의 명두신' 내력과 '서울의 바리공주' 내력을 비교해 서 서술한 내용(밑줄 친 부분)을 담아내고 있다. 이를 통해, 이 작품은 제주굿 과 육지굿의 차이를 강조하는 고종민의 생각과 두 굿의 동질성을 강조하는 추만우의 생각이 대립하고 있음을 보여주고 있다.

이처럼 이 작품은 뱀당신 본풀이, 초감제 본풀이, 그리고 바리데기 무가 까지 세 서사무가를 통해 제주 신화를 언급하고 있다. 여기에서 각 서사무 가는 신들의 이야기, 내력담을 전달하는 것에서 그치지 않고 서사무가와 굿판의 제차를 연결시켜 그 특성을 강조하는 방식으로 서사화가 이루어지 고 있다는 점에 주목할 필요가 있다.

결국, 이 작품은 전설의 경우 일반적인 아기장수 설화와 제주도 아기장 수 설화의 대비를 통해 내용상의 변용을, 신화의 경우 세 서사무가를 제시 하는 서술 방법에 있어서의 변용을 통해 그것이 청중에게 미치는 효과의 측면을 강조하고 있다. 이러한 차이점을 통해, 이 작품에서 '아기장수 설화' 는 이야기, 사건, 따라서 텍스트적인 요소에 보다 방점을 두고 있다. 그래서

---

15 위의 책 1권, 218면.

인물이나, 사건의 내용이 비교의 대상이 되고 있다. 반면에 '서사무가'의 경우에는 이야기나 사건에 중점을 두기보다는 서사무가가 굿의 제차로 연행되고, 굿판에 참여하는 청중의 반응이나 정서가 굿의 내용과 함께 이루어진다는 점에 보다 주목함으로써, 텍스트적인 측면보다는 구술적인 측면이 강조된다. 결과적으로는 굿이 심방의 사설과 춤, 행동, 노래, 그리고 청중의 반응이 한데 어우러지면서 치러진다는 것을 강조하는 방식으로 작품에 형상화되고 있다는 것을 짐작할 수 있다.

3. '신화'와 '전설' 콘텐츠의 의미화 전략

1) 선악의 윤리적 양항 대립에 의한 경계 짓기: 전설의 경우

『신화를 삼킨 섬』은 주제의 측면에서 여러 의미로 해석될 수 있으나, 무엇보다 제주 섬사람들의 고난의 역사와 그들이 지향하는 세계가 갖는 의미라는 측면에서 접근할 필요가 있다.

> (i) 이 섬 역사에서 보면 자신이 어느 쪽 권력권에 서려 했든지 결국은 이 섬 전체가 국가 권력의 한 희생 단위로 처분되곤 했지요. 고형도 아시겠지만 그래 이 섬 사람들, 이번 역사 씻기기 사업의 희생자 신고 사업에도 전혀 협조를 하지 않으려는 이들이 많잖아요. 그 사람들은 그 양지나 음지, 이를테면 한얼회나 청죽회 어느 쪽 영향권에도 속하지 않으려는 제3의 도민층인 셈이지요. 그리고 각자의 자리에선 나름대로 정의요 진실을 살고 있을 그 한얼회나 청죽회 사람들까지 포함하여 어찌 보면 그게 진짜 이 섬의 역사적 운명을 함께 살아온 한 생존단위의 공동운명체 백성들인지도 모르고요.[16]

(ii) 심방은 대개 제 본 정신을 지닌 중간자적 사제로서 생자나 망자 편에서 신령의 뜻을 청해 빌고, 그 신령의 뜻을 망자나 유족에게 대신 전할 뿐이었다. 그러니 그 신령들과 심방과 제주들은 여타의 고등종교처럼 수직적 종속관계로서가 아니라 수평적 시혜관계 속에 함께 주고받으며 어울리는 식이었다. 그 결과 내세와 현세, 이승과 저승 간에도 시공의 단절이 사라진 동시적 공간 속에 신령들과 인간들이 함께 어우러져 웃고 울고 춤을 추고 성내며 심지어는 서로 다투기까지도 하였다.

그것은 정녕 신화의 재현이었고, 그 자체로서 살아 있는 신화였다. 신화라는 말은 원래 그 신화적 사실의 죽음과 사라짐을 전제로 한 것이지만, 이 섬에서는 그 신화가 심방들의 굿을 빌어 생생하게 살아 전해지고 있음이었다.[17]

인용문(i)에서는 제주 섬사람들이 '한얼회'와 '청죽회'로 대변되는 정권과 반정권이라는 권력 대립에 의해 희생되었다고 보면서, 정권과 반정권의 대립 구도에서 어느 한 쪽 편을 드는 것을 거부하는 '제3의 도민층'이 있으며, 그런 사람들이야말로 권력을 쟁취하려는 집단의 이념과는 무관한 '생존 단위의 공동운명체의 백성'임을 제시하고 있다. 인용문(ii)에서는 제주 신화는 '신령'과 '심방'과 '제주'가 '수직적 종속관계'로 연결되는 것이 아니라, '수평적 시혜관계' 속에서 '함께 주고받으며 어울리는' 것이라 말하고 있다. '내세와 현세, 이승과 저승'이 하나가 되고 신과 인간과 자연이 '함께 어우러져 웃고 울고 춤을 추고 성내며 다투기까지' 하는 세계, 그것이 제주 신화의 세계임을 제시하고 있다.

이러한 측면에 주목할 때 아기장수 설화와 세 가지 서사무가의 신화가

---

16 위의 책 1권, 77면.
17 위의 책 1권, 67면.

이 작품의 서사구조에서 갖는 기능과 의미망에 접근할 수 있다. 먼저 아기 장수 설화이다. 앞서 살펴보았듯이, 이 작품은 프롤로그와 에필로그에 '아기장수 설화'가 전반부와 후반부로 나뉘어 배치되어 있고. 그 사이에 '1~18'까지의 번호를 단 서사가 전개되고 있다. 프롤로그와 에필로그에 제시된 일반적인 아기장수 설화와 서사 내에 삽입된 제주도 아기장수 설화를 통해, 권력을 쟁취하려는 집단에 희생된 제주 섬사람들의 운명적인 모습을 만날 수 있다. 이 작품에서 '1~18'까지의 서사에 나타나는 인물 유형은 프롤로그와 에필로그에 제시된 일반적인 아기장수 설화에 등장하는 인물과 유사한 방식으로 그려진다. 여기서 중심 서사에 내포된 사건을 시간순으로 정리하면 다음과 같다.

> 가) 고려 때 삼별초와 관련된 김통정과 김방경의 대립
>
> 나) 해방 직후 제주에서 일어난 4 · 3사건의 피해자와 가해자 대립
>
> 다) 1980년 현재 제주를 지배하는 신군부와 그에 맞서는 지팡이 사내 대립
>
> 라) 역사씻김굿과 관련해 정권과 반정권으로 나뉜 한얼회와 청죽회의 대립

프롤로그와 에필로그에 제시된 아기장수 설화의 인물 유형은 유사성에 의한 대체[18]에 의해 중심 서사에서 일어나는 네 가지 대립구조 속의 인물들에 연결되고 있다. 일반적인 아기장수 설화에서 비범한 능력을 지니고 태

---

18 라캉은 무의식의 언어 활동으로 은유와 환유를 들고, 은유란 문자 그대로 기표의 대체라고 파악한다. 기표의 대체라는 점은 기표가 기의로부터 자유롭다는 것을 의미한다. 기의는 기표의 그물로부터 그 의미를 이끌어 낼 수 있다는 것이다. 은유에서는 S1이라는 기표가 S2라는 기표로 대체될 때, S2의 기의 s2는 추방되고, 그 자리를 기호 S1(기표)/s1(기의)이 차지하게 된다. 이러한 방식으로 하나의 기표를 다른 기표로 대체함으로써 의미화 작용의 효과가 산출되는 것이다. 이러한 은유적 과정을 통해 의미가 생산된다. A. Lemaire, 『자크라캉』, 이미선 역, 인간사랑, 1994, 275~295면.

어난 아기가 관군에 의해 처형당하는 것과 관련해, 아기장수라는 인물은 가)에서 김통정으로, 나)에서 무장대로, 다)에서 지팡이 사내로, 라)에서 청죽회로 대체된다. 관군은 가)에서 김방경으로, 나)에서 토벌대로, 다)에서 신군부로, 라)에서 한얼회로 대체된다. 이를 통해 '아기장수 설화'는 아기장수와 관군의 대립쌍, 그것도 선한 아기장수, 악한 관군의 의미적 대립쌍을 형성하면서, 중심 서사의 대립구조에서 선과 악의 윤리적 양항[19]을 대립시킴으로써 의미를 생산하는 것이다.

이렇게 볼 때 프롤로그에 제시된 아기장수 설화의 전반부는 '금기와 금기 위반'으로, 에필로그에 제시된 후반부는 '아기장수의 죽음과 아기장수의 부활에 대한 기다림'으로 해석될 수 있다. 그러나 이러한 해석을 이 작품은 중심 서사의 제주도 아기장수 설화를 통해 전복시킨다.

김통정은 이를테면 오랜 세월 섬사람들이 피눈물 속에 숨겨 죽여 묻으면서 뒷날에 다시 오기를 꿈꾸고 기다려온 저 아기장수, 그 가짜 구세주의 본색에 다름 아니었고, 섬사람들은 이번에도 가짜 구세주에 속아 무고한 피땀만 흘리고만 격이었다. 그런 사정이고 보니 도탄에 빠진 백성들의 원망은 이제 한낱 난폭한 역장에 불과한 김통정에 대항하여 김방경 장군을 내세워 새 영웅 전설을 만들고 뒷날에는 당신으로까지 모셔 섬겼을 법한 이치였다.

하지만 그 또한 김통정을 부인하고 김방경을 받드는 선택적 갈등이 아니라, 김방경 역시도 함께 부인당해야 할 양비론적 대립의 길이었다. 왜냐하면 김방경 역시도 섬사람들과는 운명을 같이 할 수 없는 외래 장수로서 그 섬과 섬사람들을 다스리는 지배 권력자였기 때문이다.[20]

---

19 송효섭, 「'본풀이'의 기호학」, 『기호학연구』 4, 문학과지성사, 1998, 143~163면.
20 이청준, 앞의 책 1권, 197면.

위 인용문에서 고려 때 삼별초와 관련해 반정부 집단을 대표하는 김통정과 정부 집단을 대표하는 김방경에 대한 제주 섬사람들의 생각을 확인할 수 있다. 김통정으로 대표되는 집단이 제주를 폭력적으로 지배하면서 도탄에 빠지게 했고, 김방경으로 대표되는 집단이 김통정 집단을 내몰고 섬사람들을 구한다. 따라서 제주 섬사람들은 김방경 집단을 영웅으로 모셔야 하지만, 그렇게 하지 않는다. 제주 섬사람들은 김방경 집단 역시 자신들을 억압하고 지배하는 또 다른 권력 집단으로 받아들인다. 그러면서 김통정, 김방경 모두 아기장수 설화에 나오는 '가짜 구세주'일 뿐이라 믿고 있음을 볼 수 있다. 섬사람들은 권력의 그 어느 편에도 서지 않고 제3의 도민층으로 살면서 자신들을 '생존단위의 공동운명체의 백성'으로 여긴다. 이러한 믿음에 의해 제주 섬사람들은 4·3사건의 가해자와 피해자의 대립구도에서, 또한 현재 신군부와 지팡이 사내의 대립구도에서, 그리고 한얼회와 청죽회의 대립구도에서 그 어느 편도 들지 않고 섬사람들만의 공동운명체를 꾸려나가려 한다.

2) 공동운명체의 일체감에 의한 경계 허물기: 신화의 경우

이러한 섬사람들의 지향점을 이끌어내는 것이 중심 서사에 제시된 세 가지 서사무가와 관련된 신화와 그 신화를 구현하는 심방들이다. 결국 이 작품에서 신화는 전설에서 만들어진 선악의 윤리적 양항의 대립을 무화시킨다. 선과 악의 경계를 강화하고 악에 의해 선이 패배하는 비극성을 강조하는 방식에서 벗어나 경계를 허물고, 선악의 양항 대립에 주목하는 시선을 의심한다. 말하자면 신화는 정서의 공감, 공동운명체로서의 일체감을 느끼게 하며, 죽음과 삶, 생자와 망자, 과거와 현재, 이승과 저승의 경계를 허물어 버린다. 섬사람들의 저주스런 운명이 결국은 섬에 좌정한 당신(堂神)의 운명과 다르지 않음을 통해 신과 인간의 일체감을 확인하는 것이다.

서사무가와 그 무가를 구현하는 심방의 굿에 의해 대립적 구도가 무화되거나 경계가 허물어지는 장면을 구체적으로 살펴보면 다음과 같다. 첫째, 4·3사건 희생자들의 목록이 편 가르기에 의해 나뉘어 있다. 육지에서 건너온 심방들의 시선에서 보자면 제주 섬의 심방들은 죽은 사람들의 혼백은 편을 갈라놓고, 그마저도 씻겨주지 않고 외면한다. "죽은 사람 넋풀이는 가리면서 제 신주풀이엔 정성을 쏟는다"는 요선의 말은 이를 지적하는 것이다. 제주에는 청죽회, 한얼회 두 단체가 정치적 성향의 면에서 대립한다. 각 단체는 자신들의 단체의 성향에 맞는 희생자들을 골라 목록화한다. 토벌대와 무장대가 제주 4·3사건에서 대립했듯, 청죽회와 한얼회 역시 그 정치적 성향을 이어받으면서 희생자들을 편 가르기 하는 것이다.

그런데 제주의 희생자들은 편이 나뉘어 대립하면서 그 싸움의 결과로 죽어간 것이 아니라, 이쪽저쪽 할 것 없이 끌려다니다가 무고하게 죽게 된 경우가 다수를 차지한다. 그래서 제주 섬의 심방들은 4·3사건의 희생자 목록에 올라와 있으면서 청죽회나 한얼회로 편이 갈린 혼백을 씻기지 않는다. 혼백마저 편 가르기를 하는 것이 제주 섬에 표면적으로 드러난 갈등이라면, 제주 섬 심방들은 그런 갈등마저 아예 외면하고 거들떠보지 않는다. 네 편, 내 편 편 가르기에 의해 무고한 희생자들이 생겨났기 때문이다. 그러므로 제주의 심방들은 편 가르기가 분명한 희생자들의 목록에 실린 혼백은 씻기지 않고, 오히려 혼백의 편이 밝혀지지 않은 무고한 희생자들, 주인 없는 혼백을 씻기려 한다. 그 대표적인 인물이 추심방이다.

둘째, 4·3사건에서 토벌대와 무장대가 대립한다. 토벌대 2인의 죽음은 4·3사건의 시발점이 되었다. 편이 확실했던 토벌대 혼령은 네 편, 내 편 가르기로 인해 씻겨주지도 못한 것이다. 그래서 내버려 두었던 토벌대의 고혼을 육지에서 온 조복순 무녀가 나서 진혼굿을 치러주기로 한다. 추만우는 조복순의 진혼굿에서 "지금까지 인두겁을 뒤집어 쓴 금수 떼들로만 전해 들어온 그 토벌대들의 희생자들 가운데에도 그렇듯 생전의 삶이 무고하고 착했던 사람이 섞여 있을 수도 있었다는 사실"을 깨닫게 된다. 달리 말하자면, 4·3사건은 가해자와 피해자의 논리로만 접근했을 때 결코 풀릴 수 없다는 것을 시사한다. 4·3사건의 토벌대와 무장대는 이후 청죽회와 한얼회의 관계로 이어지며, 그것은 다시 현재의 정치적 상황으로까지 연결될 수 있다. 가해자와 피해자의 대립이 극복되지 않는다면 그 비극적인 사건은 다시 되풀이될 수 있다는 것이다.

셋째, 현재의 정치적 상황에서 '지팡이 사내'의 횃불 남행 행렬과 신군부의 계엄령이 '아기장수/관군'의 의미의 대립쌍을 이루는데, 이는 역사적 사건이었던 삼별초의 난에서 김통정과 김방경의 관계를 환기시킨다. 그런데 제주 섬의 전설에서 이들의 이야기는 변형된다. 김통정이 도탄에 빠진 제주 사람들을 구원하는 구세주로 등장하는 전설이 있는 반면에, 관군인 김방경이 제주로 건너와 가짜 구세주로 전락한 김통정을 도술로 잡아 죽이는 전설도 만들어져 전해지고 있는 것이다. 그러나 둘 다 외래의 지배자로서 제주 섬의 도탄에 빠진 백성을 구하는 진정한 구원자가 되지 못한다. 김통정의 역사적 사례에서 보듯, 구세주가 가짜 구세주로 전락하는 상황은 현재의 정치적 상황에서도 벌어질 수 있는 것이다. 영원한 선도 영원한 악도 없다는 것이 이 사건을 통해 드러난다.

이처럼 선악의 양항 대립을 통한 이분법적 경계 짓기는 '서사무가'의 신화를 통해 '경계 허물기'의 의미를 강조하는 것에 의해 무화된다. 여기서 주목할 것은, 경계 허물기란 '하나'임을 강조하는 것, 곧 '다르지 않음'을 강조하는 것에서부터 이루어진다는 점이다. '다르지 않음'은 굿판의 여러 제차를 통해 여러 층위에서 강조되고 있다.

먼저, '해정리 뱀당신'의 신화에서는 '거지 귀신 신세'에 처한 당신이 실상 심방의 처지와 다르지 않다는 것을 강조한다. 그리고 원령으로 전락한 뱀당신의 모습은 '섬사람들 자신의 저주스런 운명의 형상'과 같은 것으로, 사람들로 하여금 절망과 원한과 서러움의 공감적 표상으로 당신과 일체감을 느끼게끔 한다는 점에서 '신=심방=사람들'의 불우한 처지를 드러내기에 알맞다.

다음으로, '초감제 본풀이'의 신화에서는 버림받고 쫓기는 당신의 불운한 처지와 그런 신의 처지에 삶의 동질성을 느끼는 사람들이 제시된다. 고종민이 대표적인데, 고종민의 아버지는 바다 건너 일본에 갔다가 제주로 다시 돌아오지 않는다. 고종민의 아버지 고한봉과 고종민은 바다 건너 일본에서 불운하고 어려운 삶을 살아왔다. 이렇게 보자면 '당신의 처지=섬사람들의 숙명=바다 건너 사람들의 숙명'이기도 한 것으로 이해할 수 있다.

마지막으로, '해정리 뱀당신' 신화가 보여주는 세계이다.

　-옛날에 하늘을 아버지로 땅을 어머니로 하여 귀하게 태어난 상제님의 자식 하나가 있었는데, 위인이 자꾸 천상의 영화를 마다하고 어머니의 땅으로 내려갈 생각만 하고 지냈다. 아버지 상제님이 이를 괘씸히 여겨 결국 그 벌로 그에게 여자의 모습을 주어 이 막다른 제주 섬으로 쫓아내려 보냈다. 그런데 그 암신령이 어느 동네를 지나다 나무 그늘 아래 앉아 바둑을 두고 있던 그 동네 당신의 눈에 띈 게 더욱 큰 화근이었다. 느닷없는 여색에 음심이 동한 그 당신은 이 해정리까지 따라오며 계속 그녀의 손목을 붙잡으며 희롱을 건넸고, 그를 분하게 여긴 암신령은 제 팔목을 칼날로 깎아버렸다. 한데다 더욱 운이 없으려니 그 짓궂은 당신은 천계와는 정반대 쪽 용궁에서 온 신령이었고, 그 바람에 분이 난 위인의 고자질에 용왕이 그를 다시 흉측스런 뱀의 모습으로 만들어버렸다.[21]

---

21 위의 책 1권, 123면.

천상의 신과 바다의 신과 뱀과 인간이 수직적 위계질서를 맺고 있는 것이 아니라, 그 모두가 하나가 되는 세계가 제주 무속에 나타난 신화의 세계이다. 신에 의한 인간의 지배, 혹은 권력자에 의한 민중의 억압과 지배가 아니라, 신과 인간과 자연물이 모두 함께 어우러지는 세계가 제주 신화의 세계인 것이다.

결국, 이 작품은 일반적인 아기장수 설화와 그 변개에 해당하는 제주도 아기장수 설화를 통해 지배집단이든 반체제집단이든 모두 권력을 쟁취하는 집단에 불과하다는 것을 강조하고 있다. 그러면서 그러한 집단에 의해 희생된 제주 섬사람들을 통해, 그러한 권력 집단의 대립이 아기장수 설화의 시대에서부터 고려 삼별초, 제주 4·3사건, 그리고 1980년대 현재의 신군부 지배 시대에까지 이루어지고 있음을 제시하고 있다. 나아가 이 작품은 제주 서사무가에 바탕을 둔 제주 신화를 통해, 권력 집단의 대립과 그 대립에 의한 무고한 희생을 극복할 수 있는 방법을 제시하고 있다. 그것은 바로 신과 인간과 자연, 이승과 저승, 내세와 현세가 하나가 되어 함께 어우러져 사는 세계를 지향하는 것이다.

신화와 전설이라는 콘텐츠의 이러한 소설적 변용을 통해, 이 작품은 현실의 경험 세계에서 권력을 추구하는 집단과 그 집단에 희생된 민중들의 아픈 삶을 문제 삼으면서, 그러한 문제점을 해결할 수 있는 하나의 방법론으로 제주 섬사람들의 집단무의식에 내재한 한민족의 '넋'을 제주 신화와 전설을 통해 형상화하고 있는 것이다. 이 작품이 신화와 전설을 소설에 적극적으로 활용한 이유가 여기에 있는 것이다.

4. 맺음말

이 글은『신화를 삼킨 섬』에는 신화와 전설을 비롯한 각종 설화가 작품 서사전개 과정에서, 또 주제형성 과정에서 중요 요소로 작동하고 있다고 보고, 이 작품에서 신화와 전설이 어떻게 소설적으로 변용되고 의미화되는 지에 주목하였다.

이 작품은 프롤로그와 에필로그에 '아기장수 설화'가 전반부와 후반부로 나뉘어 배치되어 있으며, 그 사이에 '1~18'까지의 번호를 단 서사가 전개되고 있는데, 그 서사 속에 제주 아기장수 설화와 제주 서사무가가 제시되고 있다. 전설에 해당하는 아기장수 설화는 한국에서 전승되는 보편적인 아기장수 설화와 제주도에서만 알려진 아기장수 설화가 대비되고 있다. 신화에 해당하는 제주도 서사무가는 서사 내에서 세 번에 걸쳐 벌어지는 굿판에서 굿 제차의 형태로 제시되는데, 뱀당신 본풀이, 초감제 본풀이, 그리고 바리데기 무가까지 세 서사무가를 통해 제주 신화가 제시되고 있다. 여기서 '아기장수 설화'는 이야기, 사건, 따라서 텍스트적인 요소에 보다 방점을 두고 있다. 그래서 인물이나, 사건의 내용처럼 이야기와 사건과 관련된 텍스트적 요소가 비교의 대상이 되고 있다. 반면에 '서사무가'의 경우에는 이야기나 사건에 중점을 두기보다는 서사무가가 굿의 제차로 연행되고, 굿판에 참여하는 청중의 반응이나 정서가 굿의 내용과 함께 이루어진다는 점에서 텍스트적인 측면보다는 구술적인 측면이 강조된다.

일반적인 아기장수 설화의 인물 유형은 유사성에 의한 대체에 의해 중심 서사에서 일어나는 대립구조 속의 인물들에 연결되면서 지배자와 피지배자, 가해자와 피해자, 선과 악의 윤리적 양항을 대립시키는 기능을 한다. 그러나 이러한 측면은 제주도 아기장수 설화를 통해 전복된다. 곧 제주 섬사람들은 김통정, 김방경 모두 아기장수 설화에 나오는 '가짜 구세주'일 뿐이라 믿으면서, 권력의 그 어느 편에도 서지 않고 제3의 도민층으로 살면서 자신들을 '생존단위의 공동운명체의 백성'으로 여긴다. 이러한 믿음에 의해 제주 섬사람들은 4·3사건의 가해자와 피해자의 대립구도에서, 또한 현재 신군부와 지팡이 사내의 대립구도에서, 그리고 한얼회와 청죽회의 대립구도에서 그 어느 편도 들지 않고 섬사람들만의 공동운명체를 꾸려나가려 한다.

이러한 섬사람들의 지향점을 이끌어내는 것이 중심 서사에 제시된 세 가지 서사무가와 관련된 신화와 그 신화를 구현하는 심방들이다. 이 작품에서 제주 서사무가에 바탕을 둔 제주 신화는 권력 집단의 대립과 그 대립에 의한 무고한 희생을 극복할 수 있는 하나의 대안으로 제시되고 있다. 신과 인간과 자연, 이승과 저승, 내세와 현세가 하나가 되어 함께 어우러져 사는 제주 신화의 세계가 바로 그것이다.

신화와 전설이라는 콘텐츠의 이러한 소설적 변용을 통해, 이 작품은 현실의 경험 세계에서 권력을 추구하는 집단과 그 집단에 희생된 민중들의 아픈 삶을 문제 삼으면서, 그러한 문제점을 해결할 수 있는 하나의 방법론으로 제주 섬사람들의 집단무의식에 내재한 한민족의 '넋'을 제주 신화와 전설을 통해 형상화하고 있는 것이다.

동화 텍스트를 활용한 패러디 광고 스토리텔링

1. 머리말

광고에서 시각적 이미지와 더불어 중요한 것이 바로 '이야기'이다. 광고는 대중 매체를 이용하여 불특정 다수의 사람들에게 짧은 시간 동안 강렬한 인상을 남겨 소비 심리를 자극하고 그 반응을 소비로 이끌어내야 하는 분야이다. 따라서 어떻게 표현할 것인가의 문제가 중요할 수밖에 없다.

광고는 비언어적 표현과 언어적 표현을 통해 내용을 전달한다. 비언어적 표현은 주로 시청각 이미지를 통해 이루어지고, 언어적 표현은 광고의 문구, 곧 카피를 통해 이루어진다.[1] 다시 말하면 시각적 이미지, 청각적 이미지, 그리고 언어가 광고의 기본적인 표현 방식을 이룬다. 여기에 매체, 곧 신문, 라디오, TV, 인터넷 등을 통해 광고를 드러내는 기술력과, 광고가 소비자에게 미치는 효과를 연구하는 심리학 등이 결합된다. 결국 이미지, 혹은 영상 이미지, 음악, 언어, 매체, 기술력, 소비 심리 등의 총체로서 한 편

---

[1] 양웅, 김충현, 김태원, 「광고표현 수사법에 따른 이해와 선호 효과: 브랜드 인지도와 의미고정의 영향을 중심으로」, 『광고학연구』 18(2), 한국광고학회, 2007. 여름, 154면.

의 광고가 만들어지게 되는 것이다.

최근 광고계에서는 '어떻게'와 관련된 문제가 '어떻게 느끼도록 할 것인가'의 문제로 관심이 이동하는 추세를 보인다. '어떻게'가 내용의 전달 방식과 관련되어 있다면, '어떻게 느끼는가'는 전달하는 내용이 소비자에게 미치는 효과와 관련된다. 상품을 알리고 보여주는 것을 넘어서 그 상품을 소비하면서 소비자가 느끼게 될 심리를 보여줌으로써 소비를 자극한다는 것이다. 이른바 감성 소비가 광고의 새로운 변화를 추동하고 있다.

과거에는 제품을 선전하기 위한 목적으로 광고가 제작되었다면, 최근에는 제품을 만드는 기업의 이미지를 알리기 위한 목적으로 제작되고 있다는 것이다. 이러한 변화는 상품의 종류가 다양해지고 공급이 수요를 초과하는 상황에서 소비자가 왜 그것을 소비해야 하는가를 설득하는 방식이 필요해졌다는 점을 의미한다. 결국 '설득'의 문제를 해결하기 위해서는 소비자의 '감성'을 자극하는 것이 필요하다는 것이다.

자극적인 이미지 광고가 범람하기 때문에 그 방식으로는 상품을 알릴 수가 없다. 어떻게 하면 더 효과적으로, 더 오래 기억에 남도록 만들 것인가. 그 문제를 해결하기 위한 방법으로 제시되는 것이 바로 '스토리텔링'이다. 광고에 '이야기'를 입히는 것이다.

짧은 순간에 강렬한 인상을 남겨야 하므로 광고는 동일한 내용을 반복적으로 되풀이함으로써 기억하게 하거나, 혹은 잘 알려진 '이야기'를 끌어다 씀으로써 회상도(recall)를 높이기도 한다.[2] 자극적인 이미지가 범람하는 가운데 시각적 이미지만으로는 오래 기억하도록 만드는 것이 쉽지 않게 되었다. '이야기'는 바로 그 점을 보완해준다. 제품에 '이야기'를 덧입히면 그

---

2 정동환, 「광고사진에 차용된 동화표현 연구－백설공주, 신데렐라, 인어공주를 중심으로」, 『한국디자인문화학회지』 18(2), 한국디자인문화학회, 2012, 421면.

제품을 더 잘 기억할 수 있는 것이다. 특히 널리 알려진 이야기의 경우 인지 효과는 더욱 커진다.[3] 광고에서 '동화'를 적극적으로 활용하는 것은 그 때문이다.

널리 알려진 이야기일수록 인지 효과가 높으므로 광고에서는 전래동화를 선호한다. 창작 동화는 전래동화에 비해 덜 알려져 있기 때문에 그 효용성의 측면에서 활용도가 낮을 수밖에 없다. 남녀노소의 구분 없이 어린 시절 누구나 한번쯤 읽어봤을 법한 이야기, 그래서 하나의 이미지, 혹은 등장인물의 이름만으로도 바로 이야기가 떠오를 수 있는 것이어야 광고의 효과가 커질 수 있기 때문이다.

전래동화는 그러한 조건에 부합하는 이야기이다. 전래동화는 고래로부터 구비전승되어 온 이야기로 그 뿌리를 설화에 두고 있다. 구비전승되어 오던 옛날이야기가 기록물로 정착되면서 '전래동화'라고 불리게 되는데, 옛날이야기를 수집하고 그것을 기록하는 과정에서 기록자에 의해 변개가 이루어지기도 한다. 이를 독일을 위시한 서구 유럽의 경우를 통해서 확인할 수 있다. 프랑스 민담을 모아놓은 샤를 페로(Charles Perrault)의 『어미 거위 이야기 Contes de ma mère l'oye』(1697), 그림 형제(Brüder Grimm)의 『어린이와 가정을 위한 옛날이야기 Kinder-und Hausmärchen』(1812~1822)는 그 대표적인 예이다.

민담의 구성 요소를 기능에 따라 분류하여 유형화한 프로프에 따르면, 민담은 31가지 기능 안에서 모두 설명될 수 있다. 민담이 서로 구조적 상동성을 갖는다는 점은 '신데렐라'와 '콩쥐팥쥐' 이야기가 서로 유사한 것에서

3　패러디 광고는 이전에 경험한 이미지를 바탕으로 하기 때문에 그 반복 효과로 인해 기억에 도움이 된다. 따라서 패러디 광고는 패러디하지 않은 광고에 비해 회상 기억에서 보다 높은 광고 효과를 보인다. 전혜진, 「광고에 나타난 미술작품 패러디 연구」, 고려대학교 석사논문, 2006, 11면.

도 충분히 짐작할 수 있다. 독일의 메르헨이나, 프랑스의 옛이야기, 한국의 민담이 다른 듯하면서도 닮아 있는 까닭은 이 때문이다. 결국 옛날이야기는 설화에 그 뿌리를 두고 있으며, 시공간적 배경이 이질적이라는 점에서 변별될 뿐이고, 이야기의 구성은 유사하다는 것을 알 수 있다.

이러한 동화의 특징은 '동화'가 갖고 있는 일반성을 잘 보여준다. 세계 각국 어디에서나 유사한 이야기를 발견할 수 있다는 것은 '동화'가 문화적 차이에 의한 이질감이나 거부감을 뛰어넘을 수 있는 문화콘텐츠의 자원이 될 수 있다는 점을 시사한다. 또한 동화는 '설화'에 바탕을 두고 오랜 시간 구비전승되어 오면서 그 민족의 삶의 애환과 정서를 담아내게 된다. 그래서 동화의 기저에는 그 민족의 무의식이 짙게 깔려 있다. 일반적인 이야기로서의 속성을 지니면서도 공통의 문화를 공유하는 공동체의 무의식의 기저에까지 닿아 있다는 점에서 동화는 정서적 교감의 측면에서도 효과적인 콘텐츠가 될 수밖에 없다.[4]

이 글에서는 구비전승되어 온 '설화'가 문자로 기록되어 동화집에 실린 이후 그것이 개작, 변용되는 방식 중에서 '패러디'에 주목하고자 한다. 동화는 여러 매체의 다양한 형식을 통해 끊임없이 변주되어 왔다. 우선 문학 텍스트로서 지속적으로 개작, 창작되어 왔으며, 영화, 애니메이션, 드라마, 광고, 게임 등 여러 매체를 통해서 다양한 방식으로 변주되고 있다. '패러디'는 문학적 텍스트를 스토리텔링하는 방식으로서 가장 빈번히 사용되고 있다. 원텍스트를 활용한 메타텍스트를 생산해 내는 데 있어서 패러디는 가장 익숙한 방식이 아닐 수 없다.

이를 위해서 이 글에서는 동화와 패러디 광고를 통해 스토리텔링의 기법

---

4 조희숙, 「전래동화 패러디물 다시 보기: 메타인지적 관점」, 『어린이문학교육연구』 14(2), 어린이문학교육학회, 2013, 89면.

으로서 '패러디'의 활용 가능성과 그 원리를 밝히고, 학생들의 창작물[5]을 통해 창조적인 활용 방안을 살펴보고자 한다. 패러디 광고는 원텍스트가 존재하는 기존의 창작물을 대상으로 그것을 변용하여 만든 광고를 일컫는다. 패러디 광고는 그 대상이 명화(그림), 광고, 문학 텍스트(시, 소설 등), 영화, 드라마[6] 등으로 다양하다. 이 글에서는 동화를 대상으로 패러디한 광고, 그 중에서도 공익광고에 그 논의를 제한하고자 한다. 상업적인 광고의 경우 상품의 판매가 목적이므로 왜곡, 과장되는 경우가 대부분이다. 따라서 패러디를 통한 비판적 혹은 새로운 담론적 가치의 창출이 어렵다. 반면 공익광고의 경우에는 상업적이거나 정치적인 목적을 배제하고 공공의 이익을 위해 만들어지므로[7] 비판적 담론, 혹은 새로운 담론을 담아낼 수 있는 여지가 마련될 수 있다.

동화 원작을 공익광고에 활용하는 사례는 2004년 보건복지부 금연광고, 2012년 한국방송광고공사의 '공정한 기회' 광고, 2012년 한국방송광고공사의 '개인정보 보호' 광고, 2013년 여성부의 '성범죄자 알림e' 광고, 2014년 한국방송광고공사 공모전 대상을 수상한 '피노키오의 거짓말' 등을 꼽을 수 있다. 이 글에서는 이들 작품을 대상으로 하여, 원텍스트와 패러디 광고를 중심으로 하여 패러디의 기법이 어떠한 방식으로 활용되고 있는가를 살펴보고, 이를 바탕으로 창조적인 스토리텔링 기법에 대해 고찰해보고자 한다.

---

5 이 글에서 활용하고 있는 창작물은 2014년 1학기 '문학과 스토리텔링' 강좌와 '대중문화콘텐츠론' 강좌를 수강한 학생들의 과제를 대상으로 하였다.

6 전동균, 「시의 기법을 활용한 광고 표현 연구」, 중앙대학교 박사논문, 2007, 54면.

7 원우현, 김태용, 박종민, 「공익광고 캠페인 활성화 방안에 관한 연구」, 한국방송광고공사 연구보고서, 2001.

	원텍스트	패러디 광고(공익광고)
스코틀랜드 창작동화-제임스 매튜 배리	피터팬	보건복지부 금연광고
전래동화, 고전소설	콩쥐팥쥐(심청전/춘향전)	한국방송광고공사 공정한 기회-전래동화편
아라비아 민담(아라비안나이트)	알리바바와 40인의 도둑	한국방송광고공사 개인정보 보호
프랑스 민담(할머니 이야기)-샤를 페로	빨간 모자	여성가족부 성범죄자 알림e
이탈리아 창작동화-카를로 콜로디	피노키오의 모험	한국방송광고공사 2014년 공모전 대상작 '피노키오의 거짓말'

이들 광고는 크게 세 가지 방식에 의해 동화 원작을 활용하여 주제를 의미화하고 있다.[8] 첫째, 인물의 성격을 변화시키는 경우이다. 둘째, 시간과 공간적 배경을 변화시키는 경우이다. 셋째, 서사를 변개시키는 경우이다. 이 글에서는, 2장에서는 인물을 변화시키는 경우, 3장에서는 시공간의 배경을 변화시키는 경우, 4장에서는 서사를 변개시키는 경우를 살펴보고, 5장에서는 이를 활용하여 창작한 학생들의 작품을 살펴볼 것이다.

2. 인물의 성격 변화에 의한 의미화 전략

인물의 성격(character)을 변화시키는 경우에는 기존의 동화 원작에 드러

---

8 패러디 동화의 경우 원작을 활용하는 방식이 다양하게 드러난다. 광고는 짧은 순간에 메시지를 전달해야 하므로 많은 이야기를 담아내지 못하는 반면, 동화는 긴 서사체이므로 광고와 달리 다양한 방식으로 원본을 활용할 수 있다. 인물의 성격 변화, 시공간의 변화뿐만 아니라 서사구성의 변화, 새로운 화소의 결합, 복수의 원작 혼합 구성 등 여러 유형의 활용 방식이 패러디 동화에서 다양하게 나타난다. 윤지수, 「「빨간모자」의 패러디 양상과 교육적 가치」, 부산교육대학교 석사논문, 2013, 7~8면.

나는 인물의 성격을 변화시킴으로써 원작과 차별성을 드러내고 있다. 이 경우 광고의 주제는 원작과 패러디 광고의 차이를 비교하는 가운데 의미화된다. 보건복지부 금연광고, 한국방송광고공사 공정한 기회-전래동화편이 여기에 속한다.

2004년에 제작된 보건복지부 금연광고는 『피터팬』 원작을 활용하였다.

<그림 1> 2004년 보건복지부 금연광고

이 광고에서는 '피터팬'이라는 주인공의 캐릭터를 변화시키는 방법을 통해 주제를 드러내고 있다. 『피터팬』에서 '피터팬'은 네버랜드라는 꿈의 공간을 배경으로 하여 그곳에서 모험을 펼치는 '영원히 늙지 않는 아이'이다. 항상 호기심에 가득 차 있는 표정을 짓고 팅커벨과 함께 언제든 모험을 떠날 준비가 되어 있는 인물인 것이다.

그런데 광고 속 '피터팬'의 모습은 그렇지 않다. 피터팬의 복장이며, 피터팬을 둘러싼 배경이며 모든 것은 그대로인데 피터팬의 캐릭터만 바뀌어 있다. '늙지 않는 아이'가 '백발이 성성한 노인의 얼굴'로 바뀌어 있고, 모험을 떠나야 할 피터팬이 바위에 앉아 담배를 피우고 있다. 항상 피터팬 곁에 있어야 할 팅커벨은 피터팬 곁을 떠나 어디론가 날아가고 있는 듯하다.

이 광고는 원작에 등장하는 '피터팬'의 캐릭터를 가져오되, 인물의 습관과 외모의 변형을 꾀함으로써 캐릭터의 변화를 이끌어내고 있는 것이다. 담배를 피운다라는 상황 설정과 백발이 성성한 노인의 얼굴이라는 캐릭터의 변화로 인해 새로운 주제가 형성되고 있다. 광고 하단부에 씌어 있는 다음과 같은 카피는 '피터팬'이 노인의 얼굴로 바뀌게 된 이유를 짐작할 수 있도록 한다. "이런 모습 상상해 보셨나요? 흡연은 당신을 실제 나이보다 더 늙어보이게 합니다."

동화를 패러디한 광고의 경우, 수용자가 원작의 내용을 알고 있다는 전제하에 기획된다. '피터팬'이 '영원히 늙지 않는 소년'이라는 것을 알고 있는 수용자라면, 그 기억 속 피터팬의 이미지와 그것을 패러디한 광고 속 피터팬의 이미지의 차이를 변별할 수 있게 된다. 이 광고의 의미는 바로 그 차이에서 발생한다. '영원히 늙지 않는 소년'이 왜 백발이 성성한 노인의 얼굴을 갖고 있을까 하는 의문과 더불어 피터팬의 손에 들린 연기가 나고 있는 담배에 주목하게 되는 것이다. 그 결과 이 광고는 흡연이 젊음과 건강을 모두 해칠 수 있다는 경고를 담고 있는 것으로 의미화되는 것이다.

2012년 한국방송광고공사의 '공정한 기회' 광고는 『심청전』, 「콩쥐팥쥐」, 『춘향전』 원작을 활용하였다. 이 광고에서는 전래동화의 인물 캐릭터를 차용하였는데, 심학규, 방자 등과 같은 작품 속 주변 인물들도 적극적으로 활용하였다.

이 광고는 세 편의 작품을 연달아 결합시키고 있다. 각각의 인물이 처한 불행한 상황을 먼저 보여주고, 광고의 말미에 각 인물이 그 불행한 상황에서 벗어날 수 있는 방법을 제시하고 있다.

원작에서는 각 인물들의 처지가 정형화되어 있다. 각 인물들은 자신이 처한 사회적 신분과 조건에 의해 살아갈 수밖에 없다. 『심청전』의 심학규는 눈을 뜨기 위해 공양미 삼백 석을 시주하기로 약조했다가 심청이가 뱃

사람들에게 팔려가게 된 걸 알게 된다. 「콩쥐팥쥐」의 콩쥐는 계모와 팥쥐의 구박을 받으며 궂은 집안일을 혼자 해야 한다. 『춘향전』의 방자는 이몽룡을 평생 상전으로 모시면서 받들어야 한다.

"심봉사가 직업을 가질 기회가 있었다면"

"콩쥐가 재능을 펼칠 기회가 있었다면"

"방자가 과거시험을 볼 기회가 있었다면"

"암행어사 방자"　　"꽃신 디자이너 콩쥐"　　"심청상회 대표 심학규"
"모두가 행복한 사회 공정한 기회에서 시작됩니다"

<그림 2> 2012년 한국방송광고공사 공정한 기회―전래동화편

이러한 원작의 내용을 바탕으로 광고에서는 각 인물들이 자신이 처한 상황과 조건을 능동적으로 변화시켜 원작과는 다른 직업을 갖고 성공한 삶을 살게 된다는 결과를 보여주고 있다. 그럼으로써 가부장제와 반상의 신분 질서와 같은 유교 문화가 지배적인 사회적 환경을 '차별없는 사회'로 바꿔 놓고 있다.

심학규는 장애를 가진 사람을 표상한다. 이 인물을 통해 장애를 가진 사람에게도 직업을 가질 기회가 주어져야 사람다운 삶을 살 수 있다는 것을 강조한다. 콩쥐는 집안일에 매여 살아가는 여성을 표상한다. 이 인물을 통해서는 여성에게도 자기개발을 할 수 있는 기회가 주어져야 한다는 것을 강조한다. 마지막으로 방자는 최하위 신분층을 표상한다. 이 인물을 통해 빈부귀천이나 지위고하와 상관없이 동등한 자격 조건으로 시험을 치러 직업을 얻을 수 있는 기회가 균등하게 주어져야 한다는 것을 강조한다.

이 광고의 경우 원작에 등장하는 각 인물의 불우한 처지는 편견을 배제하고 공정한 기회를 제공하는 문화에 의해 변화될 수 있다는 메시지를 전달하고 있다. 이러한 메시지는 원작과 패러디된 내용과의 비교에 의해 발생한다. 특히 광고에 노출된 자막에 의해 메시지가 보다 분명하게 전달될 수 있다. 각 인물들이 처한 불행한 상황을 먼저 보여주고, "심봉사가 직업을 가질 기회가 있었다면", "콩쥐가 재능을 펼칠 기회가 있었다면", "방자가 과거시험을 볼 기회가 있었다면"이라는 가정법을 자막으로 보여준 뒤 성공한 인물들의 모습을 나중에 제시함으로써, 원작 속 인물과 그 차이를 대비하여 볼 수 있게 구성하고 있는 것이다.

이를 통해 이 광고는 원작과의 비판적 거리감을 마련하고 있다. 원작과 원작을 패러디한 내용을 병치시키고 이를 대비하여 볼 수 있도록 유도함으로써, 신분제도와 가부장제, 남존여비 사상이 상존해 있던 조선시대의 사회문화적 환경과 우리가 살고 있는 현재의 사회문화적 환경이 달라진 것이 있는가, 혹은 시대와 사회 환경이 바뀌었음에도 불구하고 여전히 다를 바 없는가를 비판적으로 바라보도록 한다. 결국 이 광고는 원작이 놓인 사회 문화적 환경을 비판적으로 성찰할 수 있도록 하면서, 행복한 사회를 위해 필요한 것이 무엇인지를 생각해보도록 유도하고 있다.

보건복지부 금연광고와 한국방송광고공사의 공정한 기회-전래동화편의 두 작품 모두 원작과의 차이를 강조하면서, 원작과의 비교에 의해 주제가 형성되는 특징을 보여준다. 보건복지부 금연광고의 경우 '피터팬'이라는 인물의 '흡연'이라는 개인적인 습관이 '노안'이라는 결과를 불러왔다면, 한국방송광고공사의 공정한 기회 광고의 경우 '심학규', '콩쥐', '방자'라는 인물의 개인적인 성격 변화보다는 '장애인 노동권', '자기개발 기회', '기회의 균등'과 같은 사회적 조건의 변화가 인물이 처한 처지를 바꿔놓는 중요한 계기로 작동함을 강조하고 있다. 따라서 전자의 경우에는 '개인별 태도와 습관의 변화'를 요구하는 목소리가 강조되고, 후자의 경우에는 '사회 인식의 변화'를 요구하는 목소리가 강조된다.

3. 시공간 변화에 의한 의미화 전략

시간과 공간적 배경을 변화시키는 경우에는 기존의 동화 원작에 드러나는 인물은 그대로 유지하면서 그 인물의 시간과 공간적 배경을 달리하여 원작과의 차별성을 드러내고 있다. 이 경우 광고의 주제는 원작과 패러디 광고의 유사성을 강조하여 유추하는 가운데 의미화된다. 2014년 한국방송광고공사 공모전 대상작 '피노키오의 거짓말', 여성가족부의 성범죄자 알림e, 한국방송광고공사의 개인정보 보호가 여기에 속한다. 그러나 공간이나 시간적 배경이 원작과 이질적인 차이를 갖지 않는 경우, 단순한 반복 이상

<그림 3> 20014년 한국방송광고공사
공모전 대상 '피노키오의 거짓말'

의 의미를 갖지 못하게 될 우려가 있
다.[9]

2014년 한국방송광고공사 공모전
대상을 수상한 '작업장 안전' 광고는
「피노키오」 원작을 활용하였다. 이
광고에서는 '피노키오'라는 주인공의
캐릭터를 그대로 두고 그 이야기를
현대적 시공간에 맞게 변화시켜 주제
를 드러내고 있다.

「피노키오의 거짓말」은 거짓말을
하면 코가 길어진다는 '피노키오'의
캐릭터를 가져와 인쇄광고에 활용한
사례이다. 이 광고의 원작이 「피노키오」라는 걸 짐작할 수 있게 하는 것은
광고의 제목과 나사로 된 긴 코 정도이다. 이 광고에서는 거짓말을 하면 코
가 길어진다는 피노키오의 신체적 특징을 강조하여 원작을 환기시키는 한
편, 원작과 시공간적 배경을 달리함으로써 차별성을 두었다.

'피노키오'의 시공간적 배경은 철제빔과 나사가 사용되는 현대 한국의

---

9 패스티쉬(pastiche)는 패러디와 유사하게 무엇인가를 모방하는 것이지만 패러디와는 달리 비
판적인 웃음도 해학도 없는 죽은 언어로 말하는 것이며 중립적인 모방이다, 라고 정의할 수
있다. 패스티쉬가 수없이 써서 진부한 수식이라면, 패러디는 새로운 수사적 비유이다. 패스
티쉬가 다름보다 닮음을 강조하는 단음조적 텍스트라면, 패러디는 닮음 속에 다름이 녹아
있는 이중적 텍스트라 할 수 있다. 그리고 이런 차이는 독자의 추론에 의해 구별될 뿐이다.
다시 말하면 패스티쉬가 여러 가지 앞선 작품을 섞어 놓은 평면적 구도라면, 패러디는 의도
적으로 앞선 작품이나 앞선 형식을 끌어들여 그것을 희화시키거나 전복시켜 다른 얘기를 하
는 것이다. 린다 허천은 인용, 모방, 암시, 패스티쉬를 닮음을 위해 앞선 것을 모방하는 것으
로 보고, 패러디는 비판적 거리를 위해 앞선 것을 모방하는 것으로 보아 이들과 구별 짓는
다. 권택영, 「패러디, 패스티쉬, 그리고 독창성」, 『현대시사상』, 1992. 겨울.

어느 '작업장'이다. '작업장'이라는 공간적 배경에 맞도록 '피노키오' 역시 안전모와 작업장에서 입는 조끼, 장갑 등을 착용하고 있다. 이를 통해 '피노키오'가 '작업장'의 관리자 혹은 인부를 표상한다는 사실을 짐작할 수 있도록 하였다.

광고에 쓰인 카피는 다음과 같다.

> "괜찮아, 안전해"
> '방심'이 하는 거짓말에 속지 마세요.
> 안전사고는 나를 속이는 작은 거짓말에서 시작됩니다.

여기에서 "괜찮아, 안전해"는 작업장에서 벌어지는 '피노키오의 거짓말'에 해당한다. 피노키오의 거짓말로 인해 바다로 피노키오를 찾으러 나갔던 제페토 할아버지는 배가 난파되어 조난을 당하고 고래에 잡아먹히게 된다. 광고는 이러한 원작의 내용을 암시적으로 활용하고 있다.

거짓말을 하면 길어지는 피노키오의 코는 '나사못'으로 되어 있다. 나사못 코는 철근에 조여져 있지 않고 길게 밖으로 빠져나와 있는 상태이다. 거짓말을 반복해서 피노키오의 나사못으로 만들어진 코가 길어진 상태인 것이다. 이를 통해 피노키오가 계속해서 거짓말을 하게 된다면 나사못은 결국 빠지고 말 것임을 유추할 수 있다. 이러한 정보들이 결합되면서 '피노키오의 거짓말'은 '작업장'의 안전을 위협하는 '거짓말'로 의미화되고 있다.

이 광고는 2014년 안전불감증에 빠져 안전사고가 빈발한 한국의 상황을 담아내면서, 안전사고에 대한 경각심을 일깨우고자 하는 목적에서 기획된 것이다. 이를 광고에 표현하기 위해 거짓말을 표상하는 피노키오의 코를 철제빔에 박힌 나사못으로 대체하고 공간적 배경을 작업장으로 대체하였다. 그럼으로써 시간이나 공간적 배경이 원작과 달라졌음에도 불구하고 원작에 등장하는 위기 상황은 여전히 상존하고 있음을 보여준다. 피노키오의 거짓말이 할아버지인 제페토를 위험에 빠뜨리는 것처럼, 작업장에서의 거짓말 역시 위기 상황을 불러오는 요인이 될 수 있다는 것을 강조한다.

4. 서사의 변개에 의한 의미화 전략

여성가족부의 성범죄자 알림e 광고나 한국방송광고공사의 개인정보 보호 광고의 경우에는 인쇄광고로 제작된 '피노키오의 거짓말'과는 달리 TV 광고로 제작되었다. 따라서 스토리텔링 효과를 보다 강조할 수 있게 된다. 이들 두 광고는 원작의 내용 일부를 광고 안에 삽입시키고, 원작의 전후에 새로운 화소를 삽입시킴으로써 원작과의 차별성을 획득하고자 하였다. 원작과 패러디된 내용의 이질성의 정도가 클수록 패러디된 내용의 의미효과가 더욱 커지게 된다.

2013년 여성가족부의 '성범죄자 알림e' 광고는 「빨간모자」 원작을 활용하였다. 이 광고에서 「빨간모자」 원작은 각색 수준의 서사적 변개가 이루어지고 있다. 원작에 이질적인 서사를 덧붙이는 것이 아니라 현재의 시공간에 맞도록 개작하였다.

샤를 페로의 「빨간모자」에서 '빨간모자'는 편찮으신 할머니를 위해 음식을 싸 들고 숲속을 지나가다가 늑대를 만난다. 빨간모자는 늑대에게 할머니를 위해 맛있는 빵과 포도주를 가지고 가는 길이라고 얘기한다. 늑대는 빨간모자의 이야기를 듣고 할머니 집으로 가서 할머니를 잡아먹고 할머니로 위장하여 빨간모자를 기다린다. 빨간모자는 할머니로 변장한 늑대에게 속아 잡아먹히고 만다. 그림 형제의 「빨간모자」에서는 할머니의 집을 지나던 사냥꾼이 늑대를 발견하고 늑대가 삼킨 할머니와 빨간모자를 구해낸다는 이야기가 덧붙여져 있다.

이 광고는 비극적인 결말로 끝나는 샤를 페로의 「빨간모자」가 아니라 해

<그림 4> 2013년 여성가족부 성범죄자 알림e 광고

피엔딩의 결말로 끝나는 그림 형제의 「빨간모자」의 구조를 가져왔다. 빨간모자의 캐릭터는 그대로 두고 늑대를 성범죄자로 바꾸고, 사냥꾼 대신 동네 사람들을 등장시켰다. 또한 원작에는 없는 새로운 화소를 광고의 첫 부분에 덧붙이고 있다. '빨간모자'는 '성범죄자 알림e' 서비스로 성범죄자의 얼굴을 알고 있다는 것과, 어두운 길에서 만난 낯선 남자가 성범죄자임을 알아차리고 주변 사람들의 도움을 청해 위기에서 벗어나게 된다는 내용이 그것이다.

늑대의 캐릭터가 '성범죄자'로 변화되었다는 점[10]과 서사의 첫 부분에서 약간의 변개가 이루어졌다는 점을 제외하면 기본적인 서사의 내용은 거의 동일하다. 그런 점에서 이 광고는 원작의 내용을 거의 유사하게 반복하고 있다고 볼 수 있다.[11]

2012년 한국방송광고공사의 '개인정보 보호' 광고는 『아라비안나이트』에 실린 「알리바바와 40인의 도둑들」 원작을 활용하였다. 이 광고에서는 인터넷으로 '알리바바와 40인의 도둑들'이라는 애니메이션을 보는 여성의 모습을 일종의 틀서사로 활용하여 원작의 서사 전후에 덧붙임으로써, 원작을 일종의 '가상공간'에서 벌어지는 이야기로 만드는 효과를 불러일으키고 있다. 또한 원작의 내용에 새로운 화소를 첨가하여 사건의 방향을 전환시키고 있다.

---

10 늑대를 '남성'으로 비유하는 것은 낯선 은유가 아니라 사은유에 속하는 것이라 할 수 있다. 프랑스 민담에서는 이 이야기가 '할머니 이야기'로 알려져 있다. '할머니 이야기'에서는 '늑대'가 아니라 '늑대 인간'이 등장한다.

11 지금까지 언급한 다른 광고와 비교해 볼 때 원작과 패러디된 내용과의 이질성이 두드러지지 않기 때문에 이 광고의 의미효과는 크지 않다. '성범죄자 알림e' 서비스를 홍보하려는 목적에서 제작되었기 때문에 정보 제공이 보다 강조되는 반면, 창조적인 발상이나 변화는 두드러지지 않는다. 반면, 여성가족부와 EBS가 공동 제작한 「빨간모자야 노래를 부르렴」(2011)은 아동을 위한 성폭력 예방 뮤지컬로, TV광고와는 달리 창조적인 스토리텔링이 보다 두드러진다.

40인의 도둑들은 보물이 가득한 비밀 동굴에 도착했어요.

두목이 문을 열려는 그 때   두목) 열려라…   도둑) 참깨! 참깨잖아.

낙타) 1년 내내 참깨던데?   앵무새) 난 두목 주민번호도 알지롱.   아무나 알 수 있는 비밀번호는 더 이상 비밀번호가 아니었어요.

40인의 도둑과 두목은 소중한 보물을 몽땅 잃어버렸거든요.
두목) 흑흑… 내 보물…   개인정보도 소중한 재산입니다. 개인정보를 지켜주세요.

<그림 5> 2012년 한국방송광고공사 개인정보 보호

「알리바바와 40인의 도둑들」에서 '도둑들의 두목'은 비밀의 동굴에 보물을 감춰놓곤 한다. 어느 날 비밀의 동굴에서 보물이 감쪽같이 사라지는 일이 벌어진다.

원작에서는 '누가 가져갔는가'에 집중하여 사건이 전개되지만, 광고에서는 '어떻게 가져갈 수 있었는가'에 집중한다. 이를 위해 원작에 첨가된 내용은 두 가지이다. 두목이 비밀 동굴의 바위문을 여는 비밀번호를 잊어버린다는 것과, 다른 도둑들이 두목의 비밀번호는 물론이고 두목의 주민번호까지 알고 있다는 설정이 그것이다.

이러한 원작의 내용 전후로 인터넷을 사용하는 여성의 모습이 비춰진다. 바로 이 부분에서 의미의 유사성에 의한 유추가 발생한다. '비밀번호'를 알아야 열린다는 점에서 인터넷이라는 '가상공간'은 비밀 동굴과 유사성을 갖는다. 이러한 유사성에 의해 '가상공간'에서도 보물을 도둑맞는 것과 동일한 상황이 벌어질 수 있다는 것을 강조하고 있다. 그 결과 '열려라 참깨'는 '비밀번호'로, '보물'은 '개인정보'로 의미가 전환되면서 인터넷 공간에서 개인정보는 개인의 소중한 재산과 같다는 의미를 전달하게 된다. 광고에 쓰인 카피는 바로 그러한 내용을 강조하고 있다.

5. 창조적인 스토리텔링을 위하여

패러디 광고에서는 인물, 시공간적 배경, 시점, 플롯 구성 등을 변형시켜 원작 텍스트와 변별성을 획득할 수 있다. 이 글에서는 전래동화를 원작으로 하여 패러디 광고로 만든 국내의 사례만을 다루었다. 기존의 사례를 바탕으로 분석한 결과, 인물의 변형, 시공간적 배경의 변형, 서사의 변개 등을 통해 주제를 의미화하는 경우를 볼 수 있었다. 이 외에도 시점이나 플롯 구성 등을 변형시킴으로써 주제를 의미화할 수도 있다.

학생들의 작품에서는 동화 원작을 활용한 패러디 광고 스토리텔링의 다양한 양상을 발견할 수 있다. 학생들의 작품에 대해서는, 그 작품이 어떠한 효과를 거둘 수 있는가의 문제 보다는 그들이 관심을 갖고 있는 현실의 문제가 무엇인가 하는 주제 의식의 측면과, 각각의 동화가 수용자에게 어떠한 방식으로 받아들여질 수 있는가와 관련된 창작의 발상의 측면에 주목[12] 할 필요가 있다. 학생들의 창작품은 아마추어 창작자의 것이면서 동시에 수용자의 의식구조를 보여주기 때문이다. 학생들의 작품은 앞서 고찰한 패러디 광고의 유형에서 크게 벗어나지 않지만, 발상의 측면에서 창조적인 접근이 이루어지고 있다. <그림 6>부터 <그림 9>를 살펴보자.

<그림 6>의 경우「아기돼지 삼형제」원작을 그대로 차용하고 있다. 이 작품은 학생들의 작품에서 가장 많이 패러디된 동화이기도 하다. 대부분 2014년 세월호 사건을 의식하여 이 작품을 패러디하고 있어 거의 동일한 주제 의식을 보여주고 있다. 동일한 발상이 제출된다는 것은 그만큼 참신성이 결여되어 있다는 것을 의미한다. 부실공사 혹은 안전불감증과 관련한 주제에서는「아기돼지 삼형제」가 가장 많이 활용되었다. 인간의 탐욕을 주제로 한 경우에는「황금알을 낳는 거위」가 패러디의 대상이 되기도 하였다. 그렇지만 원작을 단순 모방하는 이상의 수준으로 활용되지는 못하였다.

<그림 7>의 경우「별주부전」을 원작으로 하였다. 고전소설이 어린아이

---

12 학생들의 작품에서 가장 많이 언급된 것이 세월호 사건과 총선(투표 참여), 스마트폰 중독 등의 문제이다. 광고의 의제 선정은 시대적 요구와 밀접하게 관련될 수밖에 없다. 세월호 사건과 관련해서 주로 다루고 있는 주제는 안전불감증과 인간의 탐욕에 관한 것이다. 안전불감증은 제도와 시스템 등을 통해 변화시켜 나갈 수 있다. 반면에 인간의 탐욕이라는 주제는 사건을 보다 본질적인 측면에서 들여다보고 있다. 결국 광고의 의제를 선정하고, 그것을 풀어나가는 방식을 고민할 때 무엇보다 요구되는 것은 근본적이고 본질적인 원인에 대한 탐구라 할 수 있다.

들에게 전래동화로 많이 읽힌다는 점에서 이 작품 역시 '동화'의 범주에 넣을 수 있다. 이 광고의 경우에는 TV상업광고를 통해 패러디된 모티프로, 비교적 익숙한 상징이라고 할 수 있다. 이 광고는 인물의 성격 변화에 의해 주제를 드러내는 의미화 전략을 취하고 있다. 이 광고는 음주 문화의 개선이라는 주제를 담고 있다. 동일한 원작을 활용한 다른 학생의 광고에서는 C형 간염 예방검진을 주제로 담기도 하였다.

<그림 6>

<그림 7>

<그림 8>

<그림 9>

<그림 8>과 <그림 9>는 생텍쥐페리의 「어린왕자」를 원작으로 하였다. 이 광고는 참신성에서 주목할 만한데, 특히 <그림 9>의 경우 적절한 기호적 상징을 활용하여 상상력이 사라진 어린왕자를 보여주고, 이를 통해 주입식 교육의 폐해라는 주제 의식을 드러내고 있다. 동일한 주제를 다루고 있으나, <그림 8>과 <그림 9>를 비교하면 그림이라는 시각적 이미지를 활용하여 메시지를 전달하는 전자의 광고보다는 '='과 같은 수학 기호와 칠판이라는 공간적 배경의 변화를 결합시켜 메시지를 전달하는 후자의 광고가 훨씬 주제 의식을 선명하게 드러내는 것을 볼 수 있다. 이 광고는 인물의 성격 변화에 의해 주제를 드러내는 의미화 전략을 취하고 있다.

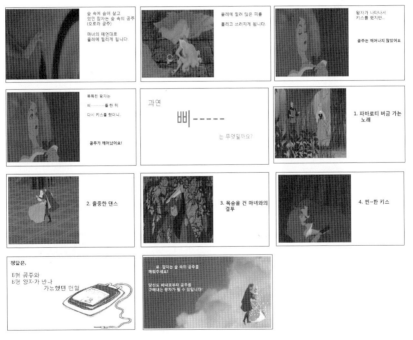

<그림 10>

<그림 10>은 「잠자는 숲속의 공주」를 원작으로 활용하여 '생명을 살리는 헌혈'이라는 주제를 담고 있다. 이 광고에서는 서사를 변개시켜 주제를 드러내는 의미화 전략을 취하고 있다. 왕자가 잠자는 공주를 깨운다는 원작의 모티프를 활용하면서 '어떻게'라는 점에 주목하여 그것을 질문지법으로 제시하고 있다. 흥미로운 것은 사지선다형의 질문지법을 활용하였음에도 불구하고 답을 그 안에 제시하지 않았다는 점이다. 그로 인해 수용자들의 관심을 유발시키고, 호기심을 갖고 광고 내용에 집중할 수 있도록 한다. 다만, 이 광고가 지속적으로 노출될 경우 이미 답을 알고 있는 수용자에게 처음과 같은 효과를 유지하기는 어렵다.

<그림 11>은 향가 「서동요」의 배경 설화로 알려져 있는 '서동 설화'를 패러디하고 있다. 이 광고는 서사를 변개시킴으로써 주제를 드러내는 의미화 전략을 취하고 있다. 특히 기존에 알려진 설화와 그 결말을 달리하면서, 결말이 달라진 '이유'와 관련하여 새로운 화소를 삽입하고 주제를 노출시키고자 하였다.

'서동설화'에서는, 아름답다고 알려진 선화공주를 얻기 위해 서동이 '서동요'라는 거짓 노래를 퍼뜨려 선화공주와 부부의 연을 맺게 된다. 이 광고에서는 서동이 거짓 노래를 퍼뜨리는 것을 '사이버 폭력'으로 대체하고 선화공주의 정혼자가 이를 수사하여 해결하는 것으로 결말을 처리하고 있다.

이는 '서동설화'에 대한 현대적 재해석이라 할 수 있다. '서동'이라는 인물의 관점에서 서술되는 '서동설화'와는 달리, 이 광고에서는 '서동'이 아니라 '선화공주'의 관점으로 서사를 재편하고, 선화공주의 입장에서 서동요의 의미를 풀어내고자 하였다. 역사적 배경과 시대적 상황, 그리고 참요로서의 성격 혹은 주술성 등을 통해 기존의 '서동설화'를 다양한 시각에서 해석할 수 있으나, 그것을 현대라는 시공간적 배경에 맞추어 본다면 '사이버 폭력'으로 해석될 수 있는 여지가 충분하다. 바로 그 점에 이 광고의 참신

서동은 선화공주의 미모가 뛰어나다는 소문을 들었어요!
하지만 선화공주에게는 멋진 정혼자가 있었지요.
그래서 서동은 선화공주를 얻고 싶어 나쁜 계략을 세우기로 했어요.

아이들에게 마를 나누어 주며 선화공주에 대한 안 좋은 헛소문을
퍼트린 것이지요. 발 없는 말은 천리를 가서 궁중에까지 들어갔어요.

궁중에서 쫓겨난 선화공주는 사랑하는 사람도 잃고,
억울해서 매일같이 울었답니다. 눈물바다가 따로 없었지요.

정혼자의 수사를 통해 헛소문은 거짓임이 밝혀지고 서동은 멍석말이를
당했어요. 선화공주는 정혼자와 행복하게 살았답니다.

인터넷상의 근거 없는 유언비어,
한 사람의 인생을 망칠 수 있습니다.
사이버 폭력 없는 세상, 당신의 손끝에 달려 있습니다.

<그림 11>

한 발상이 엿보인다. 다만 이 광고는 '서동요'와 '서동설화'에 대한 지식을
갖고 있지 않은 수용자에게는 흥미를 주기 어렵기 때문에, 앞서 언급한 다
른 동화들에 비해 수용자의 흥미 혹은 관심도를 떨어뜨릴 수 있다는 한계
를 갖는다.

<그림 12>에서는 「잠자는 숲속의 공주」와 「백설공주」를 원작으로 차용

하였다. 이 광고에서는 두 가지의 서로 다른 서사를 혼합하여 주제를 의미화하는 전략을 취하고 있다. 두 원작은 이미 잘 알려져 있는 이야기이다. 파티에 초대되지 못해 화가 난 마녀가 저주를 내린다는 설정은 「잠자는 숲속의 공주」의 내용에서 가져오고, 「백설공주」에서 주인공의 이름을 차용하였다.

<그림 12>

오늘은 백설공주의 탄생일이기도 하지만 투표가 있는 날이다. 성은 투표 지정소이다. 많은 사람들이 초대를 받아 온 것이 아니라 투표에 참여하기 위해 찾아온다. 마녀는 그것을 오해하고 왕에게 자신을 초대하지 않은 것

에 화를 낸다. 그런데 모두 투표를 하기 위해 찾아온 것임을 알고 마녀는 자신의 행동을 부끄러워한다.

이 광고는 투표에 무관심한 사람들에게 투표의 중요성을 상기시키고, 자신의 소중한 한 표를 행사하지 않는 것이 얼마나 부끄러운 일인가를 느끼게 해주기 위한 목적으로 창작되었다. 두 작품의 서사를 혼합시키긴 하였으나, 굳이 「백설공주」를 강조해야 할 이유가 드러나지 않은 까닭에 혼합 서사의 전략을 살리지 못하고 있다. 「잠자는 숲속의 공주」의 이야기만으로도 서사를 충분히 표현해 낼 수 있으므로 「백설공주」의 이야기는 불필요하다. 다만 이 광고에서 저주를 내리기 위해 찾아온 마녀를 투표일도 모르는 유권자로 성격을 변화시킴으로써 투표 참여를 독려하는 광고의 목적을 잘 드러내고 있다. 또한 '투표일'을 '축제'로, '투표권'을 '초대'로 표현함으로써 투표가 갖고 있는 의미를 새로운 시선에서 조명했다는 점에서 이 광고의 참신한 발상을 엿볼 수 있다.

동화 원작을 활용한 패러디 광고 스토리텔링에서 유의해야 할 점은 첫째, 동화 원작이 대중 일반에게 잘 알려져 있어야 한다는 것이다. 학생들의 패러디 광고 사례에서 '서동요'를 활용한 광고의 경우, 서동요의 내용이 다른 원작에 비해 알려지지 않아서 메시지를 통해 전달하고자 하는 바가 쉽고 설득력 있게 다가가기 어려울 수 있다. 더욱이 이 광고에서는 향가의 설화를 그대로 가져오지 않고 서사의 결말을 바꾸어 놓았다. 서동의 설화를 잘 알지 못하는 경우 서사를 이해하는 데 급급해서 광고를 통해 전달하고자 하는 메시지를 놓치기 쉽다는 우려가 있다.

둘째, 광고의 메시지를 해석할 수 있는 카피 문구에 주제를 밝혀주는 것이 필요하다. 혹은 앞서 보았던 한국방송광고공사의 개인정보 보호 광고처럼, 현재의 시공간적 배경을 삽입시켜 광고에서 전달하고자 하는 메시지의 의미를 고정시켜 주어야 한다.

셋째, 비판적인 담론을 제시해야 한다. 광고는 익숙한 것을 다르게 보도록 함으로써 수용자의 관심을 유발하고 메시지를 통해 설득하고 행동의 변화를 유발할 수 있어야 한다. 그런 점에서 원작을 단순 모방해서는 참신성이 떨어지므로 원작을 새로운 방식으로 재해석하는 창의적인 발상이 필요하다. '아기돼지 삼형제'에 비유하여 부실공사를 비판하는 접근 방식은 원작의 내용을 그대로 가져오고 있어 참신성이 떨어지고, '별주부전'에 비유하여 토끼의 간을 병든 간으로 치환시키는 등의 발상은 기존의 광고를 통해 알려져 있는 것이므로 참신성을 획득하기 어렵다.

넷째, 원작을 그대로 활용하여 고압적인 목소리로 교훈, 계몽하는 식의 발상이 아니라, 설득하고 공감을 이끌어내는 방식으로 접근해야 한다.

다섯째, 인쇄광고의 경우 기호나 상징을 활용하는 것이 수용자의 인지효과를 더욱 극대화시킬 수 있다.

6. 맺음말

동화를 원작으로 패러디한 공익광고는 크게 세 가지 방식에 의해 주제를 의미화하고 있다. 첫째, 인물의 성격을 변화시키는 경우이다. 둘째, 시간과 공간적 배경을 변화시키는 경우이다. 셋째, 서사를 변개시키는 경우이다.

이러한 주제 의미화 전략에 의해 패러디 광고는 원작과의 차별성을 획득하고, 원작과의 관계를 통해서 주제를 형성한다. 원작과 패러디된 내용은 닮음(유사성)의 원리에 기반을 두고 있느냐, 혹은 다름(차이)의 원리에 기반을 두고 있느냐에 의해 의미가 도출된다. 유사성에 기반을 둔 경우, 패러디된 내용은 원작의 요소를 그것과 상동성의 관계에 있는 요소로 대체한다. 따라서 원작의 요소와 패러디된 내용의 요소는 직유의 관계를 갖기 때문에 의미를 유추하는 것이 보다 수월하다. 그렇지만 원작의 교훈적이고 계몽적인 주제를 반복 재생산하게 될 우려가 크므로 광고의 의제 설정이 무엇보다 중요하다.

차이의 원리에 기반을 둔 경우, 원작의 다른 요소는 그대로 두고 하나의 요소만을 원작의 요소와 대비되는 혹은 상반되는 것으로 대체한다. 원작의 요소와 그것과 상반되는 의미를 갖는 패러디 내용 속의 요소를 상호 비교 대조하는 가운데 의미가 형성된다. 수용자는 이미 원작의 내용을 알고 있으므로 뒤따르는 내용이나 결말에 대한 예측이 가능하다. 차이의 원리에 기반을 두고 주제를 드러낼 경우에는 예측가능한 내용을 뒤틀어버림으로써 낯섦과 비판적 거리감을 획득하게 된다. 그러므로 차이의 원리에 따라 주제를 형성할 경우 사회문화적 환경의 변화로 인해 달라진 담론적 가치를 드러내는 데 보다 효과적이다.

패러디 광고에서 창조적인 발상은 닮음을 강조하는 것보다 차이를 강조하는 것에서 더욱 두드러지게 나타난다. 그럼으로써 원작과의 차별성을 획득하고, 비판적 거리감을 확보할 수 있게 된다. 따라서 원작의 내용을 현대적으로 재해석하는 것이 필수적이다. 특히 상업적 광고보다는 공익광고의 경우, 그 목적이 공익을 위해 수용자를 설득하고 수용자의 인식과 행동을 변화시키는 것에 있으므로 익숙한 관념들을 낯설게 바라보도록 유도할 수 있어야 한다. 따라서 제한된 시간 안에 전달하고자 하는 내용을 충분히 담아내기 위해서는 잘 알려진 이야기를 적극적으로 활용하는 것이 효과적이다. 동화 원작의 패러디는 공익광고 스토리텔링을 위한 기본적인 전략인 것이다.

주지영

1973년 서울에서 태어나 성신여자대학교 국어국문학과를 졸업하고 서울대학교 대학원 국문과에서 석사, 박사 학위를 받았다. 2008년《서울신문》신춘문예에 문학평론 「'여수'에서 식물성의 세계로, 그 타자 찾기—한강론」이, 2014년 계간문예지《문학나무》에 소설 「인간의 구역」이 당선되었다.

저서로 『황홀한 눈뜸』(2015), 『한국 현대 소설의 주체와 타자』(2018), 『이청준 소설 연구』(2019) 등과, 소설집 『사나사나』(2019) 등이 있다. 2015년 『젊은소설—힘센 소설가 7인』에 「사나사나」가, 2019년 상반기 문학나눔사업 우수도서에 『사나사나』가 선정되었다.

현재 우석대학교 문예창작학과 조교수로 재직 중이다.

현대소설의 서사 담론과 스토리텔링

초판 1쇄 인쇄 2022년 2월 11일
초판 1쇄 발행 2022년 2월 22일

지은이 주지영
펴낸이 이대현
책임편집 강윤경 | **편집** 이태곤 권분옥 문선희 임애정
디자인 안혜진 최선주 이경진 | **마케팅** 박태훈 안현진
펴낸곳 도서출판 역락 | **등록** 1999년 4월 19일 제303-2002-000014호
주소 서울시 서초구 동광로46길 6-6 문창빌딩 2층(우06589)
전화 02-3409-2060(편집부), 2058(영업부) | **팩스** 02-3409-2059
전자우편 youkrack@hanmail.net | **홈페이지** www.youkrackbooks.com

ISBN 979-11-6742-289-7 93810